Schöne Lesestunden
wünscht herzlichst

Petra Durst-Benning

Petra
Durst-Benning

Band 3

Roman

blanvalet

Der Verlag weist ausdrücklich darauf hin, dass im Text
enthaltene externe Links vom Verlag nur bis zum Zeitpunkt
der Buchveröffentlichung eingesehen werden konnten.
Auf spätere Veränderungen hat der Verlag keinerlei Einfluss.
Eine Haftung des Verlags ist daher ausgeschlossen.

Der Abdruck des Zitats von Henri Cartier-Bresson
mit freundlicher Genehmigung der
Fondation Henri Cartier-Bresson, Paris.

Verlagsgruppe Random House FSC® N001967

1. Auflage
© 2020 by Blanvalet in der Verlagsgruppe Random House GmbH,
Neumarkter Str. 28, 81673 München
Redaktion: Gisela Klemt
Umschlaggestaltung: © Johannes Wiebel | punchdesign, unter
Verwendung von Motiven von Richard Jenkins Photography,
Shutterstock.com (orientaly; Jan Martin Will; fokke baarssen),
kemai/photocase.de und Dietrich Krieger (https://commons.
wikimedia.org/wiki/File:Münsingen-6359.jpg), »Münsingen-6359«,
Covercollage von punchdesign, https://creativecommons.org/
licenses/by-sa/3.0/de/legalcode
Die Bilder im Anhang stammen aus dem Privatarchiv von
Petra Durst-Benning
JF · Herstellung: sam
Satz: Uhl+Massopust, Aalen
Druck und Bindung: GGP Media GmbH, Pößneck
Printed in Germany
ISBN 978-3-7645-0664-3

www.blanvalet.de

»Das Handwerk hängt stark von den Beziehungen ab,
die man mit den Menschen herstellen kann.
Ein Wort kann alles verderben, alle verkrampfen und
machen dicht.«

Henri Cartier-Bresson (1908–2004)

1. Kapitel

Im Hochschwarzwald, 3. Januar 1912

»Bitte ein Stück nach links, wir wollen doch den Skilift auch aufs Bild bekommen. Sehr gut, bitte nicht mehr bewegen!« Die Stirn in konzentrierte Falten gelegt, verschwand Mimi Reventlow unter dem Schwarztuch ihrer Kamera. »Und jetzt bitte lächeln, die Herren!«

Es war ein herrlicher Wintertag. Die Luft war glasklar, die verschneiten Berghöhen des Hochschwarzwalds glitzerten im Sonnenlicht, und die Holzschindeln des malerisch auf einer Hochebene gelegenen Hotels Tonihof glänzten wie der Tannenhonig, den es bei jedem Frühstück gab. Die Gruppe Skifahrer – Frankfurter Geschäftsleute mittleren Alters –, die Mimi vor der Linse hatte, war nach etlichen rasanten Talabfahrten und zwei Runden Obstler bestens aufgelegt. Statt nur zu lächeln, wie Mimi sie gebeten hatte, machten sie Faxen wie Lausbuben!

Wenn es nur immer so leicht wäre, die Leute aus der Reserve zu locken, dachte die Fotografin und genoss den Moment. Schon war das »Klick« ihrer Kamera zu hören. Anschließend verstaute sie die Glasplatte in der dazugehörigen Hülle, dann tauchte sie unter dem Schwarztuch auf und sagte freundlich: »Vielen Dank, meine Herren! Ich gebe die Glasplatten heute noch dem örtlichen Fotografen zum Entwickeln, so dass Sie Ihre Fotografien in drei Tagen an der Hotelrezeption abholen und dort auch bezahlen können – so habe ich es mit Hotelchef Herrn Wimmer abgesprochen. Verraten Sie mir bitte noch, wie viele Abzüge ich für Sie machen soll?«

Jeder der Herren wollte gleich zwei. »Dürfen wir Sie auf einen Kaffee einladen, gnädige Frau?«, fragte einer der Skifahrer dann forsch.

»Oder gar auf ein Glas Sekt?«, fügte ein zweiter hinzu. »Es kommt selten vor, dass man eine Wanderfotografin trifft. Vielleicht würden Sie uns die Ehre erweisen, ein wenig aus Ihrem Leben zu erzählen?«

»Heute ist mein letzter Tag hier, ich muss schauen, dass ich mit meiner Arbeit fertig werde«, sagte Mimi mit gespieltem Bedauern. Wenn sie jeder Einladung folgen würde, die sie im Laufe eines Tages bekam, verbrächte sie die Zeit nur noch mit Essen und Trinken!

*

Wie Mimi Reventlow in ihrem Element war!, dachte Anton Schaufler lächelnd, der die Szene durch eins der vielen Restaurantfenster beobachtet hatte. Und wie sich die Leute um sie scharten, und das vom ersten Tag an! Kein Wunder – mit ihren kastanienbraunen Haaren, ihren vor Lebensfreude funkelnden Augen und dem klaren Teint war die stets elegant gekleidete Wanderfotografin äußerst attraktiv. Und als hätte das nicht gereicht, verfügte Mimi zudem über eine Ausstrahlung, die die Menschen unwillkürlich in ihren Bann zog, dachte Anton bewundernd.

Seit Anfang Dezember waren sie nun schon auf Einladung des Hotelwirts in diesem Hotel. Die Fotografin wohnte luxuriös in einem großen Gästezimmer mit Blick ins Tal, er selbst teilte sich ein Hinterzimmer mit einem der Köche, einem netten Kerl, mit dem er gut auskam. Zufrieden mit sich und seiner neuen Welt deckte Anton weiter die Tische fürs Abendessen ein – die Gabeln auf die linke Seite, die Messer und Löffel nach rechts. Wenn seine Mutter sehen würde, wie versiert er für jeden Gang das jeweilige Besteck platzierte, würde sie Augen machen, dachte er. Doch so schnell der Gedanke gekommen war, so schnell war er auch wieder verschwunden. Er weinte seinem Heimatort Laichingen und der Arbeit im elterlichen Gasthof keine Träne nach!

Als Mimi Reventlow Laichingen Ende November plötzlich verlassen hatte, hatte er sich ihr angeschlossen. Da er kein eigenes Ziel vor Augen gehabt hatte, war es ihm sehr recht gewesen, dass sie ihm erlaubte, sie hierher in den Schwarzwald zu begleiten.

Es war ein großer Auftrag: In der ersten Woche hatte Mimi Reventlow nur Aufnahmen vom Hotel gemacht, danach hatte sie den Weihnachtsbaum und die Gäste in Szene gesetzt und die große Weihnachtsfeier fotografisch dokumentiert. Zwischen den Jahren hatte sie dann mit den Skifahrer-Fotografien begonnen. Zum Jahreswechsel baute sie eine kleine Kulisse auf und machte Bilder mit lauter fröhlich dreinschauenden Menschen. Jeder Gast wollte von Mimi Reventlow abgelichtet werden, mehr als einmal war es dabei fast zu kleinen Streitereien darüber gekommen, wer wann an der Reihe war.

Dass Mimi Reventlow eine ganz besondere Frau war, hatte Anton schon bei ihrer ersten Begegnung erkannt, damals, als sie im vergangenen Jahr in seinem Heimatort auf der Schwäbischen Alb eintraf, um nach ihrem kranken Onkel zu sehen. Als sie dann auch noch seinem besten Freund Alexander zu einem Platz an der Stuttgarter Kunstschule verholfen hatte, war seine Bewunderung für sie noch weiter gewachsen. Auch bei den anderen Bewohnern von Laichingen war die Fotografin beliebt gewesen, aber die Wertschätzung, die man ihr *hier* entgegenbrachte, war doch etwas ganz anderes. Ob vom Hotelier Antonius Wimmer oder von den Gästen – Mimi wurde hofiert wie eine Berühmtheit. Und sie schien es sichtlich zu genießen...

Hier zu sein war wirklich ein Genuss, dachte Anton beschwingt, und sein Blick schweifte durch das Hotelrestaurant, in dem er seit ihrer Ankunft kellnerte. Die weiß gedeckten Tische, die schweren Kerzenständer aus echtem Silber, das Kristall, in dem Wein und Wasser ausgeschenkt wurden, die riesigen Servierplatten aus blütenweißem Porzellan – und hier roch es nicht nach altem Fett und Fleischbrühe, hier wehte der Duft der großen weiten Welt.

»Na, junger Mann – Sie verlieren sich wohl in Tagträumen!«

Anton zuckte zusammen. Er hatte nicht mitbekommen, dass Antonius Wimmer in den Gastraum getreten war.

»Ich habe nur kurz die schöne Atmosphäre genossen«, sagte Anton verlegen. Seine Mutter hätte ihm ordentlich zugesetzt, wenn sie ihn beim Nichtstun erwischt hätte, ging es ihm durch den Sinn. In ihren Augen war er sowieso ein Faulpelz.

Antonius Wimmer hingegen schaute Anton wohlwollend an. »Also sind Sie nicht nur äußerst fleißig und zuverlässig, sondern es gefällt Ihnen hier oben auf dem Berg?«

»Sehr gut sogar«, sagte Anton. »Die Arbeit ist das reinste Vergnügen.« Nicht wie die Schinderei im Gasthof Ochsen zu Hause. Hier musste er keine schweren Bierfässer in den Keller hieven, der Boden wurde von einer Magd geputzt, das Geschirr von einer anderen gespült. Die Gäste mochten ihn und seine schlagfertige Art, und so bekam er von fast jedem ein gutes Trinkgeld zugesteckt.

»Es macht Spaß, ständig neue Gäste kennenzulernen«, fügte er hinzu. Von weit her kamen die Leute in den Schwarzwald, manche blieben für eine Woche im Hotel, andere nur für eine Brotzeit. Kaum betrat eine Gruppe Skifahrer oder Schneeschuhwanderer das Haus, hielt Anton seine Augen offen. Er sah täglich neue Gesichter, nur das *eine* war nicht dabei ...

Der Hotelier klopfte ihm anerkennend auf die Schulter. »Dass Sie uns im Weihnachtsgeschäft ausgeholfen haben, war ein wahrer Segen! Ich weiß ehrlich gesagt gar nicht, was wir ohne Sie gemacht hätten – wer rechnet schon damit, dass sich der Chefkellner beim

Adventskegeln den Arm bricht?« Der Hotelier zuckte in gespielter Verzweiflung mit den Schultern.

Des einen Leid, des andern Freud, dachte Anton. Da war er wohl ausnahmsweise mal zur rechten Zeit am rechten Ort gewesen. »Ich freue mich, wenn ich ein wenig helfen konnte«, sagte er bescheiden.

»Ein wenig helfen – ohne Sie wären wir verloren gewesen! Und die Gäste mögen Sie, ich habe viele lobende Worte gehört, Herr Schaufler.«

Herr Schaufler – noch immer war Anton irritiert, wenn ihn jemand so ansprach. Mit seiner großen Statur, seinen breiten Schultern und seiner selbstbewussten Miene wirkte er zwar älter als neunzehn Jahre, dennoch hatte ihn bis zu seiner Abreise aus Laichingen noch nie jemand mit »Sie« angesprochen. Daheim war er immer nur der vorlaute Gastwirtsohn gewesen – dass auch er gewisse Qualitäten hatte, hatte keiner erkannt. Keiner, außer seinem Freund Alexander und Mimi Reventlow...

Einen Moment lang war Anton so in seine Gedanken vertieft, dass er gar nicht mitbekommen hatte, was der Hotelier sagte. Nur bei seinen letzten Worten horchte er auf.

»... so frag ich Sie jetzt frei heraus: Wollen Sie nicht bleiben und den Posten des Serveur Chef übernehmen?«

*

»Kannst du uns bitte erklären, was du dir dabei gedacht hast?« Mit unbeweglicher Miene und nur mühsam unterdrückter Wut zeigte Wilhelm Hahnemann, Direktor der Stuttgarter Kunstschule, auf die Staffelei neben sich.

Alexander stand mit gesenktem Kopf da. Er brauchte nicht aufzuschauen, um zu wissen, um welches Bild es ging. Mehr noch, er *fühlte* das Aquarellgemälde – jeden Pinselstrich, jedes bisschen Farbe, das er auf die Leinwand aufgebracht hatte!

»Hat's dir jetzt auch noch die Sprache verschlagen angesichts deiner unsäglichen Blasphemie?«, fuhr Gottlob Steinbeiß, der künstlerische Hauptlehrer der Kunstschule, ihn an, und sein Kaiser-Wilhelm-Bart bebte indigniert.

»Meine Herren, ich bitte Sie«, sagte Mylo, ebenfalls Lehrer der Kunstschule. »Alexander Schubert weiß doch noch nicht einmal, was unter dem Begriff Blasphemie zu verstehen ist. Er hat seine künstlerische Freiheit ausgelebt, mehr nicht!«

Alexander warf dem Kunstlehrer, der hauptberuflich Architekt war und den alle nur Mylo nannten, einen dankbaren Blick zu. Er wusste zwar nicht, warum, aber vom ersten Tag an hatte der Architekt ihn unterstützt. Normalerweise wog Mylos Wort viel im Kollegium der Kunstschule, doch heute schien sein Einsatz für seinen Zögling vergeblich zu sein.

»Die künstlerische Freiheit kann mir in dem Moment gestohlen bleiben, wenn unsere Kunstschule im Mittelpunkt eines kirchlichen Skandals steht. Und nichts weniger hat diese ... diese Schmiererei hier ausgelöst!«, fuhr der Schuldirektor auf. »Das Kreuz ist das wichtigste Symbol des Christentums, der vertikale Balken symbolisiert die Beziehung Gottes zu den Menschen – wie kann man nur darauf verfallen, dieses Symbol der Liebe in eisigem Blau zu malen? Und als wäre das noch nicht genug, schmilzt das Eis und sammelt sich in einer riesigen Lache unterhalb des Kreuzes! Selbst wenn diese Lache das Blut Christi darstellen...«

Alexander schaute zum ersten Mal, seit er ins Büro des Direktors gerufen worden war, auf und rief, bevor er sich besinnen konnte: »Das ist nicht das Blut Christi!«

O Gott, warum hielt er nicht einfach den Mund?, dachte er im selben Moment. Er machte die Sache nur noch schlimmer, falls das überhaupt möglich war.

»Hättest du dann die Freundlichkeit, mich darüber aufzuklären, was sich der Herr Künstler sonst dabei gedacht hat? Du musst verzeihen, wenn unsereiner nicht gleich darauf kommt, was verstehen wir schon von der Kunst?«, sagte der Schuldirektor mit unverhohlenem Spott.

»Das Kreuz steht für die Kälte der Kirche den Menschen gegenüber«, flüsterte Alexander.

Gottlob Steinbeiß gab einen schrillen Laut von sich.

»Der Webersohn aus Laichingen ist ein verkappter Kirchenkritiker! Wer hätte das gedacht?« Kopfschüttelnd schaute er von Alexander zu dem Gemälde und wieder zurück. »Undank ist der Welten Lohn, sage ich da nur. Ich kann mich nicht daran erinnern, dass sich jemals ein Stipendiat einen derartigen Affront geleistet hat.«

»Die Kälte der Kirche, aha«, wiederholte Wilhelm Hahnemann, ohne auf den Einwurf des künstlerischen

Hauptlehrers einzugehen. Der Blick, den er Alexander zuwarf, war vernichtend. »Darf ich dich daran erinnern, dass diese ach so kalte Kirche unserer Schule sehr nahesteht? So nahe, dass sie uns jährlich mit einer großzügigen Summe unterstützt, damit wir... Leuten wie dir die bestmögliche Ausbildung bieten können?« Noch nie hatte sich das Wort »Leute« in Alexanders Ohren mehr wie ein Schimpfwort angehört.

Er biss sich auf die Unterlippe und rang um Worte, die ihn hätten entlasten können – vergeblich.

Sie hatten sich eines bekannten Symbols annehmen und es auf ungewöhnliche Art auf die Leinwand bringen sollen – diese Aufgabe hatte Gottlob Steinbeiß ihnen zwei Wochen vor Weihnachten gestellt. Die Schule wollte die Aquarellgemälde an einen Wohltätigkeitsverein weitergeben, der wiederum eine weihnachtliche Tombola veranstaltete, deren Erlös einem Kinderheim zugutekam.

Während seine Schulkameraden ein Herz, einen Stern oder die Sonne als Symbol gewählt hatten, war ihm spontan das Kreuz eingefallen. Und genauso spontan hatte er daran denken müssen, wie der Laichinger Pfarrer seiner Familie nach dem Tod seines Vaters selbst die kleinste Hilfe verwehrt hatte. Am Ende hatten alle im Dorf – die Nachbarn, Mimi Reventlow, sein Freund Anton – zusammengeholfen, um die Familie über die Runden zu bringen und ihm, Alexander, zu ermöglichen, das Stipendium an der Stuttgarter Kunstschule anzunehmen. Alle, außer dem Gottesmann... Mit diesem Gedanken im Hinterkopf hatte er sich an die Staffelei gestellt, danach war jeder Pinselstrich nur so aus ihm herausgeflossen. Zugegeben, ein bisschen verwegen war ihm das eisige Blau als Farbe für ein Kreuz auch vorgekommen, aber nie hätte er gedacht, dass er deswegen einen solchen Ärger bekommen würde! Gottlob Steinbeiß, in Gedanken wahrscheinlich schon in den wohlverdienten Weihnachtsferien, hatte die kleinen Aquarelle eingesammelt und, ohne sie vorher einer näheren Betrachtung zu unterziehen, an die Vorsitzende des Wohltätigkeitsvereins weitergegeben. Und die Dame hatte, glücklich über die vielen Gaben für ihre Tombola, sämtliche Bilder aufgestellt, wo sie am nächsten Tag die spendenfreudigen Gönner des Kinderheims zu Gesicht bekamen.

Wer am Ende sein eisiges Kreuz derart moniert hatte, wusste Alexander nicht, aber eins wusste er: Dieser Eklat hier bedeutete das Ende. Kunststudium adieu, und das nach nur drei Monaten. Wie er die Sache seiner Mutter, die wie eine Löwin gekämpft hatte, um ihm diese Chance zu ermöglichen, beibringen sollte, war ihm schleierhaft. Und was sollte er nur seinem Freund Anton im nächsten Brief schreiben? Anton hielt so große Stücke auf ihn...

Er wollte Mylo gerade einen letzten verzweifelten Blick zuwerfen, als der Kunstlehrer sich an seine Kollegen wandte. »Meine Herren, wir sollten das neue Jahr nicht mit vorschnellen Beschlüssen beginnen, immerhin geht es hier um den Lebensentwurf eines jungen Menschen. Lassen Sie uns nochmal in Ruhe konferieren, ehe wir Alexander unsere Entscheidung bekannt geben.«

Bevor Alexander wusste, wie ihm geschah, schob Mylo ihn sanft, aber bestimmt in Richtung Tür. »Ich tue für dich, was ich kann«, flüsterte er, und sein Atem verfing sich warm in Alexanders Haar.

2. Kapitel

Es war der vierte Januar 1912, und wieder einmal war der Tag der Abreise gekommen. Mimi schaute nachdenklich aus dem Fenster des Speisesaals. Über Nacht hatte es geschneit, der frische Schnee, noch unbefleckt vom Ruß der Kamine, glitzerte jungfräulich weiß. Von den neu angereisten Gästen wusste sie, dass unten im Tal ebenfalls viel Schnee lag. Würde womöglich ihr Zug nach Würzburg gar nicht fahren? Und wenn schon, dann blieb sie eben ein paar Tage in Freiburg! So schön es hier im Tonihof auch war, so konnte sie es doch kaum erwarten, wieder weiterzukommen – zumal mit dem Wissen, dass in Würzburg ein besonders interessanter Auftrag auf sie wartete.

Wie hieß es so schön? Neues Jahr, neues Glück! Lächelnd trank Mimi einen Schluck Kaffee. Sie war und blieb nun einmal eine Wanderfotografin. Von wegen Wurzeln schlagen! Ihr Zuhause fand sie in sich, ihre Wurzeln wollten nirgendwo anwachsen, auch in Laichingen nicht, obwohl sie das eine Zeitlang geglaubt hatte.

Wie jeden Morgen hatte sie sich eine der Tageszeitungen, die am Eingang des Speisesaals für die Gäste auslagen, mit an den Tisch genommen. Den heißen Kaffee genießend blätterte sie die Freiburger Zeitung durch, während sie auf Anton wartete. Der Wirt hatte sie gestern Abend gefragt, ob sie nicht an ihrem letzten Tag gemeinsam frühstücken wollten. Ein Frühstück lang könne er Anton gewiss entbehren, hatte Herr Wimmer noch lächelnd hinzugefügt. Was für ein netter Mann!, dachte Mimi nicht zum ersten Mal. Sie schlug gedankenverloren eine Seite um. Im nächsten Moment setzte ihr Herz für einen Schlag aus. *Düstere Zustände verbergen sich hinter der blütenweißen Kulisse der berühmten Laichinger Leinenweberei,* stand in großen, fettgedruckten Lettern über einem fast seitenlangen Artikel. Unterhalb der drei Textspalten waren drei ihrer Fotografien abgedruckt. Wie um alles in der Welt kamen sie in die Freiburger Zeitung?

Die Fotografien gehörten zu einer Serie, die sie bei ihrem ersten Besuch in Herrmann Gehringers Weberei gemacht hatte, heimlich, ohne sein Wissen. Mimi erinnerte sich noch genau – sie hatte einen Termin bei dem Unternehmer gehabt, da sie den Großauftrag, den er ihr in Aussicht gestellt hatte, besprechen wollten. Doch in seinem Büro hatte sie Gehringer nicht angetroffen. Unsicher, ob sie dort auf ihn warten oder ihn suchen sollte, war sie schließlich durch die Gänge gelaufen und just in dem Moment in der Weberei angekommen, als einer der älteren Weber einen Unfall gehabt hatte. Das Schiffchen seines Webstuhls war aus der Halterung gesprungen und dem Mann direkt ins Auge geschossen. Fast wahnsinnig vor Schmerz war er auf dem Boden zusammengesackt, hatte beide Hände auf das tränende Auge gepresst... Während Hannes Merkle sich um den Mann gekümmert hatte, hatte sie – bis ins Mark erschüttert – die sichere Distanz gesucht, die ihr der Blick durch die Linse bescherte. Ohne darüber nachzudenken hatte sie fotografisch alles dokumentiert: den verletzten Weber, aber auch die eng stehenden Webstühle, die Staubflusen, die in der Luft tanzten, die müden Gesichter... Bis heute konnte sie nicht genau sagen, warum sie das getan hatte, es war instinktiv geschehen. Als sie die Fotografien entwickelt hatte, war sie über deren Grausamkeit und das Düstere so erschrocken, dass sie sie eilig in die Schublade vom Küchentisch gestopft und nicht mehr herausgeholt hatte. Kritische Fotografien waren unbestritten sehr wichtig, aber sie wollte den Menschen Schönheit schenken, dank ihrer Fotografien sollten sie ihren oft sehr anstrengenden Alltag für einen Moment vergessen können!

Erst kurz bevor sie Laichingen verließ, hatte sie sich an die Bilder erinnert und sie Johann bei ihrem letzten Gespräch wütend und enttäuscht in die Hand gedrückt. Sie sollten ihm als Gedankenstütze dienen, hatte sie zornig gesagt, damit er vor lauter Liebesgeschichten nicht seine eigentliche Aufgabe – den Kampf für bessere Arbeitsbedingungen – vergaß.

Und nun las sie hier, dass es in Laichingen tatsächlich zu einem Arbeitskampf gekommen war. Und dass Johann ihre Fotografien für seine Zwecke verwendet hatte.

Zum ersten Mal in der Geschichte der Leinenweberei sind Laichinger Weber in den Ausstand getreten. Angeführt von Gewerkschafter Johann Merkle kämpfen sie für bessere Arbeitsbedingungen, für mehr Sicherheit am

Arbeitsplatz und für eine Begrenzung der täglichen Arbeitszeit. Die Forderungen der Weber sind offenbar nicht unbegründet, zeigen uns doch die vorliegenden Fotografien auf sehr drastische Weise, wie schlecht die Arbeitsbedingungen der Weber zu sein scheinen…

Die vorliegenden Fotografien… Mit klopfendem Herzen suchte Mimi den Artikel nach ihrem Namen ab, doch sie wurde weder unter den Fotografien noch am Ende des Artikels genannt. Während sie noch überlegte, ob sie das gut oder schlecht fand, sah sie, dass Anton sich ihrem Tisch näherte. Wie die weiblichen Gäste ihm mehr oder weniger unverhohlen nachstarrten! Aber war es denn ein Wunder, so breitschultrig und gut aussehend, wie ihr junger Begleiter war?, dachte Mimi schmunzelnd, einen Moment lang aus ihren Gedanken gerissen.

Mit einem Plumps ließ er sich ihr gegenüber nieder. »Guten Morgen! Na, gut geschlafen in der letzten Nacht? Sie sind etwas blass um die Nase, wenn ich das sagen darf.«

Wortlos reichte sie ihm die Zeitung. Während er mit hochgezogenen Brauen den Artikel las, führte sie mit zitternder Hand ihre Kaffeetasse an den Mund. Doch die aromatische Würze war verflogen, der Kaffee schmeckte nur noch bitter.

»Sieh einmal an, hat unser Gewerkschafter Johann Merkle doch noch einen Aufstand auf die Beine gestellt«, sagte Anton, nachdem er zum Ende gekommen war.

Obwohl er Johanns Namen ironisch betonte, klopfte Mimis Herz eine Spur schneller, wie immer, wenn die Sprache auf ihn kam.

Anton tippte auf die Fotografien. »Wenn ich mich richtig erinnere, waren Sie an dem Tag des Unfalls in der Fabrik. Ich schätze mal, das sind dann Ihre Fotografien, nicht wahr?«

Mimi nickte stumm.

»Und wieso wird nirgendwo Ihr Name genannt? Wahrscheinlich hat der alte Haderlump Merkle gegenüber den Zeitungsleuten noch behauptet, die Fotos selbst geschossen zu haben!« Anton schnaubte. »Aber wer weiß, wofür es gut ist. Als Werbung kann man diese düsteren Bilder nicht gerade betrachten, womöglich wären sie mit Ihrem Namen versehen sogar geschäftsschädigend. Sie wollen den Menschen schließlich Schönheit schenken, nicht wahr?«

»Mehr fällt dir dazu nicht ein?«, fragte Mimi heftig. »In deinem Heimatdorf herrscht der Ausnahmezustand, Gehringers Leute haben es gewagt, in einen Streik zu treten! Das ist ganz schön mutig. Hier geht es um die Menschen, mit denen du aufgewachsen bist!«

Anton nahm sich ungerührt ein Brötchen und schnitt es auf. »Na und? Natürlich finde ich es gut, dass die Weber sich nicht mehr alles gefallen lassen. Aber dass mir vor lauter Mitgefühl die Tränen kommen, kann ich nicht behaupten. Jeder ist schließlich seines eigenen Glückes Schmied!«

Während er sein Brötchen butterte, schwieg Mimi nachdenklich. Monatelang war sie Johanns Vertraute gewesen, er hatte sie in all seine Gedanken und Pläne eingeweiht. In ihrer Verliebtheit hatte sie allerdings nicht realisiert, dass es ihm nicht um sie als Frau gegangen war – oder zumindest nicht ernsthaft. Er hatte den intellektuellen Austausch mit ihr geschätzt, mehr nicht. Sie jedoch hatte an die große Liebe geglaubt... Wie naiv und dumm sie gewesen war.

»Was meinst du – soll ich nach Laichingen fahren? Vielleicht könnten die Menschen ein wenig Unterstützung von außen brauchen?«, sagte sie dennoch nach einem langen Moment des Schweigens.

Anton schaute sie entgeistert an. »Haben Sie etwa vergessen, wie Johann Sie abserviert hat? Und wie Ihre Freundin Eveline Sie hintergangen hat? Wie schamlos sie, als frisch gebackene Witwe obendrein, hinter Ihrem Rücken etwas mit Johann angefangen hat! Die Laichinger wussten Sie doch gar nicht zu schätzen, wie können Sie da nur auf den Gedanken kommen, den Leuten irgendetwas schuldig zu sein?«

Mimi runzelte die Stirn. Die Leute wussten sie nicht zu schätzen? Das mochte für den einen oder anderen zutreffen, aber sie hatte durchaus auch sehr intensive, zu Herzen gehende Erlebnisse in Laichingen gehabt. Wenn sie nur an ihre hilfsbereite Nachbarin Luise dachte! Oder an die gemeinschaftliche Hilfe für Evelines Sohn Alexander, um ihm den Besuch der Stuttgarter Kunstschule zu ermöglichen...

Anton schien ihre innere Zerrissenheit zu spüren. Stirnrunzelnd tippte er auf den Zeitungsartikel. »Ihre Fotografien sorgen für so viel Aufmerksamkeit, dass Gehringer wahrscheinlich am Ende gar nicht anders kann, als auf die Forderungen seiner Arbeiter einzugehen. So gesehen haben Sie die Leute mehr als genug unterstützt.« Mimi biss sich auf die Unterlippe. »Vielleicht hast du recht. War nur so eine Idee... Ehrlich gesagt, will ich gar nicht zurück nach Laichingen. Ich will reisen! Ich will als Gastfotografin in schönen Ateliers arbeiten, ich will den einen oder anderen Markt besuchen...« Resolut faltete sie die Zeitung zusammen und legte sie weg. Anton hatte recht – jeder war seines eigenen Glückes Schmied! Lächelnd hielt sie ihm den Brotkorb hin. »Nimm doch noch eins!«

Doch statt eins der frischen Brötchen zu ergreifen, schaute der Gastwirtsohn sie an.

»Herr Wimmer hat mir Arbeit angeboten. Er will mich als erste Servicekraft anstellen.« Er wies mit dem Kopf über ihre Schulter in Richtung Küche, aus der Antonius Wimmers Stimme zu hören war, der mit einem Lieferanten sprach.

Augenblicklich hellte sich Mimis Miene auf. »Das ist ja wunderbar! Gratulation! Aber wenn ich ehrlich bin, wundert es mich nicht – so versiert, wie du hier den Laden geschmissen hast.« Wie gut sich alles fügte, dachte sie frohgemut. Mit zurückgekehrtem Appetit griff sie nach einem Brötchen. »Anton auf dem Tonihof – das passt irgendwie.«

»Wer sagt denn, dass ich hierbleibe? Ich habe für den Rest meines Lebens genug gekellnert, jetzt möchte ich die Welt kennenlernen! Und...« – er biss sich auf die Unterlippe – »ich möchte Christel suchen.«

Wie gequält er auf einmal aussah! »Das kann ich gut verstehen«, sagte Mimi leise. »Auch ich muss oft an Christel denken. Nicht zu wissen, was aus ihr geworden ist, ist unerträglich.«

Christel Merkle war Antons Freundin gewesen, seine große Liebe. Doch von einem Tag auf den andern war sie spurlos verschwunden. Tage-, nein wochenlang hatten Suchtrupps das ganze Dorf und die Umgebung nach Christel durchkämmt – vergeblich. War sie aus Laichingen weggelaufen? Hatte sie einen tödlichen Unfall gehabt? War sie gar entführt worden? Auf diese quälenden Fragen gab es keine Antworten.

Antons Miene verdüsterte sich einen Moment lang. Doch als er zu sprechen anhob, klang er wieder ganz normal. »Alexander will ich auch in Stuttgart besuchen, schon aus diesem Grund kann ich nicht im Schwarzwald bleiben. Es ist nun schon Wochen her, dass er etwas von sich hat hören lassen, nicht mal zu Weihnachten hat er geschrieben! Das gefällt mir nicht. Ich muss wissen, ob es ihm gut geht.«

Mimi schwieg betroffen. Tief drinnen hatte Anton die Menschen, die seinem Herzen nahstanden, keinesfalls vergessen. Und ihr war vorhin nichts anderes eingefallen, als ihn wegen seiner vermeintlich kühlen Reaktion auf den Weberaufstand so anzublaffen!

»Und deshalb, liebe Frau Reventlow, wollte ich Sie fragen, ob ich nicht weiter mit Ihnen reisen kann. Wir zwei sind ein gutes Gespann, finden Sie nicht?«

Mimi, schlagartig aus ihren Gedanken gerissen, schaute ihn entgeistert an. »Wie stellst du dir das vor? Nicht überall wird sich so eine gute Chance zum Arbeiten für dich ergeben wie hier. Und ich kann keinesfalls für zwei das Geld erwirtschaften.«

»Wo denken Sie hin, nie und nimmer würde ich das wollen!«, erwiderte Anton entsetzt. »Das Gegenteil wäre der Fall, ich würde Ihnen sogar helfen.«

»Bisher habe ich alles ganz gut allein geschafft. Und

einen männlichen Beschützer brauche ich auch nicht«, sagte Mimi ein wenig kratzbürstig. Eigentlich schade, dachte sie im selben Moment. Es hatte Spaß gemacht, mit Anton unterwegs zu sein. Obwohl sie bei ihrem Aufbruch alles andere als frohen Mutes gewesen war, hatten sie dennoch viel zu lachen gehabt. Anton hatte es sich nie nehmen lassen, das ganze Gepäck zu tragen, und als in Rottenburg kein Fremdenzimmer zu bekommen war, weil die Diözese gerade einen größeren Kongress abhielt, hatte Anton in einem der Nachbarorte zwei Kammern aufgetrieben. Schon in Laichingen, als sie ihren Onkel gepflegt hatte, war er mehr als einmal ihr Retter in der Not gewesen, dachte sie jetzt.

»So, wie Sie sich in den letzten Wochen jeden Ihrer Verehrer vom Leib gehalten haben, besteht für mich kein Zweifel, dass Sie sehr gut allein zurechtkommen. Nein, *dafür* brauchen Sie mich wirklich nicht«, sagte Anton mit einem verschmitzten Grinsen. »Ich habe eine ganz andere Idee...«

»Aha«, erwiderte sie spröde und lehnte sich instinktiv ein wenig zurück. Es hatte ihr noch nie gefallen, wenn andere über sie verfügen wollten.

Anton, bemüht, die Distanz zwischen ihnen wieder zu verringern, beugte sich ihr über den Frühstückstisch entgegen. »Wissen Sie, was mir unheimlich viel Spaß machen würde?«

Mimi schüttelte den Kopf.

»Ich würde gern Markthändler werden!«

»Aber dafür brauchst du mich doch nicht«, sagte sie stirnrunzelnd. Dass Anton einen guten Verkäufer abgeben würde, daran zweifelte sie nicht. Er war fleißig und scheute auch harte Arbeit nicht, und, was genauso wichtig war: Er konnte gut mit Menschen umgehen, seine forsche, sympathische Art kam an.

»Jetzt hören Sie mir doch erst mal zu«, sagte er. »Also, ich habe mir das so gedacht: Ich reise mit Ihnen immer dahin, wo Sie in ein Fotoatelier, in ein Hotel oder von einem Bürgermeister eingeladen werden. Im Vorfeld Ihres Auftrags machen Sie jedoch privat ein paar schöne Aufnahmen des Ortes. Sie haben den Blick fürs Außergewöhnliche! Und dass Sie eine Meisterin darin sind, alles und jeden ins rechte Licht zu setzen, habe ich inzwischen zu Genüge mitbekommen.«

Wie konnte ein so junger Mann ein solcher Charmeur sein?, dachte Mimi schmunzelnd. Noch immer war ihr nicht klar, worauf Anton eigentlich hinauswollte. Auffordernd nickte sie ihm zu. »Und?«

Anton lächelte. Er schien sichtlich zu genießen, dass er sie wie einen Fisch an der Angel hatte. Doch im nächsten Moment erlöste er sie. »Um es kurz zu machen – ich würde gern von Ihren Fotografien Postkarten drucken lassen und diese dann auf den Märkten verkaufen! Warum sollen nur die ansässigen Touristengeschäfte und Hotels mit den schönen Ansichten ihres Ortes den großen Reibach machen? Das können die noch lange genug, wenn wir wieder weg sind. Märkte gibt es zu jeder Zeit und fast überall, es kann höchstens sein, dass ich mal ein paar Dörfer weiter reisen muss als Sie. Ein oder zwei Postkarten kann sich jeder leisten! Und wenn ich daran denke, wie die Leute daheim Ihnen Ihre ›Laichinger Ansichten‹ aus den Händen gerissen haben, lässt mich das auf ein gutes Geschäft hoffen. Den Umsatz teilen wir uns dann nach Abzug meiner Kosten, das würde Ihnen ein gutes Zubrot sichern. Und sollte mein Plan aus irgendwelchen Gründen doch nicht aufgehen oder einer von uns beiden keine Lust mehr darauf haben, können wir uns immer noch trennen. Aber ich bin sehr zuversichtlich!«

Mimi war sprachlos. Mit allem hatte sie gerechnet, aber nicht mit einem so ausgeklügelten Plan. Wo war der Haken an der Geschichte?, fragte sie sich und fand doch keinen.

Während sie noch überlegte, was sie Anton antworten sollte, sprang er auf und rannte zu der Theke, von der er in den letzten Wochen so viele Teller mit Speisen abgeholt und an die Tische der Gäste gebracht hatte. Doch als er nun zurückkam, hatte er kein Wiener Schnitzel und auch keine Suppe dabei, sondern zwei Gläser Sekt.

Fröhlich reichte er Mimi eins davon, schaute sie an und sagte: »Liebe Mimi, was meinen Sie – sollen wir es wagen?«

Einen Moment lang fühlte Mimi sich um sieben Jahre zurückversetzt. Damals in Esslingen, als sie von Heinrich einen Heiratsantrag bekommen hatte, hatte dieser sie genauso eindringlich angeschaut. Doch während sie einst gezögert hatte und am Ende sogar davongerannt war, ohne eine Antwort zu geben, sagte sie nun: »Ja!« Und das kleine Wort kam aus ihrem Bauch und ihrem Herzen zugleich.

Anton hob sein Glas und prostete ihr mit einem erleichterten Strahlen zu. »Auf uns! Auf das neue Jahr! Es wird bestimmt wunderbar.«

Lachend stieß Mimi mit ihm an.

Anton räusperte sich. »Da wäre nur noch eine Kleinigkeit.«

»Ja?«, sagte Mimi erwartungsvoll.

»Könnten Sie mir vielleicht ein wenig Geld leihen, als Startkapital sozusagen?«

3. Kapitel

So betrübt der Toniwirt war, sein vermeintlich neues bestes Pferd im Stall davontraben zu sehen, so frohgemut waren Mimi und Anton, als sie aufbrachen.

»Vielleicht sehen wir uns nächstes Jahr wieder?«, sagte Mimi, nachdem sie sich für den großen Auftrag nochmals bedankt hatte. »Es wäre mir eine Ehre, wieder für Sie arbeiten zu dürfen.«

»Und mir wäre es eine Ehre, Sie als Gast begrüßen zu dürfen«, erwiderte der Toniwirt. »Allerdings...« – er sah leicht verlegen drein – »werde ich Ihre fotografischen Dienste wahrscheinlich nicht mehr benötigen.«

»Verzeihen Sie, ich wollte mich keinesfalls aufdrängen«, sagte Mimi erschrocken. Ihr kam ein schrecklicher Gedanke, und sie fragte vorsichtig: »Oder... waren Sie etwa doch nicht mit meiner Arbeit zufrieden?«

Der Hotelier winkte ab. »Um Gottes willen, doch, alles war ganz wunderbar! Es ist nur so – ich habe mir selbst eine Kamera zugelegt. Sobald die Skisaison zu Ende ist und ich ein wenig Zeit habe, werde ich den Umgang damit lernen. Zukünftig kann ich dann jedes Ereignis auf dem Tonihof selbst fotografieren!«

»Wie schön«, sagte Mimi und lächelte säuerlich.

Die Reise nach Würzburg verlief trotz winterlicher Verhältnisse problemlos. Während Mimi in dem Fotoatelier vorstellig wurde, das sie als Gastfotografin eingeladen hatte, suchte Anton einen Tischler auf und legte ihm die Zeichnung vor, die er auf der Fahrt angefertigt hatte. Darauf zu sehen war ein Klapptisch. Diesen wollte er für seine zukünftige Reisetätigkeit bauen lassen, damit er nicht auf jedem Markt umständlich einen Stand mieten musste. Dementsprechend leicht sollte das Möbelstück sein.

Der Schreiner, ein junger Bursche mit einem Bart, der ihm fast bis zum Bauchnabel reichte, hörte Anton aufmerksam zu. Nach einem kurzen Blick auf die Zeichnung ging er nach hinten in sein Holzlager. Als er zurückkam, hatte er ein paar Bretter dabei, die so golden glänzten wie Honig. Dies sei Erlenholz, es sei leicht, hart und wasserbeständig, also ideal für diesen Auftrag, stellte der Tischler fest, und seine Augen glänzten dabei mindestens so sehr wie das polierte Holz.

Ohne zu zögern willigte Anton ein. Auf seinem zukünftigen Verkaufstisch würden Mimis Fotopostkarten perfekt zur Geltung kommen!

Am dritten Sonntag im Januar besuchte Anton seinen ersten Markt in der Nähe von Würzburg. Auf dem neuen Klapptisch lagen fächerförmig ausgebreitet fünf verschiedene Stadtansichten. Bei einer kleinen, am Main gelegenen Druckerei hatte er so lange gebettelt und gebeten, bis diese ihm kurzfristig von jeder Ansicht je hundert Postkarten gedruckt hatte.

Als er nun mit eiskalten Füßen hinter seinem Tisch

auf die ersten Kunden wartete, schlotterten seine Knie, und seine Kehle war vor lauter Aufregung so trocken, dass er befürchtete, kein Wort herauszubekommen. Resolut bat er seinen Standnachbarn, kurz auf den Klapptisch und die Ware aufzupassen, dann ging er in eins der nahegelegenen Wirtshäuser und stürzte ein Bier hinunter. Was, wenn das alles nur eine Schnapsidee war?, fragte er sich, während er sich den Schaum von den Lippen wischte.

Seine Sorge war unbegründet. Als er auf den Markt zurückkam, stand schon eine kleine Traube Menschen um seinen Tisch herum. Die berühmte Festung Marienberg im fahlen Winterlicht, die Alte Mainbrücke, eine Ansicht der Stadt von der Festung aus, von Mimi kunstvoll versehen mit einem Schriftzug »Mein geliebtes Würzburg« – die Würzburger rissen Anton die Postkarten-Ansichten ihrer Stadt geradezu aus der Hand.

»Die Hälfte meines Darlehens kann ich schon heute zurückzahlen!« Stolz hielt Anton Mimi eine Handvoll Münzen entgegen.

»So viel hast du an einem einzigen Tag verdient?« Die Fotografin, die gleichzeitig mit ihm in der kleinen Pension am Main angekommen war, schaute fassungslos von dem Geld zu ihm und wieder zurück. »Dafür muss ich eine gute Weile in Herrn Marquards Atelier arbeiten! Und das ist nicht der größte Spaß – der Herr hat nämlich schrecklichen Mundgeruch«, fügte sie flüsternd und mit einer kleinen Grimasse hinzu.

Anton lachte. »Dann hoffen wir, dass ein gutes Essen Ihnen den Abend ein wenig versüßt! Es gibt hier ein kleines Gasthaus, in dem ein ordentlicher Rehbraten serviert werden soll, erzählte mir mein Standnachbar.« Er reichte Mimi den Arm. »Da lassen wir es uns jetzt gut gehen!«

Von Würzburg aus ging Mimis und Antons Reise weiter nach Regensburg. Zu Antons Begeisterung wurde dort just zu dieser Zeit ebenfalls ein großer Krämermarkt abgehalten. Wie in Würzburg fanden seine Postkarten reißenden Absatz. Auf der Rückreise nach Württemberg stand Antons Mund deshalb vor lauter Überschwang fast keine Minute still. Er hatte seine wahre Bestimmung gefunden, so viel stand fest!

Gewärmt von seinen ersten Erfolgen konnte er es verschmerzen, dass es rund um Bad Mergentheim, wo ein neuer Auftrag auf Mimi wartete, weit und breit keinen Markt gab. Sollte er die Zeit nutzen, um Alexander in Stuttgart zu besuchen?, fragte er sich. Doch als Mimi ihm erzählte, dass sie Ende März anlässlich des Geburtstags ihres Vaters einen Überraschungsbesuch in Esslingen geplant hatte, entschied er sich, mit Mimi im Hohenlohischen zu bleiben. Jetzt hatte er den Freund so lange nicht gesehen, da machten ein paar Wochen mehr oder weniger auch nicht viel aus. Außerdem fand er Mimis derzeitigen Auftrag ungemein spannend. Die Fotografin war nämlich im Auftrag der Württembergischen Armee tätig. Er, der als Junge immer davon geträumt hatte, als Marinesoldat zur See zu fahren, schaute der Fotografin fasziniert dabei zu, wie sie die Kaserne, als welche das Schloss diente, und ihre Soldaten so heroisch wie möglich in Szene setzte. Auch Mimi war angetan – einen Auftrag dieser Art hatte sie noch nie bekommen.

Und so war es schließlich Ende März, als Anton endlich nach Stuttgart kam.

»Du?« Ungläubig schaute Alexander Anton an.

»Mir blieb ja nichts anderes übrig, als dich zu besuchen – von dir hört man ja nichts«, sagte Anton mit gespielter Verzweiflung. Dann breitete er seine Arme aus. »Komm her, du untreuer Kerl!«

Halb lachend, halb weinend fielen sie sich in die Arme.

»Muss doch gucken, ob es dir gut geht«, raunte Anton seinem Kumpel ins Ohr, während die Schulsekretärin, die Alexander extra aus dem Unterricht geholt hatte, die Begrüßung argwöhnisch beäugte.

Anton warf ihr seinen einnehmendsten Blick zu. »Gnädige Frau, ich habe wichtige Nachrichten für Alexander, von seiner Familie und so. Darf ich ihn für eine Stunde vom Unterricht entführen?« Noch während er sprach, gab er Alexander einen Stups in die Seite, so wie früher, wenn er vor Erwachsenen geflunkert hatte.

Die Schulsekretärin überlegte kurz. »Aber zu Beginn der nächsten Stunde bist du wieder da, in Ordnung?«, sagte sie schließlich so streng, dass Alexander unter ihrem Blick regelrecht zu schrumpfen schien. Sein »Ja« war nicht mehr als ein Flüstern.

Eilig zog Anton den Freund nach draußen, bevor die Frau es sich anders überlegen konnte. Was war er froh, dass ihm niemand mehr solche Vorschriften machte!, dachte er erleichtert.

»Gibt's hier in der Nähe eine gute Wirtschaft, wo wir zu Mittag essen könnten? Ich lade dich ein!«

Alexander zuckte mit den Schultern. »Keine Ahnung, ich war noch nie auswärts essen. Außerdem habe ich nur vierzig Minuten Zeit, du hast ja Frau Unmuth gehört«, sagte er bedauernd.

»Ja sollen wir jetzt etwa die ganze Zeit hier herumstehen?« Anton verzog den Mund, während er seinen Blick durch die Straße schweifen ließ. Außer grauen Häuserfassaden und der Schule gab es nicht viel zu sehen. »Dann setzen wir uns wenigstens dort auf eine Bank!«, sagte er und zeigte auf einen kleinen, düsteren Park. Genau wie früher in Laichingen, ging es ihm missmutig durch den Sinn.

Ihr ganzes Leben lang hatten sie sich in irgendwelchen düsteren Ecken getroffen – am Gleis vom zugigen Bahnhof, im elterlichen Bierkeller, in dunklen Gassen –, um sich einander, geschützt vor dem Zugriff ihrer Eltern, wenigstens kurz gegenseitig ihr Leid zu klagen.

»Frau Reventlow ist nicht mitgekommen?«, fragte Alexander, der ihm in den Park folgte.

»Mimi ist bei ihren Eltern in Esslingen, ihr Vater hat Geburtstag, und sie wollte ihn mit ihrem Besuch überraschen. Wir treffen uns morgen wieder«, sagte Anton. »Ich soll dich herzlich von ihr grüßen!«

»Mimi…«, sagte Alexander. »Ihr duzt euch also?«

Anton winkte beiläufig ab. »Wir sind ja schließlich Geschäftspartner.« Die Wahrheit war, dass er Mimi zwar bei ihrem Vornamen nannte, jedoch weiterhin »Sie« zu ihr sagte.

»Dann bist du jetzt also ein erfolgreicher Unternehmer, Gratulation!«, sagte Alexander und klopfte Anton auf die Schulter.

Anton stutzte. »Wenn du meine Briefe gelesen hast, warum hast du mir dann nie geantwortet?«, fragte er aufbrausend. Doch als er sah, wie Alexander sich sogleich duckte, als erwarte er einen Schlag in den Nacken, verflog sein Unmut so schnell, wie er gekommen war. »Bisher läuft es ganz gut«, sagte er ausweichend.

Auf der Zugfahrt hierher hatte er sich ausgemalt, wie er Alexander sein neues Leben in den buntesten und aufregendsten Farben schildern würde. Mit seiner neuen Charivari-Kette, die er sich in Würzburg gekauft hatte, hatte er ihn wie ein vornehmer Herr beeindrucken wollen. Doch nun verspürte er auf einmal keine Lust mehr, über sich zu reden oder gar mit seinen Erfolgen zu prahlen. Irgendetwas stimmte nicht…

Auf den ersten Blick machte Alexander einen guten Eindruck. Er war nicht mehr so mager wie einst, er trug auch keine Hochwasserhosen mehr wie in Laichingen. Aber eine große Anspannung, eine innere Unruhe ging von ihm aus. Und dann dieses Lodern in seinen Augen! Der Freund wirkte, als würde er bei einer unachtsamen Bewegung wie ein Glas in tausend Scherben zerspringen. Was war los mit dem Freund?, fragte Anton sich und hatte gleichzeitig Angst vor der Antwort.

»Und? Wie geht es dir so?«, wollte er betont fröhlich wissen. Noch während er sprach, hielt er den Atem an.

Ungelenk kickte Alexander mit dem rechten Fuß ein paar Kieselsteine weg. »Das verdammte Bein macht Probleme. Es gibt Tage, da schaffe ich es kaum zum

Bahnhof. Und wenn ich nach ein, zwei Stunden Zeichenunterricht wieder aufstehe, ist es so taub, dass ich mich fast nicht traue, es zu belasten. Ein paar Mal bin ich schon gestolpert und hingefallen.«

Anton presste die Lippen aufeinander. Es gab Geschichten, an die er sich nur ungern erinnerte – und die von Alexanders Bein gehörte dazu.

Als Mimi Reventlow Alexander letztes Jahr freudestrahlend eröffnet hatte, dass er zur Stuttgarter Kunstschule eingeladen sei, hatte Alex' Vater sich quergestellt – sein Sohn sollte Weber werden, so wie er einer war! Alexander und seine Mutter hatten alles versucht, um Klaus Schubert umzustimmen, aber kein Bitten und Betteln hatte geholfen. Heute konnte Anton nicht mehr nachvollziehen, wie er auf die Schnapsidee mit der Selbstverletzung gekommen war, aber eines Tages hatte er den Freund bedeutungsvoll gefragt: »Was, wenn du für die Arbeit am Webstuhl körperlich nicht mehr geeignet wärst?« Kreidebleich war Alexander geworden! Doch am Ende hatte er keinen anderen Weg gesehen, seinen Traum zu verwirklichen, als den, den Anton vorschlug: Mit der Axt von Josef Stöckle hatte er sich beim Holzhacken »versehentlich« in den Unterschenkel gehackt. Es war eine schwere Verletzung geworden – Sehnen, Gefäße und der Knochen waren durchtrennt, zerstört, angebrochen. Er würde zwar wieder gehen können, hatte der Laichinger Arzt gesagt, aber den Beruf des Webers würde er nicht ausüben können. Trotz der Schmerzen hatte Alexander aufgeatmet. Seine Rechnung ging also auf! Die Freude hatte jedoch nicht lange gewährt: Noch während er im Krankenzimmer des Arztes lag, hatte sich sein Vater das Leben genommen. Und Alexanders Opfer war umsonst gewesen.

Was für eine traurige Ironie des Schicksals, dachte Anton nun. »Wenn es wärmer wird, tut das deinem Bein bestimmt gut«, sagte er tröstend. »Und sonst so? Wie ist es in der Kunstschule? Hast du schon dein erstes Kunstwerk gemalt?«

Statt auf seinen Scherz einzugehen, verdüsterte sich Alexanders Miene. »Es gibt da eine Clique – sie nennen sich Lupi – die Wölfe –, bei denen wäre ich gern dabei. Sie kommen alle aus reichem Elternhaus, aus der so genannten feinen Gesellschaft. Die haben bei uns das Sagen. Die machen nur, was sie wollen, ob außerhalb der Schule oder im Kunstunterricht. Und wenn ihnen jemand querkommt, dann scheren sie sich einen feuchten Kehricht drum! An die reicht unsereiner nie heran...«

Mitschüler, die sich »Wölfe« nannten? Was für ein Quatsch, dachte Anton. Laut sagte er: »Wenn dir etwas an den Jungs liegt, dann mach doch mit bei denen!«

Alexander fuhr herum wie ein gereiztes Tier. »*Mach doch mit!*«, wiederholte er höhnisch. »Dass von dir so ein Spruch kommt, hätte ich mir ja denken können. Du hast ja keine Ahnung! Als ob die ein Landei wie mich in ihren Kreis aufnehmen würden!« Doch sofort wurde seine Miene wieder mutlos. »Die hassen mich, Anton«, sagte er leise und mit so zittriger Stimme, dass Anton das Schlimmste befürchtete. Der Freund würde doch nicht zu weinen beginnen?

»Die äffen bei mir alles nach – meinen Dialekt, meine Lahmheit. Jeden Tag lassen sie mich spüren, dass ich der dumme, arme Älbler bin. Alles, was ich male oder zeichne, ziehen sie in den Dreck. Und als es Anfang des Jahres danach aussah, dass ich wegen eines Affronts die Schule verlassen muss, köpften die Wölfe im Unterricht eine Flasche Sekt, so ergötzte sie der Gedanke, mich bald los zu sein.«

Ein Affront zu Jahresbeginn? Ein drohender Schulausschluss? Warum wusste er von all dem nichts?, fragte sich Anton. Verflixt, warum war er nicht früher nach Stuttgart gefahren? Tief drinnen hatte er doch geahnt, dass etwas nicht stimmte mit Alexander…

»Diese Wölfe scheinen ziemliche Lackaffen zu sein«, sagte er heftig. »Mensch, Alex, lass dir von denen doch nicht den Schneid abkaufen!« Er versetzte dem Freund einen spielerischen Stoß. Doch statt ihn durch seine Worte aufzurichten, wie er es erhofft hatte, sank der Webersohn noch mehr in sich zusammen.

So sehr der jämmerliche Anblick seines Freundes ihn auch verstörte, so spürte Anton im selben Moment Wut in sich aufsteigen. »Jetzt lass dich nicht so hängen!«, sagte er heftig. »Du darfst denen erst gar keine Angriffsfläche bieten! Wenn die spüren, dass sie Erfolg haben mit ihren Gemeinheiten, dann quälen sie dich immer weiter. Schau durch diese Typen einfach hindurch, die können dir doch egal sein! Du bist wegen deines Könnens in dieser Schule – sie nur wegen des Geldes ihrer Väter!« Er spuckte verächtlich auf den Boden. Als Alexander noch immer nicht reagierte, sagte er: »Wenn du willst, verprügle ich den Oberwolf für dich.

Ich warte heute Abend am Schultor, und du gibst mir ein Zeichen, wer der Anführer ist!«

Unwillkürlich musste Alexander lachen. »Ach Anton, ich hab dich so vermisst!«, sagte er dann und klang schon ein wenig frohgemuter.

»Dann folge meinem Rat!«, knurrte Anton und beschloss, den frohen Moment zu nutzen. Er zog ein kleines Notizbuch und einen Bleistift aus der Tasche – beides hatte er zuvor gekauft – und hielt es dem Freund hin. »Ich habe eine Bitte – könntest du mir ein Porträt von Christel zeichnen? Du weißt ja, ich suche sie noch immer. Wenn ich den Leuten ein Bild von ihr zeigen könnte, wäre alles einfacher.«

*

Wie immer, wenn Alexander einen Stift oder Pinsel in der Hand hatte, war er wie in einer anderen Welt. Vergessen war sein schmerzendes Bein, vergessen war auch Anton, der ungeduldig neben ihm auf der Bank hin und her rutschte. Christels Porträt machte ihm keine Mühe, er hätte fast jeden Laichinger aus der Erinnerung malen können. Dass jedes Gesicht anders aussah, obwohl doch jeder Mensch eine Nase, zwei Augen und einen Mund besaß, hatte ihn schon als kleinen Jungen fasziniert. »Starr die Leute nicht so an, das ist unhöflich!« oder »So viel, wie du durch die Gegend schaust, fallen dir noch mal die Augen aus!«, hatte er von seiner Mutter immer wieder zu hören bekommen. Aber ihm, dem stillen, zurückgezogenen Jungen, war das Schauen nun einmal leichter gefallen als das ungezwungene Miteinander, das seine Schulkameraden pflegten. Einzig mit Anton hatte er immer schon reden können.

Nach ungefähr zehn Minuten gab er Anton das Notizbuch zurück. »Hier hast du deinen Schatz.«

Anton, der eine Zigarette geraucht hatte, stieß einen leisen Pfiff aus. »Alle Achtung! Das ist Christel, wie sie leibt und lebt.«

Während Alexander sich noch in Antons Bewunderung aalte, schaute dieser Christels Porträt weiter an.

»Gefällt es dir doch nicht?«, fragte Alexander unsicher.

»Doch, sehr sogar! Mir kommt da nur gerade ein Gedanke ...« Antons Augen funkelten unternehmungslustig, als er den Freund anschaute. »Mit solchen Zeichnungen könntest du auf den Märkten, die ich besuche, viel Geld verdienen. Die Leute würden Schlange stehen, um sich von dir porträtieren zu lassen! Mensch, das ist doch die Idee, warum vergisst du die Kunstschule nicht einfach und kommst mit Mimi und mir mit?«

»Ich soll ... was?« Fast erschrocken rückte Alexander von Anton ab. War der Freund verrückt geworden? »Das ... das geht nicht!«

»Alles geht, wenn man nur will«, sagte Anton bestimmt. »Nur weil du ein Stipendium bekommen hast, bist du denen noch lange nichts schuldig.«

Alexander schwieg. Ja, er hasste die Schule und das ganze Drumherum. Doch die Vorstellung, nicht weiter lernen zu dürfen, war unerträglicher als der Gedanke an alle noch kommenden Hänseleien der Wölfe.

Anton, der sein Schweigen als Zustimmung deutete,

kam nun erst recht in Fahrt. »Ich weiß, du wolltest die ›große Kunst‹ lernen. Aber glaube mir, Geld verdienen ist auch eine Kunst! Außerdem – sind die größten Kunstwerke nicht eh schon alle gemalt? Da Vincis Mona Lisa, die Rubensgemälde, die Malereien von Michelangelo in der Sixtinischen Kapelle... Was willst du da noch großartig hinzufügen?«

Alexander glaubte, nicht richtig zu hören. »Kunst ist doch nichts, was nur in Museen und in italienischen Kapellen zu finden ist! Kunst ist allgegenwärtig! Diese Häuserfront hier, der Lichteinfall in jedem einzelnen Fenster, der Schattenwurf der kahlen Bäume, du, ich, einfach alles ist Kunst, wenn man es mit dem entsprechenden Blick betrachtet. Der Umgang mit Farbe, das Entschlüsseln von Formen, dreidimensionales Denken und Malen – es gibt so vieles, von dem ich noch lange nicht genug weiß! Ich will nicht reich oder berühmt werden, ich will einfach lernen, verstehst du? Der Rest ist zweitrangig«, sagte er tapfer.

Anton, der wusste, wann er sich geschlagen geben musste, lachte gutmütig auf. »Nur nicht unterkriegen lassen – so gefällst du mir schon besser.« Er klopfte Alexander auf die Schulter. »Falls du es dir je anders überlegst – an meinem Marktstand bist du immer willkommen.« Er stand auf, und Alexander tat es ihm gleich. »Wann bist du heute Abend fertig? Lass uns ein paar Bier trinken, und vielleicht passiert sogar noch mehr. Es heißt doch immer, die Stuttgarter Mädchen seien die schönsten.«

»Und was ist mit Christel?« Alexander runzelte die Stirn.

Anton schnaubte. »Was soll mit der schon sein?«

»Aber... Ich dachte, du liebst sie...«

»Liebe? Das war einmal! Das verlogene Miststück hat mich verraten und verkauft. Wir wollten gemeinsam weggehen aus Laichingen, stattdessen hat sie sich mit meinem Geld auf und davon gemacht. Ich sag dir, wenn ich sie jemals finde, dann gnade ihr Gott...«

Christel hatte sich mit Antons Geld auf und davon gemacht? Wann hatte Anton je Geld besessen?, fragte sich Alexander verwirrt. Scheinbar gab es einiges, was er über den Freund nicht wusste.

»Jetzt schau nicht wie ein Schaf. Das war ein Scherz, eine Redewendung, mehr nicht«, sagte Anton, der sein Unwohlsein zu spüren schien. »Für mich ist es völlig in Ordnung, dass Christel ihrer Wege gegangen ist, wir beide tun ja nichts anderes. Ich würde mich lediglich gern einmal mit ihr unterhalten, Erfahrungen austauschen und so... Wie wir zwei es gerade tun...«

Alexander nickte vage, dann verabschiedeten sie sich. Wann immer er im Südwesten des Kaiserreichs unterwegs wäre, würde er bei Alexander vorbeischauen, versprach Anton. Wer's glaubt, wird selig, dachte Alex bei sich. Allem Anschein nach gab es ja jetzt in Antons Leben sehr viel wichtigere Dinge als ihre alte Freundschaft.

4. Kapitel

Anton hatte keinen Scherz gemacht, er schien Christel wirklich zu hassen, dachte Alexander beklommen, während er mit pochendem Bein zur Schule zurückhumpelte. Dass sein Freund auch eine zweite, dunklere Seite besaß, hatte er schon immer gespürt. Doch er hatte diesem Umstand nie weitere Beachtung geschenkt, im Gegenteil – irgendwie hatte er Anton dafür stets ein wenig bewundert. Vielleicht musste man so abgebrüht sein, um gut durchs Leben zu kommen, dachte er. Oder war es eher die Kombination von mehreren Eigenschaften, die Anton so stark und unantastbar erscheinen ließ? Während er mit seiner schmächtigen Statur noch daherkam wie ein Bub, wirkte Anton mit seinen breiten Schultern, seinem hohen Wuchs und dem charmanten Auftreten wie ein Mann Mitte oder Ende zwanzig! Warum nur konnte er nicht ein wenig mehr wie Anton sein?, dachte Alexander traurig. Dann würde er leicht seine Tipps umsetzen und den Wölfen Paroli bieten können.

Am Nachmittag hatten sie Unterricht im Aktzeichnen. Er hörte schon jetzt die geflüsterten Hänseleien seiner Schulkameraden darüber, dass es bei ihm als

Nacktmodell bestimmt nichts zu malen gäbe... Verflixt, warum konnte man nicht die Ohren schließen wie die Augen?

Unvermittelt hatte Alexander einen Kloß im Hals, und er schluckte hart gegen die Tränen an. Du bist und bleibst eine Memme! Kein Wunder, dass die andern dich hänseln, fuhr er sich stumm an. Im selben Moment sah er, wie Mylo aus dem Schulgebäude kam. Er trug seine abgewetzte Ledertasche bei sich und wirkte gehetzt, als habe er einen Termin.

Alexanders Herz schlug einen Takt schneller. Mylo war sein Lieblingslehrer. Hätte er sich nicht so für ihn, Alexander, eingesetzt, wäre er nach der Geschichte mit dem eisigen Kreuz im Januar von der Schule geflogen. Und als wäre das nicht schon genug, lobte Mylo ihn immer wieder für seine Fortschritte im Malen und Zeichnen, wo andere ihn tadelten. Allem Anschein nach hielt Mylo ihn für talentiert.

Ohne Mylo hätte er wahrscheinlich längst die Segel gestrichen, dachte Alexander und duckte sich in den Schatten eines Hauses. Er wollte nicht, dass Mylo ihn so geknickt sah, bestimmt hielt er ihn auch längst für einen Schwächling.

Warum ein so berühmter Mann sich überhaupt für ihn einsetzte, war ihm schleierhaft. Mylo, dessen wahren Namen niemand kannte, war ein gefeierter Architekt! Seine Bauwerke waren im ganzen Kaiserreich bekannt – dass er trotz seiner Berühmtheit und seines Reichtums an der Stuttgarter Kunstschule lehrte, zeugte nur davon, was für einen feinen Charakter er hatte.

Im nächsten Moment hob Mylo den Blick, und Alexander sah, wie sich die Miene des Lehrers aufhellte.

»Alexander! Gut, dass ich dich treffe, die Stunde Aktzeichnen fällt aus, weil...« Er brach stirnrunzelnd ab. »Ist alles in Ordnung?« Sanft legte er Alexander die Hand auf die Schulter.

Es war diese kleine Geste der Zuneigung, die Alexanders Dämme endgültig einstürzen ließ. »Nichts ist in Ordnung!«, krächzte er, und bevor er etwas dagegen tun konnte, liefen ihm die Tränen über die Wangen.

Mylo schaute sich eilig um, dann zog er Alexander in den Park.

»Warum weinst du, um Himmels willen? Nun mal der Reihe nach, mein junger Freund, was ist denn los?«, fragte er, als sie just auf der Bank saßen, auf der Alexander gerade noch mit Anton gesessen hatte. Ein Rabe hatte sich daneben niedergelassen und pickte in Seelenruhe ein Stück altes Brot.

O Gott, wie peinlich! Alexander wischte sich mit der Hand die Tränen fort. »Mein bester Freund Anton war da, wir kennen uns von früher. Er sagt, ich dürfe den Lupi-Burschen keine Angriffsfläche bieten. Ich soll stark sein und mich wehren. Aber ich bin nicht so kraftstrotzend wie er! Und wie die andern bin ich auch nicht. Irgendwie fühle ich mich... nirgendwo zugehörig.« Er schluckte. »›Schuster, bleib bei deinen Leisten‹, heißt es nicht umsonst. Vielleicht ist es wirklich so, dass einer da hingehört, wo der liebe Gott ihn hingesetzt hat«, sagte er bitter. Der Rabe flog mit weit ausgebreiteten Schwingen davon.

»Was redest du für einen Unsinn! Nach Laichingen

gehörst *du* ganz gewiss nicht«, sagte Mylo so heftig, dass Alexander erschrocken aufschaute.

»Dass du an deinem Können zweifelst, gehört zum Wesen eines Künstlers, es zeugt nur von deiner Feinfühligkeit und deiner inneren Zerrissenheit«, fuhr Mylo sanfter fort. »Davon könnten sich die von dir ach so bewunderten Wölfe eine Scheibe abschneiden, sie leiden nämlich alle an grenzenloser Selbstüberschätzung, wenn du mich fragst.«

Alexander spürte, wie er sich ein wenig entspannte. Das Wesen eines Künstlers – das hörte sich ziemlich gut an.

»Dein Bein …«, sagte Mylo unvermittelt. »Was ist eigentlich damit?«

Alexander biss sich auf die Unterlippe. Außer Anton wusste niemand Bescheid, und das sollte auch so bleiben, hatte er sich vorgenommen. Andererseits – Mylo war so gut zu ihm, warum sollte er seine Frage nicht ehrlich beantworten? Ohne noch weiter darüber nachzudenken, begann er zu erzählen, wie er sich selbst verletzt hatte, um zur Kunstschule gehen zu können.

»Was für eine Leidenschaft, was für eine Hingabe!«, sagte Mylo voller Bewunderung.

»Vor lauter Hingabe komm ich aber bald am Krückstock daher«, erwiderte Alexander mit einem Anflug von Galgenhumor.

Mylo schaute ihn düster an. »Und daran ist dann niemand anderes schuld als dein Heimatort! Dieses verdammte Weberdorf lässt die Menschen zu Verzweiflungstaten schreiten. Und es hält die Leute klein! Schau dir deine Stuttgarter Schulkameraden an, wie viel selbstbewusster sie sind – genau das musst du auch werden.«

»Aber wie soll mir das gelingen? Gibt's dieses Selbstbewusstsein irgendwo zu kaufen?«, sagte Alexander halb lachend, halb verzweifelt. Es war wirklich erstaunlich, wie gut Mylo sich in das Leben in Laichingen einfühlen konnte, dachte er.

Mylo breitete die Arme in einer dramatisch wirkenden Geste aus, die Stuttgart, die Kunstschule und sie beide einschloss. »Nur das Hier und Jetzt zählt! Wie eine Pflanze Nährstoffe aus dem Boden saugt, kannst du Kraft aus dem Hier und Jetzt schöpfen. Vergiss die Vergangenheit, sie macht dich nur schwach.«

Dass nur das Hier und Jetzt zähle, sagte seine Mutter auch immer, dachte Alexander. Das war ja alles schön und gut, aber wie lebte man nach dieser Maßgabe? Dass er so gar keine Ahnung von dem hatte, was Mylo meinte, zeigte doch nur, wie dumm er war.

»Ich wüsste ganz genau, was ich dir raten würde«, sagte Mylo, und eine warme Atemböe traf Alexander. »Die Frage ist nur – vertraust du mir?«

Verwirrt nickte er. »Ja, natürlich!«, sagte er eifrig.

Mylo sah ihn zufrieden an. »Du sagst, du bist anders als die andern – ist dir schon einmal der Gedanke gekommen, dass dies eine gute Sache ist? Mehr noch, dass du zu den wenigen Auserkorenen gehören könntest?«

Alexander stutzte. Zu welchen Auserkorenen?

»Schau mich an!«, sagte Mylo. »Bin ich wie die andern? Oder anders gefragt – wäre ich so erfolgreich, wenn ich wie die andern wäre?«

»Wahrscheinlich nicht«, sagte Alexander unsicher. Es tat gut, Mylo zuzuhören. Irgendwie erinnerte er ihn ein wenig an Mimi Reventlow. Auch sie hatte stets gewagt, neue, unangepasste Gedanken zu äußern.

»Mein Rat lautet: Kultiviere dein Anderssein! Du brauchst einen Krückstock? Dann geh auf den Markt und kauf dir einen. Verziere ihn mit Silber, Edelsteinen oder was immer dir gefällt! Stehe zu deinem kaputten Bein, es ist *dein* besonderes Merkmal, es gehört zu dir, so wie ein Muttermal oder eine hohe Stirn oder eine zu lange Nase. Schäme dich nicht wegen deines hinkenden Ganges, sondern tu so, als wäre Humpeln der neueste Modetrend! Und du wirst sehen, bald werden die Leute zu dir aufschauen und dich wegen deiner Besonderheit bewundern, das verspreche ich dir.«

Gebannt hatte Alexander zugehört. Doch er war schon zu lange gefangen in seinem Netz aus Selbstmitleid, Unsicherheit und Angst, als dass er diese neuen Ideen offen hätte annehmen können. »Ich weiß nicht… Ist es nicht schöner, irgendwo dazuzugehören, akzeptiert zu werden? Wer will schon ein Außenseiter sein?«, sagte er skeptisch.

Mylo lachte auf. »Ein Außenseiter! Ersetze dieses dumme Wort durch eins wie Vordenker, Wegbereiter oder… Genie, dann wird ein Schuh draus! Die meisten Menschen sind wie Lämmer – statt ihren eigenen Weg zu gehen, trotten sie brav mit der Herde mit. Und was die von dir so bewunderten Wölfe angeht – ihr gepflegtes Rebellendasein hört spätestens dann auf, wenn ihre Herren Väter die monatliche Zahlung einstellen«, sagte er spöttisch. Gleich darauf wurde er wieder ernst. »Du wirst hart arbeiten müssen, um der zu werden, der du tief drinnen bist. Aber eins kann ich dir versprechen – wenn du meinen Ratschlägen folgst, dann sorge ich dafür, dass du dich entfalten wirst wie ein Pfau, wunderschön und farbig...«

»Ein Pfau?« Alexander grinste schief. Er hatte noch nie einen Pfau in natura gesehen, nur die eine oder andere Abbildung. Es hieß, in der Stuttgarter Wilhelma gäbe es Pfaue...

»Diese Tiere sind wunderschön«, sagte er, »wie kommen Sie darauf, mich ausgerechnet mit einem Pfau zu vergleichen?«

»Wahrscheinlich sehe ich viel mehr in dir, als du selbst es tust«, sagte Mylo. »Wie wäre es übrigens, wenn du dich ab sofort Pfau nennst? Ein Künstlername schadet nicht, schau mich an!«

»Ich und ein Künstlername?« Alexander schüttelte den Kopf. »Da würden die Wölfe Augen machen, wo sie sich auf den Namen ihrer Gruppe so viel einbilden! Und ich weiß nicht... Pfau hört sich irgendwie komisch an.«

Mylo verzog den Mund. »Du hast recht. Wie wäre es mit Peacock? Das ist Englisch. Oder nein, warte, noch besser wäre das französische Wort für Pfau: Paon.«

»Paon...«, wiederholte Alexander, und das Wort schmolz wie warmer Honig auf seiner Zunge. »Das klingt mystisch schön wie ein Nebeltag auf der Schwäbischen Alb.«

»Wie kannst du an einem schönen Märztag wie diesem an den Nebel denken?«, sagte Mylo lachend. Doch Alexander glaubte, einen Hauch Ärger aus diesem Lachen herauszuhören. Und tatsächlich, mit zusammengezogenen Brauen und strengem Blick schaute Mylo ihn an. »Wo du herkommst, hat ab jetzt niemanden mehr zu interessieren. Dieses Laichingen ist wie ein Hemmschuh, der dich drückt und plagt. Du musst dich von allem lossagen, was dich an die Vergangenheit bindet. Keine Besuche mehr! Keine Briefe mehr! Keine Gedanken an das, was einmal war. Kann dir deine Mutter etwa helfen, hier in Stuttgart zu bestehen? Kann dir dein Freund Anton helfen oder einer deiner alten Schulkameraden?«

Alexander biss sich auf die Unterlippe. »Irgendwie ja. Im Dorf helfen alle, damit meine Familie mir den Aufenthalt in Stuttgart ermöglichen kann. Das Stipendium ist das eine, aber daheim fehlt das Geld, das ich in Herrmann Gehringers Fabrik verdient hätte…«

Mylo zuckte zusammen, als habe er einen Peitschenschlag bekommen. »Diesen Gehringer solltest du als Allererstes vergessen. Männern wie ihm wäre es am liebsten, sie könnten die Leute noch wie Sklaven halten«, sagte er so heftig, dass kleine Spuckefetzen aus seinem Mund flogen.

Alexander schnaubte zustimmend. Er vermochte sich zwar nicht daran zu erinnern, dem Lehrer schon einmal von dem verhassten Webereifabrikanten erzählt zu haben, doch Mylo schien dennoch eine gute Vorstellung von den Arbeitsbedingungen auf der Alb zu besitzen…

Mylo beugte sich näher an ihn heran. »Ab jetzt beginnt ein neues Leben für dich, unter meinen Fittichen wirst du bald so viel Geld verdienen, dass du die Almosen aus Laichingen nicht mehr brauchst. Du wirst reich *und* berühmt sein. Dein Name wird in Künstlerkreisen in aller Munde sein. Deshalb sag dich frei, ein für alle Mal! Du hast mich, Paon, das reicht...«

5. Kapitel

Friedrichshafen, ein Jahr später, März 1913

»Bis heute Abend! Viel Erfolg auf dem Frühlingsmarkt.« Mimi umarmte Anton kurz.

»Und hab du viel Spaß im Fotoatelier!« Ihr noch einmal kurz zunickend ging Anton mit großen Schritten in Richtung des Marktgeländes davon, das ein wenig außerhalb des Stadtkerns lag. Auf der linken Schulter trug er seinen Klapptisch, rechts eine Tasche mit seinen Postkarten. Sie war heute besonders prall gefüllt.

Lächelnd schaute Mimi ihm nach. Anton war doch heute noch erwartungsvoller als sonst. Schon beim Frühstück in ihrer kleinen Pension hatte er kaum stillsitzen können. »Heute wird die Kasse kräftig klingeln!«, hatte er behauptet.

Wahrscheinlich behielt er sogar recht, dachte Mimi, während sie die Friedrichshafener Uferstraße entlangging. Die Sonne schien, und obwohl ein eisiger Wind wehte, waren die Straßen schon voller Menschen. Der Jahrmarkt war in der ganzen Region bekannt und zog viele Besucher von nah und fern an.

Was Antons Erwartung, einen guten Umsatz zu machen, noch weiter beflügelte, war die Tatsache, dass es Mimi letzte Woche gelungen war, außer einigen schönen Stadtansichten auch eins der Luftschiffe über der Manzeller Bucht malerisch einzufangen. Der glitzernde Bodensee, dazu der Zeppelin in der Luft und zeitgleich darunter ein in den Hafen einfahrendes Passagierschiff – Mimi war im Glück gewesen und Anton sowieso! Von diesem Motiv hatte er in ihrer Stammdruckerei in Ulm drei Mal so viele Postkarten drucken lassen wie normalerweise.

»Ist das nicht ein bisschen übertrieben?«, hatte Mimi ihn stirnrunzelnd gefragt. »Hier in der Gegend gibt es sicherlich viele Postkarten mit Zeppelin-Motiv...«

Anton hatte nur den Kopf geschüttelt. »Dieses Motiv kann ich überall verkaufen, nicht nur hier in Friedrichshafen. Der Zeppelin steht schließlich für das Moderne und den technischen Fortschritt, und wer will davon nicht ein Stück besitzen, selbst wenn es lediglich in Form einer Postkarte ist?«, sagte er. Mimi konnte über so viel vorausschauenden Geschäftssinn nur staunen.

Gerade noch rechtzeitig waren die Postkarten gestern per Kurier in der Pension angekommen. Fast andächtig betrachtete Anton sie. »Niemand fotografiert so schön wie du!«, hatte er zu Mimi gesagt.

Und niemand schmeichelte so gut wie Anton... Doch tief in ihrem Innern hatte sie sich über sein Lob gefreut.

Wer hätte gedacht, dass sie beide so gut als Reise- und Geschäftspartner harmonierten, ging ihr nicht zum ersten Mal durch den Sinn, während ihr Blick über den glitzernden See schweifte. Anton hatte ein angenehmes Wesen, und an ihre Abmachung hielt er sich ebenfalls. Nach Abzug aller Kosten überreichte er Mimi stets die Hälfte von seinem Gewinn. Was sie davon nicht zum Leben brauchte, legte sie zur Seite. Wie wichtig ein Notgroschen für schlechte Zeiten war, hatte sie in der Zeit bei ihrem Onkel Josef schließlich auf bittere Weise gelernt.

In manchen Monaten machten Antons Gelder den Löwenanteil ihres Einkommens aus. Und Mimi verdrängte mit aller Macht die beängstigende Frage, ob für sie als Fotografin die nächsten schlechten Zeiten nicht schon längst begonnen hatten.

Schluss mit den trüben Gedanken, mit Schwarzmalerei kam man eh nicht weiter, dachte Mimi, als nach wenigen Minuten das Fotoatelier, dessen Einladung sie schon Ende letzten Jahres erreicht hatte, in Sicht kam.

Das Atelier Schwarzenstein war in einem imposanten Gebäude untergebracht, seine Front umfasste drei große Fenster und eine gläserne Tür, allesamt mit floralen Elementen verziert. Das Atelier lag in einer eleganten Einkaufsstraße und in bester Nachbarschaft zu einem Hutmacher, einem Café, einem Tabakladen und einem Friseur.

Hier in Friedrichshafen würde nicht nur Anton gutes Geld verdienen, sondern auch sie. Mimi hielt ein paar Meter vor dem Eingang inne und fuhr mit den Händen prüfend über ihre elegante Hochsteckfrisur.

Es sei ihm eine Freude, sie im kommenden Frühjahr als Verstärkung in seinem Atelier begrüßen zu dürfen, hatte Herr Schwarzenstein in seiner Einladung geschrieben. Vor Jahren war sie schon einmal als Gastfotografin hier gewesen und hatte sich sehr wohl gefühlt. Die Schwarzensteins waren freundliche Leute, die Kundschaft war neuen Ideen gegenüber sehr aufgeschlossen gewesen, so mancher hatte auf Mimis Vorschlag hin sogar eine Außenaufnahme gewagt. Die Kasse hatte deshalb kräftig geklingelt. Dazu der Bodensee vor der Tür… Sehr viel besser konnte sie es als Gastfotografin nicht antreffen.

Erwartungsvoll drückte Mimi die Türklinke hinunter. Ein kleines Glöckchen ertönte. Lächelnd trat sie ein.

Der Laden war leer, doch hinter dem schwarzen Vorhang, der eine kleine Küche verbarg, war Geraschel zu hören.

»Einen wunderschönen guten Tag!«, sagte sie. Ein schwacher Duft nach Lavendel lag in der Luft. Mottenkugeln? Mimi hob skeptisch die Brauen.

Es dauerte einen Moment, bis Herr Schwarzenstein mit einer Zeitung in der Hand erschien. Das professionelle Lächeln, mit dem er stets seine Kunden begrüßte, schwand, als er Mimi erblickte. Eilig legte er die Zeitung fort. »Frau Reventlow…«, sagte er und klang ein wenig gequält.

Wie eigenartig, dachte Mimi, während sie sich über die Ladentheke hinweg die Hände reichten.

»Sie glauben gar nicht, wie ich mich über Ihre Einladung gefreut habe, überall grünt und blüht es schon in Ihrem schönen Friedrichshafen!«, sagte sie betont fröhlich. »Geht es Ihnen gut? Wie laufen die Geschäfte?«

Je erwartungsvoller sie ihn anschaute, desto unglücklicher wurde die Miene des Fotografen. Er zeigte auf die kleine Sitzgruppe vor dem mittleren Fenster und bat sie, sich zu setzen. Ihren Mantel nahm er ihr nicht ab, registrierte Mimi erstaunt und beunruhigt zugleich.

»Die Geschäfte... Ich... Tja, wie soll ich es sagen...« Er strich über seinen gepflegten Bart. »Das ganze vergangene Jahr war eine Katastrophe! Die Geschäfte gehen so schlecht, dass ich zu einem drastischen Schritt gezwungen bin«, sagt er händeringend. »Liebe Frau Reventlow, es tut mir so leid, aber ich muss meine Einladung an Sie widerrufen. Ich kann mir eine Gastfotografin schlicht nicht mehr leisten.«

Mimi glaubte, nicht richtig zu hören. »Aber... wieso... Ich verstehe nicht...« Unruhig rutschte sie auf dem kleinen Sessel hin und her.

»Es liegt nicht an Ihnen!«, sagte der Fotograf eilig. »Es sind vielmehr die Knipser, die mir das Leben schwer machen. Wo man geht und steht, sieht man sie mit ihren kleinen handlichen Balgen- oder Boxenkameras.« Er schüttelte betrübt den Kopf. »Familien, bei denen ich bisher jede Kindstaufe, jede Konfirmation oder Hochzeit fotografisch festgehalten habe, beauftragen mich nicht mehr, weil der gnädige Herr Papa nun selbst fotografiert. Drüben, beim Luftfahrzeug-Motorenbau...« – er wies in Richtung des Sees – »da machte nicht etwa ich die Fotografien zur Einweihung des neuen Firmengeländes, sondern einer der Ingenieure. Der Herr hat erst kürzlich seine ›Leidenschaft fürs Fotografieren‹ entdeckt, teilte er mir freudestrahlend mit, als er seine Glasplatten zum Entwickeln brachte«, fügte Schwarzenstein ironisch an. »Für die Arbeit in der Dunkelkammer bin ich noch gut genug, aber wie soll man davon leben?« Er schaute Mimi verzweifelt an. »Wenn das so weitergeht, können wir bald alle einpacken, Frau Reventlow«, sagte er.

Mimi, die bisher schweigend zugehört hatte, runzelte die Stirn. »Sehen Sie das nicht zu düster? Vielleicht ist es nur vorübergehend so, bis... Es stimmt, auch mir begegnen immer mehr dieser... Freizeitfotografen. Aber was sie fabrizieren, kann man doch nicht mit unserer Handwerkskunst vergleichen!«, sagte sie, und ihre Empörung richtete sich nicht allein gegen die Knipser. Warum hatte Herr Schwarzenstein ihr nicht *vor* ihrer Anreise Bescheid gegeben, dass aus dem Auftrag nichts wurde? Dann hätte sie die lange Fahrt von Darmstadt, wo sie zuvor gewesen war, gar nicht erst angetreten.

Als könne er Gedanken lesen, sagte er: »Ich hätte Ihnen früher Bescheid geben müssen, ich weiß. Aber wie sagte schon Cicero? *Dum spiro spero* – solange ich atme, hoffe ich! Glauben Sie mir, ich hatte so sehr gehofft, dass das Geschäft im neuen Jahr wieder anzieht und ich nicht zu diesem Schritt gezwungen sein würde...«

*

»Anton, sei so gut und pass kurz auf meinen Stand auf, ja?«

Anton warf seinem Nachbarn nur einen Blick zu. »Na klar! Wenn du mir einen Kaffee mitbringst...« Mit der linken Hand überreichte er dem Messerschleifer seinen Blechbecher, mit der rechten seiner Kundin das Wechselgeld und einen kleinen Stapel Postkarten. »Auf Wiedersehen, gnädige Frau! Und schicken Sie ruhig all Ihre Freundinnen vorbei. So schöne Damen wie Sie haben nur das Allerbeste verdient!« Er lächelte galant.

Die Wangen der Frau röteten sich vor Freude, ehe sie davoneilte.

Zufrieden ließ Anton seinen Blick schweifen, während er die einzigartige Duftmischung aus Zuckerwatte, gebratenen Würsten und Räucherfisch inhalierte, die über dem Markt hing. Was für ein Gegensatz zu früher! Bevor er wusste, wie ihm geschah, hatte er auf einmal einen anderen, sehr viel unangenehmeren Geruch in der Nase. Es war der Gestank von zu oft erhitztem Bratfett und der saure Mief von verschüttetem Bier aus dem elterlichen Gasthof Ochsen. Anton holte tief Luft. Vorbei und vergessen! Was zählte, war das Hier und Jetzt und dieser schöne Jahrmarkt. Er winkte grinsend über die nächste Standreihe hinweg Kochtopf-Kati zu, die immer einen der größten Stände hatte und deren sonore Stimme auch noch den lautesten Markttrubel durchdrang. Wohin er auch schaute – an fast jedem Stand sah er ein bekanntes Gesicht, denn viele der Händler bereisten wie er das halbe Kaiserreich und fuhren von Markt zu Markt. Da war zu seiner Rechten der Messerschleifer Schorsch, sein Freund. Ein Stück weiter stand der Drehorgelmann mit seinen zwei kleinen Hunden – sein Bart war so lang, dass er über die Knie reichte. Der alte Mann aus Herrenberg mit den selbst geschnitzten Pfeifen war da und Emil mit den wollenen Männerunterhosen. Er war ein weiterer guter Bekannter von Anton, sie hatten schon halbe Nächte hindurch miteinander Karten gespielt. Und auch mit den ansässigen Händlern, die nur für diesen einen Tag im Jahr einen Marktstand hatten, kam man schnell ins Gespräch.

Im Grunde waren sie wie eine große Familie, dachte Anton zufrieden, als eine ältere Dame resolut auf die Zeppelin-Postkarten tippte. »Ein halbes Dutzend bitte!«

Versiert wie ein Kartenspieler fächerte Anton die Postkarten zuerst einmal auf, dann stapelte er sie fein säuberlich wieder zusammen. »Bitte schön, gnädige Dame!«

Er steckte die Münzen zu den anderen in seiner rechten Hosentasche. Kein Traum, sondern Realität, dachte er lächelnd. Und das alles hatte er Mimi zu verdanken – ohne sie wäre er wahrscheinlich nie aus Laichingen hinausgekommen.

Seit vierzehn Monaten reiste er nun schon mit Mimi Reventlow von Ort zu Ort. Manchmal trennten sie sich auch für ein paar Tage, weil er einen entfernter gelegenen Markt besuchen wollte. War das der Fall, hatte er zwar keine Postkarten des jeweiligen Ortes im Angebot, dafür aber ein eigens für solche Märkte zusammengestelltes Repertoire: Glückwunschkarten aller Art, auf denen Blumen, Landschaften, eine Pferdeherde oder andere originelle Ansichten wie der Zeppelin zu sehen waren. »Frohe Geburtstagswünsche«, »Zum Namenstag«, »Ein gutes neues Jahr« – die Leute kauften gern ein oder zwei Karten auf Vorrat, und so ging auch diese Geschäftsidee auf.

Gab es tatsächlich einmal weit und breit keinen Markt, suchte er sich eine Gelegenheitsarbeit. Lust, nur herumzuhocken, während Mimi ihrer Arbeit nachging, hatte er nämlich nicht.

Morgen würde er ins Zeppelinwerk gehen und fragen, ob sie aushilfsweise einen kräftigen Arbeiter gebrauchen konnten, dachte er resolut. Die Frage war nur – wie lange würden sie in Friedrichshafen bleiben? Ihm war schon seit längerem bewusst, dass Mimis Gastanstellungen immer kürzer wurden. Warum dies so war, verstand er nicht, doch er fragte auch nicht nach. Zumal er den Eindruck hatte, dass Mimi dieses Thema sogar krampfhaft vermied. Egal, dachte er, er musste seine Zeit gut nutzen, wenn er hier in Friedrichshafen auch noch seine Suche nach Christel fortsetzen wollte. Dank der vielen Touristen gab es etliche elegante Geschäfte für die Damen, er würde in jeder Schneiderei, in jedem Hutladen vorbeischauen und Alexanders Zeichnung von Christel zeigen. Eines Tages würde er sie finden und dann…

Anton wurde grob aus seinen Gedanken gerissen, als ein schmuddeliger, vierschrötiger Mann seinen schweren Lederbeutel so abrupt auf dem Nachbarstand ablegte, dass der Tisch zu wackeln begann.

»Bitte etwas vorsichtiger, der Herr!«, sagte Anton und beäugte den Ledersack. Wenn sich darin nicht die Werkzeuge eines Wilderers befanden, fraß er einen Besen… »Der Schorsch kommt gleich zurück, vielleicht wollen Sie sich so lange bei mir umschauen?« Einladend wies er auf seine Postkarten.

Der Mann warf einen achtlosen Blick auf Mimis Friedrichshafener Ansichten. Er trat einen Schritt näher heran, und sein Atem roch faulig, als er Anton zuraunte: »Solang der Messerschärfer nicht da ist, haben vielleicht Sie unterm Tisch was *Scharfes* dabei?« Er lachte über seinen vermeintlichen Wortwitz.

Eine gut gekleidete Frau, die just in diesem Moment an Antons Stand getreten war, hob brüskiert die Brauen, dann ging sie kopfschüttelnd wieder davon.

»Schleich dich, Bursche, und komm später wieder«, zischte Anton dem Vierschrötigen zu.

Mit zwei Bechern dampfend heißem Kaffee in der Hand und zwei Wurstsemmeln unter einen Arm geklemmt, kehrte kurz darauf Messer-Schorsch zurück. »Und – war was los?«

Anton verneinte, dann griff er in seine Hosentasche, um dem Freund das Geld für seine Brotzeit zu geben.

»Lass stecken, das nächste Mal zahlst du«, sagte der Messerschleifer.

Anton bedankte sich. So waren sie nun mal, die Marktleute – ein eingeschworener, ehrenwerter Haufen!

Er hatte gerade herzhaft in seine Wurstsemmel gebissen, als er Mimi auf sich zukommen sah. Bevor er den Bissen heruntergeschluckt hatte, hob sie schon an: »Herr Schwarzenstein hat mich ausgeladen! Die Geschäfte laufen schlecht, scheinbar machen ihm immer mehr Freizeitfotografen das Geschäft streitig. Er sagt, dass er sich eine Gastfotografin nicht mehr leisten kann.« Entmutigt ließ sich Mimi auf den Klapphocker plumpsen, den Anton sich zusätzlich zu seinem Tisch hatte anfertigen lassen.

»Wie bitte? Der Mann hat dich doch extra schriftlich eingeladen! Das ist doch wie eine Art Vertrag, oder etwa nicht?« Er fuchtelte so heftig mit seiner Wurstsemmel herum, dass die Brösel durch die Luft flogen.

Mimi lachte traurig auf. »Und was nutzt mir das? Natürlich hätte ich fordern können, dass er mir wenigstens die Reisekosten hierher ersetzt. Aber ich war in dem Moment so vor den Kopf geschlagen...«

Anton nickte. Dass einem die besten Antworten erst später einfielen, das kannte er auch. Während Mimi sich eine Träne von der Wange wischte, tätschelte er unbeholfen ihre rechte Schulter. »Vergiss den Mann, wer sich nicht an sein Wort hält, ist es nicht wert, dass du ihm hinterhertrauerst. Und sein Honorar brauchst du auch nicht«, sagte er rau. »Von dem, was ich auf den Märkten verdiene, können wir gut leben, bis du wieder einen Auftrag hast.« Noch während er sprach, versammelten sich drei Frauen vor seinem Stand. Während zwei sich entzückt über die Postkarten ausließen, warf die dritte Mimi, die noch immer wie ein Häufchen Elend dasaß und nicht auf Antons Vorschlag reagierte, einen skeptischen Blick zu.

Er lächelte Mimi aufmunternd an. »Warum gehst du nicht eine Runde über den Markt und kaufst dir eine Bratwurst? Oder ein Fischbrötchen. Und es gibt so viel Schönes hier zu sehen! Heute Abend sprechen wir in aller Ruhe über alles, einverstanden? Wir sehen uns um sieben in dem kleinen Gasthaus direkt neben der Pension«, sagte er so bestimmt wie möglich, dann wandte er sich seinen potenziellen Kundinnen zu. »Gnädige Damen – was darf ich für Sie tun?«

Pünktlich um sieben trafen sie sich in dem von Anton genannten Gasthaus. Während er immer wieder den großen Berg Münzen in seiner Hosentasche tätschelte und vor lauter guter Laune am liebsten eine Lokalrunde ausgegeben hätte, war Mimi noch so niedergeschlagen wie am Morgen. Was konnte er nur tun, damit es ihr wieder besser ging?, rätselte Anton und beschloss, den Stier bei den Hörnern zu packen und das Thema Gastanstellungen nicht länger totzuschweigen.

Nachdem sie ihr Essen bestellt hatten und die Bedienung ihre Getränke gebracht hatte, kam er deshalb gleich zur Sache. »Mimi... Was bedrückt dich? Es kann doch nicht nur dieser dumme Herr Schwarzenstein sein.« Obwohl sie sich nun schon seit einiger Zeit duzten, fühlte sich das »Du« manchmal – und gerade war so ein Moment – für ihn noch immer ungewohnt an.

»Du hast recht, Herr Schwarzenstein allein ist es nicht. Vielleicht war das heute nur der Tropfen, der das Fass zum Überlaufen brachte.« Die Fotografin zuckte resigniert mit den Schultern. »Jetzt bin ich gerade einmal vierunddreißig Jahre alt und dennoch habe ich hin und wieder das Gefühl, dass die besten Jahre schon hinter mir liegen. Damals, als ich als Frau es gewagt habe, Wanderfotografin zu werden – dieses Gefühl des Aufbruchs... Ob ich das jemals wieder verspüren werde?«

»Wie bitte?« Zum zweiten Mal an diesem Tag glaubte Anton, nicht richtig zu hören. »Du bist eine der bekanntesten und erfolgreichsten Fotografinnen überhaupt!« Und du bist jung und schön, wollte er hinzufügen, doch damit hätte er sich nicht wohlgefühlt. Komplimente dieser Art machte er Mimi nicht. »Schau dir doch an, wie die Leute mir deine Ansichten aus den Händen reißen«, sagte er stattdessen.

»Sicher, aber ist dir noch nicht aufgefallen, dass die Abstände zwischen meinen einzelnen Engagements immer länger werden?«, sagte sie so vorwurfsvoll, als sei er an diesem Umstand schuld. »Als im letzten Herbst gerade einmal *eine* Einladung für mich eingetrudelt war, habe ich das zuerst auf die anhaltend schlechte Wetterlage geschoben. In ganz Süddeutschland hatte es wochenlang geregnet. Ich hätte damals unmöglich touristische Attraktionen ins rechte Licht setzen können, erinnerst du dich? Ich werde diese Zeit jedenfalls nicht so schnell vergessen, denn ich habe mich fast zu Tode gelangweilt.«

Anton verzog das Gesicht. »Ich vergesse den letzten Herbst auch nicht so schnell – hab mir ja fast eine Lungenentzündung geholt bei dem Wetter auf den Märkten.«

Mimi nickte. »Als dann im Winter auch kaum Anfragen kamen, wurde ich wirklich stutzig. Dennoch hab ich gedacht, dass im neuen Jahr alles besser werden würde. Dass sich diese Flaute fortsetzen würde, damit hätte ich nie gerechnet. Früher konnte ich zwischen zig Einladungen auswählen, heute bin ich froh, wenn mich überhaupt noch einer engagiert!«, rief sie. »Was, wenn Herr Schwarzenstein recht hat und der Herr Papa seinen Konfirmationsprössling zukünftig daheim in der guten Stube fotografiert? Und was, wenn die Hoteliers und Bürgermeister ihre touristischen Orte selbst in Szene setzen? Dann können wir Wanderfotografen einpacken!« Mimi zuckte entnervt mit den Schultern.

Die Bedienung brachte das Gulaschgericht, und so kam Anton um eine Antwort herum. Er bestellte noch ein Bier für sich und für Mimi einen kühlen Weißwein. Wenn seine Mutter sehen könnte, wie gekonnt er als Gast agierte, ging es ihm durch den Sinn, ehe Mimi den Gesprächsfaden wieder aufnahm.

»Vielleicht muss ich einfach was Neues anpacken.« Fast aggressiv pikste Mimi mit ihrer Gabel ein Fleischstück auf. »Es gibt so viele neue Entwicklungen im Bereich der Fotografie – wenn ich nur an die Bilder denke, die ich in Laichingen in der Weberei gemacht habe! Vielleicht hätte ich auf diesem Gebiet weitermachen sollen? Eine Anfrage aus dem Schwarzwald gab es ja immerhin …«

»Und Gott sei Dank hast du sie abgelehnt«, sagte Anton, der die Unsicherheit in ihrer Stimme hörte, resolut. In den Uhrenfabriken ging es sicher nicht viel besser zu als in den Webereien von Laichingen – ehe sie sichs versehen hätten, wäre Mimi mit ihrem großen Herzen und dem kämpferischen Gemüt in irgendwelche Arbeitsauseinandersetzungen verwickelt gewesen und sie wären ewig nicht weggekommen aus irgendeinem kleinen Schwarzwalddorf. »Es ist sehr lobenswert, wie manche Fotografen heutzutage auf Missstände im Alltagsleben hinweisen«, sagte er in einem sanfteren Ton. »Aber arme Leute in elenden Behausungen fotografieren – das bist nicht du! Sagst du nicht selbst immer, dass es deine Aufgabe sei, den Menschen Schönheit und Freude zu schenken?«

Mimi lächelte gequält. »Den Menschen Schönheit schenken – wie gern würde ich das wieder einmal tun.

Aber soll ich mich etwa mit meiner Kamera auf den Jahrmarkt stellen und meine Künste anpreisen, als wären sie gebrannte Mandeln oder warme Unterhosen?« In einer tragikomischen Geste hob sie die Hände.

War dies ein guter Moment, mit Mimi über ihre Abneigung gegenüber den so genannten »Scherzpostkarten« zu sprechen?, fragte Anton sich gleichzeitig. Lustige Szenen, über die die Leute herzhaft lachen konnten, womöglich noch mit einem witzigen Spruch versehen, würden sich verkaufen wie warmes Brot! Ideen hatte er genug, und Kinder und junge Leute, die sich für ein paar Pfennige in Pose warfen, würden sicher auch leicht zu finden sein. Aber Mimi weigerte sich, über das Thema auch nur nachzudenken – so viel Frohsinn war anscheinend unter ihrem Niveau. Aber es war ja nicht so, als hätte er als guter Geschäftsmann nur eine Idee in petto!

Mimi war einen Moment lang so in ihre Gedanken vertieft, dass sie sein erwartungsvolles Grinsen erst gar nicht bemerkte.

»Vielleicht habe ich die Lösung für dein Problem«, sagte er schließlich. »Du hast doch gerade gesagt, dass du Lust auf etwas Neues hast, oder?«

Mimi hob erstaunt die Brauen. »Ja – und?«

»Geister-Fotografien!« Er schaute sie triumphierend an.

»Bitte?« Mimi lachte irritiert auf.

Anton rückte näher zu ihr heran. Es tat nicht not, dass irgendjemand sie belauschte und womöglich seine geniale Idee stahl. »Der Emil – das ist der, der wollene Unterhosen verkauft – hat mir heute Vormittag eine dieser Fotografien gezeigt. Es war ein Porträt von ihm, und im Hintergrund war – sehr verschwommen, wie ein weißer Schatten nur – noch eine zweite Person zu sehen.« Er wischte mit seiner linken Hand diffus durch die Luft. »Der Emil war überzeugt davon, dass auf der Fotografie seine an Typhus verstorbene Schwester zu sehen ist. Nach allem, was ich von dir weiß, vermute ich viel eher, dass der Fotograf zwei Bilder ineinander belichtet hat.« Er lachte amüsiert, wurde aber gleich wieder ernst. »Aber Emil war so glücklich und tief bewegt von seiner Fotografie, dass ich meine Vermutung für mich behielt. Mimi, ich sage dir – mit dieser Art von Aufnahmen könntest du auf den Märkten in kürzester Zeit reich werden! Für viele Menschen ist das Fotografieren noch immer mit einem gewissen Zauber verbunden, und wenn man diesen ein wenig ausdehnt...« Er hob vielsagend die Brauen.

Mimi, die bisher schweigend zugehört hatte, runzelte die Stirn. »Hast du den Verstand verloren? Du glaubst doch nicht allen Ernstes, dass ich meine Kunst für solchen... Mumpitz einsetzen würde? Und wenn es das Letzte wäre, womit ich mein Geld verdienen könnte – lieber würde ich verhungern!«

»Ich dachte mir schon, dass du so reagierst. Aber ich für meinen Teil sehe wirklich nichts Anrüchiges in diesen Bildern«, erwiderte Anton ungerührt. »Indem du den Kontakt mit Verstorbenen herstellst, würdest du viele Menschen glücklich machen. Und du hättest ein neues Produkt, das es noch nicht überall gibt.«

»Kontakt mit Verstorbenen herstellen?« Mimi schaute ihn entsetzt an. »Ich würde die Leute betrügen, mehr nicht! Es kränkt mich zutiefst, dass du auch nur annehmen kannst, ich würde für Geld jegliche Prinzipien über Bord werfen. Scheinbar ist für dich immer nur wichtig, dass die Kasse klingelt«, sagte sie heftig und schob abrupt ihren Teller von sich fort. »Mir ist der Appetit vergangen. Adieu!«

Bevor Anton wusste, wie ihm geschah, rannte Mimi aus dem Gasthaus.

6. Kapitel

Mimi war innerlich so aufgewühlt, dass ihr der Gedanke, sich jetzt still in ihre Kammer zu hocken, unmöglich erschien. Was fiel Anton nur ein, ihr eine solche Schnapsidee zu unterbreiten?, ärgerte sie sich, während sie mit großen Schritten die Seepromenade entlangschritt. Sie war eine Künstlerin und kein Scharlatan! Sie wollte in ihren Fotografien das Wesen eines Menschen widerspiegeln, einen Blick in sein Inneres erhaschen und diesen dann umwandeln in Licht und Schatten. Ja, ihre Art der Fotografie hatte auch etwas Magisches, aber auf reelle Art!

Sie schnaubte so laut auf, dass ein ihr entgegenkommender Mann, der seinen Hund ausführte, sie konsterniert anschaute.

Wenn man dich mit Geisterbildern konfrontieren würde, würdest du auch schnauben, dachte Mimi und musste unwillkürlich schmunzeln. Irgendwie war das Ganze auch urkomisch.

Die Nähe des Sees, der würzige Duft nach Algen, das leise Plätschern des Wassers – dies alles wirkte so beruhigend, dass ihr Ärger immer mehr verflog. Anton hatte es nur gut gemeint. Und wenn er in seinem Bemühen, sie aufzumuntern, ein wenig übers Ziel hinausgeschossen war, dann gab ihr das noch lange nicht das Recht, ihn derart anzupfeifen.

In ihrer Pension angekommen, klopfte sie an Antons Zimmer. Am besten entschuldigte sie sich gleich, sonst würde ihr schlechtes Gewissen sie die halbe Nacht hindurch plagen.

Doch drinnen rührte sich zu Mimis Enttäuschung nichts – wahrscheinlich hatte Anton einen seiner Kameraden getroffen und war noch unterwegs.

In ihrem Zimmer ging Mimi im Kopf sämtliche Optionen durch, die sie hatte. Mit Anton von Markt zu Markt ziehen kam für sie nicht in Frage, selbst wenn sie dabei »ordentliche« Fotografien und keine Geisterfotografien verkaufen würde. Sie hatte nichts dagegen, dass sie gemeinsam reisten – im Gegenteil! –, sie empfand dies als sehr angenehm. Aber die Welt der Marktleute, in der Anton sich so wohlfühlte wie eine Forelle im Quellwasser, war einfach nicht ihre, stellte sie fest, und ihr Magen knurrte laut dazu. Hätte sie nur wenigstens das Gulasch aufgegessen, anstatt wie ein trotziges Kind davonzurennen! Um sich abzulenken, stand sie auf und wusch in dem kleinen Waschbecken, das sich in der Ecke ihres Zimmers befand, ein paar Sachen. Hier in Friedrichshafen gab es bestimmt noch ein, zwei weitere Fotoateliers, die würde sie gleich morgen abklappern. Sollte sie dort auch keine Arbeit finden, würde sie weiterziehen nach Meersburg, Konstanz oder sonst wohin. Würde eben mal wieder Klinken putzen, genau, wie sie es in ihrer Anfangszeit getan hatte. Vielleicht sollte sie ihrer alten Bekannten Clara Berg in Meersburg einen

Besuch abstatten? Womöglich hatte die Schönheitskönigin ja Bedarf an neuen Fotografien.

Sie war gerade dabei, ihre Unterwäsche an der kleinen Schnur, die die Pensionswirtin vor dem Fenster gespannt hatte, aufzuhängen, als sie in der Bewegung innehielt. Noch vor nicht allzu langer Zeit hätte sie die Unterhosen und Hemden verschämt über der Stuhllehne getrocknet, anstatt sie in die frische Luft zu hängen. Es war ihre Nachbarin Luise in Laichingen gewesen, die ihr die Skrupel genommen hatte. »Häng deine Wäsche nur schön vors Haus, Mädle, damit auch jeder sieht, wie fleißig du bist!«, hatte sie Mimi resolut geraten – Mimis Proteste, dass ihr das peinlich sei, hatte sie nicht gelten lassen. Raue Schale, weicher Kern – auf kaum einen Menschen traf der Spruch so sehr zu wie auf Luise, dachte Mimi wehmütig. Wie es der Nachbarin wohl ging? Und all den andern...

Sie presste beide Hände auf die Brust, als könne sie so die Bilder, die vor ihrem inneren Auge aufstiegen, wegdrücken. Es gelang ihr nicht. Klick machte es, und auf einmal war Luise, wie sie ihr über den Gartenzaun zuwinkte, so präsent! Klick macht es noch einmal, und Mimi sah Eveline, die Kinder und sich selbst beim Steineklauben auf dem Acker – die Freundschaft hatte ihnen beiden so gutgetan...

Klick, klick, klick machte es, und vor Mimis innerem Auge erschienen noch viel mehr Bilder, gestochen scharf wie Fotografien. Sie und Onkel Josef in der Küche – wie skeptisch hatte er ihre Anstrengungen, einen ordentlichen schwarzen Brei zu kochen, beäugt!

Mimi lächelte melancholisch. Ihr geliebter Onkel

Josef... Kein anderer Mensch hatte sie so beeinflusst wie er, dank ihm hatte sie den Beruf der Fotografin überhaupt erst gelernt. Er war der Held ihrer Kindertage gewesen und es lange Jahre darüber hinaus geblieben. Als sie ihn im vorletzten Jahr bis zu seinem Tod gepflegt hatte, lernte sie Josef nochmal von einer ganz anderen Seite kennen – weich, verletzlich und dabei überaus scharfsinnig.

Klick! Da waren plötzlich die Frauen des Dorfes bei Onkel Josef im Garten, sie hatten Kuchen gegessen und zusammen gelacht – Mimi wusste noch, wie schwierig es für manche von ihnen gewesen war, sich diese kleine Auszeit zu gönnen.

Bevor Mimi es verhindern konnte, erschien das Bild, vor dem sie sich am meisten fürchtete – sie und Johann, Hand in Hand vor den Toren des Dorfes, während eine glutrote Sonne über den staubigen Äckern unterging.

Johann, ihre unerfüllte Liebe. Johann, der sich für eine andere entschieden hatte. Für Eveline.

Stirnrunzelnd schaute Mimi hinaus auf den See, der in der Dunkelheit mehr zu ahnen als zu sehen war. Eigentlich hatte sie geglaubt, mit Laichingen längst abgeschlossen zu haben. Aber war das wirklich der Fall? Oder war sie tief drinnen noch so sehr in ihre Vergangenheit verstrickt, dass sie deswegen nicht von der Stelle kam?

Schon lange hätte sie eine Entscheidung darüber treffen sollen, was mit Onkel Josefs Haus geschehen sollte – genau wie das Atelier stand es seit ihrem Weggang leer. Das hätte Josef gewiss nicht gutgeheißen!

Wie lange wollte sie sich noch einreden, dass sie »bereit für Neues« war, wo sie es vor lauter Schmerz nicht einmal schaffte, mit dem Erbe ihres geliebten Onkels anständig umzugehen?

»Und es ist wirklich keine Post für mich gekommen? Auch nicht aus Stuttgart?«, hörte sie Anton sagen, als sie am nächsten Morgen die Treppe hinunterging.

Die Pensionswirtin schüttelte bedauernd den Kopf. »Weder für Sie noch für die gnädige Frau.«

Wäre ja auch zu schön gewesen, wenn ausgerechnet heute eine Einladung auf sie gewartet hätte, ging es Mimi durch den Kopf, während sie den kleinen Frühstücksraum betraten und wie in den letzten Tagen an einem Tisch am Fenster Platz nahmen. Es war ein schöner Tag, leises Vogelgezwitscher drang durch das halb geöffnete Fenster zu ihnen herein, und Mimi spürte, dass ihr wieder leichter ums Herz wurde. Der liebe Gott würde ihr den Weg schon weisen, so, wie er es immer tat!

»Langsam weiß ich nicht mehr, ob ich mir Sorgen wegen Alexander machen soll oder mich einfach nur ärgere!«, sagte Anton, kaum dass sie saßen. »Vor ein paar Tagen habe ich ihm geschrieben und wie immer, wenn wir in eine neue Stadt kommen, meine Adresse durchgegeben. Aber wieder einmal antwortet er nicht. Aus den Augen, aus dem Sinn!«

Mimi hob nachdenklich die Brauen. Das sah Alexander nicht ähnlich.

Die Wirtin kam, schenkte ihnen Kaffee ein. Als sie wieder fort war, sagte Mimi: »Tut mir leid, dass ich gestern ein wenig barsch war. Ich gelobe Besserung. Und – ich habe einen Entschluss gefasst!«

»Und der wäre?«, sagte Anton und ließ Honig auf sein Brötchen tropfen.

»Bevor ich mich nach einer neuen Anstellung umsehe, möchte ich nach Laichingen fahren und mich um den Verkauf von Onkel Josefs Haus kümmern. Es ist höchste Zeit dafür.« Unwillkürlich hielt sie die Luft an. Anton würde über ihre Pläne bestimmt nicht begeistert sein – er hasste sein Heimatdorf mit einer Heftigkeit, vor der Mimi manchmal erschrak. Doch zu ihrem Erstaunen sagte er: »Große Sehnsucht nach zu Hause verspüre ich zwar nicht, aber ich komme mit. Vielleicht hat man daheim was von Christel gehört.« Als hätten sie übers Wetter gesprochen, fuhr er damit fort, sein Brötchen mit Honig zu beschmieren.

Christel! Wie lange wollte er ihr noch hinterherrennen? Wenn Christel auch nur ein bisschen etwas an Anton gelegen hätte, hätte sie doch längst mal ein Lebenszeichen von sich gegeben.

Er ließ sein Messer sinken und schaute Mimi eindringlich an. »Nur allzu lange möchte ich nicht in Laichingen bleiben. Jetzt in der warmen Jahreszeit stehen so viele gute Märkte an! Die Auer Dult in München, der Maimarkt in Mannheim… In Laichingen kann ich kein Geld verdienen, anderswo hingegen schon.«

»Einverstanden!«, sagte Mimi erleichtert. »Wenn sich nicht rasch ein Käufer findet, werde ich jemanden mit dem Hausverkauf beauftragen. Der Notar, bei dem Josef sein Testament hinterlegt hat, wäre dafür vielleicht geeignet.«

7. Kapitel

Münsingen auf der Schwäbischen Alb, März 1913

»Es gab eine Beschwerde, dass eure Schafe mal wieder über fremden Ackerboden gelaufen sind, Bernadette!«
Bernadette Furtwängler erwiderte den strengen Blick des Münsinger Bürgermeisters Oskar Baumann mit einem spöttischen Schnauben. »Unsere Schafe, aha. Welche von unseren zweitausend Tieren meinst du genau, Oskar?«, fragte sie.
»Komm mir nicht so!« Der Bürgermeister winkte unwirsch ab. »Die Herde war in der Obhut eures Hirten Franz. Der junge Bursch schert sich scheinbar einen feuchten Kehricht um Grenzsteine!«
Der Franz – wieder einmal, dachte Bernadette grimmig. Laut sagte sie: »Und warum kommt derjenige, der sich beschwert hat, nicht gleich zu mir?«
Diese undankbaren Bauern! Früher, als die Leute noch nicht selbst Viehzeug hatten, waren sie dankbar gewesen, wenn eine Schafherde über ihre Äcker lief und diese düngte. Heute beschwerten sie sich, wenn die Schafe auch nur einen Meter vom Weg abkamen!

»Weil ich als Ortsvorsteher dafür zu sorgen habe, dass eure Konflikte nicht ausufern. Die Weidezeit fängt gerade erst an, wo kämen wir hin, wenn jeder täte, was ihm beliebt? Wäre es dir lieber, ich würde den Fall gleich ans Hartgericht übergeben?«, gab der Bürgermeister streng zurück.

Bernadette schwieg. Das Hartgericht legte Weidezeiten und Wegstrecken für alle Schäfer in der Gegend fest, es galt, sich mit ihm gut zu stellen.

Oskar Baumann schaute Bernadette mit zusammengekniffenen Augen an. »Außerdem«, fuhr er fort und fuchtelte mit den Händen, »bei euren liederlichen Verhältnissen wissen die Leute doch gar nicht, zu wem sie gehen sollen! Wärt ihr verheiratet, der Wolfram und du…« Er schüttelte missbilligend den Kopf.

Bernadette presste die Lippen zusammen. »Unsere ›liederlichen Verhältnisse‹, wie du sie nennst, sind nichts anderes als eine bestens funktionierende und höchst profitable Arbeitsteilung! Wolfram kümmert sich ums Vieh, ich mich um die geschäftlichen Belange, und dazu gehört auch das Personal. Das weißt du, und das wissen die Leute.«

»Lenk nicht ab, Bernadette«, sagte Oskar Baumann. »Wenn mir nochmal Klagen über eure Herden zu Ohren kommen, muss ich euch vom Gemeindegrund verweisen. Und das willst du so wenig wie ich, oder?«

Bernadette glaubte, sich verhört zu haben. »Du willst mir drohen? Hast du vergessen, dass die Schäferei Furtwängler-Weiß der größte Arbeitgeber vor Ort ist, vom Truppenübungsplatz einmal abgesehen? Was wärt ihr denn alle ohne unsere Schafe?« Sie stand auf, und ihr Blick wanderte betont langsam über den Schreibtisch des Bürgermeisters, auf dem lediglich ein Butterbrot und ein verschrumpelter Apfel auf die nahe Brotzeit warteten. »Genug Zeit verplempert. Im Gegensatz zu dir habe ich einen großen Betrieb zu führen. Ich wäre dir deshalb dankbar, wenn du mich zukünftig nicht mehr wegen solcher Lappalien hierher zitieren würdest.«

Mit hocherhobenem Kopf und gestrafften Schultern verließ sie das Büro.

Draußen band Bernadette ihr Pferd los, das dösend gewartet hatte, und schwang sich in den Sattel. Wenn man nichts zu tun hatte, musste man doch nicht auch noch anderen Leuten die Zeit stehlen, dachte sie, noch immer erzürnt. Aber scheinbar war Oskar Baumann jedes Mal hocherfreut, wenn er ihr vermeintlich eins auswischen konnte.

Mit einem leisen Schnalzen versetzte Bernadette ihren Rappen in einen leichten Trab. Für die paar Meter vom Furtwänglerhof ins Rathaus hätte sie eigentlich kein Pferd benötigt. Doch schon am Morgen hatte sie eine innere Rastlosigkeit verspürt und beschlossen, dass ihr ein längerer Ausritt guttun würde.

Während sie im Rathaus gewesen war, hatte sich der Morgennebel gelichtet, und die Sonne tauchte das Dorf in ein warmes Licht. Aber sie war trügerisch – in den Nächten gab es noch Frost, und auch die Luft am Tag hatte bisher nichts von ihrer winterlichen Schärfe verloren. Noch lagen die Felder und Äcker brach, doch bald würden die ersten Bauern mit ihren Gespannen hinausfahren, um den steinigen Boden umzupflügen und auf die neue Saat vorzubereiten.

Wer die Schäfereibesitzerin auf ihrem großen Rappen durch das Dorf mit den vielen Fachwerkhäusern reiten sah, dem fiel es schwer zu glauben, dass sie am kommenden Samstag erst ihren einunddreißigsten Geburtstag feiern würde. Mit ihren hohen Wangenknochen, den dunkelblauen, stets prüfend dreinschauenden Augen und dem aschblonden Haar, das schon von einigen grauen Strähnen durchzogen war, wirkte sie älter, mehr noch – sie wirkte fast aristokratisch. Die aufrechte Haltung wurde von ihrer Frisur unterstrichen, denn Bernadette trug die dichten Haare stets zu einem prachtvollen Zopf geflochten, den sie wie eine Krone rund um den Kopf legte.

Sie grüßte hier und da und wurde zurückgegrüßt. Fast jede Familie war irgendwie mit der Schäferei Furtwängler-Weiß verbunden, sie und Wolfram waren der größte Arbeitgeber weit und breit. Viele der Münsinger Männer waren Hirten, andere hielten die Pferche instand, wieder andere – darunter auch viele Frauen – wurden nur während der Zeit der Schur beschäftigt. Doch Bernadette brachte ihr Pferd weder zum Stehen, um mit dem Viehdoktor ein Schwätzchen zu halten, noch um mit dem Schlachter zu plaudern oder dem Gerber. Zu ihm brachten sie ihre Schaffelle, bevor sie sie ans nahe gelegene Militärlager verkauften, wo sie als Satteldecken oder anderweitig Verwendung fanden. Wenn Bernadette etwas von jemandem wollte, dann zitierte sie die Leute in ihr Büro. Viele hielten sie deswegen für arrogant und warfen ihr vor, so zu tun, als sei sie »etwas Besseres«.

Es war ja auch wirklich leicht, sich ein Urteil über jemanden zu bilden, ohne ihn genauer zu kennen, dachte Bernadette bitter, während sie die letzten Häuser hinter sich ließ. Eine Frau, die auf dem Gang zum Traualtar von ihrem Liebsten versetzt wurde – mit der *musste* ja etwas nicht stimmen. Warum sonst hätte der Bräutigam sich zu einem solch drastischen Schritt entschieden? Und das im allerletzten Moment – schließlich waren die Tische schon dekoriert gewesen, das Essen gekocht für Hunderte von Gästen, alle hatten sich auf die Hochzeit gefreut.

Wortwörtlich in letzter Minute war sie verlassen worden. 1905 war das, jetzt schon ganze acht Jahre her. Ihre Verliebtheit, ihr Traum davon, der Schäferei entfliehen zu können – beides war zerplatzt wie die sprichwörtlichen Seifenblasen. Wie es damals in ihr ausgesehen hatte, dass sie fast wahnsinnig geworden war vor lauter Kummer, hatte niemanden interessiert. Keiner hatte ihr ein Ohr geliehen, damit sie sich hätte ausheulen können... nicht, dass sie so ein Angebot je angenommen hätte, dazu war sie viel zu stolz.

Anstatt zu ihr zu stehen, wie es sich für eine Dorfgemeinschaft gehörte, war hinter ihrem Rücken über sie gelästert, gehetzt und gestichelt worden. Seltsamerweise hatte aber keiner den abtrünnigen Bräutigam einen Lumpen genannt. Keiner hatte sich darüber echauffiert, dass Karl damals mitten im Schuljahr nicht nur sie, sondern auch die Dorfschule, an der er Lehrer gewesen war, verlassen und das Weite gesucht hatte. Wahrscheinlich hatten die Leute ihr auch daran die Schuld gegeben, es war schließlich so viel angenehmer, sich am Leid der schönen, hochmütigen Tochter des reichsten Schafbauern weit und breit zu ergötzen.

Den Gefallen, ihr gebrochenes Herz öffentlich zur Schau zu stellen, hatte sie den Leuten jedoch nicht getan. Geweint hatte sie nur heimlich. Sobald sie den Hof verließ, trug sie ein Gewand aus unantastbarer, kühler Sachlichkeit.

Oder tat sie den Leuten unrecht?, fragte sich Bernadette, während sie sich duckte, um unter einem tiefhängenden Ast hindurchzureiten. Vielleicht bildete sie sich nur ein, dass die Leute etwas gegen sie hatten? Wie gern hätte sie dies geglaubt! Wie gern hätte sie gesagt: So sind die Albbewohner nun mal, sie zeigen ihre Gefühle nicht, aber tief drinnen sind sie herzensgute Leute. Dass dem nicht so war, hatte sie vor knapp anderthalb Jahren erneut schmerzlich erfahren müssen. Denn als ihre Eltern in jenem Winter beide an einer schweren Lungenentzündung gestorben waren, hatte man sie wieder so misstrauisch beäugt, als hätte sie bei deren Tod noch eigenhändig nachgeholfen. Dass sie selbst auch eine Lungenentzündung gehabt hatte und dem Tod nur knapp von der Schippe gesprungen war, schien nichts zu bedeuten. Der Bürgermeister war bei ihr gewesen, hatte ihr halbherzig seine Unterstützung zugesichert, ansonsten waren alle davon ausgegangen, dass sie »es schon schaffen« würde. Dass sie Schafe hasste, schon immer gehasst hatte, und den Bettel lieber heute als morgen hatte hinschmeißen wollen – wen interessierte das?

Das Misstrauen der Leute, in das sich vielleicht auch Neid, Gleichgültigkeit und andere negative Gefühle mischten, hatte sie hart gemacht. Es war ein schleichender Prozess gewesen und keiner, der ihr selbst aufgefallen wäre. Wie hart und unerbittlich sie geworden war, hatte ihr ausgerechnet eine Zufallsbegegnung klargemacht...

Irgendwann im Sommer 1911, als sie noch im Trauerjahr um ihre Eltern war und in der Landwirtschaftlichen Hochschule in Stuttgart-Hohenheim Formalitäten bezüglich der Schäferei erledigt hatte, traf sie auf dem Heimweg im Zug eine alte Bekannte, die Fotografin Mimi Reventlow.

Sie hatten sich im Jahr 1905 kennengelernt – kurz vor ihrer vermeintlichen Hochzeit –, als sie, Bernadette, in Esslingen auf der Suche nach dem schönsten Brautkleid gewesen war. Am selben Tag hatte Mimi, damals sechsundzwanzig Jahre alt, einen Heiratsantrag bekommen. Und ihn zu Bernadettes Entsetzen abgelehnt! Dennoch, vom ersten Moment an hatte fast so etwas wie eine Seelenverwandtschaft zwischen ihnen bestanden. Ach, was waren sie beide damals jung und schön gewesen! Und sie, Bernadette, war übergesprudelt vor Glück.

Sechs Jahre später bei einer erneuten zufälligen Begegnung im Zug, hatte die Fotografin immer noch wie das blühende Leben und nicht wesentlich älter ausgesehen. Hatte geschwärmt von ihrem Aufenthalt in Laichingen, von den freundlichen Menschen und von den vielen schönen Erlebnissen, die sie dank ihrer Offenheit dort erfahren durfte. Sie, Bernadette, hatte dagesessen in ihrem schwarzen Kittel, mit verkniffenem Mund und mit so schmerzhaft verkrampften Nackenmuskeln, dass sie Kopfweh davon bekam. Wie konnte es sein, dass Mimi die Schwere des Lebens leichtherzig meisterte?

Sie wusste nicht mehr genau, was alles sie zu der Fotografin gesagt hatte, aber an die Betroffenheit der anderen konnte sie sich noch gut erinnern. Sie hatte Entsetzen in ihrem Blick gelesen, vielleicht sogar etwas wie leichten Widerwillen. Und in diesem Augenblick hatte sie sich selbst von außen gesehen, gerade so, als wäre sie ein weiterer Zugpassagier. Und was sie sah, hatte ihr Herz ein zweites Mal gebrochen: eine ältliche, verbitterte Frau.

So konnte es nicht weitergehen, beschloss sie noch an jenem Tag. Wenn sie wieder glücklich werden wollte, musste sie dafür sorgen, dass das Leben nicht mehr nur ein Jammertal für sie war!

Dass eine einzige Begegnung so viel in einem bewirken konnte ... Mimi Reventlow, wenn sie wüsste, was sie alles angerichtet hatte – und das nicht zum ersten Mal, dachte Bernadette und tätschelte den Hals ihres Rappen, während sie ihn mit Zügel und Schenkeldruck sicher durch den Weiler Auingen lenkte, wo auf den Straßen geschäftiges Treiben herrschte.

Kurz nach der Begegnung mit Mimi war sie zu Wolfram Weiß gegangen. Auch seine Familie besaß eine Schäferei, ihr Hof lag ebenfalls außerhalb von Münsingen, wenn auch am anderen Ende. Mit klopfendem

Herzen und leicht zitternder Stimme, aber so forsch wie möglich, hatte sie Wolfram den Vorschlag gemacht, beide Schäfereien zu einer zusammenzuführen.

Wolfram hatte nicht lange nachgedacht, sondern war gleich Feuer und Flamme gewesen von ihrem Vorschlag. Seitdem gehörten zu ihrem Betrieb sogar doppelt so viele Schafe wie vor dem Tod ihrer Eltern. Doch *sie* hatte endlich nichts mehr mit den Tieren zu tun! Dank Wolframs guter Pflege und seiner sorgfältigen Zuchtplanung gediehen die Herden immer besser. Und dank ihres Geschäftssinns und ihrer soliden Beziehung zum nahe gelegenen Militärlager, wo jährlich zig tausende Soldaten ausgebildet wurden, warf die Schäferei auch gutes Geld ab. Die Soldaten mussten essen, sie brauchten wollene Uniformen und Satteldecken für ihre Pferde – und so war der Truppenübungsplatz ihr Hauptabnehmer für Fleisch, Wolle und Schaffelle geworden.

Das Geschäftliche machte ihr Spaß! Das Verhandeln, das kühle Kalkulieren, das Jonglieren mit Zahlen. Für eine Frau war so viel Geschäftssinn ungewöhnlich, das wusste sie, aber wann hatte sie sich je ums Gewöhnliche geschert?

Ja, seit damals hatte sich ihr Alltag sehr zum Besseren gewandelt, dachte Bernadette, während sie die letzten Gebäude von Auingen hinter sich ließ. Aber sollte sie sich damit zufriedengeben? Sollten die positiven Erfahrungen der letzten Zeit sie nicht viel eher mutig machen? Viele ihrer Träume waren zwischen Schafsdung und Schur unwiderruflich verloren gegangen. Aber durfte sie den *einen*, großen Traum nicht wenigstens wagen? Jetzt?

Bernadette hielt ihr Pferd an und ließ den Blick über die weiten Hochflächen der Schwäbischen Alb schweifen. Was für ein herrlicher Morgen, dachte sie, während von weit her ein leises Blöken zu ihr herüberdrang. Ein Lächeln huschte über Bernadettes Miene. Sie wusste genau, woher das Blöken kam.

Vor ein paar Tagen war Wolfram mit einer ihrer größten Herden von der Winterweide aus Rheinhessen zurückgekehrt, die Schafe standen nun geschützt vor spätem Frost und anderem Unbill in einer Senke am Waldrand. Nach den langen Monaten in der Fremde wäre jeder andere Schäfer flugs nach Hause geeilt, um ein heißes Bad zu nehmen und andere Annehmlichkeiten zu genießen. Nicht so Wolfram – bis die Tiere sich an ihr neues Gebiet gewöhnt hatten, wollte er bei ihnen bleiben und weiterhin im Schäferkarren übernachten. Und so hatten sie sich bisher lediglich zwei Mal kurz gesehen.

»Sollen wir oder sollen wir nicht?«, flüsterte Bernadette ihrem Rappen zu, der durch seine weit geöffneten Nüstern gierig die klare Märzluft einatmete. Resolut wendete sie das Tier in die Richtung, aus der die Schafe zu hören waren, dann trieb sie ihre Fersen in seine Seiten. Ein Galopp über die offene Weite, sich wenigstens für kurze Zeit frei fühlen. Außerdem gab es etwas, was sie schon lange mit Wolfram bereden wollte…

Die Frage war nur – hatte sie heute endlich den Mut dazu?

8. Kapitel

So gut der Aufenthalt auf den rheinhessischen Winterweiden auch verlaufen war, so froh war Wolfram, wieder zu Hause zu sein. Wie sehr hatte er die Schwäbische Alb vermisst! Er ließ seinen Blick über die Wacholderweiden schweifen. Die Würze, die der kühle Märzwind mit sich brachte. Die unendlich wirkende Weite – hier oben hatte er immer das Gefühl, dem lieben Gott ein Stück näher zu sein als anderswo.

Auch die Schafe schienen glücklich zu sein, wieder Heimatboden unter den Hufen zu haben. Seit er die Tiere vor einer Stunde aus dem Pferch geholt hatte, in dem sie die Nacht über geschützt beieinander gewesen waren, standen sie brav da und fraßen das Heu, das er am Morgen in der Senke vor dem Wald verteilt hatte. Noch kein einziges Mal hatte er einen seiner Hunde losschicken müssen, damit er ein paar Ausbrecher zurückholte. Stattdessen dösten beide Hunde in der Frühlingssonne, ihre Bäuche geschützt von dichter Unterwolle.

Zufrieden mit sich und seiner Welt lehnte Wolfram auf seinem Hirtenstab, den Blick in die Ferne und zugleich nach innen gerichtet. Er wusste, dass er in den Augen der meisten Menschen – vor allem in denen der

Städter – ein ödes, ja schrulliges Leben führte. Wenn man tagelang niemand anders sah als Schafe, musste man dann nicht wunderlich werden?

Wie sie ihn, den Schäfer, einschätzten, bekam Wolfram immer dann mit, wenn er seine Herde auf der Wanderschaft einpferchte, um abends in einem Gasthof einzukehren oder eine Brotzeit zu kaufen. Die Blicke angesichts seines nach Schaf riechenden langen Mantels, seiner wettergegerbten Haut, seiner oft ungewaschenen Haare reichten von abfällig bis zu angstvoll – wer wusste schon genau, ob einer wie er nicht auch mal ein Huhn oder einen Stallhasen klaute? Hörte man nicht genau solche Geschichten immer wieder vom wandernden Volk? Und die jungen Mädchen waren vor den meist gut aussehenden Schäferburschen auch nicht sicher, woher sonst kam die Mär von den Schäferstündchen? Meist waren die Leute froh, wenn er sich nicht allzu lange in ihren Läden oder Gaststätten aufhielt. Und wenn dann einer seinen Namen erfuhr – weil er eben doch mal mit jemandem ins Gespräch gekommen war –, war das Gelächter meist groß. »Dann bist du wohl der Wolf im Schafspelz« oder »Heißt es nicht ›Der Wolf und die sieben Geißlein‹?« oder ähnliche Sprüche bekam er dann zu hören.

Als kleiner Junge hatte er seine Mutter einmal gefragt, warum sie ihm diesen ungewöhnlichen Namen gegeben hatten. Lachend hatte sie, die Vollblut-Schäferin, geantwortet: »Nun, wir dachten uns, ein Wolf *bei* der Herde ist besser als einer, der sich leise anschleicht!«

Ja, er war wie ein Wolf, der seine Herde schützte,

dachte Wolfram, und seine Gedanken wanderten unwillkürlich zu Bernadette, seiner Geschäftspartnerin. Er kannte kaum jemanden, der Schafe so wenig mochte wie sie, auch wenn sie sich das nicht anmerken lassen wollte. Wie es sich wohl anfühlte, in einem Leben verhaftet zu sein, das man derart verabscheute?, fragte er sich nicht zum ersten Mal. Vielleicht konnten sie in den nächsten Wochen einmal abends zusammen essen gehen. Es gab schließlich etwas, was er gern mit ihr besprechen wollte. Er nahm eins der Schafe näher in Augenschein. Täuschte er sich, oder hinkte es ein wenig? Erleichtert sah er, dass das Tier nach ein paar Schritten wieder normal ging.

Zufrieden schob er seinen Schäferhut in den Nacken. Die Sonne war nun am späten Vormittag schon stark genug, um zu wärmen. Tief die klare, würzige Luft einatmend nahm er seine Gedankengänge wieder auf.

Bis zu dem Zeitpunkt, an dem sie ihre Geschäfte zusammengelegt hatten, hatte er Bernadette lediglich vom Sehen gekannt. Weder er noch sie besuchten viele Dorffeste, und so waren sie sich nur selten über den Weg gelaufen. Schmunzelnd erinnerte er sich daran, wie sein Vater ihn einmal zur Seite genommen hatte, als er, Wolfram, noch ein junger Bursche gewesen war. »Der alte Furtwängler hat beim letzten Schäferstammtisch eine Bemerkung gemacht: dass du und seine Bernadette ein schönes Paar wärt und dass er sich freuen würde, dich öfter mal bei ihnen auf dem Hof zu sehen. Normalerweise heißt es ja, Geld heiratet Geld. In eurem Fall müsste man das Geld durch die Schafe ersetzen.« Grinsend hatte sein Vater ihm eine Hand auf die Schulter gelegt. »Wenn dir die Bernadette gefällt, ist's gut. Wenn nicht, dann auch.«

Wolfram hatte schweigend zugehört und gedacht: eine arrangierte Heirat? Die Sprache war nie mehr darauf gekommen, und als er kurze Zeit später hörte, dass Bernadette ihre Verlobung mit dem Dorfschullehrer Karl bekannt gab, war er erleichtert gewesen. Dass sie einmal durchs Geschäft so eng miteinander verbunden sein würden, hatte damals keiner ahnen können.

Er mochte Bernadette. Sie war eine ehrliche Haut, verlässlich, pünktlich. Und eine gute Geschäftsfrau war sie obendrein. Einmal war er dabei gewesen, als sie mit dem Oberst vom Truppenübungsplatz verhandelt hatte – charmant, klug und beharrlich zugleich. Er wäre an ihrer Stelle längst eingeknickt, hatte er gedacht, und seine Bewunderung für die Geschäftspartnerin war noch weiter gewachsen. Er schmunzelte. Ja, Bernadette war eine Frau wie keine andere.

Sein Gedankengang wurde von seinen beiden Hunden unterbrochen, die zeitgleich ihre Köpfe hoben und die Nasen in die Luft streckten. Vorsichtig begannen sie mit den Ruten zu wedeln. Im nächsten Moment hörte er Hufgetrappel, und ein sanftes Beben war unter seinen Füßen zu spüren.

*

Bernadette staunte selbst darüber, wie viel schneller ihr Herz schlug, als sie Wolfram sah. Der Winter war lang gewesen, und er hatte ihr gefehlt.

»Bernadette! Ob du es glaubst oder nicht – gerade habe ich an dich gedacht«, sagte er und lächelte sie an.

»Wahrscheinlich nach dem Motto ›Wenn man vom Teufel spricht‹, was?«, erwiderte sie und sprang lachend vom Pferd. Sogleich waren Wolframs Hunde – große, struppige Tiere mit bernsteinfarbenen Augen – an ihrer Seite und drückten sich an sie, um gestreichelt zu werden. Ihr entging nicht der wohlwollende Blick, den Wolfram ihr dabei zuwarf. Wie furchtbar, wenn die Hunde sie nicht mögen würden, dachte sie erleichtert. Sie nickte in Richtung seines Schäferkarrens, während sie den Hunden über den Kopf strich. »Hast du eigentlich vor, dieses Gefährt jemals wieder zu verlassen? Manchmal glaube ich, du wärst bei einem dieser Nomadenvölker besser aufgehoben als bei uns.«

Er lachte mit ihr. »Ich bin doch ein Nomade, wenn auch nur einer auf Zeit!«

Sein Handschlag war fest und warm, und das, obwohl er seit dem frühen Morgen hier draußen in der Kälte stand. »Normalerweise vermisse ich in meinem Schäferkarren nichts«, sagte er. »Doch nach den langen Monaten in der Fremde würde ich schon gern nach Hause gehen, mal wieder in einem ordentlichen Bett schlafen und Pfannkuchen mit Marmelade essen.«

Bernadette lächelte. Wie bescheiden Wolfram doch war. Ein anderer Mann hätte vielleicht Lust auf den Besuch eines Herrenausstatters oder Barbiers gehabt, oder wenigstens auf eine gute Flasche Wein! Wolfram jedoch reichten Pfannkuchen aus.

»Und warum tust du es dann nicht? Lass einen der Hirten auf deine Herde aufpassen!«

Wolfram schüttelte den Kopf. »Die Schafe haben sich jetzt monatelang einzig an mir orientiert, da kann ich ihnen nicht von heute auf morgen ein neues Gebiet *und* einen fremden Hirten zumuten. Meine Gelüste auf Mutters Pfannkuchen müssen also noch warten«, sagte er leichtherzig, dann gab er den beiden Hunden fast unmerklich ein Zeichen. Sie rannten los und begannen, die Herde zu umkreisen. Die Tiere hoben ihre Häupter, ohne Angst zu zeigen, und drehten sich gemächlich nach rechts.

Wie ein Ballettensemble, das nach einer geheimen Choreografie tanzte, dachte Bernadette.

»Ich stelle die Herde nur kurz aus dem Wind«, sagte er, als könne er Gedanken lesen. »Solange ich Heu und Rübenschnitzel zufüttere, könnte dies sonst eine Blähsucht begünstigen, und das will ich nicht.«

»O Wolf – kann es sein, dass du ein wenig übervorsichtig bist?«, sagte sie mit nur halb gespielter Verzweiflung.

Als er wieder bei ihr war, erzählte Bernadette ihm von der Rüge, die sie sich vom Bürgermeister hatte anhören müssen.

Wolframs Miene wurde mit jedem ihrer Sätze düsterer. »Und wegen solcher Kinkerlitzchen hat er dich runtergeputzt?« Er schüttelte missmutig den Kopf.

Bernadette spürte, wie ihr warm ums Herz wurde. Dass sich jemand auf ihre Seite stellte, war sie noch immer nicht gewöhnt. Dann straffte sie den Rücken. Langsam sollte sie mal die Sprache auf das bringen, weswegen sie gekommen war. Beim Bürgermeister kannst du dich behaupten, aber scheinbar nicht, wenn es um deine eigenen Belange geht, schalt sie sich stumm.

»Vergiss den Bürgermeister!«, sagte Wolfram. »Ich möchte nämlich etwas mit dir bereden. Eigentlich wollte ich es bei einem gemeinsamen Abendessen tun, aber warum nicht gleich jetzt?« Er zeigte auf einen Baumstamm am Waldrand. »Sollen wir uns kurz setzen?«

Ein Abendessen?, dachte Bernadette erfreut.

»Es geht um unsere Herden«, sagte Wolfram, kaum dass sie saßen, zu Bernadettes Enttäuschung. »Ich habe die langen Winterabende in meinem Karren genutzt und viel über den heutigen Stand der Schafzucht gelesen – dass die Hochschule in Stuttgart-Hohenheim sich bei diesem Thema derart engagiert, empfinde ich als wahren Glücksfall. Auch habe ich einen regen Briefaustausch mit diversen Fachleuten aus Norddeutschland geführt – ich konnte die Briefe praktischerweise an den Wirt des kleinen Gasthauses, in dem ich öfter zu Abend gegessen habe, schicken lassen. Alle Experten – ob in Stuttgart-Hohenheim oder anderswo – sind sich einig: Wenn wir noch gesündere, widerstandsfähige Tiere heranzüchten und deren Wolle verbessern wollen, bedarf es frischen Blutes! Und ich teile diese Ansicht. Die letzten Einkreuzungen in unseren Albmerino-Herden sind schon viel zu lange her. Unsere Zucht bewegt sich nicht von der Stelle.«

Bernadette unterdrückte ein Gähnen. Manchmal konnte sie dieses ewige Gerede von den Schafen wirklich nicht mehr hören. »Und das bedeutet?«, fragte sie bemüht interessiert, während sie sich ein wenig umsetzte. Die Baumstammrinde pikte sie durch den Rock hindurch.

Wolframs Augen glänzten. »Ich stehe seit längerem im Kontakt mit einem Adligen in der südfranzösischen Camargue. Seine Merino d'Arles sind das Ergebnis von mindestens vier Einkreuzungen, allen voran das Mouton camarguaise.«

»Sehr interessant«, sagte Bernadette und strich sich prüfend über ihre Zopfkrone. Trotz des Galoppritts waren alle Haare an ihrem Platz.

»Allerdings! Der Marquis de Forretière hat mir von wichtigen Auszügen seiner Zuchtbücher ein paar Blaupausen geschickt – Hut ab vor so viel Wissen und Weitsicht.« Wolframs Stimme klang begeistert.

Ein Schaf war ein Schaf, lag es Bernadette auf der Zunge zu sagen, und dieses ewige Studieren von irgendwelchen Zuchtlinien und Kreuzungen war doch nichts als Zeitverschwendung.

»Und deshalb habe ich beschlossen, die Einladung des Marquis de Forretière anzunehmen, mir vor Ort seine Herden anzuschauen. Dann kann ich genau die Tiere aussuchen, die ich für unsere Zwecke am dienlichsten halte, und…«

»Du willst *was*?«, unterbrach Bernadette ihn erschrocken. »Nach Frankreich reisen? Aber…« Wolfram würde ewig weg sein, womöglich den ganzen Sommer! Damit konnte sie ihre Pläne vergessen. Sie zeigte auf die Schafe. »Und was ist mit ihnen? Die Lammzeit naht, die Schur…« Sie musste ihre Verzweiflung nicht spielen, als sie kopfschüttelnd fortfuhr: »Natürlich würde ich nach Kräften versuchen, dich zu ersetzen. Aber ... wie soll das gehen? Wolf – wir alle brauchen dich!«

Wolfram schwieg.

Eilig sprach Bernadette weiter: »Du sagst doch selbst, dass du diesem Monsieur Marquis vertraust – warum lässt du dir nicht eine Auswahl an Tieren schicken? Wenn du ihm genau schreibst, was du dir wünschst, dürfte doch nichts schiefgehen, oder? Kräftige Widder und Mutterschafe, eine schöne kleine Herde von, sagen wir mal...« – welche Zahl war hoch genug, um ihn zufriedenzustellen?, dachte sie hektisch – »...zweihundert Stück! Das dürfte doch genügend frisches Blut in unsere Herden bringen, oder nicht? Und sollten bei den Neuankömmlingen ein paar Tiere darunter sein, die deinen Anforderungen nicht ganz entsprechen...« Sie zuckte mit den Schultern, als wolle sie sagen: Wen kümmerte es?

»Zweihundert Merino d'Arles würden wirklich frischen Wind in unsere Zucht bringen. Wobei ich mir die Tiere schon gern selbst ausgesucht hätte«, sagte Wolf nachdenklich.

Er stimmte also zu?, fragte sich Bernadette, der die leise Enttäuschung, die in seiner Stimme mitschwang, nicht entgangen war. Sie fasste sich ein Herz, nahm seine Hand und schüttelte sie fast feierlich. »Danke, dass du mich nicht allein lässt.«

Er lachte verlegen auf. »Ehrlich gesagt war mir bei dem Gedanken, so lange von allem weg zu sein, auch nicht besonders wohl. Wahrscheinlich hätte ich euch alle sehr vermisst.« Er drückte fest ihre Hand.

Bernadette beschloss zu übersehen, dass er die Schafe

und sie in einen Topf warf. Stattdessen atmete sie erleichtert auf. Im selben Moment lugte die Sonne wieder hinter den Schleierwolken hervor und strahlte Wolfram und sie an, als wollte sie ihm zu seiner Entscheidung gratulieren.

Für einen langen Moment saßen sie einfach nur beisammen, das leise Rupfen der Schafe und des Pferdes im Ohr, die Hunde zu ihren Füßen. Der Wind hatte wieder nachgelassen, in der kleinen Talsenke, geschützt vom nahen Wald, war es angenehm warm.

Irgendwie hatte die Schäferei auch ihre schönen Momente, dachte Bernadette und beschloss, diesen einen schönen Moment zu nutzen.

»Ich habe auch etwas mit dir zu besprechen...«, begann sie gedehnt. »Der Besuch beim Bürgermeister... Eine Bemerkung von Oskar hat mich nachdenklich gemacht.«

Wolfram schaute abrupt zu ihr herüber. »Jetzt ärgere dich nicht länger, das ist die Sache wirklich nicht wert.«

Sie winkte ab. »Ich ärgere mich längst nicht mehr. Aber auf meine Frage, warum der Bauer nicht direkt zu mir gekommen ist, um sich über unsere Schafe zu beschweren, antwortete Oskar, die Leute wüssten einfach nicht, zu wem sie gehen sollen – zu dir oder zu mir, weil nach außen hin nicht ersichtlich ist, wem was gehört und wer wofür zuständig ist.«

»Aha«, sagte Wolfram stirnrunzelnd. »Sonst haben die andern keine Probleme, ja?«

»Ganz unrecht hat Oskar damit nicht«, sagte Bernadette, ohne auf seinen Einwand einzugehen. »Wenn ich an meine Verhandlungen auf dem Truppenübungsplatz denke – da werde ich auch immer gefragt, ob ich dieses oder jenes erst mit dir absprechen muss, bevor ein neuer Vertrag fixiert werden kann. Und oft genug ist es schon vorgekommen, dass ich einem Hirten einen Befehl gab, und er frech meinte, er würde das erst noch aus deinem Mund hören wollen – gerade so, als zähle mein Wort nicht! Und weil das alles so ist... Also...« Du meine Güte, sie stotterte herum wie ein dummes Schulmädchen! Benimm dich wie eine Geschäftsfrau, mahnte sie sich. »Als ich damals zu dir kam und vorschlug, unsere beiden Schäfereien zusammenzulegen – das hat sich doch als gut erwiesen, oder?« Herausfordernd schaute sie ihn an.

Er zuckte mit den Schultern. »Ja. Natürlich!«

»Wir beide haben durch diesen Zusammenschluss gewonnen – das siehst du auch so, nicht wahr?«

»Bernadette, muss ich mir Sorgen machen? So zögerlich kenne ich dich gar nicht.« Wolfram lachte.

Sie verzog den Mund. »Als ob das alles so einfach wäre...« Sie und Gefühle zeigen – das war einfach sinnlos, dachte sie resigniert.

»Warum sagst du nicht einfach, was du auf dem Herzen hast?«, fragte er sanft.

Vielleicht war es besser, wenn sie sich rein geschäftlich gab? Bernadette holte tief Luft. »Also gut. Aber eins möchte ich vorwegschicken. Es handelt sich hier um ein geschäftliches Angebot! Wenn es dir nicht passt, sag es bitte, einverstanden?« Sie rückte ein Stück von ihm ab, um ihm besser in die Augen sehen zu können. »Erschrick jetzt nicht – aber was würdest du davon halten, wenn wir heiraten?« Sie hielt den Atem an.

Wolframs Kopf fuhr so ungläubig zu ihr herum, als habe sie ihn gefragt, ob er mit ihr nach Australien auswandern wolle. Eilig sprach sie weiter: »Damit würden wir ein für alle Mal ordentliche Verhältnisse schaffen! Wir würden nach außen hin als Personen eine Einheit darstellen, so, wie unsere Betriebe längst eine sind. Trüge ich deinen Namen, hätte der Bürgermeister sich heute früh vielleicht gar nicht erdreistet, mir zu drohen. Aber als alleinstehende Jungfer tauge ich in den Augen vieler einfach nichts.« Innerlich stöhnte sie auf. Wie bedürftig sich das für ihn anhören musste! Wie konnte sie sich nur dermaßen vor Wolfram entblößen? Am liebsten wäre sie in einem Erdloch verschwunden. Hätte sie nur nichts gesagt…

»Eine Vernunftehe – damit habe ich nicht gerechnet«, sagte er nach einem langen Moment des Schweigens. »Und was ist mit der großen Liebe?«

»Die große Liebe? Sag bloß nicht, dass du auf die noch wartest! Du bist zwar ein wohlhabender Mann, dennoch laufen dir nicht gerade scharenweise Frauen nach, die dein karges Leben mit dir teilen wollen, oder?«, gab sie mit liebevollem Spott zurück.

Er verzog das Gesicht zu einer Grimasse. »Da hast du recht. Das Leben im Schäferkarren ist wenig attraktiv für die meisten Menschen. Aber wie stellst du dir das vor – wo würden wir wohnen? Etwa unter einem Dach, wie Mann und Frau?«

Wie er das sagte – als ob dies die schlimmste Vorstellung von allen wäre, dachte sie verletzt.

»Natürlich würden wir in getrennten Schlafzimmern wohnen«, sagte sie kühl. »Ob du zu mir ziehst oder ich zu dir – darüber habe ich mir noch keine Gedanken gemacht.« Vielleicht hätte sie das tun sollen, ging es ihr durch den Sinn. Wolframs Eltern waren einfache Leute, wann immer sie sich einmal über den Weg liefen, hatten sie sich nicht viel zu sagen. Die Aussicht, dass sie in ein paar Jahren, wenn die beiden gebrechlicher würden, deren Pflege würde übernehmen müssen, behagte Bernadette nicht. Überhaupt war die Perspektive, mit jemand anderem als mit ihrer ehemaligen Kindsmagd Heidi, die ihren Haushalt führte, zusammenzuleben, völlig ungewohnt und fremd für sie. Nein – wenn, dann würde Wolf zu ihr ziehen müssen. »Über Details können wir uns noch immer verständigen, aber was viel wichtiger ist – als Ehepaar wären wir nach außen hin eine Front!«, sagte sie bestimmt. »Vielleicht wäre es sogar am besten, wir würden zeitnah zum Notar gehen und vorab festlegen, dass es ausreicht, wenn bei Verträgen zukünftig nur noch einer von uns unterschreibt. Dann musst du nicht mehr zig Kilometer von einer entfernten Weide anreisen. Die Zeit, die du damit sparst, könntest du ebenfalls deinen Zuchtzielen widmen!«

Wolfram nickte abwesend. Bernadette sah, wie es hinter seiner Stirn arbeitete.

»Also gut. Deine Überlegungen ergeben Sinn, Vernunft ist immer gut, wahrscheinlich auch bei der Eheschließung«, sagte er schließlich. »Aber achte darauf, dass der Termin beim Notar nicht in die Zeit fällt, wenn die Schafe lammen! Und geheiratet wird erst, kurz bevor ich zu den Winterweiden aufbreche, das bringt am wenigsten Unruhe in den Jahresablauf.«

Hatte sie richtig gehört? Er hatte – wenn auch

barsch – Ja gesagt? Bernadette wusste nicht, ob sie lachen oder heulen sollte. Warum nur war ihr dieser verdammte Ring am Finger so wichtig…

»Einverstanden!«, sagte sie mit rauer Stimme und hielt ihm ihre Hand hin, als würden sie auf dem Wollmarkt einen Handel besiegeln.

Statt einzuschlagen, schüttelte Wolfram den Kopf. »So geht das nicht, Bernadette. Wenn wir das wirklich machen, dann gehört es sich, dass ich als der Mann um deine Hand anhalte. Und deshalb…« Behände stand er auf und ging vor ihr auf die Knie. Seine Hunde jeweils an seiner linken und rechten Seite, nahm er ihre Hand und fragte feierlich: »Liebe Bernadette, willst du meine Frau werden?«

9. Kapitel

Friedrichshafen

»Und du bist dir sicher mit Laichingen? Wir könnten diesen Besuch auch noch verschieben. Oben auf der Alb liegt bestimmt noch Schnee…« Anton schaute Mimi eindringlich an, während neben ihnen auf Gleis eins vom Friedrichshafener Bahnhof unter lautem Getöse ein Zug einfuhr. »Wenn ich die Billets erst einmal gekauft habe, gibt's kein Zurück.« Er nickte in Richtung des Fahrkartenschalters.

Sicher? Mimi hob unmerklich die Brauen. Sie war geplagt von allerlei Zweifeln. Würden im Haus ihres Onkels alte Wunden aufbrechen?, fragte sie sich, während neben ihnen aus dem Zug Trauben von Menschen ausstiegen. Brachte sie es überhaupt übers Herz, das Haus zu verkaufen, und wenn ja, war es der richtige Zeitpunkt? Bisher hatte niemand Interesse an dem Haus, dabei war es eins der schönsten im ganzen Ort! Und dann der Gedanke, dass sie womöglich Johann über den Weg laufen würde – allein der sorgte dafür, dass es in Mimis Magen angstvoll rumorte.

Dennoch antwortete sie resolut: »Was sein muss, muss sein. Und mit einem ordentlichen Notgroschen auf dem Konto ist es auch nicht mehr so dramatisch, wenn ich mal eine Zeitlang keine Einladung als Gastfotografin bekomme.«

Im selben Moment mischte sich in den beißenden Gestank der eingefahrenen Dampflok etwas anderes – es war der sanfte Duft nach Lavendel.

»Mimi Reventlow?«, ertönte eine Stimme direkt hinter ihnen. »Sind Sie es wirklich?«

Mimi drehte sich um, und ihr Gesicht erhellte sich augenblicklich. »Frau Berg!«

Bevor Mimi wusste, wie ihr geschah, lagen Clara Berg und sie sich in den Armen.

Als sie sich voneinander lösten, waren Mimis Zweifel, Ängste und Sorgen wie weggewischt – die Freude, die liebenswerte frühere Kundin wiederzusehen, war einfach zu groß.

»Frau Berg, darf ich vorstellen – das ist Anton Schaufler, wir reisen derzeit gemeinsam durch die Lande. Anton, und das ist Clara Berg. Sie ist die Dame, die in Meersburg eine Manufaktur für Schönheitsprodukte besitzt. Ich hatte einst auf deinen Wunsch hin angefragt, ob Christel bei ihr arbeiten könne, erinnerst du dich?« Sie wandte sich wieder an Clara. »Und jetzt treffen wir uns wieder, was für ein Zufall!«, sagte sie warmherzig. Konnte es sein, dass Clara Berg noch schöner aussah als beim letzten Mal? Mehr noch, sie strahlte von innen heraus eine solche Wärme und Zufriedenheit aus, dass Mimi das Gefühl hatte, es würde auf sie abfärben.

Nachdem die Unternehmerin und Anton sich begrüßt hatten, wandte sich Clara Berg wieder an Mimi. »Um einen Zufall handelt es sich übrigens nicht. Ich bin extra wegen Ihnen hierhergefahren!«

Mimis Herz schlug sogleich schneller. »Darf ich etwa noch einmal fotografisch für Sie tätig werden?« Solch ein Auftrag wäre genau das gewesen, was ihr jetzt gutgetan hätte.

Doch Clara Berg schüttelte den Kopf. »Leider nein. Ich gebe es ehrlich zu – ich bin Ihnen Ende letzten Jahres untreu geworden. Damals, als wir ein neues Parfüm auf den Markt gebracht haben, hätte ich Sie wirklich zu gern für ein paar Aufnahmen engagiert. Denn die Fotografien, die Sie vor zwei Jahren von mir gemacht haben, sind überall so gut angekommen! Immer wieder wurde ich im Freundeskreis, aber auch von Kundinnen darauf angesprochen. Hätte ich nur eine Adresse von Ihnen gehabt! Aber so viel ich auch herumfragte – niemand wusste über Ihren damaligen Aufenthaltsort Bescheid.« Sie zuckte bedauernd mit den Schultern. »Am Ende hat unser Stadtfotograf Julius die Aufnahmen gemacht.«

Mimi seufzte leise. Ende letzten Jahres war genau die Zeit gewesen, in der sie keine Aufträge gehabt hatte, demnach hatte sie auch kein Fotoatelier als ihre kurzzeitige Adresse angeben können. »Ich hatte mir eine kleine Auszeit genommen«, flunkerte sie mit einem bedauernden Lächeln.

Clara Berg nickte. »Die hatten Sie sich bestimmt verdient.«

Anton, der bisher schweigend danebengestanden hatte,

räusperte sich. »Meine Damen, bis zur Abfahrt unseres Zuges ist noch ein wenig Zeit. Bevor wir also noch länger hier herumstehen – darf ich Sie auf eine Tasse Kaffee einladen?« Er zeigte auf ein leicht heruntergekommen wirkendes Café am Rande des Bahnhofs.

Sowohl Mimi als auch Clara Berg waren einverstanden.

Anton hatte gerade für jeden eine Tasse Kaffee bestellt, als Clara Berg zur Sache kam. »Leider habe ich heute nicht so viel Zeit, wie ich mir wünschen würde, ich muss so schnell wie möglich wieder zurück in die Firma. Aber als ich hörte, dass Sie derzeit hier verweilen, wollte ich es mir nicht nehmen lassen, Sie persönlich zu sprechen. Es ist nämlich so...« Die Unternehmerin holte ein mit Adressen beschriebenes Blatt Papier aus ihrer Handtasche. Sie wollte es Mimi schon reichen, als sie mitten in der Bewegung innehielt. »Oje, ich falle wieder direkt mit der Tür ins Haus, verzeihen Sie!« Sie lachte verlegen. »Vielleicht sollte ich Sie erst einmal fragen, wie es derzeit um Ihre Abkömmlichkeit steht – hätten Sie überhaupt Zeit für ein, zwei Aufträge?«

Mimis Herz klopfte bis zum Hals hinauf, als sie betont beiläufig sagte: »Bis gestern hätte ich dies verneint, aber durch eine plötzliche Planänderung habe ich tatsächlich etwas Zeit.«

Clara Berg strahlte. »Diese beiden Damen würden sich wirklich freuen, wenn Sie sich bei Ihnen melden«, sagte sie und drückte Mimi das Blatt Papier in die Hand. »Gerda Schwarzbauer ist eine Kundin von mir. Ihrer Familie gehört die Augsburger Brauerei Schwarzbräu. Erst letzte Woche war Gerda bei uns im Schönheitssalon. Und während wir so plauderten, kam die Rede auch auf Sie, liebe Mimi. Bier habe so ein altväterliches Ansehen, meinte Gerda, das würde sie gern ändern. Es geht also nicht lediglich darum, ein paar Flaschen Bier oder die Brauerei zu fotografieren – das könnte sicher auch einer der ansässigen Fotografen –, vielmehr wünscht sich Gerda moderne Fotografien für eine moderne Reklamekampagne. Ich sagte ihr, dass ich dafür genau die richtige Frau wüsste – nämlich Sie! Und das hier...« – Clara tippte auf die zweite Adresse – »ist meine beste Freundin Josefine. Sie und ihr Mann Adrian besitzen in Berlin einen Fahrradgroßhandel. Was Josefine genau wünscht, weiß ich nicht, aber gewöhnliche Fotografien werden es sicher auch nicht sein, denn dafür gäbe es in Berlin genügend Leute. Am besten melden Sie sich bei ihr!«

Sprachlos schaute Mimi von dem Zettel in ihrer Hand zu Clara Berg. Gleich zwei potenzielle neue Kundinnen? Eine Tür schloss sich, eine andere öffnete sich...

Mimi sah Anton an, der interessiert zugehört hatte. »Was meinst du? Kann Laichingen noch ein wenig warten?«

Anton, der aussah, als wären ihm gerade zehn Steine vom Herzen gefallen, nickte. »Von mir aus gern!«

Ein paar Tage später wurde Mimi in Augsburg bei der Brauerei Schwarzbräu vorstellig. Während Anton loszog, um herauszufinden, wo in der Nähe ein Markt stattfand, ließ sich Mimi, umhüllt vom herben Duft der Biermaische, von Gerda Schwarzbauer die ganze

Brauerei zeigen. Die dickbauchigen Kupferkessel! Das glänzende Röhrensystem, durch das das Bier floss. Die Flaschenabfüllung... Mimi spürte, wie ein aufregendes Kribbeln sie befiel. Das alles konnte sie schön *und* modern zugleich darstellen! Voller Elan unterbreitete sie Gerda Schwarzbauer verschiedene Ideen für eine Reklamekampagne. Die Brauereigattin, die Mimi in etlichen Fotografien Modell stehen sollte, war begeistert.

Sie waren gerade dabei, sich für den nächsten Tag zu verabreden, als Hubert Schwarzbauer dazukam. Er setzte seine Schritte vorsichtig und bewusst, wie ein Trinker, der verbergen wollte, dass er ein Glas zu viel intus hatte. Aus dem Augenwinkel sah Mimi, wie Gerda Schwarzbauer missmutig den Mund verzog.

»Eine Fotografin? Was hat das zu bedeuten?« Der Bierbrauer zeigte mit seinem Spazierstock auf Mimi und ihre Kamera, als wollte er sie aufspießen.

»Das haben wir doch alles längst besprochen, Hubert«, presste Gerda Schwarzbauer hervor.

»Und ich habe dir *längst* gesagt, dass ich keinen Fremden will«, äffte der Mann den Tonfall seiner Frau nach. Dann wandte er sich an Mimi. »Nichts für ungut, junge Frau, aber unsere hiesigen Fotografen müssen schließlich auch leben. Wenn sich herumspricht, dass ich eine fremde Fotografin engagiere, dann bin ich im Stadtrat unten durch!« Er warf seiner Frau einen wütenden Blick zu.

»Aber...«, hob Gerda Schwarzbauer an.

»Kein Aber!«

Gleich darauf stand Mimi wieder auf der Straße.

»Vielleicht stellt dich der hiesige Fotograf ein, bei dem du letztes Jahr im Januar schon einmal als Gastfotografin warst?«, schlug Anton vor, als sie ihm am Abend wütend und enttäuscht zugleich von ihrem Erlebnis erzählte. »Ich bleibe jedenfalls erst mal hier. Übermorgen findet ein großer Jahrmarkt statt, den will ich unbedingt besuchen. Wenn sich bis dahin bei dir nichts ergeben hat, können wir von mir aus aufbrechen.«

»Wenn sich bis dahin bei dir nichts ergeben hat…«, wiederholte Mimi ironisch. »Vielen Dank für die aufmunternden Worte, da fühle ich mich doch gleich sehr wertgeschätzt!«

Anton grinste nur.

»Da lässt die Frau mich für nichts und wieder nichts antanzen!«, fuhr Mimi wütend auf. »Wenn Claras Freundin in Berlin genauso wenig zu sagen hat wie diese Gerda Schwarzbauer, dann können wir uns die Fahrt dorthin sparen!«

In das Fotoatelier, in dem sie im Januar des Vorjahres Gastfotografin war, wollte sie jedenfalls nicht – es war klein, muffig, und sein Besitzer roch zudem nach Schweiß!

»He, nun lass den Kopf nicht hängen«, sagte Anton aufmunternd. »Wir fahren auf jeden Fall nach Berlin. Ich wollte schon immer mal sehen, wie der Kaiser so wohnt. Sobald der Jahrmarkt vorüber ist, besorge ich uns Zugfahrkarten, in Ordnung?«

Mimi nickte mutlos. Dann würde eben noch eine Reise für die Katz sein!

10. Kapitel

Zum ersten Mal in diesem Jahr stellten sich Mimis Sorgen als unnötig heraus: Die Fahrt nach Berlin war nicht umsonst gewesen! Sie und ihre neue Auftraggeberin Josefine Neumann waren sich auf Anhieb sympathisch, mehr noch, vom ersten Moment an herrschte fast schon eine freundschaftliche Atmosphäre zwischen ihnen. Was aber vielleicht noch viel wichtiger war: Josefine Neumann stellte von Anfang an klar, dass sie und ihr Mann sich darin einig waren, Clara Bergs Empfehlung zu folgen und Mimi zu engagieren.

Wie in Augsburg hatte Mimi sich auch hier in Berlin zuerst einmal die Geschäftsräume zeigen lassen, um ein Gefühl für das Produkt zu bekommen, das sie fotografieren sollte. Mit Fahrrädern war sie noch nie ernsthaft in Berührung gekommen – in ihrem Leben als Wanderfotografin spielten sie einfach keine Rolle. Und so staunte sie nicht schlecht, als Josefine Neumann sie durch eine riesige Lagerhalle führte, in der Reihe für Reihe Hunderte von Rädern standen.

»Und die soll ich alle für Ihren neuen Versandkatalog fotografieren?«, fragte sie ein wenig entsetzt. Einen Moment lang fühlte sie sich an ihren Großauftrag vor zwei Jahren erinnert, wo sie in Laichingen Hunderte von Damennachthemden und Leinenblusen für Gehringer fotografiert hatte. Sie hatte sich dabei furchtbar gelangweilt.

Aber Josefine Neumann lachte nur. »Um Gottes willen, nein! Hier stehen oft zig Räder von demselben Modell. Wir benötigen lediglich von jedem Modell *eine* Fotografie und dazu ein paar Detailaufnahmen. Schauen Sie, das hier ist ein Diamant-Rad, dieses hier kommt aus Nürnberg von den Victoria-Werken und das hier vom italienischen Hersteller Bianchi. Ein jedes wartet mit Besonderheiten auf...«

Mit wie viel Fachwissen Josefine Neumann die Räder vorführte! Und wie ihre Augen dabei glänzten, dachte Mimi und spürte, wie ihre Freude über den neuen Auftrag immer weiter wuchs. In was für eine spannende Welt war sie hier geraten! Eine Welt voller junger, sportlicher Menschen. Eine Welt, in der es nach Gummi und Maschinenöl roch und in der Josefine Neumann genauso viel zu sagen hatte wie ihr Mann Adrian.

Wie schade, dass Anton nicht dabei ist, ging es Mimi durch den Kopf, er hätte sich wahrscheinlich gleich in eins der glänzenden Räder verliebt. Doch ihr Reisegefährte war am Morgen losgezogen, um sich nach Märkten in Berlin zu erkundigen. Im Gegensatz zu ihr, die auf einem Berliner Gymnasium Abitur gemacht hatte und die Stadt von damals kannte, war für Anton alles neu und entsprechend aufregend.

»Dass Fahrräder so schön sind, war mir gar nicht bewusst. Und wie prächtig sie glänzen! Ich glaube, mit dem entsprechenden Licht werden mir ein paar ziemlich gute Aufnahmen gelingen«, sagte sie halb zu sich, halb zu ihrer Auftraggeberin.

Noch während sie sprach, zog Josefine Neumann ein blaues Rad aus der langen Reihe und hielt es Mimi auffordernd hin. »Wollen Sie mal ein Stück fahren?«

»Ich kann leider nicht Rad fahren«, erwiderte Mimi bedauernd und ein wenig beschämt.

Josefine Neumann zog erstaunt die Brauen in die Höhe. »Das müssen wir aber schleunigst ändern!«, sagte sie resolut. »Heutzutage sollte jeder und jede Rad fahren können. Das Fahrrad macht die Menschen mobil – vor allem auch uns Frauen! Ein kleiner Ausflug, die Fahrt zur Arbeit, ein Treffen mit Freundinnen – mit dem Rad ist das alles heutzutage kein Problem mehr. Dank dem Fahrrad können die Menschen ihren Alltag, aber auch ihre Freizeit viel mehr genießen.«

Mimi war beeindruckt. Aus dieser Warte hatte sie das noch nie gesehen. Im selben Moment kam ihr ein Gedanke. »Was würden Sie davon halten, wenn wir zu den klassischen Aufnahmen für Ihren Versandkatalog noch ein paar weitere machen, um genau diese Freiheiten und Möglichkeiten aufzuzeigen? ›Das Fahrrad in der Freizeitgestaltung!‹« Sie machte mit ihren Händen eine Bewegung, als würde sie eine Überschrift schreiben. »Wir könnten zum Beispiel an diesen berühmten Wannsee fahren und dort eine junge Frau fotografieren, die mit dem Fahrrad einen Ausflug ins Grüne macht. Oder eine junge Frau, die eine Spazierfahrt entlang der Spree unternimmt. Vielleicht hat sie einen Picknickkorb dabei? Oder wir könnten eine Aufnahme machen, wo zwei Freundinnen ihre Fahrräder vor einem Lichtspielhaus abstellen!«

Josefine Neumann war sogleich Feuer und Flamme. Voller Elan entwickelten sie immer mehr Ideen, bis Adrian Neumann zu ihnen stieß und schmunzelnd meinte, dass sie doch bitte schön auch ein paar Herren in die Fotografien integrieren sollten.

Gleich am nächsten Tag ging es los. Es war ein sonniger, warmer Maitag. Die Kastanienbäume in der Allee vor dem »Fahrradgroßhandel Neumann« im Berliner Westen standen in voller Blüte, und so hatten Josefine Neumann und Mimi beschlossen, das erste Motiv sogleich hier zu schießen: eine junge Frau, unterwegs mit Fahrrad und Picknickkorb. Im Hintergrund würde das Ladenschild der Neumanns gut zu sehen sein – vielleicht wurde diese Fotografie sogar das Titelbild des Versandkatalogs?

Ihr Modell für den heutigen Tag war eine attraktive Frau mit braunen Zöpfen, die Josefine Neumann aus einem Radsportverein kannte. Sie war sichtlich stolz, für die Fotos auserwählt worden zu sein. Ihre Wangen waren vor Aufregung gerötet, ihre Augen glänzten, als sie Mimis Anweisungen lauschte.

»Bitte fahren Sie zu der Litfaßsäule da hinten und drehen dort um. Wenn Sie dann auf mich zukommen, bitte so langsam wie möglich fahren, ja? Ich werde versuchen, dann die bewegte Aufnahme zu schießen«, sagte Mimi.

Während die junge Frau sich versiert aufs Rad schwang und losfuhr, atmete Mimi einmal tief durch.

Jetzt musste sie sich konzentrieren! Fotografieren, während das Objekt sich bewegte, war schwierig bis unmöglich, sie hatte bisher noch keine Erfahrungen damit gemacht. Aber einen Versuch war die Sache immer wert.

Die junge Frau war am vereinbarten Punkt angekommen, drehte um und fuhr im Schneckentempo auf Mimi zu.

»Los geht's«, murmelte Mimi vor sich hin. Ein leichtes Prickeln lief über ihre Oberarme, eine Art Gänsehaut, die sie immer dann verspürte, wenn der künstlerische Prozess sie völlig in Beschlag nahm. Noch zehn Meter, noch acht… Josefine Neumann, die neben Mimi stand und mit angespannter Miene das Geschehen beobachtete, schien ebenfalls ganz gebannt zu sein. Noch fünf Meter, noch drei, noch zwei – jetzt!

Im selben Moment, in dem Mimi auf den Auslöser drückte, lief ein Mann auf die Straße und brachte die junge Radlerin fast zum Stürzen.

Das gab's doch nicht! Hatte der Mann keine Augen im Kopf? Ein Fluchen unterdrückend, kam Mimi unter ihrem Schwarztuch hervor. »Können Sie bitte aus dem Bild gehen?«

Der Mann – Mimi schätzte ihn auf Ende dreißig – musterte sie von oben bis unten, ohne sich auch nur mit einem Schritt von der Straßenmitte zu entfernen. Konsterniert schaute sich Mimi zu Josefine um.

»Adrian ist im Büro. Ich wäre dir dankbar, wenn du unsere Reklameaufnahmen nicht weiter störst«, sagte Josefine Neumann kühl.

Der Mann schnaubte abfällig, dann ging er davon.

Mimi ließ ihre Kamera sinken. »Was war denn das?«, fragte sie halb lachend, halb erbost. »Kennst du den Mann?« Schon am Vortag waren sie zum freundschaftlichen Du übergegangen, es fühlte sich einfach richtig an.

Josefine Neumann winkte ab. »Das war unser Steueranwalt Simon, Adrian und er sind im selben Radsportverein. Ich mag ihn nicht. Als er hörte, dass wir einen neuen Versandkatalog erstellen wollen, hat er einen männlichen Kollegen von dir empfohlen, einen Berliner.«

Da hatte sie ja gerade nochmal Glück gehabt.

Josefine Neumann grinste. »Ich schätze, ihn ärgert am meisten, dass wir eine Frau engagiert haben. Er gehört nämlich zu der Sorte Mann, die Frauen am liebsten noch immer nur in die Küche verbannen würde.«

»Diese Spezies gibt es hier in Berlin also auch«, erwiderte Mimi lachend und beschloss, sich von dem Zwischenfall nicht die Laune verderben zu lassen.

»Soll ich wieder auf Sie zukommen?«, rief die junge Frau, die zu ihrem Ausgangspunkt zurückgefahren war.

Mimi nickte. Dieses Mal gelang ihre Aufnahme ohne Störung. »Vielen Dank! Aber bitte noch einmal dasselbe, doppelt hält besser. Und wenn Sie anhalten, bitte zwischen zwei Bäumen! Dann kann ich für die stehende Aufnahme nämlich die einfallenden Sonnenstrahlen nutzen«, rief Mimi der Frau zu, während sie die benutzte Silberplatte lichtsicher verstaute und gegen eine neue austauschte.

»Ich sehe schon, meine Freundin Clara hat nicht

übertrieben, als sie sagte, du wärst eine Meisterin deines Fachs«, sagte Josefine Neumann.

Mimi lächelte geschmeichelt. »Ob die Aufnahmen, die ich während der Fahrt mache, etwas werden, wird sich noch zeigen. Vielleicht ist alles so verwackelt, dass wir uns doch auf stehende Aufnahmen beschränken müssen.«

Josefine Neumann zuckte mit den Schultern. »Und wenn schon. Ich bin mir sicher, dass deine Aufnahmen auch dann genug Dynamik haben werden!«

»Die weiße Bluse, die schwarzen Beinkleider, dazu das Fahrrad mit den glänzenden Speichen – das wird eine vielschichtige, hochinteressante Fotografie ergeben…« Mimi schaute zufrieden drein.

»Und ich dachte immer, ich hätte den schönsten Beruf der Welt«, bemerkte Josefine Neumann, als Mimi ihre Aufnahmen im Kasten hatte. »Aber wenn ich dich so beobachte, kommen mir Zweifel. Mir scheint, das Fotografieren besitzt eine ganz eigene Magie…«

Mimi strahlte. Besser hätte sie es nicht sagen können!

*

Nach nur zwei Stunden unterwegs in der Stadt wusste Anton nicht mehr, wo ihm der Kopf stand. Was für ein Gewirr und Gewimmel! Viele Straßen und Plätze waren gesperrt, weil der russische Zar Nikolaus II. zu einem Staatsbesuch in der Stadt war, und so drängte sich der Verkehr woanders umso mehr. Bestimmt fand er nie mehr zu dem kleinen Hotel zurück, in dem Mimi und er wohnten, dachte Anton, während um ihn herum am Alexanderplatz das Leben tobte. Elektrische Straßenbahnen fuhren in alle Himmelsrichtungen gleichzeitig, Busse, voll mit Berlinern, die eilig von hier nach da gelangen wollten, teilten sich die Straßen mit hupenden Automobilen und Droschken. Selbst auf den Gehsteigen herrschte Chaos! Hier stand ein Drehorgelmann, da ein Puppenspieler, eine Ecke weiter gab es eine Veranstaltung von Gewerkschaftern, die für den Frieden demonstrierten.

Anton blinzelte verwirrt. Auch in anderen Großstädten war viel los, aber eine solche Hektik wie hier in der Hauptstadt hatte er noch nie erlebt.

Ein Geschäft reihte sich ans andere – Kaufhäuser wie das Tietz und das Wertheim, Modehäuser, elegante Restaurants und Bierschänken, aus denen der Tabakqualm bis auf die Straße drang. Hier ein Gartenlokal, da ein Tanzsaal, dort ein Revuetheater – machten die Berliner eigentlich noch etwas anderes, als einzukaufen und sich zu vergnügen?, fragte Anton sich. Und wie elegant die Leute aussahen! Die Damen trugen prächtige Kleider, große Ohrringe und Sonnenschirme. Die Herren trugen Kaiser-Wilhelm-Bärte, alle auch Zylinder und Spazierstock. »Herrliche Zeiten« hatte der Kaiser seinen Untertanen einst versprochen, das hatte Anton irgendwo einmal gelesen. Bestimmt gab es in Berlin auch Armenviertel mit viel Elend, aber im Großen und Ganzen schien Wilhelm sein Versprechen eingehalten zu haben.

Anton spürte, wie eine Woge innerer Erregung ihn erfasste, und auf einmal hatte er Lust, ein Teil von all dem zu werden. Hier gab es doch sicher für ihn etwas zu tun, oder? Die Vorstellung, außerhalb der Stadt auf einer Kirmes oder einem Markt mit anderen Händlern einen Stand aufzubauen und dort seine Postkarten zu verkaufen, erschien ihm plötzlich reizlos. Auf einen Markt konnte er anderswo gehen – hier in Berlin ergaben sich bestimmt ganz andere Chancen!

Anton atmete tief durch und lockerte seine Schultern. Er war bereit. Mit diesem Gedanken überfiel ihn gleichzeitig ein leichter Schwindel. Aufbruch hin oder her – er brauchte jetzt erst einmal eine kurze Pause.

Erschlagen von den vielen Eindrücken ging er auf eine etwas heruntergekommen wirkende Bierschänke zu, nur um festzustellen, dass sie geschlossen hatte. Dann eben nicht, dachte Anton, an dem Platz, wo er sich befand, gab es genügend weitere Lokale. Ein paar Häuser weiter erblickte er ein sehr elegant aussehendes Restaurant mit dem ungewöhnlichen Namen Pigalle. Seine Fassade war schwarz lackiert wie ein Klavier, die zweiflügelige Tür war ebenfalls lackiert, allerdings in Feuerrot. Hier würde er ein kleines Vermögen für sein Bier liegen lassen, das wusste Anton sofort. Dennoch steuerte er auf das Restaurant zu. Wollen wir doch mal sehen, wie die reichen Leute ihr Bier trinken!, dachte er amüsiert und öffnete schwungvoll die Tür, auf der kein Fingerabdruck zu sehen war.

Drinnen war es düster, und es roch nach gebratenem Rindfleisch und Damenparfüm. Alle Tische waren fast kreisförmig angeordnet, in der Mitte gab es eine Art Rondell. Eine Bühne?

Zu weiteren Beobachtungen kam Anton nicht, denn

schon schoss ein Kellner im schwarzen Smoking auf ihn zu – mehr noch, er verstellte Anton regelrecht den Weg.

»Sie wünschen?« Die zwei Worte kamen wie aus der Pistole geschossen.

»Äh, ein Bier?«, erwiderte Anton unsicher. War dies ein Restaurant, in dem man auch etwas verzehren musste? Warum schaute der Mann so hochnäsig drein? War er etwa nicht elegant genug gekleidet? Er trug doch immerhin seinen besten Anzug!

»Haben Sie reserviert?«, fragte der Mann von oben herab.

Verwirrt schaute Anton dem Mann über die Schulter. Es waren doch alle Tische bis auf zwei frei?

»Nicht? Dann muss ich Sie leider bitten zu gehen, wir sind ausgebucht.«

»Aber...«, hob Anton an.

»Kein Aber«, unterbrach der Kellner ihn, während er die Tür öffnete. »Einen schönen Tag noch!«

Und schon fand sich Anton auf der Straße wieder.

Was sollte das denn?, fragte er sich verdutzt und verärgert zugleich. Im nächsten Moment erklang neben ihm eine mürrische Männerstimme: »Na Kumpel, haben sie dich auch nicht reingelassen?«

Anton drehte sich um und erblickte einen Mann mittleren Alters in grauem Sakko und mit einer Aktentasche unter dem Arm. »Reingelassen schon, aber einen Tisch habe ich nicht bekommen. Dabei ist alles frei!«, sagte er.

Der Mann lachte auf. »Frei schon, aber nicht umsonst.«

Anton stutzte.

»Wissen Sie denn nicht, dass man blechen muss, um einen Tisch im Pigalle zu bekommen?«, fragte der Mann ungläubig. Als er Antons verwirrten Blick sah, holte er weiter aus: »Ich bin Handlungsreisender und nur heute in der Stadt. Meine Kollegen schwärmen immer so von diesem Laden hier, da dachte ich mir, gehst du auch mal hin! Fünf Mark hab ich dem Kerl da drinnen in die Hand drücken wollen für einen Mittagstisch, aber scheinbar reicht das nicht aus.«

»Man muss den Kellner bestechen, damit man einen Tisch bekommt?« Anton konnte es nicht fassen.

»Bestechung – das sagen Sie!« Der Mann schnaubte. »Die Kellner würden wohl eher von einem ›netten kleinen Trinkgeld‹ sprechen. Es heißt, die Männer sind nicht beim Pigalle angestellt, sondern arbeiten alle auf eigene Rechnung. Das Geld, das sie von den Gästen für die Tischvergabe bekommen, ist quasi ihr Hauptverdienst.«

»So was habe ich ja noch nie gehört! Und das lässt der Besitzer zu?«

Der Fremde winkte nur ab. »Der Besitzer ist Franzose und lebt in Paris. Von dort kommen auch die schönen Damen, die im Pigalle auftreten. Die Tänzerinnen werden angeblich jeden Monat ausgewechselt, die Gäste bekommen immer wieder neue Damen zu sehen…« Als redete er von köstlichen Törtchen, leckte der Mann sich über die Lippen.

Noch während sie sich unterhielten, steuerte eine ganze Gruppe Männer auf das Pigalle zu. Die Tür ging auf und zu – heraus kam niemand mehr.

»Die Herren scheinen bei der Tischvergabe mehr Geld hingeblättert zu haben«, sagte der Handlungsreisende. »Aber für ein paar nackte Weiber und ein Beefsteak leg ich gewiss kein Vermögen auf den Tisch! Beides finde ich in Berlin auch anderswo.« Er spuckte verächtlich auf den Boden, dann ging er ohne ein weiteres Wort davon.

Anton nickte, noch immer verdattert. Er war selbst auch schon im Gehen begriffen, als ein mit der Hand geschriebenes Pappschild an der Seitenfront des Pigalle seinen Blick auf sich zog. Es wirkte eilig dahingekritzelt und passte so gar nicht zu dem eleganten Erscheinungsbild des Ladens. Doch was Anton darauf las, ließ ihn darüber hinwegsehen.

Wegen Krankheit dringend Aushilfskellner gesucht – Interessenten melden sich am Hintereingang!

11. Kapitel

Ende Mai waren alle Fotografien für den neuen Radsportkatalog im Kasten. »Das war einer der schönsten Aufträge, die ich je ausgeführt habe, danke, dass ihr mir diese Chance gegeben habt«, sagte Mimi mit glänzenden Augen zu Josefine, während sie ihre Kamera einpackte. Etwas Neues wagen – davon hatte sie lange Zeit nur geträumt.

»Wir sind auch überglücklich, du hattest so gute Ideen! Da hatte Clara wirklich den richtigen Riecher, als sie dich zu uns schickte«, erwiderte Josefine. »Und – wie geht es nun weiter?«

Mimi zuckte mit den Schultern. »Anton und ich haben beschlossen, noch für eine Weile in Berlin zu bleiben. Er arbeitet in einem Restaurant – und ich?« Sie lächelte. »Ich werde mal ein paar Fotoateliers abklappern, vielleicht engagiert mich jemand als Gastfotografin.«

»Nun, wenn du tatsächlich noch in der Stadt bleiben willst... Ich weiß nicht, ob das für dich überhaupt in Frage kommt, aber ein Bekannter von uns sucht einen Fotografen für ein Reklameplakat«, sagte Josefine Neumann. »Er ist im selben Radsportverein wie wir und er stellt Margarine her.«

»Margarine? Die wollte ich schon immer mal fotografieren!«, antwortete Mimi lachend.

Josefine nannte ihr Namen und Adresse des Margarinefabrikanten und versprach außerdem, Mimis Besuch telefonisch anzukündigen.

Am nächsten Morgen stand Mimi, in ihr bestes Ausgehkostüm gekleidet und mit der Kameratasche über der Schulter, vor dem Tor der Margarinefabrik. Der Pförtner, dem sie ihr Anliegen vortrug, öffnete mürrisch die Eingangstür und meinte, sie solle sich »wie alle andern im Vorzimmer der Geschäftsleitung melden«.

Stirnrunzelnd folgte Mimi der Anweisung. Welche anderen?

Das Vorzimmer war klein und stickig. Als Mimi eintrat, wurde sie von fünf Männern, allesamt mit Kameras ausgestattet, feindselig beäugt. Dann war sie also nicht die Einzige, die sich wünschte, einmal Margarine fotografieren zu dürfen, dachte Mimi ironisch, während einer der Männer sich so vor ihr platzierte, dass sie fast seinen rechten Ellenbogen ins Auge bekam.

Die Sekretärin, durch die vielen Leute in ihrem Reich sichtlich gestört, erklärte, dass Herr Retter, der Inhaber der Margarinefabrik, gleich Zeit für sie habe.

Keine fünf Minuten später erschien der Mann. Noch bevor er das Wort an sie richten konnte, stürmten die Fotografen auf ihn ein.

»Herr Retter, ich soll Grüße ausrichten von meinem Neffen, er ist wie Sie Mitglied in der Berliner Handelskammer...«

»Herr Retter, wie schön, Sie wieder zu treffen!«

»Herr Retter, bei mir bekommen Sie beste Qualität und beste Preise!«

Der Margarinefabrikant, der aussah, als würde ihm sein eigenes Produkt sehr gut schmecken, ließ seinen Blick über die Anwesenden gleiten. »Kommen Sie mit!«, sagte er dann zu dem Fotografen mit dem Neffen in der Handelskammer.

»Sie können gehen!« Mit spitzen Fingern, als wäre sie angewidert von der ganzen Szene, winkte die Sekretärin die andern Fotografen zur Tür.

»Wer will schon Margarine fotografieren?«, antwortete Mimi schnippisch, dann machte sie auf dem Absatz kehrt.

Anton, der die Arbeitsstelle im Pigalle tatsächlich bekommen hatte und seitdem von elf Uhr am Vormittag bis spät in die Nacht hinein arbeitete, lachte herzlich, als Mimi ihm am nächsten Morgen beim Frühstück den Vorfall schilderte.

»Das ist doch kein Problem«, sagte er dann. »Ich bin heute an zig Fotoateliers vorbeigekommen. Wetten, dass du in kürzester Zeit eine Gastanstellung hast? Hier in Berlin steppt der Bär, sag ich dir!« Spontan zog er ein paar zusammengerollte Geldscheine aus der Tasche. »Mach dir einfach mal einen schönen Tag, damit du auf andere Gedanken kommst.«

Mimi schob das Geld – es waren fünfzig Mark – entsetzt von sich weg. »Ich nage nicht am Hungertuch! Und aushalten lasse ich mich auch nicht – dafür habe ich mir meine persönliche wie finanzielle Freiheit über die Jahre hinweg viel zu hart erkämpft.«

Am nächsten Tag marschierte Mimi frohgemut los. Anton hatte recht, Berlin war eine Stadt der vielen Möglichkeiten! Er hatte es geschafft, gute Arbeit zu bekommen, also würde ihr das sicher auch gelingen.

Sie hatte den Gedanken kaum beendet, als das erste Fotoatelier in Sicht kam. Wenn das kein gutes Omen war, machte sie sich selbst Mut, dann drückte sie lächelnd die Ladenklinke nach unten.

Der Mann hinter der Theke las Zeitung und schaute lustlos auf, als sie vor ihn trat. Mimi nannte ihren Namen und trug ihr Anliegen vor.

»Wo genau haben Sie Ihr Atelier?«, fragte der Fotograf von oben herab.

»Nirgendwo. Ich bin Wanderfotografin«, erwiderte Mimi. Sein Blick glitt von Mimis Scheitelspitze bis zu ihren Schuhen hinab. »Fahrendes Volk und Hausierer haben bei uns nichts verloren. Gehen Sie, sonst rufe ich die Polizei.«

Wie vor den Kopf gestoßen verließ Mimi den Laden.

»Guten Tag, mein Name ist Mimi Reventlow, ich wollte fragen, ob Sie vielleicht eine Gastfotografin benötigen?«

»Eine was?«, fragte der zweite Fotograf, den Mimi aufsuchte. Sein Atelier war groß und hell und lag an einem der Berliner Boulevards.

»Eine Gastfotografin!« Mimi lächelte gewinnend.

»Gast – wie bitte?« Er kniff die Augen zusammen.

Mimi runzelte die Stirn. Wollte der Mann sie für dumm verkaufen? »Eine Gastfotografin«, wiederholte sie dennoch geduldig.

Der Mann schaute sie mit unverhohlenem Ärger an. »Ich habe Sie schon beim ersten Mal verstanden. Nur konnte ich nicht glauben, dass jemand die Frechheit hat, mich so etwas zu fragen. Meine Kunden würden dumm aus der Wäsche schauen, wenn ich ihnen irgendeinen dahergelaufenen Hinz und Kunz hinter der Kamera präsentieren würde. Ich bin schließlich kaiserlicher Hoffotograf, haben Sie das Schild draußen nicht gesehen?«

»In diesem Fall bitte ich natürlich tausendmal um Entschuldigung«, sagte Mimi in ironischem Tonfall und machte auf dem Absatz kehrt.

Während die Tageszeitungen jeden Morgen über Rekordgewinne an der Berliner Börse berichteten, hetzte Mimi durch die Stadt, stand eingequetscht zwischen schwitzenden Leibern in der Tram oder fuhr mit einem von Josefine geliehenen Rad und klapperte ein Fotoatelier nach dem andern ab – vergeblich.

»Du musst viel selbstbewusster auftreten! Immerhin hast du schon mal die württembergische Königin fotografiert«, riet ihr Anton, als sie ihm von ihren vielen Abfuhren erzählte.

Mimi, gewillt, seinen guten Rat zu beherzigen, erwähnte fortan bei jedem Besuch eines Fotoateliers ihre prominente Kundschaft von früher. Die Fotografen lachten auf, als hätte sie einen guten Witz gemacht. Eine Provinzadelige vor der Kamera – wen interessierte das hier in der Stadt des Kaisers?

Nach einer Woche erfolgloser Arbeitssuche war Mimi furchtbar erschöpft. Die vielen Menschen, der Lärm, die unerbittlich auf sie einhämmernden Eindrücke – mit jedem Tag strengte Berlin sie mehr an. Ihre Füße, nicht daran gewohnt, bei brütender Sommerhitze den ganzen Tag in solide Lederschuhe eingeschnürt zu sein, waren geschwollen, die Haut an den großen Zehen hatte sich entzündet.

Was tat sie sich hier eigentlich an? Mimi war den Tränen nahe, als sie mit letzter Kraft die Straße bis zu ihrer Pension entlangging. Dort angekommen bat sie die Wirtin um eine Schüssel. Ein Fußbad! Ohne Fußbad würde sie sterben, jetzt sofort.

Als sie ihre geschwollenen Füße aus den Strümpfen befreite, flammte kurz Galgenhumor in ihr auf. Wie hatte es Anton letzte Woche genannt? In Berlin würde der Bär steppen. Ihre Füße sahen zwar wirklich aus wie nach einer durchtanzten Nacht – doch *sie* hatte die Tanzfläche leider noch nicht einmal betreten.

Kurze Zeit später klopfte es an ihrer Tür, und die Zimmerwirtin überreichte Mimi einige Briefe. Mimi dankte ihr herzlich, hatte sie doch zuvor vergessen, die Post an der Rezeption mitzunehmen. Wie immer, wenn sie auf Reisen war, hatte Mimi ihre aktuelle Adresse bei ihren Eltern in Esslingen hinterlassen, aber auch bei Luise Neumann in Laichingen, für den Fall, dass ihr jemand einen Brief ins Haus des Onkels schickte.

Noch mit nassen Füßen inspizierte Mimi den kleinen Stapel. Vielleicht war eine neue Anfrage dabei? Sie hätte Berlin lieber heute als morgen verlassen.

Eine Karte von Luise, die ihr versicherte, dass mit Josefs Haus alles in Ordnung war.

Ein Gruß von Clara am Bodensee – das Wetter sei herrlich und der See glitzere wunderbar im Sonnenlicht, schrieb sie.

Eine Einladung für Mimi als Gastfotografin war nicht dabei, dafür eine kurze Notiz von Josefine, die schrieb, dass die Druckfahnen des neuen Katalogs fertig seien. Ob Mimi nicht Lust habe, mit ihr in die Druckerei zu fahren und sie sich anzuschauen? Warum nicht, dachte Mimi, sie hatte ja sonst nichts zu tun.

Deprimiert setzte sie sich auf die Bettkante und tauchte die schmerzenden Füße wieder in die Wasserschüssel.

Der Sommer war für eine Wanderfotografin normalerweise die beste Zeit des Jahres. Wenn sie an frühere Jahre dachte – sie hatte elegante Kurgäste fotografieren dürfen und Dörfer, die sich für den Tourismus attraktiv präsentieren wollten. Doch in Berlin kannte niemand auch nur ihren Namen, geschweige denn den guten Ruf, den sie sich im Süden Deutschlands erarbeitet hatte. Und selbst wenn ihr guter Ruf ihr nach Berlin vorausgeeilt wäre, wäre noch immer fraglich gewesen, ob die ansässigen Fotografen Interesse an einer Zusammenarbeit hatten.

Je länger Mimi darüber nachdachte, desto näher war sie den Tränen. Sie versuchte doch so viel, um Arbeit zu bekommen! Was um alles in der Welt sollte sie denn noch tun?

Die Druckerei, die Josefine für ihre Kataloge beauftragt hatte, lag in Köpenick, etliche Kilometer vom Neumann'schen Fahrradgroßhandel entfernt. Doch anstatt den Geschäftswagen der Neumanns zu nehmen, radelten Josefine und Mimi den alten Treidelpfad an der Spree entlang, Josefine vorweg und Mimi – froh darüber, mit ihren geschundenen Füßen nicht laufen zu müssen – versiert hinterher. Gleich in der ersten Woche nach Mimis Ankunft in Berlin hatte Josefine Neumann ihr Versprechen wahr gemacht und ihr das Radfahren beigebracht – und Mimi hatte sich dabei als Naturtalent erwiesen.

In der Nacht hatte es geregnet, der Himmel war nun wie reingewaschen und von einem so unglaublichen Blau, dass Mimi sich nicht zum ersten Mal wünschte, auch Farben fotografisch festhalten zu können. Eine sanfte Brise umspielte sie, der Duft blühender Apfelbäume wehte um ihre Nase – Mimi seufzte selig auf, während sie in einem gleichmäßigen Rhythmus in die Pedale trat. Hätte sie gewusst, wie schön es war, Rad zu fahren, hätte sie dies sicher schon früher begonnen, dachte sie; und die trübe Stimmung des Vorabends fiel immer mehr von ihr ab. Vielleicht würde sie später eine Fotografie von der Blütenpracht machen. Wenn schon niemand ihre fotografischen Künste wollte, dann würde sie sich mit einer schönen Aufnahme eben selbst eine Freude bereiten!

Viel zu früh für ihren Geschmack kam die Grafische Kunst-Anstalt Radeberg in Sichtweite – Mimi hätte noch ewig weiterradeln können!

Die Druckerei bestand aus einer sehr großen Werkshalle, in der sich an einer der schmalen Seiten auch die Büros befanden. Der technische Direktor August Hebel, der Josefine schon erwartet hatte, begrüßte sie gleich am Eingang. Josefine stellte Mimi als die Fotografin vor, ohne die der Katalog gar nicht erst entstanden wäre. Der Direktor musterte Mimi wohlwollend, wenn auch für ihren Geschmack ein wenig zu eingehend, dann sagte er: »Die Druckfahnen Ihres Katalogs liegen in meinem Büro schon bereit. Aber vielleicht möchten Sie als technisch interessierte Damen sich zuvor kurz unseren Betrieb anschauen?«

Josefine und Mimi nickten erfreut.

Im nächsten Moment befanden sie sich in dem riesigen Gebäude mit hohen, schmalen Fenstern, die an eine Kathedrale erinnerten, nur dass in die Werkhalle wesentlich mehr Licht fiel als in die meisten Kirchen. Dutzende von Maschinen füllten den Raum, ratterten, rotierten, wälzten Farbe auf Papier. Der beißende Geruch von Druckerschwärze war überwältigend.

»Das hier ist unsere neueste Errungenschaft, eine Zweitouren-Schnellpresse. Ihr Zylinder macht nicht nur eine Umdrehung, das heißt, sie führt nicht nur den Bogen von der Papieranlage durch den Druckvorgang, sondern befördert den bedruckten Bogen auch noch hier in die Auslage!« Der technische Direktor musste regelrecht schreien, um von Mimi und Josefine gehört zu werden.

Wehe, jemand bekam eine Hand in eine dieser riesigen Pressen! Mimi trat sicherheitshalber einen Schritt zurück.

»Hier sehen Sie eine unserer Linotype-Setzmaschinen, dieses Modell erlaubt einen gemischten Satz aus Bildern, Überschriften und Fließtext. Auf dieser Maschine ist übrigens auch Ihr Katalog entstanden. Und das hier...«

Mimi und Josefine nickten bei jeder Maschine beeindruckt. Alles andere hätte den Direktor sicher zutiefst gekränkt.

Kurze Zeit später befanden sie sich in seinem Büro. »So wird Ihr Katalog einmal aussehen, verehrte Frau Neumann!« Schwungvoll wie ein Croupier, der Spielkarten austeilte, legte August Hebel auf einem riesigen Tisch ungefähr vierzig eng bedruckte Papierblätter vor Josefine aus: das Deckblatt, die einzelnen Katalogseiten und die Rückseite.

Es kostete Mimi viel Überwindung, sich nicht eifrig über den Tisch zu beugen und die Druckvorlagen eingehend in Augenschein zu nehmen. Sie war so gespannt, wie ihre Fotografien im Neumann'schen Katalog wirkten!

»Und Sie haben diese Fotografien gemacht?«, wandte sich im selben Moment der Direktor an sie. »Sehr gute Qualität, mein Kompliment, gnädige Frau!«

Mimi lächelte. Im selben Moment kam ihr ein Gedanke. Doch während sie noch überlegte, ob sie es wagen sollte, ihn auszusprechen, winkte Josefine sie zu sich an den Tisch. »Mimi, schau mal, ist das nicht toll geworden?«

»Fahrradhandel Neumann, die größte Auswahl an Fahrrädern im ganzen Kaiserreich!«, »Die besten Preise!«, »Riesengroßes Lager!« – die fetten Lettern der

Überschriften, jeweils in einer anderen Schriftart, sprangen Mimi förmlich an. Ihre Fotografien gingen in einem Meer aus Girlanden, kunstvoll drapierten Fahnen, Fließtext, Artikelnummern und Preisen fast unter. Mimi hatte Mühe, inmitten der Fülle überhaupt eine Information aufzunehmen. Als hätte ein Fotograf für ein einziges Bild sämtliche Requisiten auf einmal verwendet, dachte sie. »Ist das nicht ein wenig überladen?«, lag es ihr auf der Zunge zu sagen, doch sie schwieg.

»Ganz wunderbar haben Sie das gemacht, Herr Hebel!«, lobte hingegen Josefine Neumann den technischen Direktor der Druckerei. »Aus der Fülle an Informationen kann sich der interessierte Kunde das heraussuchen, was für ihn wichtig ist.«

»Genau«, konstatierte August Hebel. »In der Kommunikation mit dem Kunden wie auch im Verkauf allgemein werden gedruckte Informationen immer wichtiger. Der Bedarf an gedruckten Waren ist in jedem Bereich so enorm, dass wir inzwischen in drei Schichten rund um die Uhr arbeiten. Bücher, Drucksachen, Verpackungen, Papier- und Pappprodukte, Kataloge aller Art, Reklameplakate – wir können uns vor Aufträgen nicht retten!« Noch während er sprach, öffnete er eine Schublade, hob einen Stapel an Papieren heraus und ließ ihn auf den Tisch rieseln wie Schnee.

Mimi war von der Fülle der Druckwaren gleichermaßen fasziniert wie auch abgestoßen. Wie viel von dem Papier würde nach kürzester Zeit zum Einwickeln von Fisch oder als Toilettenpapier verwendet werden?

»Sie verstehen Ihr Handwerk eben, so was spricht sich herum«, sagte Josefine lächelnd.

Der technische Direktor nickte. »Ich darf ohne falschen Stolz behaupten, dass wir derzeit zu den Branchenbesten gehören. Etliche unserer Reklameplakate werden sogar in einer eigenen Kunstausstellung gezeigt. Falls die Damen einmal Zeit und Lust haben, kann ich Ihnen den Besuch der Ausstellung nur empfehlen.«

Eine Kunstausstellung mit Werbeplakaten? Mimi war beeindruckt. Der Mann war wohl wirklich ein Experte! Sie atmete einmal tief durch, dann fasste sie sich ein Herz. »Herr Hebel, darf ich Sie als Branchenkenner etwas fragen?«

»Eine schöne Frau wie Sie darf mich alles fragen«, antwortete der Direktor.

Mimi lächelte verhalten, dann sagte sie: »Ich habe vor, einige Zeit in Berlin zu bleiben und als freie Fotografin zu arbeiten.« Den Begriff Gastfotografin vermied sie geflissentlich, er hatte ihr hier in der Stadt bisher kein Glück gebracht. »Kennen Sie zufällig ein Fotoatelier, das Bedarf an meiner Mithilfe hätte? Die Porträtfotografie ist meine Spezialität, aber natürlich bin ich auch in anderen Bereichen firm.« Obwohl sie sich um einen lockeren Plauderton bemühte, klang sie selbst in ihren Ohren verkrampft.

»Bedaure, aber mit den klassischen Fotoateliers habe ich wenig zu tun, unsere Kundschaft benötigt eher Reklamefotografen«, sagte August Hebel und musterte sie dabei auf seltsame Art. Dann griff er erneut in seine Schreibtischschublade und zog einen weiteren Stapel Druckwaren hervor. »Heutzutage löst die Fotografie immer öfter die aufwendig erstellte Zeichnung ab, schauen Sie hier!« Er breitete diverse Druckerzeugnisse vor Mimi aus.

Ein Prospekt über Reißverschlüsse. Fotografien eines Dampfkochtopfs und anderer technischer Güter – nicht gerade die Motive, die Mimis Herz höherschlagen ließen. Mit Grauen dachte sie wieder einmal an die Langeweile, die sie beim Fotografieren von Herrmann Gehringers Unterröcken verspürt hatte. Aber hieß es nicht: Wer bettelt, darf nicht meckern?

Lächelnd reichte sie die Unterlagen zurück. »Über Aufträge aus dem herstellenden Gewerbe würde ich mich natürlich auch sehr freuen, auf diesem Gebiet habe ich große Erfahrung. Hätten Sie denn eine Idee, wie und wo ich entsprechende Kontakte knüpfen könnte?« Sie hielt unwillkürlich den Atem an.

»Ich befürchte, ohne Beziehungen geht es in unserer schönen Stadt nicht«, erwiderte August Hebel mit gespieltem Bedauern. »Aber lassen Sie sich davon nicht entmutigen! Es wäre mir eine Ehre, Sie dem einen oder anderen Kunden zu empfehlen. Wenn Sie mit einer Provision von... sagen wir einmal fünfzehn Prozent einverstanden wären?« Er lächelte einnehmend.

»Fünfzehn Prozent sind kein Problem«, sagte Mimi, der vor lauter Erleichterung fast schwindlig wurde.

»Falls Sie Zeit haben – einen kleinen Auftrag hätte ich gleich heute für Sie.« Er kramte erneut in den Untiefen seines Schreibtisches. »Eine Gießerei, sie liegt nur zwei Straßen von hier entfernt. Am besten gehen Sie gleich morgen hin.«

»Sehr gern! Das... das ist ja wunderbar«, sagte Mimi dankbar. Wenn sie als Gastfotografin tätig war, musste sie von ihren Honoraren sogar dreißig Prozent abgeben, dagegen waren fünfzehn Prozent wirklich wenig.

»Warum hast du nicht mich gefragt? Ich hätte dir auch mit Beziehungen helfen können«, sagte Josefine, als sie wieder bei ihren Rädern waren.

Mimi lächelte. »Vielen Dank, aber ich möchte unsere Freundschaft nicht ausnutzen. Da Herr Hebel eine Provision verlangt, ist das ein geschäftliches Abkommen, damit fühle ich mich wohler. Wenn ich als Gastfotografin in einem Atelier arbeite, verlangen die Fotografen übrigens wesentlich mehr von mir.« Um welche Art von Auftrag es sich wohl in der Gießerei handelte?, fragte sie sich aufgeregt.

Josefine nickte. »Das verstehe ich sehr gut – und mache dir trotzdem einen Vorschlag. Ein paar Freundinnen und ich gehen am Freitag zusammen essen. Komm doch mit! Einige der Damen kennst du sogar schon. Dann kannst du selbst Kontakte vertiefen und neue schließen, und darum geht es ja letztendlich.«

Mimi dachte nach. Josefines Freundinnen waren alle so klug, schlagfertig und modern in ihren Ansichten, dass sie sich fast ein wenig langweilig vorkam. Ihre Erfahrungen beim Klinkenputzen hatten ebenfalls nicht zur Steigerung ihres Selbstbewusstseins beigetragen. Aber wenn sie hier in Berlin Erfolg haben wollte, war es höchste Zeit, dass sie ihre Gehemmtheit ablegte und wieder zu ihrer alten Form zurückfand. »Sehr gern«, sagte sie deshalb. »Wann und wo?«

Josefine nannte den Namen eines Restaurants. Es lag in der Burgstraße, in der Nähe der Börse, und somit nicht weit weg vom Alexanderplatz, wo Anton im Pigalle arbeitete.

»Ich habe einen Tisch auf meinen Namen reserviert. Und, ach ja – wir putzen uns an dem Abend alle so richtig heraus, vielleicht hast du ja auch Lust, eins deiner schönsten Kleider zu tragen?«, sagte Josefine mit einem spitzbübischen Lächeln.

Mimi hob erfreut die Brauen. Fein ausgehen im Kreis netter Damen – das hörte sich doch sehr gut an.

Die Gießerei lag malerisch in einer ruhigen Sackgasse an einem rauschenden Bach. Doch kaum war Mimi durch das Haupttor getreten, war es mit der Idylle vorbei, denn in der Gießerei selbst war es laut, dunkel und staubig. Und es war unglaublich heiß.

Wie hielten es die Männer nur tagein, tagaus an den glühenden Schmelzöfen aus?, fragte sich Mimi kurz darauf, während sie auf den Inhaber wartete, der das zu fotografierende Objekt holen wollte. Als er Mimi gesehen hatte, hatte er zuerst gezögert, gerade so, als habe er einen männlichen Fotografen erwartet. Doch mit einem leichten Schulterzucken hatte er Mimi schließlich akzeptiert.

Obwohl sie Abstand zu den Schmelzöfen hielt, begann ihre Haut von der Hitze zu prickeln. Dennoch schaute sie fasziniert auf einen glühenden Strom, der sich in eine Art überdimensionierten Topf ergoss, bewacht von einem muskelbepackten Arbeiter, dessen Gesicht und Körper schweißgetränkt waren. Ein anderer

Arbeiter karrte Sand in einer Schubkarre herbei, wieder ein anderer hatte etliche große Holzspalte unter dem Arm.

Frauen sah Mimi nicht. Die Funken, die von dem geschmolzenen goldfarbenen Metall aufstoben, erinnerten sie für einen kurzen Moment an die Wunderkerzen, die ihre Mutter an Weihnachten immer abbrannte.

Es hätte nicht viel gefehlt, und Mimi hätte ihre Kamera ausgepackt. Die schweißnassen Männer, das funkensprühende Feuer, das geschmolzene Metall – im Geist sah sie die Fotografie schon vor sich. Die Szenerie übte auf Mimi einen solchen Reiz aus, dass sie gar nicht merkte, wie auch ihr der Schweiß ausbrach. Als der Chef zurückkam, war sie nass geschwitzt. Warum hatte sie nicht einfach draußen auf den Mann gewartet?, ärgerte sie sich.

Es war ein Mörser, den Mimi fotografieren sollte. Spontan erinnerte sie sich an ihr improvisiertes Atelier in Gehringers Leinenwarenfabrik und bat den Chef der Gießerei um ein altes Leintuch, welches sie als hellen Hintergrund für ihre Fotografie verwenden konnte. Schnell wurde ein Tisch vor eines der Fenster geschoben, damit sie das einfallende Sonnenlicht nutzen konnte. Den aus Bronze gegossenen Mörser samt Stößel hin und her drehend, machte Mimi drei Aufnahmen. Eine Stunde später brachte sie die Glasplatten, wie mit dem Druckereileiter vereinbart, direkt in die Druckerei.

»Und was wird nun daraus?«, fragte Mimi erwartungsvoll. Ein Prospekt? Ein Katalog für Apothekerwaren?

August Hebel schaute sie nur an. »Darüber brauchen Sie sich Ihr schönes Köpfchen wirklich nicht zu zerbrechen.«

12. Kapitel

Als Mimi am nächsten Morgen zum Frühstück erschien, trat die Pensionswirtin an ihren Tisch. Ob Mimi wohl eine Möglichkeit sähe, die Pension zu fotografieren? Sie würde gern Postkarten drucken lassen, zu Reklamezwecken.

Mimi sagte erfreut zu.

Noch am selben Tag setzte sie die Pension mit ihren hübschen Geranienkästen vor den Fenstern in Szene. Als die Besitzerin des Strumpfladens von gegenüber dies mitbekam, engagierte sie Mimi auf der Stelle ebenfalls. Mimi schlug der attraktiven Dame vor, mit ein paar Strümpfe vor dem Ladengeschäft zu posieren. Genau so und nicht anders wollte sie ihre Fotografie haben!, rief die Dame entzückt.

Der Bann schien gebrochen. Als Mimi am Freitag, den 13. Juni, zum Essen mit Josefine und ihren Freundinnen aufbrach, war sie schon wieder obenauf.

Mimi war ziemlich erstaunt, als sie sah, wo Josefine und ihre Freundinnen »fein zu speisen« gedachten. Der Anker, so hieß das Restaurant, in dem sie verabredet waren, wirkte mit seinen dunkelgrünen Butzenglasscheiben schon von außen so düster, dass sie wenig Lust hatte hineinzugehen. War sie hier wirklich richtig? Unsicher trat Mimi, in ein altrosa Seidenkostüm mit weißer Spitzenbluse gekleidet, von einem Bein aufs andere. Es war ein paar Minuten vor sieben, um sieben waren sie verabredet. Sollte sie warten, bis die andern erschienen, oder schon hineingehen?

Mimi, stell dich nicht so an, ermahnte sie sich resolut und betrat die drei Stufen, die zur Eingangstür des Ankers führten.

Drinnen war es so dunkel wie befürchtet. Die Einrichtung verströmte den Charme eines Altherrenzimmers. Die Luft war erfüllt von Zigarrenrauch und dem Geruch dicker Eintöpfe. Mimi stellte mit einem Blick fest, dass sie die einzige Frau war. Fast alle Tische waren von Männern besetzt, die aussahen, als würden sie an der nahe gelegenen Börse oder in der Handelskammer arbeiten.

Bestimmt hatte sie sich verhört, das hier konnte doch nie und nimmer das Restaurant sein, das Josefine meinte, oder? Den Zigarrenmief würde sie niemals wieder aus ihrem schönen Kostüm herausbekommen! Mimi wollte schon umkehren, als ein Kellner auf sie zutrat.

»Die Dame möchte Ihrem Herrn Gemahl sicher kurz etwas vorbeibringen?«, fragte er mit gekünstelter Freundlichkeit.

Mimi schüttelte den Kopf. »Ich bin selbst Gast hier. Ein Tisch wurde reserviert auf den Namen Neumann...«

»Neumann. Verstehe.« Die Maske der Freundlichkeit

fiel schlagartig, der Ober zeigte auf einen Tisch an der Wand. Er zog einen der Stühle so ruckartig nach hinten, dass die Holzbeine unangenehm laut über den Boden kratzten.

Die Männer am Nachbartisch – eine launige Runde von acht Personen – schauten auf. Mimi warf ihnen ein gequältes Lächeln zu. Statt sich auf den angebotenen Stuhl zu setzen, wählte Mimi einen, auf dem sie mit dem Rücken zur Wand saß. Wohl fühlte sie sich trotzdem nicht, denn von jedem Tisch um sie herum wurden ihr mehr oder minder offen feindselige Blicke zugeworfen.

»Wahrscheinlich eine dieser Xanthippen, die hier inzwischen regelmäßig auftauchen…«, hörte sie rechts von sich am Achtertisch einen Mann sagen.

»Eine Unverschämtheit, dass sie ihre Kaffeekränzchen jetzt auch hier abhalten müssen!«, erklang es am selben Tisch. »Bald hat man als Mann nirgendwo mehr seine Ruhe.«

»Ich frage mich vor allem, woher sie das Geld haben, hier einzukehren. Das Lokal ist ja nicht gerade günstig.«

»Wahrscheinlich zahlen das alles die Ehemänner!«

Mimi runzelte die Stirn. Was für unverschämte Kerle! Als ob sie ein Abendessen nicht aus eigener Tasche zahlen konnte. Außerdem – dies war doch kein Herrenclub, in dem Damen der Eintritt verboten war, oder hatte sie etwas übersehen?

Ihre Gedankengänge wurden von dem Kellner unterbrochen, der unfreundlich nach ihren Getränkewünschen fragte. Er wurde nicht freundlicher, als Mimi nur ein Mineralwasser bestellte.

Während sie auf ihr Getränk wartete, dachte sie mit zwiespältigen Gefühlen an die zurückliegende Woche. Dass der technische Direktor August Hebel ihr etliche Aufträge zuschanzen würde, daran zweifelte sie angesichts dessen, dass jede Firma offenbar inzwischen Reklame für sich machen wollte, nicht. Die Frage war nur: Heute Fahrräder fotografieren und morgen Schreibmaschinen – wollte sie das?

»Apropos Unverschämtheit…«, dröhnte es so laut neben Mimi, dass sie jäh aus ihren Gedanken gerissen wurde. »Habe ich euch eigentlich erzählt, was meine Schwägerin uns vor ein paar Tagen eröffnet hat? Sie sagte doch tatsächlich, dass sie ein eigenes Automobil haben wolle! Sie wäre es leid, bei unseren Kundenveranstaltungen immer auf einen Fahrer angewiesen zu sein.« Der Mann prustete, die andern an seinem Tisch schüttelten verständnislos den Kopf.

»Ihr werdet Helenes Treiben doch gewiss Einhalt geboten haben, oder etwa nicht?«, sagte einer. »Als Nächstes verlangt sie nach einem Flugzeug, damit sie von Berlin nach München und wieder zurück fliegen kann! Habt ihr es nicht gelesen? Letztes Jahr hat doch dieses forsche Weibsbild Melli Beese eine Flugschule in Berlin-Johannisthal gegründet.«

Die Männer gaben abfällige Zischlaute von sich.

»Eine Frau als Pilot – verboten gehört so was.«

»Wahrscheinlich fliegt diese Melli lediglich auf die Nase!«, sagte Helenes Schwager, was mit lautem Gelächter quittiert wurde.

Mimi verzog den Mund. Was für eine unangenehme Runde!

»Langsam werden diese ganzen Auswüchse weiblicher Frechheit unerträglich«, ging das Gespräch am Nachbartisch weiter. »Wenn die Weiber jetzt auch noch hinterm Steuer die Straße erobern, dann gute Nacht. Es reicht, wenn sie mit ihren Fahrrädern den Verkehr unsicher machen!«

Auswüchse weiblicher Frechheit?, schäumte Mimi innerlich. Am liebsten wäre sie aufgestanden und hätte den Kerlen am Nebentisch mal richtig die Meinung gesagt. Es waren Männer dieser Art, die sich auch weigerten, mit ihr als Fotografin zusammenzuarbeiten. Männer, die die Welt von morgen verhindern wollten.

»All diese Diskussionen gäbe es nicht, wenn Frauen das täten, wofür Gott sie erschaffen hat – Kinder gebären und aufziehen«, ertönte es am Nebentisch.

Mimis Kopf schoss herum. Was für ein unverschämter Kerl!

Er war ungefähr in ihrem Alter, also Mitte dreißig, auf eine kühle distanzierte Art gutaussehend, mit einem so exakt gezogenen Scheitel, als hätte er ein Lineal dafür verwendet. Und irgendwie kam er ihr bekannt vor...

Mimis missfälligen Blick ignorierend fuhr der Mann fort: »Ist euch noch nicht aufgefallen, wie viel Kräfte man heutzutage aufbringen muss, um die Damenwelt auch nur einigermaßen in Schach zu halten?«

Die Art, wie er sein Kinn nach oben reckte... Natürlich! War das nicht derselbe Mann, der ihr bei ihrem ersten Fototermin mit Josefine so frech in die Quere gekommen war?

Im nächsten Moment ertönten Frauenstimmen, Gelächter, und in den Mief von Kartoffelsuppe und Sauerkraut mischte sich teures Parfüm. Josefine und die andern waren endlich da. Umarmungen folgten, eine von Josefines Freundinnen bestellte bei dem Kellner, der eher noch mürrischer war als zuvor, Champagner. Die Männer an den Nachbartischen schüttelten fassungslos die Köpfe.

»Entschuldige, wenn ich das sage«, raunte Mimi Josefine, die neben ihr saß, leise zu. »Aber ich wundere mich ein wenig über die Wahl des Lokals. *Hier* trefft ihr euch einmal im Monat?« Ihr irritierter Blick schloss sowohl die dunkelbraune Holzverkleidung, die unfreundliche Bedienung als auch die Herrenrunden ein.

Josefine grinste. »Ich weiß genau, was du denkst. Und ich sage dir: Genau deshalb!« Sie nickte vergnügt. »Der Anker ist bei den Wertpapierhändlern der Börse sehr beliebt. Auch die Herren der Handelskammer treffen sich gern hier.« Sie wies unauffällig in Richtung des Tisches, an dem die Mobilitätswünsche der Schwägerin Gesprächsthema gewesen waren. »Am Nebentisch sitzt übrigens das ganze Präsidium, nur der Herr Handelsminister fehlt.«

»Aber ... ich verstehe immer noch nicht ...« Mimi war noch irritierter als zuvor.

Josefines Grinsen wurde breiter. »Dass wir – allesamt gestandene, erfolgreiche Geschäftsfrauen – es wagen, uns hier am selben Ort wie die ach so wichtigen Herren zu treffen, ärgert sie ungemein, und genau deshalb machen wir es! Adrian lacht mich deswegen aus, er findet das albern. Ich hingegen finde es höchst amüsant, dass allein unsere Anwesenheit die Männer so aufbringt.«

Mimi lachte schallend. Wie konnte man nur auf eine solche Idee kommen? Das musste sie unbedingt ihrer Mutter schreiben. »Dann seid ihr also Frauenrechtlerinnen?«

Josefine winkte ab. »Für ein größeres Engagement hat keine von uns Zeit. Wir machen uns lediglich einmal im Monat den Spaß, der Stachel im Fleisch dieser Herren zu sein. Und im Alltag leben wir vor, was für Frauen heutzutage schon alles möglich ist, ich denke, das ist für viele andere sehr inspirierend.« Sie nickte in übertrieben freundlicher Art in Richtung des Handelskammer-Tisches. »Ich habe gerade Simon, unseren lieben Steueranwalt, entdeckt«, raunte sie Mimi zu.

Mimi verzog den Mund. Hatte sie also recht gehabt – der Mann, der ihr vor die Kamera gelaufen war. Leise, damit die andern es nicht mitbekamen, erzählte sie Josefine, was dieser Simon von sich gegeben hatte. »Frauen sollen Kinder gebären und aufziehen – ja, lebt er denn noch im Mittelalter?« Unwillkürlich war Mimi doch lauter geworden, so dass außer Josefine auch die anderen Frauen ihre Erzählung mitbekamen.

Doch statt sich aufzuregen, lachten die Berlinerinnen nur. »Solche Männer musst du einfach reden lassen«, sagte eine. »Allein damit, dass sie derartige Äußerungen von sich geben, zeigen sie ja, wie dumm sie sind. Ich fahre schon seit Jahren Automobil und habe noch keinen einzigen Unfall gebaut – im Gegensatz zu meinem lieben Herrn Gemahl, der die Kurven manchmal allzu flott nimmt.«

»Jo, kannst du dich noch daran erinnern, wie die Männer gelästert haben, als wir das Radfahren begannen?«, sagte Josefines Nachbarin. »Wir würden gebärunfähig davon werden und Nervenzusammenbrüche erleiden, hatten sie uns prognostiziert.«

Die Freundinnen klatschten amüsiert.

»Wartet nur ab – eines Tages werden genauso viele Frauen Automobile lenken wie Männer, und kein Mann der Welt wird dies aufhalten können«, sagte Josefine und hob ihr Glas. »Auf die Freiheit!«

»Auf die Freiheit!«, erwiderten die andern wie aus einem Mund, was ihnen sogleich bissige Blicke vom Nachbartisch eintrug.

»Apropos...«, fuhr Josefine fort. »Viele von euch kennen Mimi Reventlow ja schon. Sie ist eine erfahrene und sehr gute Fotografin. Und sie hat derzeit freie Kapazitäten – falls also jemand Arbeit für sie hat... Wir Frauen müssen schließlich zusammenhalten!« Sie schaute auffordernd in die Runde.

»Du bist Fotografin? Das ist ja toll! Und bist du auf einen bestimmten Bereich spezialisiert?«, fragte sogleich eine Frau, die Josefine als Emmi vorgestellt hatte. Ihr Gesicht verschwand fast hinter einer großen Brille.

»Ich liebe es, schöne Porträts von Menschen anzufertigen«, antwortete Mimi lächelnd. »Aber ich bin auch versiert in Aufnahmen von Häusern, Landschaften und Gegenständen.«

»Sehr gut! Ich möchte nämlich gern meine drei Töchter porträtieren lassen. Falls dieser Auftrag nicht zu klein für dich ist, sollten wir bald einen Termin ausmachen.«

»Sehr gern«, sagte Mimi erfreut. »Montagvormittag bin ich mit August Hebel verabredet, von ihm bekomme ich hoffentlich auch ein paar Aufträge. Aber ansonsten habe ich Zeit.«

»Ich hätte eventuell auch einen Auftrag für dich«, sagte eine der anderen Frauen.

Im selben Moment erhob Josefines Sitznachbarin stirnrunzelnd die Stimme. »August Hebel? Der von der Druckerei?«

»Ja, der. Kennst du ihn?«, sagte Mimi in einem Ton, als würde sie fragen, ob alles in Ordnung sei.

Josefines Freundin zuckte mit den Schultern. »Nur vage. Ich an deiner Stelle wäre ein bisschen vorsichtig...«

»Wie meinst du das?«, wollte Mimi nachhaken, doch da hatte sich das Tischgespräch schon anderen Themen zugewandt, und sie musste sich mit der kryptischen Antwort von Josefines Freundin zufriedengeben.

Dass Berlin sehr fortschrittlich war, wusste Mimi ja schon aus der Zeit, als sie hier ihr Abitur hatte machen dürfen, was in anderen Teilen des Kaiserreichs noch nicht möglich gewesen war. Aber scheinbar hatte sich die Stadt seit damals noch deutlich weiterentwickelt, was die Rolle der Frauen anging! Wie locker Josefine und ihre Freundinnen mit der Überheblichkeit der Männer umgingen. Und wie spielerisch sie Grenzen überwanden! Wenn solche Freiheiten nur allen Frauen beschieden wären, dachte sie sehnsüchtig auf dem Nachhauseweg und freute sich, auf ihre Art zu dem

»großen Ganzen« dazuzugehören. Die letzte Zeit war nicht ganz einfach gewesen, aber jetzt ging es wieder aufwärts!

13. Kapitel

»Dieser Schreibmaschinenhersteller benötigt eine Fotografie für ein neues Reklameplakat.« Mit viel Schwung reichte August Hebel Mimi einen Zettel samt Adresse. »Danach geht's nach Wilmersdorf – die Schramm'sche Badeanstalt will eine Aufnahme von seinen Bademeistern und dem Cafégarten, ebenfalls für ein Werbeplakat, was mich ein wenig wundert, denn man munkelt, das Bad würde schließen.« Er zuckte mit den Schultern, und schon hatte Mimi die zweite Adresse in der Hand.

»Im Reichsmuseum findet gerade eine Sonderausstellung zur Luftschifffahrt statt, da sollten Sie eigentlich schon gestern gewesen sein und…«

Sprachlos hörte Mimi zu, wie der Druckereileiter einen Auftrag nach dem andern an sie vergab.

»Ist es für Sie in Ordnung, wenn wir alles nächste Woche zusammen abrechnen? Da dies unsere Kunden sind und sie ihre Produkte hier drucken lassen, muss ich eine Art Mischkalkulation erstellen. Aber keine Angst, ich werde Sie schon entsprechend berücksichtigen«, sagte August Hebel zum Abschied.

»Da bin ich mir sicher, vielen Dank«, erwiderte Mimi froh. Fünf neue Aufträge! Hochmotiviert schwang sie sich auf ihr geliehenes Fahrrad und radelte los. Hoffentlich war Josefines Freundin Emmi, deren drei Töchter sie porträtieren sollte, nicht allzu böse, dass sie ihren Auftrag ein wenig nach hinten schieben musste. Mimi beschloss, sobald wie möglich eine entsprechende Nachricht zu verfassen, damit Emmi Bescheid wusste.

Die Aufträge waren vielfältig und machten Mimi viel Spaß. Auf einmal erschien ihr die Stadt nicht mehr hektisch und anstrengend, sondern belebend. Hier steppte der Bär, und dieses Mal war sie seine Tanzpartnerin – wie schnell sich das Blatt doch wenden konnte, dachte sie, während sie im Seebad fünf Bademeister auf einem Holzsteg positionierte. Und schon ertönte das berühmte »Klick«.

»Dreißig Mark für eine ganze Woche Arbeit?« Fassungslos starrte Mimi von dem geöffneten Geldumschlag zu August Hebel und wieder zurück. »Das kann nicht Ihr Ernst sein. So viel kostet ja schon fast das Material, das ich verwendet habe!«

Der Druckereileiter hob bedauernd die Hände. »Ich weiß, liebe Frau Reventlow, aber Sie sind nicht in Berlin ansässig, haben leider keinen bekannten Namen… Das musste ich in meine Kalkulation mit einbeziehen. Betrachten Sie es als eine Investition! Wenn Sie erst bekannter sind…«

»Ja, sicher«, sagte Mimi kläglich. »Aber von irgendetwas muss ich auch leben! Ich habe schließlich keinen Ehemann, der mich aushält«, fügte sie scharf hinzu.

Glaubte der Mann, die Fotografie sei für sie ein reiner Zeitvertreib?

»Was für ein Jammer! Eine so schöne Frau wie Sie...« August Hebels Zunge fuhr nervös über seine Unterlippe. »Unter gewissen Umständen gelänge mir bestimmt eine andere Kalkulation. Wenn Sie recht lieb zu mir wären...« Bevor Mimi wusste, wie ihr geschah, griff er nach ihrer Brust.

Die Ohrfeige, die sie ihm verpasste, kam prompt und war schallend laut.

Mimi schnappte ihr Rad, dann fuhr sie gedemütigt und wutentbrannt zugleich davon. Nun wusste sie auch, worauf Josefines Freundin mit ihrer Bemerkung, sie, Mimi, solle bei dem Mann ein wenig vorsichtig sein, angespielt hatte. Wahrscheinlich hatte er nicht zum ersten Mal eine Frau angegrapscht. Auf solche geschäftlichen Arrangements war sie weiß Gott nicht angewiesen!

Es war Ende Juni, und Anton und sie waren schon seit sechs Wochen in Berlin, als Mimi beim Frühstück in ihrem Postfach einen festen, elegant aussehenden Briefumschlag mit einer fremden Handschrift entdeckte. Er schien ihr tatsächlich aus Laichingen nachgesendet worden zu sein.

Vorsichtig, um die innenliegenden Seiten nicht zu verletzen, ritzte Mimi den Umschlag auf. Doch statt eines Briefes kam ihr eine Klappkarte aus festem Hochglanzkarton entgegen.

»Eine Hochzeitseinladung?«, murmelte sie vor sich hin. Sie wollte die Karte öffnen, als im selben Moment Anton an den Tisch trat.

»Wer heiratet wen?«, sagte er gähnend.

Mimi schaute auf und erschrak. Anton sah einfach nur schrecklich aus! Verflogen waren seine jugendliche Frische und seine roten Wangen, an ihre Stelle waren harte Kanten und tiefe Schatten unter den Augen getreten. Seine Augen waren wie immer in letzter Zeit gerötet und tränten. Dies käme von dem vielen Zigarrenrauch, hatte er ihr erklärt.

»Wie lang ging's denn letzte Nacht wieder?«, fragte sie seufzend.

»Bis zwei«, sagte er und gähnte noch einmal. »Eine Gruppe englischer Geschäftsleute an einem meiner Tische fand und fand kein Ende! Aber…« Grinsend zog er einen Stapel Geldscheine aus der Tasche. »Es hat sich gelohnt! Das, was sie an Tisch- und Trinkgeld haben liegen lassen, verdient ein Laichinger Weber nicht in einer ganzen Woche!«

Wie seine Hand zitterte, als er sich Kaffee einschenkte… »Geld verdienen ist ja schön und gut, aber dafür ruinierst du dir deine Gesundheit. Ich habe keine Ahnung, wann du das letzte Mal acht Stunden oder mehr am Stück geschlafen hast. Dieser ewige Schlafmangel macht dich noch fix und fertig«, sagte sie wütend und nahm ihm die Kaffeekanne ab, bevor die Pfütze neben seiner Tasse noch größer wurde. »Ich verstehe immer noch nicht, warum du diese Stelle überhaupt angenommen hast. Ich höre es noch, als wäre es gestern gewesen, dass du im Schwarzwald zu mir sagtest, du hättest für den Rest deines Lebens genug gekellnert.«

Anton lachte auf. »Das Pigalle kannst du nun wirklich nicht mit dem beschaulichen Tonihof im Schwarzwald vergleichen. Das Pigalle ist eine Klasse für sich, und ich rede nicht nur vom Geld. Du glaubst ja gar nicht, was für interessante Leute ich täglich bediene! Politiker, Geschäftsleute, Künstler aus den feinsten Etablissements... Wer weiß, vielleicht sehe ich unter all den Prominenten eines Tages auch das eine Gesicht, nach dem ich immer Ausschau halte.«

Einen Moment lang wusste Mimi nicht, wovon Anton sprach. Doch dann erinnerte sie sich. Natürlich, Christel, seine erste Liebe.

»Wie kommst du darauf, dass sie dir ausgerechnet in diesem teuren Lokal über den Weg läuft? Was, wenn sie in einem der Berliner Hinterhöfe lebt? Als eine arme Näherin und Mutter von zwei Kindern.« In ihren Augen war Antons nicht enden wollende Suche nach Christel Merkle fast schon krankhaft.

Anton gab einen spöttischen Laut von sich. »Christel im Armenviertel? Nie und niemals! Die lässt es sich gut gehen, das weiß ich«, sagte er im Brustton der Überzeugung, und sein Tonfall klang bitter. »Aber...«, versuchte er sich sogleich an einem leichteren Ton, »vielleicht mache ich heute Abend wirklich früher Schluss. Dann könnten wir zusammen essen gehen.« Er biss herzhaft in eine dick belegte Wurstsemmel. »Und demnächst machen wir auch mal einen Ausflug in den Zoo, versprochen.«

»Wer's glaubt, wird selig. Das hast du schon oft gesagt und dann konntest du dich doch nicht trennen von deinem Pigalle. Und was deine Ausflugsidee angeht – in meinen Augen ist die ganze Stadt ein Zoo!«

Wenigstens hat er seinen Appetit nicht verloren, dachte Mimi einigermaßen beruhigt. Vor lauter Sorge um ihn hatte sie die Klappkarte in ihrer Hand fast vergessen. Nun sah sie beim Öffnen, dass in jeder Ecke ein Schaf prangte.

»Das gibt's doch nicht!«, sagte sie hocherfreut, nachdem sie die wenigen Zeilen überflogen hatte. »Meine alte Bekannte Bernadette Furtwängler heiratet! Du kennst sie übrigens auch – als wir Alexander zur Aufnahmeprüfung nach Stuttgart begleitet haben, habe ich sie auf der Heimfahrt im Zug getroffen. Erinnerst du dich an die Frau mit der blonden Zopfkrone? Ich habe mich damals länger mit ihr unterhalten. Ihrer Familie gehört eine große Schäferei in Münsingen.«

Anton nickte vage, schien aber nicht weiter interessiert.

Umso mehr freute sich Mimi, von ihrer alten Bekannten zu hören. Während sie die Einladung sorgsam wieder in den Umschlag und dann in ihre Handtasche steckte, dachte sie lächelnd an ihr erstes Zusammentreffen vor so vielen Jahren zurück.

Damals, in Esslingen, waren sie sich über den Weg gelaufen, als Bernadette auf der Suche nach dem schönsten Brautkleid aller Zeiten war. Die Tochter eines reichen Schäfers war so glücklich gewesen und hatte sich so sehr auf ihre Hochzeit gefreut! Erst Jahre später, als sie sich zufällig wiedergesehen hatten, erfuhr sie, Mimi, dass Bernadettes Hochzeit am Ende geplatzt war, weil der Bräutigam sie hatte sitzen lassen. Bernadette war ihr so verbittert erschienen, dass sie regelrecht erschrocken war. Umso mehr freute sie sich, dass es für Bernadette nun offenbar doch noch ein Liebesglück gab.

»Die Hochzeit ist im November. Vielleicht kann ich es einrichten und der Einladung folgen.«

Anton, der bisher schweigend zwei Brötchen vertilgt hatte, merkte auf. »Eine Hochzeit auf der Schwäbischen Alb im schönen Monat November? Die arme Braut! Falls du gehen willst, dann ohne mich. Ich bleibe so lange in Berlin. Hier spielt das Leben, Mimi, und nicht in irgendeinem Kaff, in dem sich Fuchs und Hase gute Nacht sagen«, sagte er verächtlich.

Mimi runzelte die Stirn, erwiderte aber nichts. Sie hatte keine Lust, sich durch Antons Gemecker den Tag verderben zu lassen – seine Abneigung gegenüber der Schwäbischen Alb war ihr schließlich hinreichend bekannt. Und Zeit, länger darüber nachzudenken, hatte sie auch nicht, denn heute gab es in Josefines Radsportverein ein Fest, und sie war als Fotografin engagiert!

*

Mit bleiernen Gliedern und dröhnendem Kopf stand Anton um viertel vor elf in der kleinen Abstellkammer, in der seine fünf Kollegen und er sich für den neuen Tag im Pigalle fertig machten. Seine Bewegungen glichen denen einer schlecht geführten Marionette: Noch einmal mit dem Kamm durchs Haar, den Scheitel nachgezogen, den Bart mit etwas Brillantine in Form gebracht, die Schuhe mit einem Klecks Wichse auf Hochglanz poliert – auf ein ordentliches Erscheinungsbild der Kellner wurde größten Wert gelegt. Er gähnte erneut.

Verdammt, drei Stunden Schlaf waren einfach zu wenig! Er zog eine Grimasse, als er daran dachte, wie er die Fotografin angelogen hatte. In Wahrheit hatte er nicht bis zwei, sondern bis kurz nach vier gearbeitet. Aber das brauchte Mimi nicht zu wissen, sonst hätte sie sich noch viel mehr Sorgen gemacht. Aus demselben Grund erzählte er ihr auch nicht, was für ein Haifischbecken das Pigalle war. Kameradschaft gab es unter den Kellnern nicht – keiner gönnte dem andern die Butter auf dem Brot. Jeder wollte die besten Gäste für sich haben. Und jeder wollte der König der Tisch- und Trinkgelder sein. Also würde er sich weiter zusammenreißen und die bleierne Müdigkeit einfach ignorieren. Die Arbeit hier im Pigalle war zwar kräftezehrend, dafür eine Goldgrube.

»Auf in den Kampf!« Er streckte seine Arme in die Höhe und gähnte ein letztes Mal, um seine Lunge mit Sauerstoff zu füllen.

José – er stammte ursprünglich aus Barcelona und sprach fließend fünf Sprachen –, der sich vor dem facettierten Spiegel die Krawatte zurechtrückte, grinste. »Hat's dich nach den paar Wochen auch schon erwischt? An den wenigen Schlaf gewöhnt man sich nie, lass dir das gesagt sein.«

»Na prima, das ist genau das, was ich hören wollte«, murmelte Anton. Manchmal war er froh, dass es sich nur um einen Aushilfsjob handelte – der Kellner mit dem gebrochenen Bein, für den er eingesprungen war, käme im August zurück, hatte es bei seiner Einstellung geheißen. Einen Monat würde er bestimmt noch durchhalten!

José stieß ihn leicht in die Seite, dann zog er etwas aus seiner Hosentasche. »Wer braucht schon Schlaf, wen man das hier haben kann?« Verführerisch hielt der Kellner Anton ein kleines Fläschchen hin, in dem sich irgendein weißes Pulver befand.

»Was ist das?«, fragte Anton argwöhnisch. Außer Hustensaft hatte er noch nie Medizin zu sich genommen.

»Heroin«, sagte José. »Das nehmen wir hier alle! Du bekommst es in jeder Apotheke. Es ist eigentlich ein Allheilmittel, das laut dem Hersteller Bayer gegen Schmerzen, Depressionen und Bronchitis gleichermaßen hilft. Dass es ein Wachmacher ist, steht nicht explizit auf der Packung, aber mit nur einer Prise davon ist die komplette Schicht nicht mehr als ein kleiner Spaziergang! Willst du es mal probieren?«

Anton zögerte. Das hörte sich wirklich verlockend an.

»Es ist ganz einfach. Du schüttest dir eine Prise von dem Pulver auf die Zunge und schluckst es einfach runter – fertig. Du wirst vor Kraft regelrecht strotzen, sag ich dir. Nur eins solltest du auf keinen Fall tun.«

»Und das wäre?«, fragte Anton nach.

»Viel Alkohol dazu trinken. Ein übrig gebliebener Schluck Sekt ist kein Problem, aber bloß nicht mehr. Alkohol und Heroin sind sich so spinnefeind wie Hund und Katz!« Einladend hielt er ihm eine kleine Portion des Pulvers vor die Nase.

Anton, der vor Müdigkeit kaum seine Augen aufhalten konnte, lachte. »Her damit!«

14. Kapitel

Der Tag begann schleppend. Um die Mittagszeit waren von Antons neun Tischen lediglich drei besetzt, und auch der Nachmittag verlief ruhig. Normalerweise hätte Anton dies geärgert, doch heute staubte er ein Liedchen pfeifend die leeren Tische ab. Gegen sechs Uhr am Abend ging es dann Schlag auf Schlag, und Antons Tische füllten sich einer um den anderen. Den besten Tisch teilte er – gegen ein entsprechendes Tischgeld, selbstredend – einem Berliner Fabrikantensohn zu, der am kommenden Wochenende heiraten würde und mit einem Dutzend Freunden seinen Abschied vom Leben eines Junggesellen feiern wollte. Eine Gruppe lauter Amerikaner bekam von Anton den Nebentisch. Normalerweise hätte er für seine Gäste nicht viel Zeit gehabt, heute lachte und scherzte er mit ihnen, als würden sie sich schon ewig kennen. Zwei Paare, die sich mit den Augen fast gegenseitig verschlangen und für die Tänzerinnen keinen Blick übrighatten, gehörten auch zu seinen Gästen, sie setzte er an einen kleinen Tisch in der Ecke.

Stunde um Stunde verging wie im Flug. Anton schleppte Essen herbei, öffnete Champagnerflaschen, räumte Tische ab und deckte neu ein. Und er blieb wach dabei. Hellwach sogar! Das gab es doch nicht, dachte er vergnügt, dass dieses Heroin einen solchen Unterschied ausmachte! Gleich morgen würde er sich davon in der Apotheke ein paar Fläschchen holen, warum nur hatte José ihm diesen Tipp nicht viel früher gegeben? Mit dem Heroin überstand er den nächsten Monat garantiert mit Bravour.

Es war gegen elf Uhr abends, als der Junggeselle bei Anton anfragte, ob nicht eine der Damen auf seinem Tisch tanzen könnte – eine Privatvorführung sozusagen. Anton nickte großspurig – kein Problem, er würde das arrangieren! Keine fünf Minuten später kam er mit Paula, die zu den hübscheren Tänzerinnen gehörte und der er fünf Mark zugesteckt hatte, zu den Männern zurück. Unter lauten Pfiffen und viel Getöse stieg die wenig bekleidete Tänzerin auf den Tisch und ließ dort ihre Hüften kreisen.

Die Männer waren so begeistert, dass sie Anton einluden, wenigstens kurz bei ihnen Platz zu nehmen. Bevor er wusste, wie ihm geschah, hatte er ein Glas Champagner in der Hand. »Trink mit!«, forderte der Bräutigam ihn auf. »So jung kommen wir nie mehr zusammen!«

Anton, der das weiße Pulver vom Vormittag inzwischen vergessen hatte, hob lachend das Glas. Der Champagner war eisgekühlt und prickelte auf der Zunge.

»Noch einen, Junge?«, fragte einer der Junggesellen.

»Klar doch!«, sagte Anton vergnügt. »Wer steht schon gern auf einem Bein?« Wie gut, dass der Chef heute nicht da war, er sah es nämlich nicht gern, wenn sie allzu viel mit den Kunden tranken.

Anton war gerade auf dem Weg in die Küche, um den Mitternachtsimbiss, den die Junggesellen bestellt hatten, zu ordern, als er merkte, dass seine Beine ein wenig nachgaben und er gleichzeitig einen leichten Schwindel verspürte. Oha. War das dritte Glas Champagner womöglich schlecht gewesen? Er lachte so laut über seinen scherzhaften Gedanken, dass ein Kollege, der ihm aus der Küche entgegenkam, ihm einen strengen Blick zuwarf. Anton lachte nur noch mehr, was seinen Schwindel weiter verstärkte. Vielleicht, wenn er sich kurz an die Wand lehnte und einmal tief Luft holte... Er schloss für einen Moment die Augen.

Als er sie wieder öffnete, erblickte er in der Mitte des Restaurants vier Affen, die auf einem riesengroßen silbernen Tablett eine blondgelockte Frau in Richtung Bühne trugen.

Vier Affen, herrlich! Anton gluckste vor Lachen.

Im nächsten Moment strauchelte einer der Affen – oder war es ein Mensch in einem Affenkostüm? –, das Tablett kippelte, die blonde Frau begann gefährlich nach links zu rutschen. »Pass doch auf, du Idiot!«, zischte sie giftig.

Anton blinzelte einmal, blinzelte zweimal. Weg war sein Taumeln von vorhin, auf einmal war er hellwach. Das... das war doch...

»Christel?«, rief er und glaubte, sein Herz würde davongaloppieren wie ein durchgehendes Pferd. »Christel!«

»Anton?«, tönte es vom Tablett mindestens so erstaunt zurück.

Das konnte nicht sein. Einbildung. Nichts als Einbildung! Oder? Er wollte etwas sagen, doch seine Zunge war auf einmal so dick, dass kein klarer Ton herauskam. Er lallte etwas Unverständliches, Schaum trat aus seinem Mund. Ein Schock! Er hatte einen Schock. Anton spürte, wie ihm etwas Warmes die Beine hinabrann. Ihm wurde schwarz vor Augen, im nächsten Moment fiel er um wie ein gefällter Baum.

*

Anton bekam weder mit, wie José und ein anderer Kollege ihn fluchend in ein nahe gelegenes Krankenhaus schleppten, noch wie sie ihn dort im Eingangsbereich der Notaufnahme einfach auf dem Boden ablegten, um schleunigst das Weite zu suchen. Wozu unnötige Fragen beantworten, solange es im Pigalle Kunden zu bedienen gab?

In der Notaufnahme herrschte fast so ein reges Treiben wie im Pigalle – um den in seinen eigenen Exkrementen liegenden und inzwischen ohnmächtigen Mann kümmerte sich niemand. Jeder hatte genug mit sich selbst zu tun, brauchte Hilfe für sich oder einen Angehörigen. Eine Schnapsdrossel!, dachten die meisten und stiegen angewidert über Antons Leib hinweg.

So verging fast eine halbe Stunde, bis ein junger Assistenzarzt durch den Eingangsbereich der Notaufnahme lief und anhielt, um herauszufinden, was mit dem am Boden Liegenden los war. Er sah den Schaum vor Antons Mund, roch den Alkohol in seinem Atem, fühlte seinen schwachen Puls, hob seine Lider und sah die verdrehten Augen…

Klassische Symptome einer Vergiftung, Alkohol in Kombination womit auch immer – der junge Mediziner hatte in den Universitätsvorlesungen gut aufgepasst. Und so wusste er, dass die giftigen Stoffe angesichts des kritischen Zustands wahrscheinlich längst in den Blutkreislauf des Patienten gelangt waren. Er wusste aber auch, dass eine Magenspülung den Rest aus dem Organismus wieder hinausbefördern würde. Eiligst rief er nach Verstärkung.

*

Nur Minuten später lag Anton im Behandlungsraum der Notaufnahme auf einer Liege, während eine robust aussehende Schwester ihm einen Beißring in den Mund steckte. Durch diesen Ring führte sie einen langen, dicken Schlauch und schob ihn wenig gefühlvoll bis hinab in den Magen. Der Schmerz, den der Schlauch auf seinem Weg nach unten auslöste, war so heftig, dass Anton kurz aus seiner Ohnmacht erwachte. Was…? Wo…?

Ein weiß gekleideter Mann mit riesig großen Augen hinter einer dicken Brille nickte ihm aufmunternd zu, im nächsten Moment spürte Anton, wie ihm jemand durch den Schlauch etwas Lauwarmes, Salziges einflößte, Schluck für Schluck, Becher für Becher – gerade so, wie er zuvor den Champagner getrunken hatte. Anton wollte sich wehren, wollte sagen, dass sie damit aufhören sollten, doch die Schwester hielt seine Arme über dem Kopf so fest, als hätte sie ihn mit Schlaufen fixiert. Anton blieb nichts anderes übrig, als zu schlucken und zu prusten. Sein Kopf pochte so heftig, dass er glaubte, er würde platzen. So sah also die Hölle aus, nicht etwa glühend rot, wie sie auf all den Andachtsbildern abgebildet wurde, dachte er in einem Anfall von Irrwitz. Irgendwo in seinem Hinterkopf flackerte das Bild von vier Affen und einer blonden Frau auf, dann wurde er Gott sei Dank wieder ohnmächtig.

*

Ganze zehn Liter Flüssigkeit flößte der Arzt seinem Patienten ein. Als dessen Bauch zum Bersten voll war, wusste der junge Mediziner, der noch nie eine Magenspülung durchgeführt hatte, dennoch theoretisch genau, was als Nächstes zu tun war: Das Salzwasser – und mit ihm die giftigen Substanzen aus dem Magen des Patienten – sollte auf demselben Weg, auf dem es in den Patienten gelangt war, nämlich durch den Schlauch, wieder ausgetrieben werden. Also drückte er seinem Patienten mehr oder weniger kräftig auf den Bauch, wie es das Lehrbuch empfahl. Im nächsten Moment ergoss sich ein Schwall ekliges Champagner-Salzwassergemisch über ihn. Der Mediziner schüttelte sich wie ein Hund, der in einen unerwarteten Regenguss gekommen war. Darüber hatte im Lehrbuch nirgendwo etwas gestanden!

*

Die Jubiläumsfeier des Radsportvereins von Josefine und Adrian Neumann, dem auch etliche von Jos Freundinnen angehörten, fand auf dem Vereinsgelände statt und bestand aus Reden, Radsportvorführungen, einem kleinen Wettrennen auf einer eigens dafür abgesperrten Straße und viel Wein und Essen. Mimi war mit ihrer Kamera immer da, wo es einen besonderen Moment einzufangen galt, und zwischendurch bat sie immer wieder mal jemanden, für sie zu posieren.

»Du hast wirklich den Blick für die besonderen Momente, bestimmt werden deine Fotografien wieder einzigartig«, sagte Josefine, als sich das Fest dem Ende entgegenneigte. »Du hast doch bestimmt noch nichts gegessen, ich schaue mal, was vom Kuchenbuffet noch übrig ist.« Sie legte freundschaftlich einen Arm um Mimi und wollte sie zu dem Tisch führen, an dem Adrian und ihre Freunde saßen. Doch Mimi wies auf einen Zweiertisch am Rande. »Ginge es auch da? Ich weiß, es ist nicht der Ort und die Zeit für lange Gespräche. Aber mir wäre dringend an deiner Ansicht zu einem Thema gelegen, das mir schon seit längerem unter den Nägeln brennen.«

Josefine nickte. »Setz dich ruhig schon hin, ich komme gleich wieder!«

»Champagner?« Stirnrunzelnd zeigte Mimi auf die Flasche und die zwei Gläser in Josefines Hand, als diese an ihren Tisch kam.

»Meine Freundin Isabelle sagt immer, es gäbe keine Frage, die sich nicht mit einem kühlen Glas Champagner beantworten ließe!« Grinsend schenkte sie zwei Gläser ein. »So, und nun schieß los.«

Mimi lächelte verlegen. »Ich weiß gar nicht, wie ich anfangen soll. Du weißt ja, dass ich von Herzen gern

Wanderfotografin bin. Nur... ich habe langsam das Gefühl, mein Beruf ist vom Aussterben bedroht.« Mit tragikomischer Miene hob sie die Hände. »Hier in Berlin bekomme ich als Fremde nur schwer einen Fuß in die Tür eines Fotoateliers. Aber auch anderswo ist es schwierig geworden. Dazu die vielen Knipser – so reichlich die Einladungen früher gesprudelt sind, so spärlich kommen sie inzwischen. Was ich verstehe! Die ansässigen Fotografen müssen alle schauen, wo sie bleiben.« Sie zuckte mit den Schultern. »Dank dir und deinen Freundinnen habe ich ein Auskommen, aber...« Wenn sie ehrlich war, reichte es vorn und hinten nicht – hin und wieder musste sie sogar ihre Reserven angreifen. Aber das wollte sie Josefine nicht sagen, und Anton brauchte davon auch nichts wissen, sonst würde er ihr gleich wieder sein Geld aufdrängen wollen. »Es ist einfach nicht mehr dasselbe wie früher«, sagte sie stattdessen. Seufzend hob sie ihr Glas und prostete Josefine zu.

Statt gleich zu trinken, hielt Josefine ihr Glas ins Licht und bewunderte die aufsteigenden Champagnerperlen. Dann sagte sie: »Durch den rapiden Wandel, den wir gerade alle erleben, werden wahrscheinlich bald etliche Berufe aussterben. Wer braucht beispielsweise noch einen Pferdeknecht? Oder einen Sattler? Stell dir vor, wir haben sogar eine Anfrage vom Kriegsministerium bekommen – sie wollen eine Untersuchung machen, welche Vorteile das Fahrrad gegenüber dem Pferd bei der militärischen Verwendung hat.«

Welche militärische Verwendung? Mimi erschauerte, während Josefine ihren Faden weiterspann.

»Die Frage ist – wie kannst du dem Wandel begegnen? Mehr noch, wie kannst du dich ihm stellen?«

Besser hätte sie es nicht sagen können, dachte Mimi. »Dass der Beruf des *Fotografen* ausstirbt, glaube ich nicht. So unmöglich meine persönliche Erfahrung mit August Hebel auch war, so hat mir der Besuch in der Druckerei doch eins klargemacht: Der Bedarf an fotografischen Produkten wird so schnell nicht nachlassen, im Gegenteil, Fotografien werden wahrscheinlich zukünftig noch viel stärker gefragt sein und am Ende die lithografischen Zeichnungen ersetzen. Die Frage ist nur: Was, wenn ich als Wanderfotografin bei all dem keine Rolle mehr spiele? Davor habe ich Angst…«

Die Klarheit käme oft dann, wenn man Dinge mit etwas Abstand betrachtete – was um alles in der Welt sollte sie mit diesem Rat von Josefine anfangen?, fragte sich Mimi, als sie später am Abend nach Hause ging. Abstand wovon? Von wem? Und von welchem Geld sollte sie leben, während sie diesen »Abstand« genoss?

In der Pension sah sie mit einem Blick über die Rezeptionstheke, dass Antons Zimmerschlüssel noch in dem entsprechenden Fach lag. Viertel vor zwölf – so viel zu seinem Vorsatz, heute früher Schluss zu machen.

Mimi zog ihren Zimmerschlüssel aus ihrem Fach. Im selben Moment fiel ihr ein kleiner Zettel entgegen, der Rand war fransig, als sei er eilig aus einem kleinen Notizbuch herausgerissen worden. Mit gerunzelter Stirn las Mimi die Nachricht, die ihre Wirtin ihr hinterlassen hatte.

Frau Reventlow, ein Mann war da und sagte, dass Ihr Begleiter Herr Schaufler im Rudolf-Virchow-Krankenhaus liegt. Der Mann, ein Geschäftskollege, sagte auch, der Herr Anton sei bei der Arbeit zusammengebrochen.

15. Kapitel

»Anton, was machst du nur für Sachen…« Den Tränen nahe saß Mimi an seinem Bett und hielt seine Hand. Er war so blass! Und wirkte auf einmal trotz seiner Größe und den vielen Muskeln so zerbrechlich…

Die ganze Nacht über hatte sie kein Auge zugetan. Nachdem sie die Nachricht ihrer Zimmerwirtin gelesen hatte, war sie sofort ins Krankenhaus gerannt. Doch dort war sie schon an der Pforte abgewiesen worden. Die Besuchszeit begann morgens um acht und keine Minute früher.

»Alles halb so schlimm«, sagte Anton tapfer, aber mit zittriger Stimme. »Der Arzt sagt, nach der Visite darf ich gehen. Wenn man Medikamente und Alkohol mischt, könne so etwas schon mal passieren. Ich hätte Glück gehabt, sagt er.«

Mimi nickte. »Was war das nur für Zeug, das du da geschluckt hast?«, fragte sie vorwurfsvoll. Was, wenn er kein Glück gehabt hätte? Dann säße sie jetzt an seinem Totenbett! »Wenn du krank bist, hättest du erst gar nicht zur Arbeit gehen sollen.«

Anton zuckte mit den Schultern. »Heroin. Das nimmt jeder. Ein kleiner Wachmacher, mehr nicht…«

Mimi presste die Lippen aufeinander. So beiläufig er auch tat, sie spürte doch, dass das Erlebnis Anton bis ins Mark erschüttert hatte. Da tat es nicht not, dass sie ihn noch zusätzlich fertigmachte. »Ich warte hier, bis die Visite vorbei ist, und dann gehen wir gemeinsam in die Pension. Du legst dich hin, und ich besorge dir ein fürstliches Frühstück, einverstanden?«, sagte sie so aufmunternd wie möglich.

Anton nickte dankbar, doch auf seiner Stirn zeigte sich eine tiefe Falte.

»Was ist?«, fragte Mimi besorgt.

Anton wollte tief Luft holen, hielt aber nach einem halben Atemzug inne. »Diese verdammte Magenspülung, mein Brustkorb brennt, als hätte ich eine Tracht Prügel bekommen!« Er verzog sein Gesicht zu einer Grimasse, dann schaute er Mimi ernst an. »Was mir am meisten zu schaffen macht, ist diese ›temporäre Amnesie‹, wie es der Arzt nennt. Ich kann mich einfach nicht an gestern Nacht erinnern! Das Schlimme ist, gleichzeitig habe ich das Gefühl, dass gestern Nacht irgendetwas vorgefallen ist, woran ich mich dringend erinnern sollte. Etwas Entscheidendes, verstehst du?«

Mimi verstand nichts, hörte aber die Verzweiflung in seiner Stimme.

»Meine Mutter hat immer gesagt, ich hätte ein Gedächtnis wie ein Elefant und wäre mindestens so nachtragend. Und das stimmt – ich kann mir normalerweise jeden Namen und jedes Gesicht merken. Aber ausgerechnet jetzt...« Sein Blick war hilflos wie der eines Kindes, das sich im dunklen Wald verirrt hatte. »Da ist nur ein riesengroßes schwarzes Loch!«

Dank seiner guten Konstitution und Jugend erholte sich Anton rasch von seiner Vergiftung. Ins Pigalle ging er nie mehr – schon bei der Rückkehr aus dem Krankenhaus fand er in der Pension einen Brief vor, es war die fristlose Kündigung. Ein solch beschämendes Verhalten würden sie nicht akzeptieren, schrieb der Personalverantwortliche des Restaurants, und dass Anton Schande über das ganze Etablissement gebracht hätte. Anton zerriss den Brief und warf ihn fort. Er schämte sich schon genug, da brauchte man ihm nicht noch mit Belehrungen daherkommen.

Das Erlebnis des Kontrollverlusts, die eigene Hilflosigkeit und die Tatsache, dass er sich nicht an den Abend erinnern konnte, ließen Anton grüblerisch werden. Um ihn auf andere Gedanken zu bringen, beschloss Mimi, die Suche nach neuen Aufträgen vorerst aufzugeben. Wozu war ein Notgroschen da, wenn man ihn in der Not nicht verwendete? Und so schlug sie Anton vor, die nächsten Tage wie gewöhnliche Touristen zu verbringen und sich die Stadt anzuschauen. Außerdem wollte sie noch einmal ihre liebe Tante, bei der sie als junge Gymnasiastin gelebt hatte, besuchen. So hektisch, wie sie den Aufträgen hinterhergerannt war, hatte sie bisher erst zwei Mal Zeit für die Tante gehabt.

Anton, der selbst spürte, dass seine Seele zur Ruhe kommen musste, war einverstanden.

Und so spazierten sie vom Schloss zum Brandenburger Tor, durch die Wilhelmstraße und über den Gendarmenmarkt, aßen gebrannte Mandeln und tranken süßes Bier. Sie besuchten den Zoologischen Garten, bewunderten im Viktoriapark den elektrisch beleuchteten Wasserfall und blickten in der Treptower Sternwarte angestrengt durch ein 21-Meter-langes Fernrohr. Sie schauten sich ein modernes Theaterstück im Kleinen Theater unter den Linden an, das ihnen beiden nicht gefiel. Und sie besuchten auf Antons Wunsch hin das Deutsche Kolonialmuseum, über das er als junger Bub einst einen Zeitungsartikel gelesen hatte. Mit großen Augen und einer fast kindlichen Begeisterung staunte er über die Hütten von Ureinwohnern in Togo, die chinesische Abteilung und ein nachgebautes Dorf aus Neuguinea.

Auch Mimi erfüllte sich einen Wunsch und ließ sich in einem der größten Kaufhäuser der Stadt ein neues Kostüm anpassen. Geld ausgeben, das konnte sie, dachte sie ironisch, während der Schneider ihr wegen ihrer guten Figur Komplimente machte, jetzt musste ihr nur auch das Geld*verdienen* wieder gelingen.

Anton, der sie zu Stefan Esders begleitete und der seit jeher eine Schwäche für feine Kleidung hatte, suchte sich zwei neue Hosen und ein Jackett aus. Wie aus dem Ei gepellt gingen sie dann zu Mimis Tante und luden sie zum Essen ein.

Mit jedem Tag mehr erkannte Mimi, wie gut auch ihr diese Auszeit tat. Einmal nichts tun zu *müssen*, dafür die Fülle des Lebens aufzusaugen wie ein Schwamm! Urlaub im eigentlichen Sinne hatte sie noch nie gemacht – frühere Pausen waren immer Zwangspausen gewesen, überschattet von der Sorge, wann wohl der nächste Auftrag folgen würde. Zu ihrem eigenen Erstaunen gelang es ihr ziemlich gut, diese Sorge diesmal beim leisesten Aufwallen gleich wieder wegzudrängen. Sogar den kleinen Auftrag über die Porträtfotos, die sich Josefines Freundin gewünscht hatte, ließ sie ihrer Freizeit zuliebe sausen. War das schon der »Abstand«, von dem Josefine gesprochen hatte?

»Weißt du, was ich überlege?«, fragte Mimi, als sie in einem der vielen Berliner Straßencafés saßen und ein Eis aßen.

Anton sah nur kurz hoch und löffelte weiter sein Eis.

»Ich frage mich, ob es nicht langsam an der Zeit ist, dass ich sesshaft werde«, sagte sie und machte eine vage Handbewegung in Richtung der Stadt. »Ein Fotoatelier, ausgestattet mit allem Drum und Dran. Eine feine Adresse, viel Glas und Licht, so wie in Onkel Josefs Atelier. Ich könnte mir seine Leinwände schicken lassen, sie sind schließlich zeitlos schön. Dazu ein großes Ladenschild über der Tür und ein paar Zeitungsannoncen. Ich wette mit dir, dann könnte ich bald all den Berliner Herren zeigen, was eine Harke ist!« Und sie würde den Menschen endlich wieder Schönheit schenken...

Anton hob nachdenklich die Brauen. »Und eine eigene Wohnung. Das wäre auch nicht schlecht. Mittlerweile geht mir das Leben in einer Pension auf die Nerven, und das gilt auch für das Leben aus dem Koffer.«

Mimi glaubte, nicht richtig zu hören. »Du nimmst mich auf den Arm! Das ist nicht dein Ernst, oder?«

Doch Anton nickte. »Ich möchte mir Bücher kaufen und in ein Regal stellen können. Ich möchte meine feinen Jacketts in einen Schrank hängen und nicht ständig zusammenfalten müssen. Und seit Jahren wünsche ich mir ein Schachspiel! Ich möchte das Spiel endlich richtig lernen und dann lange Partien austragen. Aber soll ich auf der Reise etwa auch noch ein Schachspiel mit mir herumschleppen?«

Mimi runzelte nachdenklich die Stirn. Manchmal war es ihr fast ein wenig unheimlich, wie ähnlich der Gastwirtsohn und sie sich waren. »Und wo würdest du dich gern niederlassen?«, fragte sie mit spröder Stimme.

Anton grinste. »Wo wohl? Hier in Berlin natürlich!«

Es war Mittwoch, der neunte Juli – Mimi und Anton wollten sich für den Tag zwei Räder leihen und eine Tour in den Spreewald machen –, als Mimi in ihrem Schlüsselfach einen Brief vorfand. Er stammte aus Laichingen von ihrer alten Nachbarin Luise, die schrieb, es habe sich ein Interessent für Josefs Haus gemeldet: ein Maler, der sich in die Schönheit der Schwäbischen Alb verliebt hatte und nun dort ein Domizil für sich suchte. Josefs Haus und das helle Tageslichtatelier seien für ihn perfekt.

Mimis Hände zitterten, als sie den Brief an Anton weiterreichte. Sie wartete, bis er ihn überflogen hatte, dann sagte sie: »Ein Maler, der das Fotoatelier und das Haus mit neuem Leben erfüllt – das wäre genau in Josefs Sinn, oder? Und mir würde der Geldsegen auch gerade recht kommen – ein Atelier einzurichten kostet schließlich eine Stange Geld.«

Anton nickte. »Spreewald adieu! Dann werde ich

mich mal um eine gute Zugverbindung für uns kümmern, während du Luise dein Kommen ankündigst«, sagte er, als sei es das Normalste von der Welt, seine Pläne von heute auf morgen über den Haufen zu werfen.

»Eine Zugverbindung für *uns*? Ich dachte, du willst nicht auf die Schwäbische Alb zurück?«, sagte Mimi erstaunt.

Anton winkte nur ab. »Ich begleite dich. Und gemeinsam kehren wir wieder nach Berlin zurück – einverstanden?«

»Einverstanden«, sagte Mimi lachend. »Wer weiß, womöglich würde mir ganz allein noch langweilig werden!«

Zwei Tage später saßen Mimi und Anton im Zug, der sie von Berlin zurück in den Süden bringen würde. Zu Mimis Erstaunen hatte Anton Tickets erster Klasse gekauft und den Mehrpreis aus eigener Tasche bezahlt. Tief eingesunken in die komfortablen Ledersitze genoss Mimi mit geschlossenen Augen nun das sanfte Ruckeln des Zuges.

Noch immer fühlte sie sich von den vielen herzlichen Umarmungen, mit denen sie am Vorabend verabschiedet worden war, umhüllt und beschützt wie von Engelsflügeln.

Keiner hatte es sich nehmen lassen, zu dem Abschiedsessen zu kommen, das Josefine Neumann für Mimi und Anton veranstaltet hatte. Josefines vielbeschäftigter Mann Adrian war ebenso da wie die Modelle, die Mimi fotografiert hatte. Sogar ein paar von

Mimis anderen Auftraggebern wie die Pensionswirtin und die Frau vom Strumpfladen waren dabei, und natürlich Josefines Freundinnen. Einige hatten Mimi ein kleines Abschiedsgeschenk überreicht und ihr nochmal versichert, wie zufrieden sie mit ihrer Arbeit waren.

Aber was hieß hier überhaupt Auftraggeber? Waren sie nicht eher Freunde geworden? Die Intimität, die beim Fotografieren sowieso entstand, wurde noch verstärkt durch ihrer aller Wunsch, die Welt von morgen mitzugestalten.

Bis spät in die Nacht hinein hatten sie in dem kleinen Restaurant, das russische Speisen servierte, gegessen, gelacht und gefeiert. Dann war die Zeit gekommen, Adieu zu sagen. Mimi hasste zwar Abschiede noch immer, doch dieses Mal fiel es leichter als sonst, denn sie würde wiederkommen. Und dann vielleicht sogar für immer...

16. Kapitel

*Münsingen auf der Schwäbischen Alb,
Mitte Juli 1913*

Obwohl es erst sechs Uhr am Morgen war, saß Bernadette schon an ihrem Schreibtisch. Jetzt im Hochsommer arbeitete es sich in den frühen Morgenstunden am besten, die Räume des alten Hofs waren noch kühl, der Kopf noch klar. Und so nutzte Bernadette die Zeit, um die letztjährigen Unterlagen bezüglich des Heu-Ankaufs durchzublättern. Sie wollte sich einen Überblick darüber verschaffen, wie viel Heu sie im letzten Jahr von welchem Bauer erstanden hatten, denn mit der neuen Herde, die Wolfram geordert hatte, würde sie die Menge erhöhen müssen.

Sie hatte mit der Arbeit gerade begonnen, als über den Hof hinweg eine sonore Männerstimme ertönte. Wolfram? Bernadette sah erfreut auf. Wie schön, dann würde sie ihm gleich ihre Gedanken zum Blumenschmuck mitteilen können! Die alten Heurechnungen waren vergessen, eilig ging sie nach draußen und schaute sich um. Und tatsächlich – hinten, im Schatten der Stallungen stand Wolfram mit einigen der Hirten zusammen.

»Lasst die Schafe nur ja nirgendwo aus stehenden Pfützen trinken!«, hörte Bernadette ihn mahnend sagen, während sie auf die Gruppe zuging. »Letzte Woche sind uns drei Tiere verendet, und ich bin mir ziemlich sicher, dass fauliges Wasser der Grund dafür ist.«

»Aber die Tiere haben Durst!«, rief einer der Hirten. »Und die Bäche sind fast ausgedörrt!«

Wolframs Blick wanderte von den Hirten hinauf zum Himmel. »Ich denke, heute können wir zumindest mit ein bisschen Regen rechnen. Falls die allgemeine Trockenheit allerdings weiter anhält, werden wir ins Tal gehen müssen, um die Tiere dort auf den schattigen und saftigeren Streuobstwiesen weiden zu lassen.« Er wollte sich schon zum Gehen abwenden, als er Bernadette sah.

Sie lächelte. »Guten Morgen! Hast du kurz Zeit für einen Kaffee? Ich habe noch welchen auf dem Herd stehen.«

»Als ob ich mir so ein Angebot entgehen lassen würde«, sagte er freundlich.

»Ich will heute übrigens noch die letzten Hochzeitseinladungen wegschicken. Wenn dir noch jemand eingefallen ist, den du dabeihaben willst, dann sag es bitte«, bemerkte Bernadette, während sie über den Hof spazierten. Hoffentlich hatte *sie* niemanden vergessen. Es sollte schließlich alles perfekt sein!

Wolfram schaute sie verständnislos an. »Du verschickst jetzt schon die Einladungen? Es ist Hochsommer, heiraten werden wir jedoch erst im November!«

Bernadette lachte auf. »Heißt es nicht, Vorfreude sei

die schönste Freude? Ach Wolfram, ich freue mich so auf alles, was kommt...« Aufgekratzt drehte sie eine kleine Pirouette und erkannte sich selbst nicht wieder.

Sie waren fast am Wohnhaus angelangt, als ein Pferdegespann, hochbeladen mit Schaffellen, auf den Hof fuhr. Es wurde von Helmut Ackermann gelenkt, einem Kutscher aus einem der Nachbardörfer. Wenn ihre eigenen Wagen nicht ausreichten, um Fleisch und Felle zu transportieren, engagierten sie ihn hin und wieder.

»Was hat das zu bedeuten?«, sagte Bernadette irritiert. Stirnrunzelnd ging sie auf den Fahrer zu. »Helmut, was machst du hier? Wir haben keine Schaffelle bestellt! Wir haben selbst Schafe genug.«

Ohne ihr zu antworten, zog der Mann einen Briefumschlag aus der Tasche und wandte sich an Wolfram. »Ich habe einen Brief für dich!«

Wolfram warf Bernadette einen fragenden Blick zu, dann begann er stirnrunzelnd, den Brief zu lesen.

»Er ist von einem C. Clement. Wenn ich es richtig verstehe, ist das einer der Hirten, die unsere neue Herde von Südfrankreich hierher begleiten. Er schreibt, sie hätten die Schafe leider scheren müssen, weil das Fell der Tiere seit der Schur im Mai so extrem nachgewachsen sei, dass das Wandern in der Hitze für die Tiere eine reine Qual ist. Aus Sorge um die Gesundheit der Tiere habe er zu dieser Maßnahme gegriffen.«

»Kann ich jetzt endlich abladen?«, fragte der Kutscher ungeduldig. »Ich habe nicht den ganzen Tag Zeit für diese Fuhre.«

Bernadette brachte ihn mit erhobener Hand zum

Schweigen. »Erst die Wolle, dann die Tiere – ja, ist das hier etwa ein Baukasten für Kinder? Glaubt dieser Monsieur Clement, uns für dumm verkaufen zu können?«, sagte sie fassungslos. »Wir haben keinerlei Handhabe zu überprüfen, ob diese Wolle von unseren Schafen stammt – was, wenn sie uns feine Vliese von edlen Tieren schicken und uns dann in Wahrheit irgendwelche minderen Tiere unterjubeln? Und überhaupt, wie kann ein Hirte sich anmaßen, eine solche Entscheidung zu treffen?« Dieser Clement sollte ihr unter die Augen kommen, dem würde sie die Meinung sagen!, dachte sie und spürte, wie ihr Busen vor Entrüstung bebte.

Doch Wolfram lachte nur und sagte: »Ich wäre froh, wenn ich ein paar so eigenständig denkende Hirten hätte! Die Herde muss fast tausend Kilometer überwinden, ich kann nur hoffen, dass den Tieren die Reise ohne diesen lästigen Pelz leichter fällt. Wenn es anderswo genauso heiß ist wie hier...« Noch während er sprach, trat er an den Pritschenwagen heran und zog eines der Felle heraus.

Als Bernadette sah, mit welcher Zärtlichkeit und Ehrfurcht er seine rechte Hand über das Fell gleiten ließ, versetzte es ihr unwillkürlich einen Stich. Würde er sie jemals so streicheln? Würde er sie jemals so lieben, wie er seine Arbeit liebte? Ach, wie sie die Schafe hasste, dachte sie und wäre fast in Tränen ausgebrochen.

Wolfram schien von ihrer Gefühlsaufwallung nichts mitzubekommen. »Das Vlies hat einen wunderbaren Griff«, sagte er leise.

Bernadette schnaubte. »Und es ist dreckig wie sonst was!« Stroh, kleine Äste, Reste einer verblichenen Schnur... »Hoffentlich sind die Schafe nicht genauso verkommen wie die Felle!«, bemerkte sie mürrisch.

Als habe sie nichts gesagt, kämmte Wolfram eins der Felle mit den Fingern seiner rechten Hand durch. »Aber schau nur – die langen Fasern! Und wie fein und gewellt die Wolle ist. So ein feines Vlies habe ich noch nie gesehen...« Er schaute auf, und seine Augen glänzten voller Vorfreude. »Jetzt kann ich es kaum mehr erwarten, die Tiere endlich in Empfang zu nehmen.«

Eine Stunde später stand Bernadette im Pferdestall und zog den Sattelgurt ihres Rappen an. Als sie mit dem Pferd nach draußen trat, begann es leicht zu regnen. Sie warf einen prüfenden Blick in den Himmel, wo dunkle Wolken vorüberzogen. Hatte Wolfram mit seiner Prognose doch recht gehabt, dachte sie, und mit diesem Gedanken kam die Erinnerung an den riesigen Berg Schaffelle zurück, den sie mühevoll in eins der Lager geschafft hatten. Was für eine Frechheit, die Schafe einfach zu scheren!

Dann schwang sie sich in den Sattel und ritt los. Sie hatte eine Verabredung, da war ihr das bisschen Regen gleichgültig.

Wenn man Münsingen, den kleinen Weiler Auingen und ihr heutiges Ziel, das Soldatenlager, aus der Vogelperspektive betrachtet hätte, hätte es wahrscheinlich ausgesehen wie eine Balkenwaage, dachte Bernadette nicht zum ersten Mal. Münsingen wäre die linke Waagschale, der kleine, aber sehr geschäftige Ortsteil Auingen, durch den sie gerade ritt, die Achse des waagrechten Balkens, und an seinem anderen Ende befand sich als zweite Waagschale der Truppenübungsplatz. Bernadette hätte sich nie getraut, diesen Vergleich laut vor jemandem zu äußern – die Leute fanden sie schon wunderlich genug –, dennoch war das Bildnis sehr passend! Münsingen, Auingen und das Soldatenlager waren unzertrennlich miteinander verbunden, mehr noch, sie »hielten sich tatsächlich die Waage«. Wann immer die Verhandlungen mit dem Lagerkommandanten schwierig wurden, rief Bernadette sich diese Tatsache ins Gedächtnis. Ja, es stimmte, Münsingen wäre ohne das Lager nur ein weiteres unbedeutendes, armes Albdorf. Umgekehrt wäre das Lager ohne Münsingen aber auch verloren!

Sie hatte Auingen gerade erst verlassen, als der Regen wieder aufhörte. So viel zu Wolframs alten Weisheiten, dachte Bernadette erleichtert. Hätte sie ihr Ziel wie ein begossener Pudel erreicht, wäre dies ihrem heutigen Vorhaben nicht sehr entgegengekommen.

Schon von weitem waren Schüsse zu hören und ein anderes, dumpfes Geräusch, das von aufleuchtenden Blitzen begleitet wurde. Doch statt zu scheuen, trabte Bernadettes Pferd stoisch weiter in Richtung des Truppenübungsplatzes. Das ganze Jahr über gehörten die Schießübungen genauso zur Geräuschkulisse der Schwäbischen Alb wie das Blöken der Schafe und der Gesang des Distelfinks – Pferde, die dabei scheuten, waren hier fehl am Platz und wurden schnurstracks zum Abdecker gebracht. Und so machte der staubige Geruch von abgefeuerter Munition, welcher in der Luft lag, dem Pferd sichtlich mehr zu schaffen als die Lautstärke des Schießbetriebs. Immer wieder prustete der Rappe, und auch Bernadette musste niesen, so sehr kitzelte sie der Geruch in der Nase.

Über zwanzigtausend Soldaten lebten in diesem Sommer im Militärlager, hatte Lutz Staigerwald, der Kommandant der Anlage, bei Bernadettes letztem Besuch erwähnt. Und hinzugefügt, dass bis zum Jahresende wahrscheinlich sogar vierzigtausend Soldaten hier gewesen sein würden, um für den Ernstfall zu üben. Dafür hielt sich die Lärmbelästigung noch in Grenzen, dachte Bernadette und duckte sich unter einem tiefhängenden Ast hindurch.

Ein paar Minuten später kam sie am Haupteingang der Kaserne an. Ohne abzusteigen beugte sie sich in Richtung des Wächterhäuschens und sagte: »Generalmajor Staigerwald wünscht mich zu sprechen, wir haben einen Termin.«

Wie jedes Mal nickte der uniformierte Wächter – er hieß Peter Knappe und war ein alter Schulkamerad von Bernadette – ihr zu, dann ging er gewichtig an sein Telefon, um ihre Aussage zu überprüfen.

Bernadette grinste in sich hinein. Peter wusste ganz genau, dass sie nicht grundlos hierherkam. Umgekehrt wusste aber auch sie, dass jeder noch so kleine Ablauf soldatisch streng geregelt war – Ausnahmen wie das lockere Durchwinken einer Besucherin gab es nicht. Und so wartete sie geduldig darauf, dass der Schlagbaum sich hob.

Während ihr Pferd die Zeit nutzte, ein paar Büschel Gras zu rupfen, ließ Bernadette ihren Blick schweifen.

Wie immer, wenn sie hier am Eingangstor stand, kam es ihr so vor, als verließe sie eine Welt, um eine andere zu betreten. Wobei die Frage, wo die eine Welt aufhörte und die andere anfing, in den umliegenden Dörfern auch nach all den Jahren noch oft für Diskussionen und auch so manchen Streit sorgte. Denn wo immer möglich, kaufte das Königlich Württembergische Kriegsministerium zu der ursprünglichen Fläche von 3700 Hektar weitere Flächen dazu – in Zainingen, Münsingen, Feldstetten. Deshalb verschoben sich die Grenzen von Jahr zu Jahr, und keiner wusste ganz genau, wo ein gemeiner Acker aufhörte und das Übungsgebiet anfing.

Als der Truppenübungsplatz Ende 1898 eröffnet wurde, war Bernadette sechzehn Jahre alt gewesen. Bis zu diesem Zeitpunkt war sie unbeschwert und frei mit ihrem Pony da entlanggeritten, wo es ihr beliebte. Doch plötzlich war es mit der Freiheit von einem Tag auf den andern vorbei. Fortan war Gelände, auf dem rot-weiße Flaggen hingen, für sie tabu. Denn diese wiesen daraufhin hin, dass Schießübungen im Gange waren. Während die junge Bernadette sich brav an die Regelung hielt, fiel es vielen älteren Bauern schwer, sich an die beschnittene Freiheit zu gewöhnen. Und so wurden die Flaggen immer wieder einfach abgerissen, wenn jemand verbotenerweise das Gelände betreten wollte – für die Jagd, zum Pilze suchen oder um auf dem schnellsten Weg von einem Ort zum anderen zu kommen. Es mussten erst ein paar Beinahe-Unfälle geschehen, damit diese Grenzüberschreitungen aufhörten. Und mit der Zeit erkannten immer mehr Leute, dass der Truppenübungsplatz ein wahrer Segen für die ganze Gegend war. Ob Bäcker, Metzger, Schäfer, ob Schneider, Knecht oder Köchin – um einen Betrieb mit zehntausenden von Soldaten pro Jahr am Laufen zu halten, bedurfte es vieler Arbeitskräfte! »Denkt dran, jedes Mal, wenn euch die Schüsse in den Ohren klingeln, klingelt es auch in eurem Geldbeutel«, wurde der Bürgermeister nicht müde zu erklären, wenn jemand mit einer Beschwerde zu ihm kam. Umgekehrt taten die jeweiligen Kommandanten auch viel dafür, das Verhältnis zwischen dem Soldatenlager und der zivilen Bevölkerung zu verbessern. So wurden die Dorfbewohner immer wieder ins Lager eingeladen, um einem Platzkonzert oder einem Vortrag zu lauschen oder einem Pferderennen beizuwohnen. Zum Jahreswechsel war sogar ein Feuerwerk geplant. Im Übrigen siedelten sich im Außenbezirk des Lagers immer mehr Unternehmen an – kleine Fabriken, Handwerksbetriebe, aber auch Gasthöfe und Hotels.

Vielleicht konnte sie Lutz dazu überreden, am Tag ihrer Hochzeit auch ein kleines Feuerwerk auszurichten, dachte Bernadette. Der Gedanke, dass ihr Bund für die Ehe mit einem funkelnden Spektakel am Abendhimmel gekrönt wurde, gefiel ihr. Noch wichtiger als das Feuerwerk war es jedoch, dass…

»Der Herr Kommandant erwartet dich!« Peter Knappes militärisch kurze Ansage riss Bernadette aus ihren Gedanken. Im nächsten Moment ging der Schlagbaum in die Höhe. Sie nahm die Zügel ihres Pferdes wieder auf. In verhaltenem Schritt bahnten sie sich einen Weg durch das rege Treiben auf der von Bäumen gesäumten Hauptstraße des Lagers, vorbei am Postgebäude, das aussah wie ein stattliches Rathaus. Immer wieder mussten sie anhalten, um eine Kompanie Soldaten über die Straße zu lassen. Die Männer waren bepackt mit Tornistern, Feldflaschen, Gewehren, aufgerollten Decken, blechernem Essgeschirr und Zeltplanen – allem Anschein nach waren Manöver mit Übernachtungen im Freien geplant. Auch viele Lieferwagen, hoch beladen mit Waren aller Art, waren unterwegs – manche Bauern brachten ihre komplette Getreideernte direkt hierher, anstatt sie bei sich einzulagern. Bernadette grüßte nach rechts und nach links, während sie an verschiedenen Getreidespeichern, Munitionslagern und dem Antrittsplatz vorbeiritt. Und obwohl sie die einzige Frau weit und breit war, fühlte sie sich äußerst wohl hier. Sie mochte die rasterförmige Anordnung der Gebäude, sie mochte den gepflegten Rasen, sie schätzte auch die Sauberkeit. Und immer, wenn sie an den in Reih und Glied angeordneten Soldatenbaracken vorbeikam, musste sie unwillkürlich lächeln. Die Gebäude, allesamt aus verschiedenfarbigen Backsteinen erbaut und mit grünen oder grauen Fensterläden versehen, waren so hübsch und versprühten einen solchen Charme, dass man sich fast an einem Urlaubsort der Sommerfrischler wähnte! Doch Bernadette wusste, so pittoresk die Unterkünfte von außen erschienen, so karg eingerichtet waren sie innen. Sie wollte sich nicht vorstellen, wie eng es darin außerdem zuging – schließlich beheimatete jede der Baracken hundertsechsunddreißig Männer! Insgesamt vier große Regimenter konnten derzeit hier übernachten, doch laut Lutz reichte der Platz bald nicht mehr aus. Deshalb sollten in den nächsten Jahren weitere Baracken errichtet werden. Bernadette war es schleierhaft, wofür das Kaiserreich überhaupt so viele Soldaten benötigte, aber das behielt sie wohlweislich für sich.

Je weiter sie die Hauptstraße durch die Kasernenstadt entlangritt, desto prachtvoller und größer wurden die Gebäude – hier wohnten die Offiziere, die Stabsärzte, der Rittmeister und der Kommandant. In diesem Punkt glichen sich die soldatische Welt und die der Zivilisten, ging ihr durch den Kopf, die Oberschicht schlief weich gebettet in feinstem Leinen, die armen Knechte auf Stroh im Stall.

Apropos schlafen, sie musste sich dringend noch um ausreichend Unterkünfte für die Gäste ihrer Hochzeitsfeier kümmern!

Nach einigen Minuten kam das Stabsgebäude, in dem auch die Kommandantur untergebracht war, in Sicht. Leise ertönten die Klänge von Gustav Mahlers neunter Sinfonie.

Bernadette lächelte.

17. Kapitel

»Gerade habe ich an dich gedacht!«

»Ach ja? Hoffentlich im Guten«, gab Bernadette zurück, dann nahm sie ohne Aufforderung auf dem Stuhl vor dem Schreibtisch des Kommandanten Platz.

Generalmajor Lutz Staigerwald und sie hatten sich vom ersten Tag an, als er vor vier Jahren das Kommando über den Truppenübungsplatz übernommen hatte, gut verstanden. Bernadette wusste nicht, wie Lutz es sah, aber inzwischen hätte sie ihn als guten Freund bezeichnet. In ihren Verhandlungen war er unnachgiebig, aber gerecht. Er stellte in Bezug auf Qualität hohe Anforderungen, gleichzeitig konnte sie sich auf ihn als Geschäftspartner immer verlassen. Und sie konnte mit ihm lachen wie mit keinem anderen Mann! Bei Wolfram musste sie immer ein wenig aufpassen, dass er ihren Wortwitz nicht in den falschen Hals bekam – Lutz hingegen war aus anderem Holz geschnitzt.

Er hielt ihre Hochzeitseinladung in die Höhe. »Das hier ist gestern angekommen.«

Bernadette sah ihn neugierig an. »Schön geworden, nicht wahr?« Hundertfünfzig Einladungen hatte sie drucken lassen, mehr noch als damals ihr Vater für die geplatzte Hochzeit. Otto Brauneisen, Inhaber der Lithografischen Anstalt Münsingen, die im Ortsteil Auingen lag, hatte sie höchstpersönlich für sie gestaltet. Die Anfangsbuchstaben der Wörter waren kunstvoll verschnörkelt und mit Blumen umrankt, in jeder Ecke der Einladung prangte ein Schaf. Das Schaf oben links stand, das oben rechts lag, das in der unteren linken Ecke rupfte Gras, das rechts unten trank an einer Quelle. Sogar Wolfram war begeistert gewesen.

»Ja, Otto Brauneisen verstand sein Geschäft. Ein Jammer, dass er so plötzlich gestorben ist«, sagte Lutz und nahm hinter seinem Schreibtisch Platz, während das Grammofon die letzten Töne von Mahlers Symfonie spielte und dann verstummte.

Ein Schatten huschte über Bernadettes Miene. Dass der Chef der Lithografischen Anstalt nicht bei ihrer Hochzeit dabei sein konnte, war mehr als ein Wermutstropfen für sie. Otto Brauneisen und ihr Vater waren beste Freunde gewesen, als Kind war sie im Haus der Brauneisens ein und aus gegangen wie in der Schäferei daheim. Als es am ersten Mai hieß, er sei gestorben, hatte sie erst an einen äußerst schlechten Scherz geglaubt. Das konnte nicht sein – Otto sollte sie doch an Vaters Stelle zum Altar führen! Ein schlechtes Omen?, hatte sie sich angstvoll gefragt.

»Hast du schon was darüber gehört, wie es nun mit der Druckerei weitergeht? Lange wird es ohne Chef nicht mehr funktionieren, jeder Betrieb braucht schließlich eine gute Führung.«

Bernadette zuckte mit den Schultern. »Ich nehme

mal an, Simon wird aus Berlin zurückkommen und den Betrieb übernehmen.« Diese Vorstellung fiel ihr zugegebenermaßen schwer. Schon als junger Mann hatte Ottos Sohn allen zu verstehen gegeben, dass ihm das dörfliche Leben viel zu rückständig war und dass er nach Höherem strebte. Als er mit gerade mal zwanzig Jahren Münsingen den Rücken gekehrt hatte, war sie, Bernadette, neidisch gewesen. Tja, nun war es mit der großen weiten Welt wohl aus und vorbei für ihn!, dachte sie ein wenig gehässig.

Lutz Staigerwald schenkte ihr aus einer Wasserkaraffe, die auf seinem Schreibtisch stand, ein Glas ein. »Ich muss sagen, eure Hochzeitseinladung hat mich ziemlich überrascht.«

War die Vorstellung, dass jemand sie zur Frau wollte, so abwegig für ihn? »Falls du Sorge hast, wer in Zukunft die Verhandlungen führt – es wird sich nichts ändern. Wolfram kümmert sich weiter um die Schafe und ich mich um die Vermarktung von Fleisch, Wolle und Fellen«, sagte sie spröde.

Staigerwald lachte. »Wenn sich nichts ändert, warum heiratet ihr dann? Sehnen wir uns alle nicht nach der großen, *alles verändernden* Liebe?«

Bernadette vermochte nicht zu sagen, ob seine Worte ironisch oder ernst klangen. »Die große, alles verändernde Liebe – das sagt ja gerade der Richtige!«, erwiderte sie irritiert. Was für eine Art Gespräch führten sie hier eigentlich? »Bisher hatte ich nicht den Eindruck, dass dir die Liebe – ob klein oder groß – besonders wichtig ist. Und dafür ändern würdest du dich schon gar nicht, schließlich bist du längst mit dem Militär verheiratet!« Eigentlich schade drum, dachte sie nicht zum ersten Mal.

Es gab nur wenige so gut aussehende Männer mit Mitte vierzig wie Lutz. Da waren seine breiten Schultern und die hochgewachsene Statur in der Uniform mit dem goldenen Eichenlaub als Dienstgradabzeichen. Dazu die grauen Schläfen, das markante Kinn, die stahlblauen Augen… Bei den Veranstaltungen, zu denen er die Dorfbewohner einlud, schwirrte so manche Frau Bürgermeister gurrend um den attraktiven Mann herum wie ein verliebter Backfisch. Und Lutz, militärisch galant, wie er war, hob Taschentücher auf, entfernte nicht vorhandene Wimpern aus einem Frauenauge oder bot im Falle eines akuten Schwächeanfalls seinen Arm an. Wahrscheinlich hielt er sie alle für dumme Hühner, dachte Bernadette und war froh, dass sie in ihm von Anfang an nur einen Geschäftspartner gesehen hatte. Es war doch offensichtlich, dass es für den Herrn Generalmajor nur ein Thema gab – das deutsche Heer und die Ausbildung seiner Landstreitkräfte.

Lutz schaute sie lange an, und in seinen Augen lag eine Wehmut, die Bernadette nicht deuten konnte. Er öffnete den Mund, als wollte er etwas sagen, entschied sich dann aber doch dagegen.

»Apropos Hochzeit… So, wie es aussieht, werden wir zwischen hundertfünfzig bis zweihundert Gäste haben«, sagte Bernadette gedehnt. Es war ihr noch nie leichtgefallen, andere um etwas zu bitten. Aber das hier musste sein. »Bestünde eventuell die Möglichkeit, dass wir euer Offizierskasino für den Tag mieten? Selbstverständlich wären alle deine Offiziere zu unserer Tafel eingeladen!« Das Offizierskasino war ein großer Saal mit prachtvollen Kronleuchtern und einer eigenen Küche. Im romantischen Pavillon vor dem Kasino würden sie einen Sektempfang abhalten können – ideal für ihre Zwecke! Und die Fotografin Mimi Reventlow, die sie auch zur Hochzeit eingeladen hatte, würde hier auf dem Gelände viele schöne Motive finden. Vor ihrem inneren Auge sah sie schon Wolfram und sich die eleganten Stufen vor dem Kasino herabsteigen, Hand in Hand, perfekt ins Bild gesetzt von Mimi.

Staigerwald wandte den Blick von ihr ab, ging zum Fenster und schaute hinaus. Hatte sie ihn mit irgendeiner Bemerkung verletzt oder gar beleidigt?, fragte sich Bernadette verwirrt. »Wenn ich dir damit Umstände mache, dann vergiss, dass ich gefragt habe«, sagte sie eilig. »Ich finde bestimmt noch eine andere Möglichkeit.« Verflixt, man sollte Geschäftliches und Privates wirklich immer trennen!, ärgerte sie sich über sich selbst.

Doch Lutz drehte sich wieder zu ihr um. »Kein Problem! Ich würde mich freuen, Gastgeber für einen unserer wichtigsten Lieferanten sein zu dürfen.«

»Danke«, sagte Bernadette und beschloss, ihr Glück nicht überzustrapazieren, indem sie auch noch das geplante Feuerwerk ansprach. Im selben Moment ertönte ein dumpfes Beben, und ein heller Lichtstrahl fiel in die Kommandantur.

Erschrocken zuckte Bernadette zusammen. »Schon auf meinem Ritt hierher habe ich dieses seltsame Geräusch gehört. Das sind doch keine Gewehrschüsse, oder?«

Lutz schüttelte den Kopf. »Wir haben derzeit die vierte Fußartillerie-Brigade aus Straßburg zu Gast – sie erprobt neue Minenwerfer im praktischen Einsatz. Und nun zu einem anderen Thema!« Er stand auf, trat an einen Schrank und holte eine dunkelgrüne Uniformjacke heraus. »Die Jacke gehört zur Uniform der Jägergruppe. Die Jäger wurden einst als hochspezialisierter Trupp innerhalb der Infanterie geschaffen, um in lockerer Aufstellung agil und selbständig agieren zu können, sei es bei der Aufklärung oder bei anderen Aufgaben. Innerhalb der Infanterie haben die Jäger eine herausragende Stellung, man könnte auch von einer Eliteeinheit sprechen.«

Bernadette hörte aufmerksam zu. Lutz redete nicht einfach so daher – wenn er ihr das alles erzählte, hatte es etwas mit ihr zu tun.

»Ein herausragendes Merkmal der Jägergruppe ist, dass sie auch in schwierigem Gelände, beispielsweise in einem dicht bewachsenen Waldgebiet oder im Gebirge, noch beweglich ist. Doch genau daran hapert es!« Er legte die Uniformjacke vor ihr auf dem Schreibtisch ab. »Der Walkstoff ist aus der Wolle eurer Schafe hergestellt worden. Doch es gibt Beschwerden aus der Jägergruppe, die Männer sagen, sie könnten sich darin kaum bewegen, die Jacken seien störrisch und unflexibel.«

Bernadette wollte die Jacke leicht anheben, doch aufgrund ihres Gewichts rutschte sie ihr sogleich auf ihren Schoss. Das Kleidungsstück war nicht nur schwer, sondern auch störrisch, dachte sie, während sie Ärmel, das Brustteil, den Rücken und das Schoßteil befingerte. Damit durchs Unterholz zu robben, stellte sie sich wirklich schwierig vor. Sie würde so etwas keinesfalls tragen wollen.

Schulterzuckend schaute sie auf. »Der Stoff ist nun mal ziemlich dicht und somit schwer.«

»Der Walkloden muss dicht sein, sonst ist er kein guter Schutz gegen Wind und Regen. An der Verarbeitung liegt es also definitiv nicht, die Lodenweberei, mit der wir zusammenarbeiten, ist seit Generationen spezialisiert auf Uniformstoffe«, erwiderte Lutz. »Der Chef der Lodenweberei sagt, das Problem sei das Rohmaterial. Die Vliese seien einfach nicht weich genug, die einzelnen Fasern zu kurz und unflexibel. Er sagt, es gebe Schafrassen, die inzwischen weitaus weichere Vliese liefern, als eure Tiere es tun. Ich will dir nicht drohen, aber wenn ihr dieses Problem nicht in den Griff bekommt, muss ich mich wohl oder übel nach einem anderen Lieferanten umsehen. Dass wir zwei uns so gut verstehen, kann hier nicht ausschlaggebend sein, das verstehst du sicher, oder?«

Bernadette spürte, wie ihr schlagartig das Herz in die Hose rutschte. Ein anderer Lieferant? Das wäre das Ende ihres Betriebs! Sie lachte bemüht auf. »Und deswegen rufst du mich hierher? Das Problem haben wir längst selbst erkannt. In wenigen Wochen kommt eine ganze Herde Schafe aus Südfrankreich bei uns an, sie ist schon auf dem Weg. Die Rasse – frag mich bloß nicht nach ihrem Namen! – ist für ihr feines Wollkleid berühmt. Ich sage dir, solche Vliese hast du noch nicht gesehen. Die Fasern sind lang, fein und von Natur aus leicht gewellt«, wiederholte sie Wolframs Lob vom Morgen. »Durch die Einkreuzung des frischen Blutes werden wir euch eine wesentlich bessere Wollqualität liefern können, und das sehr bald!« Dann war der »Überfall« am Morgen ja doch zu etwas gut gewesen, dachte sie grimmig.

Lutz nickte, offensichtlich beeindruckt. »Sehr gut! Du weißt, es ist meine Aufgabe und Pflicht, für hervorragendes Material zu sorgen. Je besser unsere Soldaten ausgerüstet sind, desto leistungsfähiger sind sie im Falle eines Einsatzes«, sagte er und befreite Bernadette von dem schweren Teil auf ihrem Schoss. Sie atmete erleichtert auf. Im selben Moment kam eine Welle Bratenduft durchs geöffnete Fenster herein. »Das riecht aber gut! Sag mal, willst du mich heute eigentlich nicht zum Essen einladen?« Sie schaute auf die Standuhr, die an der Längsseite des Büros stand. Ob Zufall oder nicht – Lutz legte ihre Besprechungen immer so, dass sie danach gemeinsam im Offizierskasino essen konnten.

Als Antwort reichte er ihr galant seinen Arm. »Gnädige Frau – wenn ich bitten darf? Ein Essen mit dir lasse ich mir nicht entgehen, du weißt doch, ich mag Frauen, die nicht picken wie ein Spatz!«

Bernadette lachte auf. »Ein Spatz? Ich futtere wie ein Scheunendrescher!«, sagte sie. Es stimmte – sie aß gern und viel. Schon als Mädchen hatte sie ihre Mutter mit ihrem gesunden Appetit verblüfft. »Kind, du wirst mal kugelrund«, hatte diese immer geunkt. Doch bisher hatten die üppigen Portionen ihrer Figur nicht geschadet.

Arm in Arm spazierten sie hinüber ins Offizierskasino, begleitet von den neidischen Blicken der Soldaten, die mit einem Kanten Brot und einer Suppe aus dem Feldgeschirr würden vorliebnehmen müssen.

Der Koch, der einst im Gasthaus Hirschen in Münsingen gekocht hatte und den Lutz gleich nach seiner Ankunft im hiesigen Soldatenlager abgeworben hatte, schien über ihr Kommen informiert gewesen zu sein. Jedenfalls kam er, einen Kochlöffel noch in der Hand, mit federnden Schritten durchs Kasino auf sie zu.

»Herr Generalmajor!«, begrüßte er seinen Vorgesetzten knapp, um sich gleich darauf an Bernadette zu wenden: »Frau Furtwängler, heute gibt's einen Kalbsbraten, butterzart! Soll ich Ihnen gleich zwei Scheiben abschneiden?«

In gespielter Komik schaute Bernadette von Lutz zu dem Koch. »Mein Ruf als Vielfraß scheint mir tatsächlich vorauszueilen. Aber meine Herren – diese Zeiten sind leider vorbei, zumindest bis zu meiner Hochzeit. Schließlich möchte ich in das schönste Brautkleid passen!«

18. Kapitel

»Ich weiß, dass es für Schüler im zweiten Jahr an der Kunstschule ungewöhnlich ist, schon eine eigene Ausstellung zu haben. So etwas hat es bisher noch nie gegeben!« Mylo hielt inne und warf einen eindringlichen Blick in die Runde der versammelten Gäste. »Aber warum immer auf ausgetretenen Pfaden wandeln? Die Zeit ist reif für neue Ideen. Und ich denke, es ist gut, wenn unsere drei jungen Künstler bereits jetzt ein wenig Erfahrung im Kunstbetrieb sammeln können. Verehrte Damen, verehrte Herren, schauen Sie sich um und schwelgen Sie in Farben und Formen, wie Sie sie noch niemals gesehen haben!« Er erhob sein Sektglas, als wolle er den Gästen zuprosten. In Wahrheit war sein Mund so trocken, dass er dringend einen Schluck trinken musste.

Heute war der lang erwartete Tag. Heute würde sich herausstellen, ob sich seine Investition der letzten eineinhalb Jahre gelohnt hatte. Eine Investition, die über die Faktoren Zeit und Geld weit hinausging…

Langsam begannen Mylos Gäste, jeder mit einem Glas in der Hand, sich in seinem Salon zu verteilen und die Bilder an den Wänden zu begutachten.

Schon Mitte Juni hatte Mylo zu einer »Vernissage débutant« eingeladen – so hatte er seine Veranstaltung genannt. Seinen Gästen würde die große Ehre zuteilwerden, aus den frühen Werken dreier junger Künstler – Maximilian von Auerwald, Erich Liebermann sowie das vielversprechende Ausnahmetalent Paon – ihre persönlichen Lieblingsgemälde wählen zu dürfen, noch bevor diese an eine Galerie gegeben wurden, hatte er in seiner Einladung großspurig geschrieben.

Seine Stuttgarter Klientel, wohlhabend wie sie war, witterte ein Schnäppchen. Mylos Ruf als einer der renommiertesten Architekten des Kaiserreichs tat sein Übriges dazu, die Gäste anzulocken. Und so war seine Villa, auf dem höchsten Punkt der Alten Weinsteige gelegen, an einem Sonntag Ende Juli 1913 Treffpunkt der betuchten Stuttgarter Kunstinteressierten.

Es war ein sonniger Sommertag, und die Luft war erfüllt vom üppigen Duft der französischen Rosen, die Mylo vor einigen Jahren in seinem Garten hatte pflanzen lassen. Die über einen Meter hohen, stolzen Bourbonrosen wie die Province Panachée mit ihren dicht gefüllten, dunkellila gesprenkelten Blüten. Die blassgelbe Kletterrose Christine Hélène, deren Triebe fast bis zu den Fenstern des ersten Stocks reichten. Dazu Beetrosen in den ungewöhnlichsten Farben und in einer verschwenderischen Fülle – der Garten eines Künstlers!, hauchten seine Gäste entzückt. Mylo widersprach nicht, doch angepflanzt hatte er die Rosen aus einem anderen Grund: Sie waren die am wenigsten anspruchsvollen Blumen, die man in einem Garten haben konnte. Ein wenig Pferdedung zur rechten Zeit, ein beherzter

Rückschnitt im Winter, und schon wurde man mit verschwenderischer Blütenfülle belohnt!

Früh am Morgen war Mylo in den Garten gegangen und hatte Körbe voller Blüten für Dekorationszwecke abgeschnitten.

Eine Vernissage ohne ein wenig Pomp war undenkbar. Ein Glas Sekt, ein paar feine Häppchen, Blumenschmuck fürs Auge – normalerweise übernahm eine Kunstgalerie diese Ausgaben. Heute jedoch ging es um seinen Geldbeutel. Beim Sekt und den Häppchen konnte er nicht sparen, da erwarteten die Leute feine Pastetchen und ein edles Hochgewächs von Kessler. Doch beim Blumenschmuck hatte er freie Hand, und er gedachte nicht, auch nur eine Mark von seinen sauer verdienten Honoraren in einem der Blumenläden der Stadt zu lassen. Mylo hasste Floristen. »Halsabschneider« wäre für sie in seinen Augen eine passendere Bezeichnung gewesen. Seine in schlichten Wasserschalen schwimmenden Rosenblüten waren mindestens so effektvoll wie sündhaft teure Floristengebinde, dachte er jetzt zufrieden, als er seinen Blick durch den Salon schweifen ließ.

Gemurmel war zu hören, die Leute schienen sich angeregt zu unterhalten. Der fast drei Meter hohe Raum mit den riesigen Fenstern bot sich für eine kleine Vernissage wirklich an, warum nur war er nicht früher auf diese Idee gekommen?, fragte Mylo sich und überlegte gleich darauf, zu welchem Gast er als Erstes treten sollte, um ein Verkaufsgespräch zu beginnen.

Bevor er die Bilder seiner Schüler aufgehängt hatte, hatte er die Wände schneeweiß kalken lassen. Nun erstrahlten sie in frischem Glanz und brachten die Gemälde von Paon, Maximilian von Auerwald und Erich Liebermann bestens zur Geltung.

Paon hatte die zehn Meter lange Seitenwand bekommen, Max und Erich jeweils eine der Schmalseiten. Wie zu erwarten, hatte Maximilian, der eingebildete Sprössling von Gräfin Sophia und Graf Karl-Albrecht von Auerwald, die Frechheit gehabt, sich darüber zu beschweren.

»Während ihr mit euren Schulkameraden Feste gefeiert habt, hat Paon hart gearbeitet. Er hat doppelt so viele Werke aufzuweisen wie ihr«, hatte Mylo nur kühl erwidert. Doch innerlich hatte er gekocht. Auf Knien hätte Maximilian ihm danken müssen, dass seine dilettantisch anmutenden Gemälde überhaupt ausgestellt wurden!

Er und Erich Liebermann waren Statisten, nicht mehr. Hätte er aber allein für Paon eine Ausstellung ausgerichtet, hätte dies allzu sehr nach Günstlingswirtschaft gerochen und im schlimmsten Falle sogar sowohl ihm als auch Alexander geschadet. Davon abgesehen hatte die Teilnahme von Erich und Maximilian einen nicht zu unterschätzenden Mehrwert: Ihre Eltern, die zu den feinsten Kreisen der Stadt gehörten, hatten angesichts der künstlerisch ach so begabten Söhne stolz all ihre wohlhabenden Freunde mitgebracht. Diese würden, um die guten Beziehungen zu den von Auerwalds und Liebermanns nicht zu gefährden, Interesse für die Gemälde von Max und Erich heucheln. Vielleicht würden sie auch eins der Bilder kaufen, um es danach in irgendeinem Dienstbotenzimmer aufzuhängen. Doch er, Mylo, spekulierte darauf, dass sie an Paons Bildern echtes Interesse haben würden.

Mylo stellte sein Sektglas ab, straffte die Schultern und setzte ein gewinnendes Lächeln auf. Er wechselte hier ein paar Worte, machte da auf eine besondere Pinselführung aufmerksam, lockte dort mit einem zukünftigen Wertzuwachs. Seine Gäste, betört von Rosenduft, Sekt und Paons pittoresken Stuttgarter Ansichten, lauschten andächtig.

Mylos Anspannung ließ weiter nach. Jetzt mussten die Herrschaften nur noch kaufen. Es war nicht so, dass Mylo am Hungertuch nagte. Doch sein letzter Auftrag als Architekt lag schon einige Zeit zurück – Leute, die sich für Hunderttausende Mark Prunkvillen bauen ließen, gab es nun mal nicht wie Sand am Meer. Und von dem Honorar, das er für seine Lehrtätigkeit an der Kunstschule bekam, konnte er weiß Gott nicht ausschließlich leben.

»Ich bewundere Sie«, hörte er auf einmal eine tiefe Frauenstimme an seinem Ohr. »Woher nehmen Sie nur die Zeit, die jungen Künstler derart zu fördern, wo Sie doch selbst ein so gefragter Mann sind?« Ein voluminöser, in altrosa Seide gehüllter Busen wogte gefährlich nah vor seinem Kopf.

Mylo trat einen Schritt zurück. Dann nahm er die Hand der Dame und deutete galant einen Handkuss an. »Gnädige Frau«, sagte er und erinnerte sich im selben Moment daran, dass sie die Schwester von Geheimrat Eckenfels war, dessen Villa auf dem Killesberg er vor zwei Jahren entworfen hatte. »Ich mache doch nichts anderes als Sie – auch Sie sind heute hier erschienen, um die Jugend zu fördern. Dabei können Sie sich als künstlerisch interessierte Dame mit allerbestem Geschmack wahrscheinlich kaum vor interessanten Einladungen retten. Bestimmt ist jemand gerade jetzt äußerst betrübt, auf Ihre Gesellschaft verzichten zu müssen...« Er strahlte sie an.

Die Dame lachte auf, ihr Busen bebte, doch ansonsten verzog sie keine Miene.

Mylo war sich nicht sicher, ob sie seine Schmeichelei durchschaute. Er beschloss, auf weitere zu verzichten. »Darf ich davon ausgehen, dass Sie Ihre Entscheidung, *meiner* Einladung zu folgen, angesichts dieses Augenschmauses nicht bereut haben?« Er zeigte auf die lange Wand mit Alexanders Bildern.

Die Frau nickte. »Die Stuttgarter Ansichten sind wirklich äußerst amüsant, noch dazu, wo auf jedem Bild ein Pfau zu sehen ist. Ein Pfau stolziert über den Marktplatz. Ein Pfau am Eingang der Johanniskirche, und der hier sieht aus, als wolle er im nächsten Moment das Kaufhaus Tritschler betreten und neues Porzellan kaufen! Und von unserem schönen Killesberg gibt's gleich mehrere Gemälde, wie wunderbar!« Sie lachte erneut, und Mylo erkannte an ihrem Blick, dass sie tatsächlich beeindruckt war. Seine »Stuttgarter Pfauen-Ansichten« waren ein echter Geistesblitz gewesen!, dachte er zufrieden und erleichtert zugleich.

Die potenzielle Kundin winkte Mylo mit dem Zeigefinger ihrer rechten Hand ein wenig näher zu sich heran. »Ich nehme an, der Pfau ist das Erkennungszeichen Ihres Schützlings Paon?«

»Das Erkennungszeichen – und noch so viel mehr«,

sagte Mylo bedeutungsvoll. Er schaute sich um, als wolle er sichergehen, dass niemand mithörte, dann flüsterte er: »Wann immer Sie einen dieser Pfauen auf einem Gemälde erblicken, geht es um Gefühle, Gedanken, Ängste, Hoffnung... Sie sehen hier die ganze Fülle an menschlichen Emotionen!« Zufrieden stellte er fest, dass die Frau an seinen Lippen hing. »Paons Kindheit und Jugend waren so furchtbar, dass er sie abstreifen musste wie eine Schlange ihre alte Haut. Was Sie hier erleben, gnädige Frau Beißwenger, ist eine Wiedergeburt! Etwas, was nur sehr wenigen Menschen vergönnt ist. Und jeder, der auch nur in den Dunstkreis eines solchen Erlebnisses kommt, so wie wir hier und heute, darf sich glücklich schätzen.« Er vollführte mit beiden Armen eine ausschweifende Geste. »Paon breitet sein Gefieder aus wie der schönste Pfau! Ich sage Ihnen, dieser Ausnahmekünstler wird es noch weit bringen.«

Frau Beißwenger, die atemlos gelauscht hatte, schaute ihn mit zusammengekniffenen Augen an. »Wenn ich alle fünf Killesberger Bilder nehme, können wir doch sicher über den Preis noch verhandeln?«

Gleich fünf Bilder! In der ersten Viertelstunde! Dass es so einfach werden würde, hätte er nicht gedacht, frohlockte Mylo und beschloss, aufs Ganze zu gehen. »Ich befürchte nicht, gnädige Frau«, sagte er mit gespieltem Bedauern. »Paons Stuttgarter Ansichten sind sehr begehrt. Ihr verehrter Bruder hat auch schon Interesse bekundet – die Gemälde würden gut in seine Villa passen...«

Die Dame runzelte die Stirn. »Ludwig will die Bilder auch? Dann hat er wohl Pech gehabt, ich nehme alle fünf!« Sie warf einen gehässigen Blick in die Richtung, in der sie ihren Bruder vermutete.

»Eine kluge Wahl, gnädige Frau!« Gut, dass er nicht mit sich hatte handeln lassen, dachte Mylo zufrieden. Er wollte Alexander als Künstler aufbauen, nicht als beliebigen Vielmaler.

Frau Beißwenger schaute bewundernd auf die Bilder, die sie gerade gekauft hatte. »Dass dieser Paon jemand ganz Besonderes ist, habe ich gleich bei unserer kurzen Begegnung im Entrée gespürt! Er hat so eine Ausstrahlung… Und dann die hohen Wangenknochen und dieser bohrende Blick – als wolle er alles, was ihm vor die Augen kommt, durchdringen, bis in den tiefsten Kern hinein erkennen, verstehen…« Sie schaute sich mit sehnendem Blick um.

»Ich hole den Künstler gern auf ein Wort zu uns«, sagte Mylo und gratulierte sich selbst zu seinem Gespür. Er hatte gewusst, dass Alexander die Menschen anziehen würde wie ein Magnet. Wenn er selbst nur auch diese Magie besäße – wie viel einfacher hätte er es in seinem Leben gehabt! Doch er musste stets hart arbeiten für seinen Erfolg. Und er musste schmeicheln und hofieren.

»Es wäre mir eine Ehre, ein paar Worte mit Paon wechseln zu dürfen und vielleicht etwas über seine Gefühle beim Malen zu erfahren«, erwiderte Frau Beißwenger. Sie schaute ihn neugierig an. »Stimmt es denn, dass Paon sogar bei Ihnen wohnt?«

Mylo nickte, während er seinen Blick suchend schweifen ließ. »Im Gästehaus, hinten in meinem Garten. Dort hat er die Ruhe, die er benötigt. In seinem früheren Domizil in Bad Cannstatt ging es zu wie in einem Taubenschlag! Musiker, Möchtegernkünstler und Lebemänner gaben sich die Klinke in die Hand, die Familie, bei der Alexander wohnt, führt ein sehr… offenes Haus.« Er ließ seine Worte in einer Art ausklingen, die genügend Spielraum für mehr oder weniger anrüchige Spekulationen ließ.

Tatsächlich schaute die Frau so entrüstet drein, als habe er Paon aus Sodom und Gomorrha gerettet.

»Ein Ausnahmetalent wie Paon muss sich ganz auf seine Kunst konzentrieren können! Er darf nicht abgelenkt werden, muss sich in einer reinen Umgebung entfalten können. Es ist mir eine Ehre, als Alexanders Mäzen fungieren und ihn entsprechend fördern zu dürfen.«

Frau Beißwenger nickte andächtig. Es gefiel ihr offensichtlich, von Mylo ins Vertrauen gezogen zu werden.

Er wollte gerade auf die Formalitäten des Handels zu sprechen kommen, als das Ehepaar Blaustein, für das Mylo einen Villenanbau konzipiert hatte, zu ihnen trat. Hände wurden geschüttelt, dann sagte Herr Blaustein: »So schön wie Ihr junger Künstler Paon hat schon lange niemand mehr unser Stuttgart gemalt – diese Bilder sind wie eine Liebeserklärung an unsere Stadt. Und dann der Pfau – sehr originell! Gratulation zu Ihrer Entdeckung, verehrter Mylo!«

Seine Frau nickte. »Wir hätten Interesse an dem Gemälde mit der Nummer fünfundzwanzig, das vom Stuttgarter Feuersee – ist es noch zu haben?«

»Die Nummer fünfundzwanzig…« Mylo tat so, als würde er angestrengt in seinem Notizbuch suchen.

Nach einem Moment schaute er triumphierend auf und sagte: »Sie haben Glück! Es gibt zwar schon Interessenten, aber...«

»Wir nehmen es!«, sagte Frau Blaustein eilig, ohne auch nur nach dem Preis zu fragen.

Frau Beißwenger, die dem kurzen Wortwechsel gefolgt war, nickte beeindruckt. »So langsam ahne ich, welch guten Kauf ich heute getätigt habe. Paons Bilder scheinen ja wegzugehen wie die sprichwörtlichen warmen Semmeln. Nun – wo ist unser Künstler denn?«

Das fragte er sich auch, dachte Mylo mit einem gezwungenen Lächeln.

19. Kapitel

Laichingen, am 21. Juli 1913
Lieber Sohn,
geht es dir gut? Ich hoffe, du kannst die warme Jahreszeit in der Stadt trotz fleißigem Lernen genießen? Wie gern erinnere ich mich an die Sommer meiner Jugend in Chemnitz! Wenn Mutter und ich unter schattigen Alleen entlangflanierten und auf eine eisgekühlte Limonade einkehrten ... Ich werde alt, merkst du das, mein lieber Sohn? Ich schwelge in Erinnerungen.

Schmerzerfüllt ließ Alexander den Brief sinken. Warum sprach seine Mutter vom Alter? Als er Laichingen verlassen hatte, war sie sechsunddreißig Jahre alt gewesen!

Doch ich will mich nicht länger in Erinnerungen verlieren, las er weiter. *Mein Brief hat einen aktuellen Anlass. Stell dir vor – dein Freund Anton und die Fotografin sind gerade zu Besuch in Laichingen! Ich weiß, du bist sehr beschäftigt, und es ist auch eine Frage des Geldes, aber vielleicht hast du ja auch Lust zu kommen? Immerhin haben wir uns seit fast zwei Jahren nicht mehr gesehen. Wenn es so weitergeht, wirst du bald deine Schwestern nicht mehr erkennen. Erika hat im letzten Jahr einen Schub gemacht, sie ist um mindestens zehn Zentimeter gewachsen!*

Erika... Alexander spürte einen wehen Schmerz in der Herzgegend. Wie hatten seine kleinen Schwestern es geliebt, wenn sie gemeinsam in den Stall gegangen waren, um die Hasen zu füttern!

Alexander verspürte großes Heimweh. Nach Erika und Marianne. Und nach seiner Mutter. Was hätte er dafür gegeben, wenn sie heute hätte hier sein können, um seinen großen Tag mit ihm zu erleben! Seine erste Vernissage... Bis vor zwei Jahren hatte er noch nicht einmal gewusst, was das Wort bedeutete, und nun wurden Werke von ihm der Öffentlichkeit gezeigt und zum Verkauf angeboten. Jedes Mal, wenn er sich das bewusst machte, platzte er fast vor Stolz. Sein Blick schweifte durch das kleine Gästehaus, in dem er seit einiger Zeit wohnte. Wenn man noch ein Bett ins Zimmer gestellt hätte, wäre für seine ganze Familie Platz zum Schlafen gewesen! Und wie sehr hätte Mutter das Ambiente genossen: den glänzenden Marmorboden, die cremefarbenen Wände, das Bett samt feinster Bettwäsche aus ägyptischer Baumwolle, die elegante Chaiselongue, auf der er sich so wie jetzt ausruhte, wenn sein Bein ihm Probleme machte. Es war ein klug konzipierter Raum, der Platz ließ für die eigenen Gedanken. So ähnlich hatte seine Mutter als junges Mädchen wahrscheinlich gelebt, damals in ihrem ersten Zuhause in der luxuriösen Unternehmervilla in Chemnitz, war ihm durch den Kopf geschossen, als Mylo ihm das Gartenhaus zum ersten Mal gezeigt und dabei seinen Vorschlag unterbreitet hatte, dass er zukünftig bei ihm wohnen sollte. Der Gedanke, dass er fortan auf ähnlich komfortable Weise leben würde, hatte ihm sogleich gefallen – war dies nicht wie ein Kreis, der sich schloss?

So wohl er sich anfänglich gefühlt hatte im Haus der gastfreundlichen Familie Leucate in Bad Cannstatt, so belastend war der Trubel im Laufe der Zeit für ihn geworden. Ständig kamen und gingen Leute, es wurde gefeiert, gelacht und bis spät in die Nacht hinein diskutiert. Wie Anna Leucate und ihr Mann es schafften, dennoch am nächsten Morgen ausgeschlafen und munter zur Arbeit zu gehen, war ein Rätsel, das Alexander bis zuletzt nicht entschlüsselt hatte. Er war morgens stets müde und unausgeschlafen gewesen. Denn auch in seinem Zimmer, das er sich mit Otto Angerbauer teilte, hatte er keine Ruhe gehabt, weil er dort dessen stundenlange Gesangsübungen hatte aushalten müssen.

»Ein Künstler braucht Ruhe – innen und außen –, um sich auf sein Schaffen konzentrieren zu können«, hatte Mylo gesagt. Und ja, hier, in Mylos Gartenhaus, hatte er nun Ruhe. Doch so froh er war, frühmorgens nicht mehr von Ottos Stimmübungen geweckt zu werden, so fühlte er sich in Mylos Gartenhaus dennoch einsam und isoliert vom Rest der Welt. Wie ein Schiffbrüchiger auf einer zu kleinen Insel, dachte er und kam sich im selben Moment vor wie eine larmoyante Memme.

Sein Blick wanderte aus dem Fenster hinüber zu Mylos Villa. Verflixt, wie gern wäre er nach dem Empfang der Gäste noch bei der Vernissage geblieben! Die Leute waren alle so nett und interessiert an ihm. Und laut Mylo war es sehr wichtig, dass er als Künstler mit den potenziellen Käufern ins Gespräch kam. Aber sein Bein hatte nach der halben Stunde Stehen und Händeschütteln in Mylos Entrée so geschmerzt, dass ihm schier übel wurde. Er hatte es dringend ein wenig hochlegen müssen. Und so war er heimlich und leise durch den Garten in sein Domizil gegangen, um ein wenig zu ruhen.

Ich will dich jedoch zu nichts drängen. Lebe dein Leben, mein Sohn, lebe es in vollen Zügen! Lass dich nicht belasten von der Vergangenheit, es ist vollkommen gleichgültig, woher man kommt – wichtig ist nur, wer man ist. Und du bist einer der wundervollsten und talentiertesten Menschen, die ich kenne. Ich bin so stolz auf dich, geliebter Alexander, las er nun zum x-ten Mal, als könne er aus dem Brief der Mutter Kraft ziehen.

Wenn, dann war er höchstes ein Jammerlappen!, dachte er, über sich selbst verärgert. Wochenlang hatte er so hart auf diesen Tag hingearbeitet, und nun brachte er sich selbst um die verdienten Lorbeeren.

Ruckartig stand er auf und griff nach seinem versilberten Gehstock. Vielleicht, wenn er sein Gewicht auf die linke Hüfte und das linke Bein verlagerte und sich rechts aufstützte... Mit Mühe schleppte er sich zu der cremefarbenen Kommode, auf der die Wasserschüssel stand, mit der er seine Morgentoilette erledigte. Daneben lagen Kamm und sein Rasierzeug, an der Wand darüber hing ein Spiegel in einem goldenen Rahmen. Die Hüfte an der Kommode abgestützt, kämmte er sich die Haare. Außer dass er noch blasser war als sonst, sah man ihm den Schmerz nicht an.

Vor ein paar Wochen hatte sich die Verletzung, die er seinem rechten Schienbein zugefügt hatte, um Herrmann Gehringers Fängen zu entkommen, zum zweiten Mal gejährt. Alexander kam es eher vor, als wäre das alles in einem anderen Leben geschehen. Heutzutage spürte er sein rechtes Bein eigentlich nur noch, wenn ein Wetterwechsel bevorstand oder er ungewöhnlich lange auf den Beinen war. Aber in der Vorwoche war er gestürzt, eine dumme Schusseligkeit seinerseits. Dabei hatte er sich ausgerechnet sein lädiertes Bein verdreht. Ein schneidender Schmerz war hindurchgefahren, gerade so, als sei ein Knochen gesplittert und bohre sich nun ins Fleisch. Er hatte Mylo gefragt, ob er einen Arzt kannte, der sich sein Bein einmal anschauen könnte. »Musst du nicht noch die Bilder für die Vernissage fertig machen?«, hatte Mylo zurückgefragt und ihm geraten, den Schmerz zu ignorieren, dann würde er von selbst weggehen.

Alexander hatte sich gefügt. Der Schmerz nicht.

Doch selbst wenn das Bein ihn fast verrückt machte – er würde die Zähne zusammenbeißen müssen. Alexander zog sein Jackett glatt, dann faltete er das tiefblaue Einstecktuch in der Art und Weise, wie Mylo es ihm gezeigt hatte, und schob es in die Brusttasche.

Den Seidenstoff hatte er für ein paar Pfennige bei

einer Schneiderin in der Fürstenstraße bekommen, ein Reststück, das bei einer eleganten Damenrobe angefallen war. Aus derselben Quelle stammten auch weitere Stoffreste, in Smaragdgrün, in Taubenblau und eins in einem warmen Goldton – lauter Farben, die auch im Gefieder eines Pfaus vorkamen. Sorgfältig hatte er die Stoffquadrate von Hand gesäumt und jeweils mit einem großen P bestickt. P für Paon.

Er und ein Künstlername! Zum ersten Mal, seit er sein Zimmer betreten hatte, huschte ein Schmunzeln über Alexanders Gesicht. Es erstaunte ihn noch immer, wie gut sich sein neuer Name anfühlte, sei es im Alltag oder wenn er eins seiner Gemälde signierte. So verrückt es war – Mylos Rechnung war aufgegangen: Mit dem neuen Namen hatte für ihn, Alexander, ein neues Leben begonnen. Er hatte sich nicht nur eine neue Identität zugelegt, sondern auch neues Selbstvertrauen geschöpft. Nichts erinnerte mehr an den stets hungrigen, armen Webersohn, der so eingeschüchtert durchs Leben gegangen war, dass er kaum ein Wort zu äußern wagte. Als Paon fiel es ihm so viel leichter, auf die Menschen zuzugehen, sich zu unterhalten, und ja, hin und wieder sogar einen Scherz zu machen! Dies war in seinem früheren Leben lediglich mit Anton und der Fotografin möglich gewesen.

Alexander warf seinem Spiegelbild einen letzten Blick zu. Ja, er war Paon! Allein dafür würde er Mylo für ewig dankbar sein.

Er hatte die Eingangstür der Villa gerade erreicht, als er vor dem schmiedeeisernen Gartentor ein paar seiner Schulkameraden erblickte. Sie gehörten zur Lupi-Clique.

»Hey, Paon!« Bernhard von Hoffheim – er und Maximilian von Auerwald hatten die Wölfe einst gegründet – winkte ihn herrisch heran.

Doch Alexander blieb stehen, ohne einen Schritt auf die Gruppe zuzumachen. Die Zeiten, in denen er eilfertig gesprungen war, wenn ein Wolf gepfiffen hatte, waren vorbei.

»Wir wollten eure Vernissage besuchen, aber Mylos Lakai lässt uns nicht rein. Angeblich reicht der Platz nicht aus. Nimmst du uns kurz mit?«

»Zeigt doch einfach eure Einladungen vor«, sagte Alexander kühl.

Der junge Adelige verzog seinen Mund. »Wir haben keine. Es gab da wohl ein Versehen...«

Alexander, der genau wusste, dass Mylo die Jungen nicht eingeladen hatte, zuckte mit den Schultern. »Dann kann ich euch leider nicht helfen. Die Vernissage ist nur für geladene Gäste«, sagte er so arrogant wie nur möglich. Wenn das jetzt Anton gehört hätte!, ging es ihm durch den Kopf. Der Freund hätte sicherlich ungläubig darauf reagiert, dass er, Alexander Schubert, sich ein solches Auftreten zugelegt hatte. Ja, auch die Zeiten, in denen er gehänselt worden war, waren vorbei. Heute wurde Paon von den Wölfen und dem Rest der Klasse ob seiner Exzentrik bewundert. Zwei oder drei Mitschüler trugen inzwischen selbst seidene Einstecktücher mit ihrem Namen. Heute äffte auch keiner mehr sein Humpeln nach, vielmehr fanden alle seinen silbernen Gehstock schick. Statt ihn auszugrenzen, suchten die Mitschüler seine Nähe, buhlten sogar um seine Zuneigung.

Er hatte sich schon zum Gehen abgewandt, als Bernhard von Hoffheim ihm hinterherrief: »Paon, warte mal! Vielleicht hast du ja nächste Woche Lust, was mit uns zu unternehmen? Wir haben eine Schiffsfahrt auf dem Neckar im Sinn, ein Marbacher Winzer hat uns in seinen Weinkeller eingeladen.«

»Mal sehen, ob ich Zeit habe...«, erwiderte Alexander blasiert, spürte jedoch, wie sein Herz vor Freude schneller schlug. Er war noch nie auf einem Schiff gewesen! »Wann genau...«, hob er an.

Im selben Moment ging die Haustür auf und Mylo erschien.

»Paon! Kommst du endlich? Die Gäste warten auf dich – du bist schließlich die Hauptperson unserer Vernissage!«

Es war schon gegen achtzehn Uhr, als der letzte Gast die Villa verließ. An fast allen Gemälden – auch an denen von Max und Erich – befanden sich kleine Zettel, auf denen »verkauft« stand.

»Gut gemacht, Junge!« Mylo legte Alexander kameradschaftlich einen Arm um die Schulter, während sie am Fenster standen und dem letzten Wagen nachschauten.

Alexander, der nur noch auf seinem linken Bein stand und das rechte gar nicht mehr belastete, spürte einen warmen Schauer über seinen Rücken laufen.

»So, und nun wird Kasse gemacht!« Abrupt wandte Mylo sich vom Fenster ab. Er schnappte sich eine halbleere Sektflasche und zwei Gläser und ging damit zu seinem großen Esstisch, der aus einem riesigen Marmorblock bestand.

»Setz dich, Junge!« Noch während er sprach, schenkte Mylo den Sekt ein, dann zog er eine lederne Mappe aus seiner Jackeninnentasche und nahm einen Packen Geldscheine heraus, lauter Fünfzig- und Hundertmarkscheine, erkannte Alexander.

Konzentriert zählte Mylo die Scheine und legte sie auf drei verschiedene Stapel – für jeden der Künstler einen. Als er fertig war, zählte er jeden Stapel nochmal einzeln durch. Seine Mundwinkel zitterten ein wenig, als er anschließend einen der Stapel nahm und einen Teil davon mit einem triumphierenden Lächeln an Alexander übergab.

»Für dich, Paon! Der Lohn deiner ersten Ausstellung. Dreihundertachtzig Mark.«

»Drei...« Ungläubig schaute Alexander von dem Geld zu seinem Mäzen. Hatte er richtig gehört? Dafür musste ein Laichinger Weber zehn Wochen lang arbeiten. Und seine Mutter bei Karolina in der Küche wahrscheinlich doppelt so lange!

»Sind Sie ... sicher?«, fragte er mit stockendem Atem.

Mylo lächelte ihn mit fast väterlichem Stolz an. »Das ist nur der Anfang. Das große Geld kommt erst noch, mein lieber Paon, wenn auch nicht von heute auf morgen.«

Das große Geld? Noch größeres Geld? Für Bilder, die er malte? »Ich weiß gar nicht, was ich sagen soll...« Alexander wurde von einer solchen Woge der Freude und Dankbarkeit erfasst, dass er einen Moment lang

Angst hatte, loszuheulen vor Glück. Was würde seine Mutter Augen machen, wenn er ihr das Geld überreichte... Kein verschimmeltes Brot mehr im Hause Schubert. Dafür fetten Speck und Würste obendrein! Und die Näherin Edelgard würde seinen Schwestern schöne Kleider nähen können, aus gekauftem Stoff, nicht aus alten Resten! Er lachte beinahe hysterisch auf. »Ich... ein aufrichtiges Dankeschön reicht nicht aus, um das zu sagen, was ich fühle!« Spontan fiel er seinem Mäzen um den Hals.

Mylos Arme schlangen sich um ihn, und sie verharrten so für einen langen Moment.

Die Nähe des älteren Mannes, die Wärme seiner Umarmung, die Aufregung über diesen Moment – Alexander war so bewegt, dass ihm Tränen über die Wangen rannen. Mylos Unterstützung war noch immer wie ein Wunder für ihn. All den Zuspruch und die Zuneigung, die er von seinem eigenen Vater nie bekommen hatte, erhielt er von Mylo.

»Nicht weinen, mein Liebster«, flüsterte dieser in sein Ohr und drückte ihn noch fester an sich.

Irgendwann hatte Alexander sich wieder gefangen. Er löste sich aus der Umarmung, trat ans Fenster und schaute hinaus. Er hatte sich gerade wie ein kleines Kind aufgeführt!, dachte er peinlich berührt. Höchste Zeit, sich wie ein Erwachsener zu benehmen.

»Nun, wo die Ausstellung so gut gelaufen ist und die Schulferien beginnen – könnte ich da vielleicht für ein paar Tage wegfahren?«, hob er vorsichtig an. Mylo hasste es, wenn er von daheim sprach, weswegen er es möglichst vermied. Doch jetzt sprach er beherzt weiter:

»Mein Freund Anton und die Fotografin Mimi Reventlow sind gerade in Laichingen. Ich würde beide gern einmal wiedersehen und meine Familie natürlich ebenfalls! Deshalb wollte ich fragen, ob ich wohl auf einen kurzen Heimatbesuch nach Laichingen könnte...« Unwillkürlich hielt er den Atem an.

»Laichingen!« Mylo spuckte das Wort geradezu verächtlich aus, wie weggeblasen war seine väterliche Wärme. »Dass du diesen Namen überhaupt noch in den Mund nimmst, geschweige denn daran denkst, deine Zeit mit einem Besuch dort zu verschwenden!«

»Aber meine Familie...«, sagte Alexander, wurde von Mylo jedoch sogleich unterbrochen.

»Deine Familie! Was hat sie in den letzten zwei Jahren für dich getan? Wer hat dich aus dem Cannstatter Irrenhaus herausgeholt? Wer gibt dir Obdach, wer zahlt deine Leinwände und Farben, wer fördert dich tagein, tagaus – deine Familie oder ich? Und was heißt hier, es wäre ein guter Zeitpunkt für eine Reise?« Grob packte er Alexander am Arm und führte ihn an die lange Wand, an der seine Bilder mit den Verkauft-Zetteln hingen.

»Hier, die Grabkapelle auf dem Rotenberg! Glaubst du im Ernst, du bist dem Lichteinfall der Sonne bei diesem Gemälde auch nur ansatzweise gerecht geworden? Du hast den Schattenwurf völlig vergessen, sonst hättest du das Licht anders fallen lassen. Und hier, der Marktplatz mit dem Haus von Tritschler!« Mylo zog ihn ein Bild weiter. »Der Pfau und die Tür zum Kaufhaus verschwimmen regelrecht miteinander, davon, wie wichtig Konturen sind, scheinst du noch nichts gehört zu haben. Und da, die Rosen in meinem Garten..." Weiter ging es zum nächsten Bild. Alexander blieb nichts anderes übrig, als seinem Mäzen zu folgen. An allem hatte Mylo etwas auszusetzen. »Dieser grobe Pinselstrich! Wo sind die leisen Töne? Hast du Angst vor großen Gefühlen? Glaubst du nicht, du wärst dem Stuttgarter Theaterhaus mit einer wesentlich zarteren Pinselführung gerechter geworden?«

Alexander war kurz davor, erneut in Tränen auszubrechen. Wenn seine Bilder so schrecklich waren, warum hatten sie dann überhaupt Käufer gefunden?

»Paon, mein Lieber, glaube mir, es tut mir selbst weh, so streng zu dir zu sein. Natürlich könnte ich dich angesichts deines ersten Erfolgs heute loben, aber ich will nicht, dass du auf diesem Niveau stehen bleibst, denn ich weiß, dass noch so viel mehr in dir steckt!«, fuhr Mylo eindringlich fort, wenn auch mit sehr viel sanfterer Stimme. »Du bist mit großem Talent gesegnet, aber es wird ein langer, harter Weg, bis du ihm gerecht wirst. Deshalb solltest du die Schulferien dringend für weitere Studien nutzen. Ich habe mir schon einige Übungen für dich ausgedacht, gemeinsam werden wir deine Schwächen ausmerzen, glaube mir. Du und ich, wir zwei...« Schon nahm er Alexander wieder am Arm, zog ihn diesmal vors Fenster. »Eines Tages werden wir die Welt erobern! In den feinsten Salons wirst du Gast sein, in den teuersten Galerien ausstellen. Die Kunstliebhaber werden dir zu Füßen liegen, dein Name wird im selben Atemzug genannt werden wie der von van Gogh! Und da kommst du mir mit Laichingen daher?«

Alexander, der mit einem Kloß im Hals zugehört hatte,

kam sich auf einmal richtig kindisch vor. »Ich will ja lernen... Nichts ist mir wichtiger, das müssen Sie mir glauben!« Wie ein Kind war er einem dummen Impuls gefolgt, ohne nachzudenken, dachte er beschämt.

Mylo lächelte wohlwollend. Er ging zu der Anrichte, auf der die Sektflaschen und Gläser standen, und holte etwas aus einer der beiden Schubladen. »Das ist für dich!«

Stirnrunzelnd nahm Alexander das kleine dunkelblaue Etui entgegen. Ein Geschenk? Und das, wo Mylo nichts als Mühe mit ihm hatte?

»Mach's ruhig auf!«

Es war eine Pfauenfeder, in Silber gefasst und mit einer Anstecknadel versehen, Mylo hatte sie in einem Antiquitätenladen entdeckt, wie er sagte. Andächtig strich Alexander über die samtweichen Federn. Ein schöneres Schmuckstück hatte er noch nie gesehen.

»Das kann ich nicht annehmen.« Bedauernd gab er die Feder an Mylo zurück.

»Und ob du das kannst. Geschenke sollte man nie ausschlagen, auch das wirst du noch lernen!« Resolut steckte Mylo ihm die Nadel ans Revers. »Sie soll dich immer an deine erste Vernissage erinnern. So, und nun...« Geschäftig ging er zum Esstisch, wo noch immer die verschiedenen Geldstapel lagen, dann hob er von Alexanders Stapel fünf Zwanzigmarkscheine ab. »Die schickst du deiner Mutter. Schreib ihr, sie soll sich etwas Schönes kaufen. Es ist in ihrem Sinne, dass du dich auf dein Studium konzentrierst, glaube mir. Sie wird ja wohl nicht wollen, dass du als gescheiterte Existenz heimkehrst und ihr auf der Tasche liegst?«

»Natürlich nicht«, wehrte Alexander erschrocken ab. *Lass dich nicht belasten von der Vergangenheit...*, hatte seine Mutter geschrieben. Und dass er im Hier und Jetzt leben solle. Vielleicht hatte sie ihn nur nach Laichingen eingeladen, um dadurch auszudrücken, dass er immer willkommen sei? Vielleicht war das gar nicht wörtlich gemeint gewesen?

»Vermutlich haben Sie recht«, sagte er nachdenklich und starrte auf die hundert Mark. So viel Geld hatte seine Mutter sicher schon lange nicht mehr in der Hand gehabt. Sie würde einen großen Vorrat an Lebensmitteln kaufen können. Und Seife – Lavendelseife, die liebte sie doch so sehr.

»Natürlich habe ich recht!«, sagte der Architekt bestimmt. »Setz dich«, fuhr er fort und zeigte auf einen Stuhl am Tisch. »Am besten schreibst du den Brief gleich, dann hast du ihn aus dem Kopf.« Schon hielt er ihm Papier und Schreibzeug hin.

Alexander tat, wie ihm geheißen.

...und so bitte ich dich, liebe Mutter, Anton, Mimi und meine lieben Schwestern herzlich von mir zu grüßen! Bestimmt ist ein Besuch zu einem anderen Zeitpunkt möglich, doch derzeit hindern mich meine Studien daran.
  In Liebe, dein Sohn

Die Pfauenfeder streichelte sanft seine Hand, während er seinen Namen unter den Brief setzte.

20. Kapitel

Laichingen, 14. August 1913

Manchmal hatte sie das Gefühl, ihr halbes Leben in irgendwelchen Zügen verbracht zu haben! Mit schwerem Herzen, die Kameratasche über die Schulter gehängt, stieg Mimi in den Zug, der sie von Laichingen nach Ulm bringen würde. Abschiede, immer wieder Abschiede... Aber wenn sie sich erst einmal in Berlin niedergelassen hatte, würde damit Schluss sein!

Während Anton sich um ihrer beider Gepäck kümmerte, nahm sie schon einmal Platz in einem der vorderen Abteile. Mit abwesendem Blick starrte sie nach draußen, wo ein paar Männer damit beschäftigt waren, eine Registrierkasse von einem Leiterwagen in den Zug zu hieven, was angesichts von Größe und Gewicht der Kasse kein leichtes Unterfangen war.

Wie ihre alte Nachbarin Luise sie zum Abschied umarmt hatte – als wollte sie sie gar nicht mehr loslassen. Luises Tochter Sonja war sogar in Tränen ausgebrochen und hatte schluchzend gesagt, Mimi solle doch noch ein Weilchen in Laichingen bleiben.

Eveline, Mimis ehemalige Freundin, war nicht gekommen, um ihr Adieu zu sagen. Damit hatte Mimi jedoch auch nicht gerechnet. Sie waren sich nur einmal über den Weg gelaufen, ausgerechnet im Ochsen, wo Eveline nun als Küchenhilfe arbeitete. Eine schmutzige Schürze, die ihren gerundeten Bauch nur notdürftig verbarg, um die Taille gebunden, war Eve an Mimis Tisch getreten und hatte mit knappen Worten erzählt, dass Johann sie – und nicht nur sie, sondern auch Laichingen – verlassen hatte. Nun, da seine Arbeit hier erledigt war, war der Ruf der Gewerkschaft wohl doch wichtiger als alles andere, hatte sie bitter hinzugefügt. Wichtiger als sie. Wichtiger als das Kind, das sie unter ihrem Herzen trug. Wichtiger als die Liebe.

Mimi hatte geglaubt, nicht richtig zu hören. Hatte Johann ihr gegenüber nicht davon gesprochen, Eveline sei seine große Liebe?

»Sei froh, dass aus euch beiden nichts geworden ist!«, hatte Eveline gesagt, dann war sie wieder in der Küche verschwunden. Mimi war verwirrt zurückgeblieben. Johanns Ehrenhaftigkeit hatte schon Risse bekommen, als er ein doppeltes Spiel mit Eve und ihr trieb. Aber dass er Eve mit dickem Bauch allein lassen würde – so etwas hätte sie ihm nun wirklich nicht zugetraut. Ein Gutes – wenn man das überhaupt sagen konnte – hatte die Angelegenheit dennoch: Für Mimi war das Thema Johann damit endgültig erledigt.

Während Anton draußen in die Hände spuckte und den Männern half, die Registrierkasse umzuladen, seufzte Mimi traurig auf. Noch ein Abschied. Der von der Illusion einer vermeintlich großen Liebe.

Im nächsten Moment ging die Tür auf, und Anton nahm ihr gegenüber Platz. Auf Ablenkung hoffend, schaute sie ihn an, doch anstatt ein wenig großspurig seine Beteiligung am Verladen der Registrierkasse hervorzustreichen, wie Mimi es erwartet hätte, schaute er so konzentriert aus dem Fenster, als wartete er noch auf jemanden. Und Mimi erkannte, dass auch er heute eher bedrückt als fröhlich wie sonst oft war. Kein Wunder, die Heimkehr war für ihn wahrscheinlich noch sehr viel schwieriger gewesen als für sie, dachte Mimi mitfühlend. Seine verbitterte Mutter, seine ehemaligen Schulkameraden – alle hatten Anton spüren lassen, wie übel sie ihm nahmen, dass er fortgegangen war. Und irgendwelche Neuigkeiten über Christel Merkle hatte er auch nicht gehört. Seine erste Liebe war nach wie vor wie vom Erdboden verschluckt. Damit habe seine Suche nach Christel ein Ende, hatte er Mimi bitter kundgetan, als sie sich auf dem Marktplatz kurz über den Weg gelaufen waren.

»Drei Wochen Laichingen sind mehr als genug, was?«, sagte Mimi jetzt leise.

Anton nickte stumm, danach gab sich jeder seinen Gedanken hin.

Es war dennoch gut, so wie es war. Hinter dem Zugfenster zogen die kargen Albhochflächen vorbei. In den letzten Wochen hatte sie Josefs Haus gründlich aufgeräumt und die Kisten mit seinen und ihren Fotografien, die sie dort gelagert hatte und von denen sie sich nicht trennen wollte, nach Esslingen zu ihren Eltern geschickt. Sie hatte dem Albmaler alles im Detail gezeigt, war sogar mit ihm spazieren gegangen und hatte ihn auf ein paar ihrer Lieblingsplätze rund ums Dorf hingewiesen.

Am vorigen Montag war der Notartermin gewesen. Der Albmaler und sie waren darüber gleichermaßen glücklich. Nun wolle er so schnell wie möglich einziehen, um in der goldenen Spätsommersonne seine geliebten Albansichten malen zu können, hatte der Maler verkündet. Und dieser Gedanke tröstete Mimi. Schaffensfreude, der Geruch von Ölfarbe, hochwertige Leinwände, kunstinteressierte Käufer – der Albmaler würde Onkel Josefs Atelier mit mehr Leben erfüllen, als sie es je gekonnt hätte!

Apropos Maler... Sie schaute auf. »Ich finde es immer noch schade, dass Alexander es nicht geschafft hat zu kommen. Ich hätte ihn so gern wiedergesehen. Wenn er wüsste, dass in Josefs Haus jetzt auch ein Künstler wohnt...«

Anton schnaubte. »Noch von Berlin aus habe ich ihm geschrieben. Und seine Mutter hat ihm scheinbar auch mitgeteilt, dass wir da sind. Aber wie heißt es so schön? Aus den Augen, aus dem Sinn!«

Mimi schwieg betroffen. Langsam glaubte sie auch, dass Anton damit recht hatte. Dennoch sagte sie: »Vielleicht sollten wir auf der Rückreise nach Berlin in Stuttgart Halt machen und ihn besuchen?«

Anton winkte nur unwirsch ab.

Sie waren schon eine Stunde unterwegs, als er unvermittelt bemerkte: »Übrigens – wenn wir wieder in Berlin sind, werde ich doch ein Bankkonto eröffnen.« Er klopfte auf den dicken Geldbeutel in seiner Hosentasche.

Mimi, die ein wenig gedöst hatte, schaute erstaunt und erfreut zugleich auf. »Woher der plötzliche Sinneswandel?« Dass Anton immer sein ganzes Erspartes bei sich trug, bereitete ihr schon lange Sorgen.

»Na jetzt, wenn wir sesshaft werden, bietet sich ein Bankkonto an«, sagte er grinsend. »Und wenn ich genügend Geld beisammenhabe, kaufe ich uns ein Automobil, und dann lernen wir beide das Fahren!«

Mimi lachte. »Du und diese Stinkkarren! Mir reicht die Eisenbahn allemal. Aber wenn es dein Traum ist...«, fügte sie schulterzuckend hinzu. »Ich habe ein Konto bei der Ulmer Sparkasse. Wenn man den Süden Deutschlands bereist, liegt Ulm ziemlich genau in der Mitte zwischen Freiburg, Karlsruhe, Würzburg, Konstanz und München – damals, als ich das Konto eröffnet habe, fand ich das ideal! Aber vielleicht sollte ich auch wechseln und eins in Berlin eröffnen?« Warum hatte sie daran nicht früher gedacht?, ärgerte sie sich. Dann hätte sie beim Notar dafür sorgen können, dass der Albmaler den Kaufpreis des Hauses auf ihr neues Konto überwies.

»Wenn wir in Ulm sind, kannst du deiner Bank ja einen Besuch abstatten und alles Nötige klären. Ich habe ebenfalls einiges zu erledigen«, sagte Anton. »Von daher ist es gut, dass wir erst morgen weiterfahren.«

Mimi runzelte die Stirn. Außer dass sie sich einig waren, so schnell wie möglich nach Berlin zurückzukehren, hatten sie bisher keine Gelegenheit gehabt, über ihre Zukunftspläne zu sprechen. »Was hast du denn zu tun?«, fragte sie neugierig.

»Meine Selbständigkeit vorbereiten«, antwortete Anton und grinste erneut. »Ich will wieder mein eigener Herr sein und auf Märkte gehen. In Berlin findet fast täglich irgendwo ein Jahrmarkt oder ein Krämermarkt statt. Mit dem Automobil kann ich komfortabel das gesamte Umland bereisen. Damit die Kasse klingelt, benötige ich dringend neue, schöne Postkarten. Die will ich gleich bei der Druckerei Brauneisen in Ulm in Auftrag geben. Während wir auf der Rückreise sind, kann Otto Brauneisen die Karten drucken. Sobald dann feststeht, wo wir in Berlin wohnen, gebe ich ihm unsere neue Adresse durch, damit er mir die Karten zuschickt.« Er schaute Mimi triumphierend an. »Na, ist das ein guter Plan?«

»Ein sehr guter!«, lobte Mimi. »Langsam erkenne ich in dir wieder den alten Anton«, fügte sie hinzu und spürte, wie seine Aufbruchsstimmung auf sie überging. Nun, da sie mit der Vergangenheit endgültig abgeschlossen hatte, war der Weg frei für die Zukunft!

»Mein einziges Problem ist, auszuwählen, welche von deinen Berliner Stadtansichten ich als Postkarten drucken lassen möchte! Ich glaube, du hast noch nie so viele schöne Fotografien gemacht wie in den Tagen, an denen wir als Touristen unterwegs waren«, sagte Anton und tippte auf den Koffer, in dem sich ein Teil von Mimis Glasplatten befand. »Jetzt müssen mir nur noch ein paar launige Sprüche für die Karten einfallen.« Mit seiner rechten Hand Worte in die Luft zeichnend schlug er vor: »Die Spree am Morgen und darüber die Aufschrift: ›Hab Sonne im Herzen!‹ Oder ›Sei sittsam und bescheiden, das ist die größte Zier, dann mag dich jeder Mensch, und das wünsch ich dir!‹ Solche Sprüche-Postkarten gehen immer. Fällt dir noch was Nettes ein?« Ohne Mimis Antwort abzuwarten, sprudelte es weiter aus ihm heraus: »Vielleicht lasse ich auch eine Reihe von Trinksprüchen auf meine neuen Postkarten drucken...«

»Ein Trinkspruch – und im Hintergrund das Brandenburger Tor? Anton, ich glaube, mehr will ich nicht wissen«, unterbrach Mimi ihn mit gespieltem Entsetzen. »Aber in einem halte ich es wie du – auch ich werde mich bei meinen altbewährten Lieferanten in Ulm mit diversen Materialien eindecken. Ich brauche dringend neue Silberplatten, Fotopapier und einiges anderes noch dazu!«

21. Kapitel

Ulm, am Donauufer

Hätte Karlheinz Frenzen, Kontorist der Druckerei Brauneisen, gewusst, dass Anton Schaufler auf dem Weg zu ihm war und ihn ein größerer Auftrag erwartete, wäre sein Auftreten gegenüber Otto Brauneisens Sohn und Erben vielleicht ein anderes gewesen. Seit dem frühen Morgen saßen sie nun schon in der Niederlassung an der Donau zusammen und gingen die Buchhaltung der letzten Monate durch. Mit jedem Geschäftsmonat, den Ottos Sohn unter die Lupe nahm, wand sich Karlheinz Frenzen mehr wie ein Aal, der sich aus einer misslichen Lage befreien wollte.

Tatsache war: Seit dem Tod des bisherigen Druckereibesitzers waren die Aufträge kontinuierlich zurückgegangen, und inzwischen waren die Zahlen katastrophal.

»Im Sommer sieht es immer ein wenig schlechter aus«, sagte Karlheinz kläglich, als sie beim Monat August angelangt waren.

»Dieser massive Auftragsrückgang hat mit dem Sommer nichts zu tun. Ich war ja auf einiges gefasst, aber das hier überschreitet meine schlimmsten Befürchtungen. Und dann diese Unregelmäßigkeiten!« Ottos Sohn schüttelte den exakt gescheitelten Schädel. »Hier zum Beispiel!« Er tippte gebieterisch auf eine Seite im Kassenbuch. »Das Hotel Gschwendner hat einen wesentlich niedrigeren Betrag überwiesen als den, der auf der Auftragsbestätigung genannt wurde – was hat es damit auf sich?«

»Tja, das war so…« Karlheinz Frenzen rieb sich die Nase. »Die gedruckten Speisekarten entsprachen nicht Herrn Gschwendners Qualitätsanspruch. Die Überschriften waren etwas verwischt, die Zeilenzwischenräume nicht regelmäßig, und aus welchem Grund auch immer hat man in Münsingen das falsche Papier verwendet.« Seit Ottos Tod kamen solche Fehldrucke leider öfter vor, Bela Tibor, der Leiter der Druckerei, konnte sich das selbst nicht erklären. Das meiste regelte Bela vor Ort, nur manchmal musste er, Karlheinz Frenzen, selbst tätig werden, so wie in diesem Fall. Seine Stimme war nur noch ein Flüstern, als er sagte: »Der Kunde wollte die ganze Lieferung zurückgeben, und erst als ich ihm anbot, einen Teil des Preises zurückzuerstatten, war er beschwichtigt.«

»Heißt das, dass die Druckerei bei den wenigen Aufträgen, die sie hat, auch noch schlampig arbeitet? Welche Konsequenzen hatte dieser Vorfall oben in Münsingen?«

»Konsequenzen? Ich verstehe nicht…«, sagte Frenzen, der jedoch nur allzu gut verstand. Sein alter Chef Otto hätte bei solcher Schlamperei ein Donnerwetter losgelassen, so viel stand fest. Aber Bela Tibor war dazu offenbar zu nachsichtig. Und er selbst war auch nicht wie Otto! Er war ein Kontorist, er hielt hier in Ulm die Stellung, so gut es ging – was in der Druckerei oben auf der Alb vorging, darauf hatte er keinen Einfluss.

»Es wurde also Papier für nichts und wieder nichts verschwendet. Und wer kam für diesen Schaden auf? Der Vorarbeiter? Die verantwortlichen Drucker? Gab es Lohnabzüge?«

Frenzen, inzwischen mit den Nerven am Ende, schüttelte den Kopf. »Bisher nicht...«, sagte er lahm.

Mit einem so heftigen Rums, dass es Frenzen durch Mark und Bein fuhr, klappte Brauneisen junior das Kassenbuch zu. »Ich habe genug gesehen. Ihnen als Kontorist muss ich wohl nicht darlegen, wie es um die Druckerei steht. Wohin ich auch schaue – ob oben in Münsingen oder hier bei Ihnen –, ich entdecke nichts als Chaos und Niedergang! Was mich übrigens rein gar nicht wundert, im Gegenteil – genau das habe ich Vater immer wieder vorausgesagt. Er hätte schon vor Jahren hier in Ulm eine neue Druckerei bauen sollen, dann hätte ich es mir durchaus vorstellen können, eines Tages ins Geschäft mit einzusteigen. Aber nein – er wollte aus sentimentalen Gründen lieber weiterhin der Schwäbischen Alb verbunden bleiben, weil der Grund und Boden dort oben seit Generationen unserer Familie gehört!« Er schüttelte verächtlich den Kopf.

Karlheinz Frenzen schluckte. So ganz unrecht hatte Ottos Sohn nicht – die räumliche Trennung von Vertrieb beziehungsweise Auftragsannahme und der eigentlichen Produktion war tatsächlich problematisch. »Ihrem Herrn

Vater ging es auch um die Arbeiter in Münsingen. Hätte er zugemacht, wären alle mit einem Mal arbeitslos gewesen.«

»Ach so, die Lithografische Anstalt Münsingen ist in Wahrheit gar kein wirtschaftlich arbeitendes Unternehmen, sondern eine Wohlfahrtsinstitution? Dann liegt die Sache natürlich völlig anders«, sagte Brauneisen junior, und seine Stimme triefte vor Ironie. Noch während er sprach, setzte er seinen Zylinder auf und wies herrisch in Richtung Verkaufsraum und Lager. »Bereiten Sie den Ausverkauf vor! Bilderrahmen, fertige Druckwaren – alles muss raus. Je früher der ganze Laden liquidiert wird, desto besser, die Männer in Münsingen habe ich gestern schon informiert. Ich werde dort in der Zwischenzeit die Inventur überwachen und danach den Maschinenpark zum Verkauf anbieten. Meine Empfehlung!« Ottos Sohn schlug die Hacken zusammen.

Gleich darauf fiel die Tür ins Schloss, und die Ladenglocke, deren Ton Karlheinz Frenzen immer so melodisch gefunden hatte, hörte sich wie ein Totenglöckchen an.

*

»Weißt du, was ich überlege?«, sagte Mimi zu Anton, als sie in einem der Ulmer Straßencafés bei einer Limonade zusammensaßen.

Seit sie am Vortag angereist waren, hatten sie schon einiges erledigt. Bevor sie später in die Druckerei Brauneisen gingen, gönnten sie sich nun eine Pause. In der Nacht hatte es geregnet, doch schon am frühen Vormittag war es wieder drückend heiß. Die Hitze hatte sie durstig gemacht.

Anton wischte sich mit dem Ärmel den Schweiß von der Stirn und wartete geduldig ab, was Mimi sagen würde.

»Ich möchte meiner Bekannten Bernadette gern einen Besuch abstatten, wo ich doch nicht zu ihrer Hochzeit kommen kann«, fuhr Mimi fort, die trotz der Hitze aussah wie aus dem Ei gepellt. »Dieses Münsingen liegt höchstens ein paar Stunden mit dem Zug von Ulm entfernt. Und wer weiß, wann wir wieder einmal hierher in den Süden kommen...«

Anton zuckte mit den Schultern. Auf ein paar Tage hin oder her kam es nicht an, er hatte einige Bekannte hier – ihm würde gewiss nicht langweilig werden. »Kein Problem, ich weiß mich so lange zu beschäftigen. Aber mach dich darauf gefasst, dass du mehrmals umsteigen musst, eine direkte Zugverbindung von Ulm nach Münsingen gibt es meines Wissens nach nicht.«

Mimi gab ihm einen freundschaftlichen Knuff. »War mir schon klar, dass du keine Lust mehr auf die Schwäbische Alb hast! Was meinst du, soll ich Bernadette etwas mitbringen? Als vorgezogenes Hochzeitsgeschenk?«

»Wie wäre es mit Laichinger Leinen?«, sagte Anton scherzhaft, doch Mimi stieg sogleich darauf ein.

»Du meinst, aus alter Solidarität? Verflixt, warum habe ich daran nicht gedacht, als wir noch in Laichingen waren! Aber bestimmt haben die Kaufhäuser hier auch ein gutes Angebot...«

Zwei Stunden und einen Einkauf dreier Leinen-Tischdecken plus passender Servietten später kamen sie am Donauufer an und staunten über das rege Treiben, das hier herrschte: Kaufleute, Spaziergänger, Hausfrauen und Schulkinder – scheinbar wollten alle etwas von der kühlen Brise, die vom sanft dahinplätschernden Fluss aufstieg, abbekommen.

Anton spürte, wie ihm der Schweiß den Rücken hinablief. Sobald sie hier fertig waren, war für heute Feierabend, beschloss er und war froh, als die Druckerei Brauneisen in Sicht kam.

Am Vorabend hatten er und Mimi nochmal Mimis Berliner Stadtansichten durchgesehen. Anton hatte beschlossen, gleich zwölf verschiedene Karten drucken zu lassen. Er wollte sie einzeln, aber auch im Dutzend anbieten. Diese Karten würde Mimi in ihrem zukünftigen Fotoatelier auch verkaufen können, hatte er hinzugefügt und sich selbst zu dieser guten Idee gratuliert. Jetzt noch rasch den Druckauftrag loswerden, und dann ein kühles Weizen in einem schattigen Biergarten, dachte er zufrieden, während er die Türklinke nach unten drückte.

*

Mimi spürte schon beim Eintreten, dass etwas nicht stimmte. Weder Otto Brauneisen noch sein Kontorist waren zu sehen. Aus dem Lager war ein schwaches Rascheln zu hören, mehr nicht.

»Hallo? Kundschaft!«, rief Anton halb amüsiert, halb genervt, während Mimi gegen ein Déjà-vu ankämpfte.

Die Trostlosigkeit, die hier so auffällig im Raum hing, erinnerte sie plötzlich sehr an ihren Misserfolg beim Friedrichshafener Fotografen Schwarzenstein. Mimi, du spinnst, schalt sie sich und war froh, als der graue Kopf des Kontoristen im Türrahmen erschien.

»Frau Reventlow, Herr Schaufler! Verzeihen Sie, ich muss wohl die Türglocke überhört haben. Ich war beim Pack...« Abrupt brach er ab. »Egal! Ich freue mich, Sie beide wieder einmal zu sehen. Was kann ich für Sie tun? Benötigen Sie vielleicht ein paar Bilderrahmen?« Geschäftig zeigte er in Richtung des Nebenzimmers, in dem die Rahmen gelagert waren.

»Ich möchte Postkarten drucken lassen. Ist Herr Brauneisen nicht da?«, erwiderte Anton.

Der Buchhalter – er hieß Herr Frenzen, erinnerte sich Mimi – schaute erschrocken von einem zum andern. »Sie haben es noch nicht gehört?«

Mimi und Anton tauschten einen Blick. »Was?«, fragten sie wie aus einem Mund.

»Herr Brauneisen ist leider verstorben, schon im Mai. Seitdem...« Mit einer hektischen Handbewegung fuhr sich der Mann durchs Haar. »... ist nichts mehr wie es war«, flüsterte er mit erstickter Stimme.

Mimi reichte ihm spontan die Hand. »Mein Beileid! Herr Brauneisen war so ein liebenswerter Mensch...« Bevor sie wusste, wie ihr geschah, kullerte ihr eine Träne über die Wange. »Verzeihen Sie, ich komme gerade aus Laichingen, wo ich das Haus meines verstorbenen Onkels verkauft habe – wahrscheinlich bin ich deswegen besonders empfindsam, was den Tod angeht.« Verlegen wollte sie ihre Hand zurückziehen, doch Herr

Frenzen hielt sie weiter fest, als wäre sie eine Art Rettungsanker.

»Frau Reventlow, darf ich ehrlich sein?« Ohne Mimis Antwort abzuwarten, sprach er weiter. »Ich bin nicht nur in Trauer, sondern am Boden zerstört! Vorhin war Ottos Sohn da und hat eiskalt verkündet, dass er die Lithografische Anstalt Münsingen, also unsere gesamte Druckerei, schließen will. Wenn er das wahr macht, verlieren rund zwanzig Mann ihre Arbeit, und ich ebenso!«

»Wie bedauerlich. In diesem Fall werde ich mir wohl oder übel eine andere Druckerei suchen müssen«, sagte Anton und gab Mimi ein fast unmerkliches Zeichen zum Aufbruch.

Zwanzig Männer waren im Begriff, ihre Existenz zu verlieren, und das war alles, was Anton dazu einfiel? Mimi warf ihm einen wütenden Blick zu, dann wandte sie sich wieder an den Kontoristen. »Aber warum will der Sohn die Druckerei nicht weiterführen? Die Lithografische Anstalt Münsingen ist für erstklassige Druckqualitäten bekannt, da wird es Ihnen an Kunden doch nicht mangeln, oder?«

»Leider doch«, sagte der Angestellte geknickt. »Otto Brauneisen war derjenige, der die Kundenwünsche künstlerisch umgesetzt hat. Seit seinem Tod kann ich nur noch Drucksachen annehmen, für die es schon eine Vorlage gibt, oder einfache Produkte, so wie Ihre Postkarten.« Er lächelte Anton verhalten an. »Alle Kundenaufträge, die einen künstlerischen Entwurf benötigen, muss ich ablehnen, von daher sind die Zahlen wirklich katastrophal…«

»Verzeihen Sie, wenn ich das so sage, aber das ist doch nun wirklich das kleinste Problem!«, sagte Mimi verwundert. »Es gibt bestimmt viele gute Illustratoren – warum stellen Sie nicht einfach jemanden für die künstlerischen Arbeiten ein? Heutzutage ist der Bedarf an Drucksachen größer als je zuvor, das habe ich gerade erst in Berlin gesehen. Demnach müsste eine Druckerei ein florierendes Unternehmen sein!«

Der Kontorist schnaubte. »Das habe ich Herrn Brauneisen junior auch schon zu vermitteln versucht, aber er winkte nur ab. Wenn Sie mich fragen, hat er schlichtweg keine Lust, Ottos Erbe fortzuführen. Er ist Steueranwalt, lebt in Berlin und arbeitet für irgendwelche großen Unternehmen – für ihn ist die alte Druckerei auf der Schwäbischen Alb nur eine Last. Er will sich keinen Tag länger als nötig damit beschäftigen.«

Wie konnte man nur so herzlos sein?, dachte Mimi aufgebracht, doch dann fiel ihr ein, dass sie – zumindest von außen betrachtet – nicht sehr viel anders gehandelt hatte. Auch sie hatte Josefs Erbe nicht weiterführen wollen, hatte einfach alles verkauft.

»Apropos Berlin...«, sagte Anton betont. »Wir sollten jetzt wirklich gehen, Mimi. Meine Postkarten kann ich auch in der Hauptstadt drucken lassen.«

Mimi nickte, noch immer betroffen. »Ich wünsche Ihnen und Ihren Kollegen alles erdenklich Gute...« Sie brach ab, als Herr Frenzen sie in einer seltsamen Weise anstarrte. »Ist etwas?«

Statt zu antworten, starrte der Mann sie weiter an, als wäre sie das achte Weltwunder.

»Komm, lass uns gehen! Womöglich ist der betrunken. Oder verwirrt!«, flüsterte Anton Mimi ins Ohr.

»Frau Reventlow... Ich habe gerade eine zugegebenermaßen aberwitzige Idee«, sagte Herr Frenzen und klang weder verwirrt noch betrunken. »Könnten Sie nicht nach Münsingen fahren und sich einmal alles anschauen? Ihr Name ist in der Druckerbranche bekannt, Ihr Ruf ist gut, und Ihre kunstvollen Fotografien begegnen einem heutzutage immer wieder! Wenn Ottos Sohn aus Ihrem Mund hört, wie zukunftsorientiert unsere Branche gerade in der heutigen Zeit ist, überlegt er es sich mit der Schließung vielleicht noch einmal anders! Ja, je länger ich darüber nachdenke, desto überzeugter bin ich davon, dass Sie mit Ihrer Weltoffenheit und Erfahrung Herrn Brauneisen davon überzeugen, dass es sich lohnt, weiterzumachen oder zumindest einen Nachfolger zu suchen.«

»Ich soll *was*? Na, Sie kommen auf Ideen!« Mimi lachte auf. »Aber ob Sie es glauben oder nicht, ich bin tatsächlich auf dem Weg nach Münsingen! Ich will dort eine alte Bekannte, die demnächst heiratet, besuchen – den Besuch einer Druckerei hatte ich allerdings nicht im Sinn.«

Der Kontorist stutzte. »Meinen Sie etwa Bernadette Furtwängler, die Schafbaronin? Ihre Hochzeitseinladungen waren Ottos letzter Auftrag. Liebe Frau Reventlow, wenn das kein Zeichen des Himmels ist! Wenn Sie eh schon in Münsingen sind, wäre ein Besuch in der Druckerei doch wirklich kein Problem...«

»Mimi, lass dir nichts einreden!«, sagte Anton mahnend. »Dieser Herr Brauneisen junior ist sicher *sehr* begeistert, wenn du wie aus dem Nichts auftauchst und ihm irgendwelche Sanierungsvorschläge unterbreitest. Das ist doch sinnlos.«

»Ach ja?«, erwiderte sie spitz. »Meinst du, mein Wort zählt nicht, weil ich nur eine gewöhnliche Fotografin bin – und Frau dazu?«

22. Kapitel

»Es ist doch nicht dein Ernst, dass du jetzt auch noch dieser Druckerei einen Besuch abstatten willst?«, sagte Anton, kaum dass die Ladentür ins Schloss gefallen war. Wenn das so weiterging, war der Sommer herum, bis sie nach Berlin zurückkamen. Und damit auch alle guten Märkte.

»Warum nicht?«, entgegnete Mimi leichthin. »Was ist denn schon dabei? Vielleicht kann ich Herrn Brauneisens Sohn wirklich davon überzeugen, dass die Druckereibranche ein großer Wachstumsmarkt ist. Als Branchenfremder ist er sich dessen wahrscheinlich gar nicht bewusst.«

Anton lachte schallend »Ein Wachstumsmarkt in Münsingen? Ich glaube, du hast eine falsche Vorstellung von diesem Ort. Dort gibt es nichts außer Schafen und einem Truppenübungsplatz für Soldaten. In Berlin mag eine Druckerei einen Wachstumsmarkt darstellen, aber in Münsingen sagen sich Fuchs und Hase gut Nacht!«

»Bernadette. Du hast in deiner Aufzählung meine alte Freundin Bernadette vergessen«, sagte Mimi lächelnd und stieß ihn freundschaftlich in die Seite. »Jetzt schau mich nicht an, als wäre ich von allen guten Geistern verlassen! Ich höre doch nur auf mein Gefühl. Und es macht ja nun wirklich keine großen Umstände. Vielleicht kann ich den Leuten auf unkomplizierte Weise helfen? Lass dich einfach davon überraschen, was ich nach meiner kleinen Reise zu berichten habe!«

Gegen Mimis innere Stimme kam er einfach nicht an, dachte Anton mit sinkendem Herzen. In diesem Fall blieb ihm wohl nichts anderes übrig, als auf *seine* innere Stimme zu hören. Und die sagte ihm, dass Mimis »Lass dich überraschen!« keine gute Idee war. Im Gegenteil, *sein* Gefühl riet ihm, ein Auge auf die Fotografin zu haben. Und wehe, diese Druckergesellen wagten es, ihre Gutmütigkeit auszunutzen!

»Also gut«, sagte er seufzend. »Wenn es dir so wichtig ist... Aber dann begleite ich dich. Deshalb lass uns jetzt ins Hotel gehen und zusammenpacken – je früher wir nach Münsingen fahren, desto schneller sind wir auch wieder fort!«

*

Keiner von beiden hatte bemerkt, dass Herr Frenzen in seiner Verzweiflung hinter der Ladentür dem Gespräch angestrengt gelauscht hatte. Es hätte nicht viel gefehlt, und der Buchhalter hätte sich am Ende vor Dankbarkeit bekreuzigt.

Mimi und Anton waren noch keine hundert Meter entfernt, als Herr Frenzen den Laden abschloss, im Gehen den Hut aufsetzte und zum nahegelegenen Postamt rannte.

»Ich brauche eine Fernsprechleitung nach Münsingen, die Teilnehmerin heißt Bernadette Furtwängler, schnell!«, rief er der Telefonistin außer Atem zu. Auch in Ottos Haus, genauer gesagt in seinem Büro, gab es einen Fernsprecher, doch nach Ottos Tod war diese leider von wem auch immer stillgelegt worden. Seitdem musste er den Umweg über die Schafbaronin wählen, wenn er in Münsingen jemanden auf die Schnelle erreichen wollte.

Keine zwei Minuten später stand die Leitung.

»Sehr geehrte Frau Furtwängler, bitte verzeihen Sie die Störung, aber könnten Sie bitte jemanden in die Druckerei schicken? Ich muss dringend Bela Tibor sprechen. Das dauert ein Viertelstündchen? Kein Problem, ich warte hier in der Post auf den Rückruf. Selbstverständlich bezahlt die Druckerei Ihnen die Kosten. Vielen herzlichen Dank, liebe Frau Furtwängler!« Er gab den Telefonhörer zurück, dann ließ er sich auf der harten Holzbank nieder, die an der Längswand des Raumes stand. Es war, als schlügen zwei Herzen in ihm, eins voller Hoffnung, das andere voller Resignation.

Zwanzig Minuten später klingelte das Telefon. Karlheinz Frenzen sprang so abrupt auf, dass die ganze Bank wackelte.

»Bela, sind Sie es? Gott sei Dank!« Aufgeregt schluckte der Buchhalter, ehe er fortfuhr: »Bela, haben Sie schon einmal von Mimi Reventlow gehört, der Fotografin? Wir haben schon des Öfteren mit ihren Fotografien Postkarten gedruckt, richtig! Sie müssen mir jetzt genau zuhören, denn Mimi Reventlow ist auf dem Weg zu Ihnen…«

»Einen Versuch ist es allemal wert«, hörte er zu seiner Erleichterung Bela sagen, als er fertig war. »Wie erkenne ich die Dame denn?«

Karlheinz Frenzen überlegte kurz. »Halten Sie einfach Ausschau nach einer äußerst eleganten Frau in Begleitung eines jungen Herrn, er ist wohl ihr Assistent.«

*

»Moment mal, nur dass ich das richtig verstehe...«, unterbrach Anton den Bahnhofswärter am Ulmer Bahnhof, der ohne Punkt und Komma sämtliche Zugverbindungen nach Münsingen herunterratterte. »Der Zug nach Münsingen geht über Schelklingen, aber dorthin fährt heute kein Zug mehr. Und was war das eben mit Reutlingen?«

»Von dort aus gibt es auch eine direkte Linie nach Münsingen«, erwiderte der Mann, während er in unleserlicher Schrift irgendwelche Einträge in ein Logbuch tätigte. »Aber der Zug nach Reutlingen ist ebenfalls schon weg.«

»Na prima«, murmelte Anton. Hatte er es doch gewusst – Münsingen war zwar, was die Kilometer anging, höchstens fünfzig Kilometer entfernt, aber das Hinkommen war schwierig! Nun mussten sie doch eine weitere Nacht in Ulm bleiben. Vielleicht überlegte Mimi es sich bis morgen nochmal?, dachte er, glaubte aber selbst nicht daran.

Er wollte gerade nach draußen gehen, wo auf dem Vorplatz Mimi mit ihrem Gepäck wartete, als er spürte, wie jemand unangenehm nah an ihn herantrat. Er drehte sich um und erblickte wenige Handbreit von sich entfernt einen grobschlächtigen, heruntergekommen wirkenden Mann. Sein Gesicht war gerötet – ob von der Hitze oder einem Bier zu viel –, und seine Nase sah aus, als wäre sie schon mehr als einmal gebrochen gewesen.

»Ist was?«, fragte Anton mürrisch. Unwillkürlich tastete er nach seinem Geldbeutel. Alles noch da.

»Ich habe gerade gehört, dass Sie nach Münsingen wollen«, sagte der Mann.

»Ja und?«

»Gleich hinter dem Bahnhof steht mein Fuhrwerk. Mittwochs liefere ich immer Getreide in die hiesige Mühle. Ich fahre heute noch nach Münsingen zurück. Wenn Sie sich mit einem Platz auf der Pritsche zufriedengeben, könnte ich Sie mitnehmen.«

Anton überlegte kurz. Mit der Kutsche war diese Strecke in ein paar Stunden zu bewältigen. Aber ob Mimi sich darauf einließ, auf derart unkomfortable Art zu reisen? Andererseits war es ja ihre Idee gewesen, nach Münsingen zu fahren. »Und was würde das kosten?«

Der Mann nannte einen Preis. Er war horrend hoch.

Anton prustete los. »Ist Ihr Wagen etwa vergoldet? Sitzen wir auf samtenen Kissen?«

Der Mann zuckte ungerührt mit den Schultern. »Wenn Sie heute noch wegwollen, ist das die einzige Möglichkeit. Angebot und Nachfrage – davon haben Sie doch sicher schon gehört, oder nicht?«

Anton lachte verächtlich auf.

»Und ich verlange Bezahlung im Voraus«, fügte der Mann noch hinzu.

*

Bernadette, die das Telefonat, das Bela Tibor in ihrem Büro geführt hatte, natürlich mitbekommen hatte, konnte ihr Glück nicht fassen. Mimi Reventlow war auf dem Weg hierher! Das musste sie unbedingt Wolfram erzählen, dachte sie froh. Und danach würde sie sofort ihr Gästezimmer herrichten!

»Vielen Dank, dass ich Ihren Fernsprechapparat nutzen durfte«, sagte Bela Tibor und reichte Bernadette die Hand.

»Jederzeit«, sagte Bernadette. »Eine Bitte hätte ich jedoch, Herr Tibor: Falls ich Frau Reventlows Eintreffen verpassen sollte – geben Sie mir unbedingt Bescheid! Ich will sie gleich bei ihrer Ankunft begrüßen, egal zu welcher Tageszeit das ist.«

Kaum war der Vorarbeiter der Druckerei wieder fort, rannte sie nach draußen, blieb dann aber vor der Haustür stehen. Zu Pferd oder zu Fuß? Sie wusste, Wolfram stand mit den Schafen direkt vor dem Ort. Bis sie das Pferd gesattelt hatte, war sie zu Fuß längst bei ihm.

Es war später Nachmittag, seit dem Morgen stand die Sonne leuchtend grell am Himmel, keine einzige schattenspendende Wolke war zu sehen. Wie Wolfram es den ganzen Tag in dieser Hitze aushielt, war ihr schleierhaft. Sie selbst hätte längst einen Sonnenstich davongetragen. Kein Wunder, dass er vorhatte, mit den Schafen hinunter ins Tal zu gehen, auf die Streuobstwiesen, wo die Bäume Schatten spendeten und die Tiere auf den noch grünen Wiesen mehr Futter fanden als hier droben in der ausgedörrten Ebene. Wenn es nur endlich mal wieder regnen würde, dachte Bernadette sehnsüchtig, während sie den Weg aus dem Dorf hinausging. Alles war so staubig! Heidi, ihre ehemalige Kindsmagd, die nun Bernadettes Haushalt führte, wischte zwar täglich feucht den Boden, um des ganzen Schmutzes irgendwie Herr zu werden, doch schon wenige Stunden später war wieder alles verstaubt. So gesehen war es vielleicht gar nicht schlecht, dass die Hochzeit erst im November stattfand. Dann mussten sich ihre Gäste zwar durch Nebel kämpfen, und es wurde früh dunkel, aber immerhin war der lästige Staub, der von den Äckern und Weiden ins Dorf hereinwehte kein Thema mehr.

Bernadette sah die Herde schon von weitem. Und obwohl sie für Schafe nicht viel übrighatte, war sie unwillkürlich beeindruckt von der Menge an Tieren, die sich über die sanft geschwungene Landschaft verteilt hatten.

Wolfram lehnte auf seinem Schäferstock, den Blick ließ er entspannt und wachsam zugleich über seine Herde schweifen.

»Bringst du mir etwas zu trinken? Eine gute Idee!«, rief er ihr schon von weitem zu.

Bernadette stieg die Röte ins Gesicht, und das lag nicht an der Hitze. Verflixt, daran hätte sie wirklich denken können! »Ich dachte, das lohnt nicht mehr, du kommst ja bald eh zurück...«, sagte sie lahm.

Er schaute sie an, und es war keine Enttäuschung, die Bernadette in seinem Blick las, sondern eher etwas wie Resignation.

»Ich habe ein paar Flaschen kalt gestellt, später gibt's also ein schönes Feierabendbier«, flunkerte sie und nahm sich vor, zu Hause sogleich ein paar Flaschen in den kalten Keller zu tragen. Wenn er dann zu den Ställen zurückkam, würde sie ihm mit einem gekühlten Bier entgegengehen.

Sie tätschelte die Hunde, fragte nach dem Befinden der Schafe und auch nach Wolframs – beides war wohl gut –, dann konnte sie mit ihrer frohen Nachricht nicht länger hinter dem Berg halten. »Stell dir vor, ich bekomme Besuch! Eine alte Bekannte von mir ist auf dem Weg nach Münsingen. Sie ist eine sehr berühmte Fotografin!« Glücklich erzählte sie ihm, wer Mimi war und durch welchen Zufall sie von ihrer Ankunft erfahren hatte. »Ach, ich freue mich so…« Hoffentlich hatte die Fotografin es nicht allzu eilig, wieder fortzukommen, dachte sie bang. Es gab noch so viel vorzubereiten für das große Fest – gemeinsam mit Mimi würde das alles viel mehr Spaß machen. Sie hatte ja sonst niemanden.

»Es gibt noch mehr Grund zur Freude«, sagte Wolfram lächelnd. »Ich habe die Nachricht bekommen, dass unsere neue Herde aus der Camargue in den nächsten ein, zwei Tagen hier eintreffen wird. Ich muss also heute Abend noch anfangen, das Gatter für sie vorzubereiten.«

Die Schafe, die Schafe! Bernadette verdrehte heimlich die Augen. Eigentlich hatte sie vorgehabt, Wolfram von ihren neuesten Planungen für die Hochzeitsfeier zu erzählen. Es war ihr nämlich gelungen, ein hochgelobtes Streichquartett, das schon für den König in Stuttgart gespielt hatte, für die Feier zu gewinnen. Die Resonanz im Offizierskasino war sehr gut – im Geiste hörte sie schon ein Stück von Vivaldi... Aber den Bericht konnte sie sich sparen, wo doch die nahende Ankunft der Schafe so viel wichtiger war, dachte sie spöttisch. Doch sie verspürte keinen Groll. So war ihr zukünftiger Mann nun einmal. Und eins musste man sagen: Wolfram ließ ihr bei den Hochzeitsvorbereitungen absolut freie Hand – welche Braut konnte das schon von sich behaupten! Sie nahm seine Hand und sagte inbrünstig: »Ach Wolf, ich bin so glücklich! Eigentlich müsste es verboten sein, schon in jungen Jahren zu heiraten! Das sollte man erst im reiferen Alter tun dürfen, wenn sich gegenseitiges Vertrauen aufgebaut hat. Vertrauen und Verlässlichkeit...«

Er nickte lächelnd. »Natürlich kannst du dich auf mich verlassen. Und auf die Schäfer aus der Camargue!«

Die Schäfer aus der Camargue konnten ihr nicht gleichgültiger sein, dachte Bernadette und lächelte zurück.

23. Kapitel

Die große Frauengestalt stand so still am Rande der Hochebene, als wäre sie mit unterirdischen Wurzeln angewachsen wie eine der Birken, die locker verteilt ringsum wuchsen. Ihre langen rotblonden Haare wehten wie die tiefhängenden Zweige der Bäume im sanften Wind. Ganz entspannt stand sie dort, und mit einer Hand streichelte sie einen großen Hund, der seinen struppigen Kopf an ihren rechten Schenkel drückte. Sie atmete tief ein und aus, als wolle sie sich dadurch noch mehr mit Mutter Erde verbinden.

Das war also die Schwäbische Alb.

In Corinnes Augen glitzerten Tränen, als sie ihren Blick über die Ebene schweifen ließ. Es waren Tränen der Freude, der Erleichterung, aber auch Tränen des Stolzes.

Sie hatten es geschafft. Über neunhundert Kilometer hatten Raffa, Ebru und sie die Herde wertvoller Merino-d'Arles-Schafe begleitet, gehütet und mithilfe ihrer zwei Herdenschutzhunde verteidigt. Hundertneun Tage waren sie unterwegs gewesen. Bis auf einen Widder, der sich das Bein gebrochen hatte und den sie hatten töten müssen, waren hundertachtzig Schafe, davon sechzig tragende Mutterschafe, achtzehn Böcke, zwei Esel und fünf Ziegen unter ihrer Obhut sicher und gut hier angekommen. Wenn ihr vor einem Jahr jemand gesagt hätte, dass sie jemals eine solche Reise unternehmen würde – sie hätte ihn schlichtweg für verrückt erklärt. Und wenn ihr nach den Ereignissen vom Frühjahr jemand gesagt hätte, dass sie – damals am Boden zerstört und mit gebrochener Seele – jemals wieder ein solches Vertrauen in sich haben würde, hätte sie auch nur traurig den Kopf geschüttelt.

Doch sie hatte den Aufbruch gewagt. Trotz oder vielleicht auch *wegen* aller Widrigkeiten.

»Und – was sagst du? Werden sich unsere *bébés* hier wohlfühlen?«, unterbrach Raffa Corinnes Gedankengänge.

Corinne, die gar nicht gemerkt hatte, dass er sich zu ihr gesellt hatte, lächelte nur.

Raffa, der seine Gefährtin aus Kindertagen in- und auswendig kannte und spürte, dass Corinne allein sein wollte, verzog sich wieder. Und Corinne ließ ihre Gedanken erneut frei. Obwohl die Reise so lang gedauert hatte, hatte sie das Gefühl, dass ihre Seele noch nicht ganz hinterhergekommen war. Vielleicht würde ihr dies gelingen, wenn sie noch einmal alle Passagen im Geiste durchging…

Am 28. April, an einem Montag, waren sie in der Camargue aufgebrochen, genauer gesagt vom Chateau Arles. In der Woche davor hatte der Marquis de Forretière, bei dem Raffa, Ebru und sie als Hirten in Stellung waren und der einer der angesehensten Schafzüchter

Südfrankreichs war, die Herde zusammengestellt. Alle Tiere waren gesund, besaßen eine korrekte Beinstellung, bei keinem war bisher eine Schwächung von Herz oder Lunge festgestellt worden. Ihre Wolle war langfaserig, seidig weich und gleichzeitig so dicht, dass man sie mit den bloßen Fingern fast nicht scheiteln konnte. Die achtzehn Widder, die die Herde begleiten und während der Reise auch bocken sollten, waren prachtvolle Tiere, deren Wolle bis zu den Klauen ging. Mit ihren mächtigen Hörnern strahlten sie Kraft und Würde gleichermaßen aus. Einer davon war Corinnes Lieblingswidder, einen anderen hingegen mochte sie nicht, weil er bei jedem Schritt und Tritt nichts als Unfug im Kopf hatte. Dass das Tier seine Forschheit mit dem Leben würde bezahlen müssen, hatte zu Beginn der Reise noch niemand gewusst.

Der Marquis hatte Raffa außerdem Geld gegeben, um Schafschellen – kleine Glöckchen, die die Tiere an einem Riemen oder hölzernen Bogen um den Hals trugen – zu kaufen. Raffa, der über ein musikalisches Gehör verfügte, hatte die Glocken so aufeinander abgestimmt, dass sie harmonisch klangen. Als Corinne das erste Mal den Vielklang im Ohr hatte, hatte sie freudig aufgelacht. »So hört sich die Freiheit an!«, hatte sie zu Raffa gesagt und gespürt, dass ihre Reise unter einem guten Stern stehen würde.

Mit Empfehlungsschreiben des Marquis und genauen Wegeplänen in der Tasche sowie Mut gepaart mit Optimismus im Herzen waren sie aufgebrochen. Die Schafe waren munter, hatten geglaubt, es ginge wie jedes Jahr hinauf auf die zweitausend Meter der südlichen Alpen, um dort der Hitze des Mittelmeerraumes zu entfliehen. Doch in diesem Jahr waren Corinne und die beiden anderen Hirten in Valence nicht in Richtung Grenoble abgebogen, sondern weiter in der Talebene gen Norden gezogen.

Bis Lyon waren sie dem Verlauf der Rhone gefolgt, danach entlang der üppigen Flussauen der Saône und ihrer Seitenkanäle bis nach Châlon-sur-Saône weitergewandert. In den burgundischen Eichenwäldern hatten die Tiere besonders saftiges Gras gefunden und sich außerdem an ersten früh gereiften Eicheln satt essen können. Sie wanderten den Doubs entlang – nach den gewaltigen Flüssen Rhone und Saône war der leise dahin mäandernde Doubs ihnen fast wie ein Bach erschienen.

Von einem Tag auf den andern war es sengend heiß und staubig geworden, der Staub hatte sich in die Nüstern der Schafe gesetzt und ihr Wollkleid verklebt. Mensch und Tier würden schon seit Monaten sehnsüchtig auf Regen warten, hatten die Einwohner gesagt, und dass es schon etliche Tote zu beklagen gäbe. Die drei Hirten hatten jedes bisschen Schatten genutzt, um den Tieren Erleichterung zu verschaffen, doch nach wenigen Tagen war die Herde aus der Camargue so geschwächt gewesen, dass den Hirten nichts anderes übrig blieb, als sie zu scheren. Das gab gewiss Ärger!, hatten Raffa und Ebru besorgt geunkt, nachdem sie die Vliese zu ihrem Besitzer in Deutschland geschickt hatten. Und wenn schon, hatte Corinne erwidert. Solange es den Tieren gut ging, war sie gern bereit, jeden Ärger einzustecken.

Dem Fluss Doubs waren sie bis nach Montbéliard gefolgt. Danach waren sie in ein seenreiches Gebiet gekommen. Die Seen hatten Corinne an die *Etangs* zu Hause erinnert, und auch an die Schnaken, die im schummrigen Abendlicht in Scharen über sie herfielen. Jeden Tag hatten die drei Hirten ihre geschorene Herde mit Lehmwasser eingeschmiert, um sie vor den Schnaken und der sengenden Sonne zu schützen. Mensch und Tier waren gleichermaßen froh gewesen, als sie am Oberrhein endlich wieder erträgliche Temperaturen vorfanden.

Während Raffa und Ebru des Öfteren über die ganzen Unwägbarkeiten, denen sie ausgesetzt waren, fluchten, hatte Corinne alles angenommen. Waren es Empfindungen von Schuld und Sühne gewesen, die sie alles klaglos ertragen ließen? War es ein Charakterzug, von dem sie bisher noch nichts gewusst hatte? Oder war ihr schlicht und einfach das Wohlergehen der Tiere über alles gegangen, so dass sie deswegen ihr eigenes Wohlbefinden hintangestellt hatte? Corinne war sich bis heute nicht sicher.

Im Elsass angekommen, war Corinne tief bewegt gewesen. Hier war also ihre Mutter geboren worden, hier hatte sie gelebt, bis sie als junge Frau von Mulhouse aus dem Ruf der Liebe gefolgt und in die Camargue gezogen war. Als Corinne das erste Mal deutsche Worte hörte, surrte es einen Moment lang geradezu in ihren Ohren. Ihre Muttersprache! Noch niemals in ihrem ganzen Leben hatte sie einen anderen Menschen außer ihrer Mutter Deutsch sprechen hören! Dass von nun an alle Menschen so sprechen würden, war eine seltsame, wenn auch sehr freudige Vorstellung für sie – Raffa und Ebru hingegen, die kein Deutsch verstanden, reagierten befremdet und ein wenig eingeschüchtert.

Von Mulhouse aus waren sie nach Freiburg weitergezogen und von dort in den Schwarzwald. Von den dichten Tannenwäldern war Corinne tief beeindruckt – auf der ganzen Reise hatten sie keine so dicht bewachsenen und düsteren Wälder gesehen! Doch irgendwann war die Landschaft wieder lichter geworden, der Boden magerer.

Auf der Baar – so nannte man den Landstrich zwischen dem schwarzen Wald und der Schwäbischen Alb – waren sie der Donau gefolgt, auch hier hatten sie trotz des fortgeschrittenen Sommers noch saftige Auen vorgefunden.

Und schließlich hatten sie in der Ferne zum ersten Mal die Schwäbische Alb erblickt. An die Zweitausenderberge der Alpen gewohnt, die sie jeden Frühsommer während der Transhumanz mit den Schafen erklommen, erschien Corinne die Bergkette nicht gerade mächtig, eher sanft und lieblich. Sie war erleichtert gewesen – ein Anstieg von tausend Höhenmetern und mehr wäre am Ende der langen Reise für Tier und Mensch sehr kräftezehrend gewesen. Den Anstieg auf die Schwäbische Alb jedoch hatten sie gut bewältigt.

Und so waren sie also heute, am 13. August 1913, angekommen in diesem seltsamen Landstrich, der sich »Schwäbische Alb« nannte und der das neue Zuhause ihrer Herde sein würde.

Würzige Kräuter gab es hier auch, dachte Corinne entzückt und ging in die Hocke, um am duftenden Thymian zu riechen. Die sanft geschwungene Hochfläche mit ihren Wacholdersträuchern, vereinzelt stehenden Birken und Kiefern erinnerte sie fast ein wenig an die Garrigue-Landschaften von Südfrankreich.

»Wie weit ist es denn noch zu der Schäferei Weiß?«, rief sie Raffa zu, der auf einem Baumstamm saß und mit einem Messer ein kleines Ästchen ausfranste, um es als Zahnbürste zu verwenden.

»Laut der Karte vom Marquis keine zehn Kilometer mehr«, erwiderte er. »Wenn wir wollten, könnten wir es heute noch bis nach Münsingen schaffen...« Er schaute sie fragend an.

Corinne überlegte kurz. »Dieser Ort dort vorn, weißt du, wie er heißt?« Sie zeigte nach rechts, wo schätzungsweise zwei, drei Kilometer von ihnen entfernt eine kleine Siedlung zu erkennen war. Auch einen Kirchturm konnte Corinne sehen.

»Go – ma – dingen«, las Raffa mit zusammengekniffenen Augen aus der Landkarte vor.

»Siehst du das große Gebäude ein Stück vor dem Dorf?«, fragte Corinne. »Es ist wahrscheinlich eine Scheune. Können wir dort nicht die letzte Nacht verbringen und morgen früh in aller Frische das letzte Wegstück in Angriff nehmen? Der kleine Feldrain neben der Scheune, der so sattgrün ausschaut, könnte auf eine Quelle hindeuten. Ich würde die Schafe gern waschen und bürsten, damit sie bei der Ankunft prächtig aussehen.« Und sie selbst hatte ein wenig Pflege auch dringend nötig, dachte sie schaudernd. Ihre Haare fühlten sich verschwitzt und klebrig an, und sie war von Kopf bis Fuß staubig.

»Gute Idee«, stimmte Raffa ihr zu. »Wenn wir mit den Schafen an der Scheune angekommen sind, können wir auch abwechselnd ins Dorf gehen. Du sehnst dich doch schon lange nach einem heißen Bad, vielleicht ergibt sich ja die Möglichkeit.«

Corinne seufzte sehnsuchtsvoll. »Ein heißes Bad... Ich kann mich schon nicht mehr daran erinnern, wie sich das anfühlt! Es wird höchste Zeit, dass wir wieder aussehen wie zivilisierte Schäfer und nicht mehr wie Lumpensammler«, sagte sie.

Der Marquis hatte Raffa Geld mitgegeben, damit sie sich kurz vor ihrer Ankunft neue Kleider kaufen konnten. Er wollte, dass nicht nur seine Schafe, sondern auch seine Schäfer einen guten Eindruck machten. Per Zufall waren sie im Schwarzwald an einem Krämermarkt vorbeigekommen, wo die beiden Männer neue Hosen und Kittel und sie einen dunkelgrünen Wollrock und eine rote Bluse erstanden hatten. Nun konnte sie es kaum erwarten, die neuen Sachen anzuziehen.

Sie wies ihren Hund mit einem leisen Pfiff an, die Schafe voranzutreiben. »Los geht's!«

*

»... und wenn ich dann in der Zeitung sehe, dass Kaiser Wilhelm sich in Berlin als der Friedenskaiser feiern lässt... Dieser Prunk und Pomp in der Hauptstadt, und wir hier auf dem Land rackern uns den Buckel krumm!« Kleine Fleckchen Kautabak vermischt mit Spucke flogen durch die Luft, während der Kutscher seinen Passagieren seine Sicht der Dinge erklärte.

Mimi verdrehte die Augen. Hätten sie bloß am nächsten Tag den Zug genommen! Sie konnte sich nicht daran erinnern, wann sie jemals so unbequem – und unangenehm – gereist war. Seit der Mann erfahren hatte, dass sie aus Berlin kamen und wieder dorthin zurückwollten, belästigte er sie mit seiner Weltanschauung, die in einem Satz zusammengefasst lautete: »Die da oben« saugten »die da unten« bis zum letzten Blutstropfen aus. Die Pferde, alt und müde, zockelten so gemächlich dahin, dass Mimi überlegte, auszusteigen und nebenherzugehen.

»Wie weit ist es denn eigentlich noch? Wir sind ja schon ewig unterwegs!«, zischte sie Anton zu, der seit Stunden döste, und beäugte sorgenvoll den Berg Wolken, der sich westlich von ihnen zusammenbraute. Vereinzelt war aus der Ferne Donner zu hören und das Blöken von Schafen, zwei Mal leuchtete ein Blitz auf. Hoffentlich kamen sie jetzt nicht auch noch in ein Gewitter!

»Kann nicht mehr weit sein«, murmelte Anton im Halbschlaf.

Sehr hilfreich!, dachte Mimi wütend und schaute sich um. Außer einem kleinen Weiler, der aus höchstens zwei Dutzend Häusern bestand, war weit und breit noch kein Ort zu sehen.

»Und dann die Steuern! Alles völlig ungerecht! Aber irgendwer muss den ganzen Luxus für die feinen Herrschaften schließlich finanzieren«, schwadronierte der Kutscher weiter, während das Donnergrollen merklich zunahm. »Wir zahlen uns dumm und dämlich, und die schlauen Juden mit ihren großen Kaufhäusern und

Banken zahlen lediglich eine mickrige Tempelabgabe an ihre Synagogen, und das war's dann!«

Tempelabgabe, Synagogen? Was hatte das mit den Steuern zu tun? Jetzt reichte es! »Wie kommen Sie darauf, dass Juden keine Steuern zahlen?«, fuhr Mimi den Mann an. »Natürlich zahlen jüdische Geschäftsleute ebenso Steuern wie Sie und ich, was für abstruses Zeug reimen Sie sich hier eigentlich zusammen? Ich wäre Ihnen wirklich dankbar, wenn Sie uns für den Rest der Strecke mit Ihrem haltlosen Gemecker verschonen. Und können Sie Ihre Pferde nicht mal ein bisschen antreiben?«

Der Mann spuckte einen besonders großen Klumpen Kautabak aus, dann brachte er seine zwei Pferde zum Stehen. »Ich treibe heute niemanden mehr an. Hier trennen sich unsere Wege nämlich.«

Mimi glaubte nicht richtig zu hören. »Wie bitte? Das ist doch nie und nimmer Münsingen! Wo sind wir hier eigentlich?« Plötzlich stieg Angst in ihr auf. War es leichtsinnig gewesen, sich einem Fremden anzuvertrauen? Zu ihrer Erleichterung war Anton neben ihr schlagartig wach.

»Gomadingen«, erwiderte der Mann ungerührt. »Da hinten ist mein Hof.«

»Gomadingen? Wir hatten vereinbart, dass Sie uns nach Münsingen fahren! Glauben Sie, Sie können uns übers Ohr hauen?« Anton sah aus, als würde er dem Mann im nächsten Moment an die Gurgel gehen. Mimi legte ihm mahnend eine Hand auf den Arm. Jetzt bloß nicht noch Handgreiflichkeiten!

Der Mann lachte grob auf. »*Gen* Münsingen! Ich

sagte, ich fahre gen Münsingen. Seien Sie froh, dass ich Sie überhaupt mitgenommen habe!« Noch während er sprach, sprang er vom Bock, dann lud er Stück für Stück und sehr unsanft Antons und Mimis Gepäck ab. »Und jetzt runter hier!«

»Also, so etwas habe ich ja noch nie erlebt«, echauffierte sich Mimi, während sie ihr Gepäck zusammensammelte. Alles war staubig!

Anton sah immer noch so aus, als würde er dem Kutscher am liebsten eine Abreibung verpassen. Doch dann besann er sich. »Tut mir leid«, sagte er zu Mimi. »Ich hätte mich erst gar nicht auf den Kerl einlassen sollen.«

Mimi, die sich mit einem Taschentuch den Staub aus dem Gesicht wischte, verkniff sich eine Antwort. Schließlich waren sie auf ihren Wunsch auf der Alb.

»Am besten bleibst du mit dem ganzen Gepäck hier«, sagte Anton und zeigte auf eine Sitzbank, die neben einem Wegkreuz stand. »Ich laufe schnell ins Dorf und schaue, ob es dort einen Gasthof gibt. Vielleicht finde ich sogar jemanden, der uns das letzte Stück fährt.« Noch während er sprach, verschwand die untergehende Sonne vollends hinter den Gewitterwolken.

Eine knappe halbe Stunde später kam Anton zurück. »In diesem Gomadingen ist absolut nichts los. Kein Gasthof, kein Laden! Nur den hier konnte ich unterwegs pflücken.« Er reichte ihr einen Apfel.

Mimi, deren Mund so ausgetrocknet war, dass sie kaum mehr zu schlucken vermochte, biss dankbar davon ab. Und nun?, fragte sie sich stumm.

»Nach Münsingen sind es von hier aus noch zehn Kilometer.«

»Zehn Kilometer!«, rief Mimi entsetzt aus. »Das schaffen wir heute nicht mehr.« Im selben Moment donnerte es in ihrer Nähe, schlagartig wurde es dunkel, und die Büsche und Bäume in ihrer Nähe nahmen seltsame Formen an. »Außerdem bricht hier gleich ein Unwetter los!« Sie hatte zwar keine große Angst vor Gewittern, aber völlig ungeschützt in freier Natur wollte sie Blitz und Donner auch nicht gern begegnen.

Anton nickte grimmig. »Ich habe vor dem Ort eine Art Scheune gesehen. Für eine Nacht ist es besser als nichts.« Er schulterte erst sein Bündel, dann nahm er Mimis Gepäck. »Auf geht's!«

»Eine Nacht in der Scheune, wunderbar«, grummelte Mimi und stapfte hinter ihm her, während die ersten Regentropfen auf sie niederprasselten.

»Liebe Mimi, heute Mittag hast du hier oben noch einen ›Wachstumsmarkt‹ gewittert – da wirst du dir doch nicht von so ein paar Unannehmlichkeiten die Freude an der Schwäbische Alb nehmen lassen?« Anton grinste frech.

Es fiel Mimi schwer, nicht am Wegesrand eine Rute abzubrechen und ihm damit eins überzuziehen.

24. Kapitel

Während der Regen auf das Scheunendach prasselte, ließ sich Corinne müde auf einer ausgebreiteten Decke nieder, dann entzündete sie die beiden Öllampen, die sie immer bei sich trugen. Sogleich wurde die Scheune in ein goldenes Flackerlicht getaucht. Ein paar der Schafe schauten kurz auf, dann legten sie ihre Häupter wieder ab, satt gefressen und sicher vor dem Regen. Hin und wieder rülpste ein Schaf und stieß dabei den würzigen Geruch des Grases aus, das es den ganzen Tag geweidet hatte. Was für ein Glück, dass sie die letzte Nacht nicht unter freiem Himmel übernachten mussten, dem Gewitter ausgesetzt, dachte Corinne dankbar, während sie aus ihrem Proviant Käse, Brot, dazu Speck und Most für die Abendmahlzeit herrichtete. In dem kleinen Hain neben der Scheune hatte sie wilden Thymian gefunden, nun zerrieb sie ein Stängelchen zwischen den Fingern und streute ihn über den Ziegenkäse. Sein Duft mischte sich mit dem Geruch der Kräuterseife, mit der Corinne die Tiere gewaschen hatte und der in der ganzen Scheune hing.

»Raffa, Ebru – kommt ihr?«, rief Corinne den beiden leise zu. Sie hatten ihr Lager in der Nähe der Tür errichtet und sich für ein Nickerchen hingelegt. Liebevoll ließ sie dann ihren Blick über die Herde schweifen. Alle Tiere lagen dicht an dicht, manche schliefen sogar schon – ein Zeichen dafür, dass sie sich wohl und sicher fühlten. Ihre Merino d'Arles waren einfach die schönsten Schafe der Welt!, dachte Corinne nicht zum ersten Mal und strich einem Mutterschaf in ihrer Nähe über den Kopf.

Ihre Vermutung früher am Tag, dass sich neben der Scheune eine Wasserstelle befinden könnte, hatte sich bei ihrer Ankunft bestätigt. In dem gemächlich dahinfließenden Bach hatten sie den ganzen Nachmittag lang so viele Schafe wie nur möglich gereinigt. Aus einer Laune heraus hatte Corinne danach noch die Esel und ihre fünf geliebten Ziegen gebadet – alle hatten brav stillgehalten und die kühlende Frische genossen. Die Hunde hatten sie nicht baden müssen, sie waren von selbst ins Wasser gegangen und hatten herumgetobt wie zwei ausgelassene Welpen.

In der Sonne waren die Schafe schnell wieder getrocknet, und so war nach dem Baden das Bürsten dran gewesen. Ein Schaf nach dem andern hatten Raffa und sie sich vorgenommen, die kräftigen Borsten ihrer Wurzelbürsten waren durch die sauber aufgeplusterte Schafwolle geglitten wie ein Messer durch weiche Butter. Einen Zentimeter war die Wolle mindestens schon wieder nachgewachsen!

Während die beiden Männer sich anschließend auf den Weg ins Dorf gemacht hatten, hatte Corinne ihre Lavendelseife ausgepackt und war selbst in den Bach gestiegen. Wer brauchte ein Wannenbad, wenn es hier in der freien Natur glasklares frisches Wasser gab?

Als Raffa und Ebru aus dem Dorf zurückkehrten, war sie ihnen in ihren neuen Kleidern und mit seidig glänzendem Haar entgegengegangen. In dem kleinen Weiler gäbe es weder ein Badehaus noch sonst sehr viel, berichteten sie, und Corinne war über ihr Bad im Bach umso froher. Ganz unverrichteter Dinge kamen die Hirten dennoch nicht zu ihr, denn sie hatten den Besitzer der Scheune ausfindig gemacht und sich mit Händen und Füßen mit ihm verständigt. Zum Erstaunen der Hirten hatte der Landwirt schon gewusst, dass eine Herde französischer Schafe auf dem Weg nach Münsingen war. Der Mann hatte Richtung Himmel gezeigt, wo sich ein Gewitter zusammenbraute. Natürlich dürften sie in seiner Scheune übernachten! Wenn es ihnen recht wäre, würde er gern am nächsten Morgen kommen und sich die Tiere anschauen, über die so viel geredet wurde, reimten sich Raffa und Ebru weiter zusammen. *Mais oui!*, hatten sie eifrig geantwortet. Aber ja!

Unter viel Gestikulieren hatte der freundliche Bauer den beiden Hirten am Ende noch einen Krug Most, eine Seite Speck und zwei Brotlaibe aus dem eigenen Backhaus mitgegeben. *Un cadeau?* Ja, ein Geschenk! Die Hirten, denen man sonst oft eher mit Feindseligkeit und Misstrauen begegnete, waren ganz gerührt von dannen gezogen.

»Ein Dach über dem Kopf und ein Festmahl – was für ein Luxus!«, rief Raffa, als er sich zu Corinne auf die

Decke gesellte. »Da tut es einem ja fast leid, dass die Reise morgen vorbei ist.«

Corinne spürte sogleich ein angstvolles Rumoren in ihrer Magengegend. An morgen und das, was danach kam, wollte sie noch nicht denken.

Für die Schafe war gesorgt. Für die Esel würde sie hoffentlich auch ein gutes neues Zuhause hier in Deutschland finden. Ob sie sich von den Ziegen trennen konnte? Corinne wusste es noch nicht, doch im Grunde würde die Heimreise mit ihnen beschwerlich werden und Kosten verursachen. Vielleicht waren Ziegen in einem Zug auch gar nicht erlaubt? Nun, notfalls würde sie mit ihnen auch im Viehwaggon reisen.

Die Heimreise – da war er schon wieder, der unselige Gedanke.

Raffa und Ebru freuten sich auf daheim – trotz Raffas Scherz von gerade eben. Doch Corinne verspürte keinerlei Gefühle von Heimweh. Im Geiste sah sie vielmehr den enttäuschten Blick vor sich, mit dem ihr Vater sie bei ihrer Heimkehr bedenken würde. *Du wieder hier? Warum musstest du mir nochmal unter die Augen kommen? Konntest du nicht für immer wegbleiben?*

Das Gefühl der Zufriedenheit, das Corinne gerade noch empfunden hatte, löste sich wie ein brüchig gewordener Faden immer weiter auf. Tatsache war: Sie, der Hund Achille und vielleicht auch die Ziegen waren obdachlos, und diese Scheune hier war vielleicht für lange Zeit das letzte Dach über ihrem Kopf. Die ganze Reise über hatte sie die Frage, wohin sie nach der Übergabe der Schafe gehen sollte, verdrängt. Aber nun musste sie sich ihr stellen. Einfach wieder nach

Hause fahren, wo sie erneut täglich dem Hass ihres Vaters ausgesetzt sein würde? Ins Elsass, wo ihre Mutter einst herkam? Oder sollte sie auf der Zugfahrt einfach irgendwo aussteigen?

»Mach dir nicht so viele Gedanken. Alles wird gut«, hörte sie Ebru neben sich flüstern.

Sie blinzelte tapfer ihre Tränen weg und hoffte, dass ihr kluger Freund aus Kindertagen recht hatte.

Sie hatten gerade zu essen begonnen, als vor der Scheune zwei Stimmen ertönten. Ein Mann und eine Frau, und wie es sich anhörte, schienen sie zu streiten.

»Wir können da nicht rein, da ist jemand«, sagte die Frau. »Schau doch durch die Ritzen, da drinnen brennt Licht!«

Corinnes Hund Achille knurrte leise. Eilig nahm sie ihn am Halsband, während Raffa und Ebru aufsprangen, beide die Hand an den Hosentaschen, in denen ihre Messer steckten. Das alte Holztor wurde aufgestoßen, der Mann und die Frau, beide bis auf die Knochen durchnässt, standen im Türrahmen.

»O Gott, da sind ja lauter Schafe!«, rief die Frau und stieß einen spitzen Schrei aus, als sie die beiden Hirten entdeckte. »Bitte tun Sie uns nichts!«

Blitzschnell schob sich ihr Begleiter vor sie – Corinne sah in seinen Augen die Bereitschaft, sie zu verteidigen. Die Hände zu Fäusten geballt standen er und die beiden Hirten sich gegenüber.

Eilig trat Corinne dazu. »Die beiden sind harmlos, auf der Durchreise im Gewitter gestrandet, würde ich sagen«, raunte sie Raffa auf Französisch zu.

»Kommen Sie doch herein«, sagte sie dann auf Deutsch. »Hier sind Sie vor dem Gewitter geschützt.«

Die Fremde blieb unsicher stehen. »Wir wollen nicht stören...« Regen triefte aus ihren Haaren, und sie zitterte, ob vor Kälte oder Aufregung war nicht klar.

Ihr jüngerer Begleiter, der derweil unauffällig, dennoch nicht unbemerkt von Corinne, seinen Blick durch die ganze Scheune hatte schweifen lassen, legte einen Arm um sie. »Mimi, lass uns das Angebot annehmen. Etwas Besseres finden wir nicht mehr, und du musst dringend aus den nassen Sachen raus, du zitterst schon!«

Ein freundlicher Kerl, dachte Corinne. Ob die beiden Geschwister waren? Oder ein Liebespaar? »Wir sind auch fremd hier, genau wie Sie. Der Besitzer der Scheune lässt uns freundlicherweise hier übernachten. Ich bin mir sicher, dass er nichts dagegen hat, wenn Sie sich uns anschließen.« Sie lächelte einladend.

»Vielen Dank, das ist sehr nett von Ihnen. Ich heiße Mimi Reventlow, und mein Begleiter ist Anton Schaufler«, sagte die Frau, und die Erleichterung in ihrer Stimme war nicht zu überhören.

Corinne reichte den beiden die Hand. »Mein Name ist Corinne Clement, und das hier sind Raffa und Ebru, sie sprechen leider kein Deutsch. Wir kommen aus Südfrankreich und liefern morgen diese Herde hier bei einem Schäfer einen Ort weiter ab.«

»Sie sind den ganzen Weg von Südfrankreich bis hierher zu Fuß gegangen?« Anton, der junge Mann, war fassungslos. »Aber... das... ist doch unglaublich weit! Dann haben Sie bestimmt viele Abenteuer erlebt.« Er klang fast ein wenig neidisch.

Corinne lächelte. »Das kann man so sagen. Gott sei Dank ging alles gut.« Sie übersetzte den Wortwechsel für Raffa und Ebru, die daraufhin stolz die Schultern strafften.

Die Fremde hob fragend ihre ebenmäßigen Brauen. »Ich will morgen auch zu einer Schäferin in Münsingen, sie heißt Bernadette Furtwängler. Sagen Sie bloß, die Herde ist für sie bestimmt?«

Corinne, Raffa und Ebru schüttelten stirnrunzelnd den Kopf. »Diese Herde gehört einem Mann.«

Nachdem sie gemeinsam gegessen hatten – Anton wollte ihnen dafür unbedingt Geld anbieten, was Corinne und die beiden Männer entrüstet ablehnten, denn für sie war es normal, ihr Essen zu teilen –, verzogen sich die drei Männer in eine Ecke der Scheune, um Karten zu spielen. Ihr kameradschaftliches Lachen war Beweis genug, dass dies auch ohne gemeinsame Sprachkenntnisse ging.

Im warmen Licht der Öllampe, jede eine wollene Decke aus Corinnes Fundus über die Beine gelegt, kamen die beiden Frauen ins Erzählen. Genauer gesagt war es Mimi Reventlow, die erzählte, während Corinne fasziniert zuhörte. Eine Wanderfotografin, ständig unterwegs, um Menschen, Landschaften und andere Dinge abzulichten? Dass sie als Schäferin eine so weite Reise unternahm, war für eine Frau ja schon sehr besonders, doch das Leben der Fremden erschien ihr noch weitaus ungewöhnlicher!

»Du meine Güte, jetzt habe ich mein ganzes Leben vor dir ausgebreitet! Jetzt bist du aber an der Reihe«, sagte Mimi Reventlow. »O Verzeihung, ich meine natürlich, *Sie*«, verbesserte sie sich sogleich.

Corinne lächelte. »Wir können uns gern duzen, bei uns Hirten ist das sowieso üblich.« Sie hob die Hände. »Was willst du von mir wissen? Mein Leben ist bei weitem nicht so aufregend wie deins.«

»Das sagst du!«, antwortete Mimi lachend, und Corinne spürte, wie sie sich beide an der freundschaftlichen Zuneigung der anderen wärmten. »Ich liebe es, einen Blick in fremde Lebenswelten erhaschen zu dürfen. Dabei fühle ich mich immer ein wenig so, als würde ich durch den Sucher meiner Kamera schauen.«

Und was, wenn dieser Blick zu schmerzhaft war?, fragte sich Corinne. Zögerlich hob sie an: »Hättest du mir vor einem Jahr gesagt, dass ich einmal mit einer Herde edler Schafe des Marquis de Forretière fast tausend Kilometer weit wandern würde, hätte ich dich glatt für verrückt erklärt.«

»Dann bist du erst seit kurzem Hirtin? Was hast du denn zuvor getan?« Mimi runzelte die Stirn.

»Schafe hüte ich schon mein ganzes Leben lang, allerdings waren es bis zum Frühjahr unsere eigenen«, sagte Corinne. »Meinem Vater gehörte nur eine kleine Herde. Meistens war ich diejenige, die sich um die Tiere kümmerte, denn Vater zog es vor, seine Zeit im Wirtshaus zu verbringen. Das ist nicht ungewöhnlich«, fügte sie hinzu, als sie Mimis fragenden Blick sah. »Bei uns hüten viele Frauen die Schafe, während die Männer Karten spielen und Anisschnaps trinken. Die Camargue ist einfach eine Welt für sich…«

Schon als kleines Mädchen hatte es für sie nichts Schöneres gegeben, als im Schafstall zu sein. Alles hatte sie interessiert, angefangen bei der Hufpflege über die Schur bis hin zur Pflege von kranken Tieren. Und wenn dann rund um Ostern die Lämmer zur Welt kamen! Jedes Volkslied, das sie kannte, hatte sie den Schafen vorgesungen, wenn niemand in der Nähe war. Und im Winter, wenn am Futter gespart wurde, hatte sie ihnen heimlich mehr Heu gegeben, als der Vater erlaubte. Von klein auf hatte ein Hund sie begleitet, kein stattlicher Herdenschutzhund, wie Achille einer war, sondern ein struppiger Promenadenmischling, der die Schafe allzu gern in die Hacken zwickte. Mit vierzehn Jahren hatte sie endlich ihren ersten »echten« Hütehund bekommen und ihn mit viel Geduld und Liebe abgerichtet. Gemeinsam waren sie während der Transhumanz im Frühjahr hinauf in die Alpen gezogen, wo die Schafe, geschützt vor den Stechmücken und der fast unerträglichen Hitze, den Sommer verbrachten. Dieses Gefühl von Freiheit... nie würde sie es vergessen.

Lächelnd schaute Corinne auf.

»Am Ende jeden Sommers gab es einen Moment, in dem ich überlegte, ob ich überhaupt wieder nach Hause gehen sollte – ich hätte weder meinen Vater noch die vielen Stechmücken vermisst. Einzig nach meiner Mutter hatte ich Heimweh.«

»Das kenne ich!«, erwiderte die Fotografin aus vollstem Herzen. »Meine Mutter und ich sind uns zwar selten in etwas einig, aber fehlen tut sie mir dennoch oft.

Warum ist deine Mutter denn nicht mit dir in die Berge gegangen?«

Corinne lächelte. »Meine Mutter hatte mit Schafen nichts am Hut, vor den großen Böcken hatte sie sogar regelrecht Angst. Sie war Weberin, einzig die Schaf*wolle* interessierte sie. Diese spann sie und webte daraus kunstvolle Teppiche und leichte, aber sehr wärmende Decken, so wie diese hier.« Sie hob die Decke auf ihrem Schoß ein wenig an, die roten Streifen flackerten im Lampenlicht, als hätten sie ein Eigenleben. »Vor dem Weben hat Mutter die Wolle mit Krapprot und mit Waidblau eingefärbt, diese beiden Farben waren ihr Markenzeichen. Der Teppich, auf dem wir sitzen, ist auch von ihr. Auf den Märkten, die sie besuchte, haben die Leute ihr die schönen Stücke immer regelrecht aus der Hand gerissen.« Liebevoll strich Corinne mit ihrer Hand über den Teppich. Niemals würde sie sich von diesen Erbstücken trennen!

»Das sind sehr kunstvolle Arbeiten«, sagte die Fotografin bewundernd.

Corinne zeigte nach links, wo inmitten der Schafsherde auch die Ziegen lagen. »Die fünf Ziegen waren Mutters Lieblinge. Im Elsass, wo sie aufgewachsen ist, hat sie gelernt, wie man aus Ziegenmilch feinsten Käse macht, und mir hat sie das auch beigebracht. Der Käse, den wir heute gegessen haben, habe ich auf der Reise hergestellt.«

»Aus dem Elsass... Wenn deine Mutter Deutsche war, ist mir auch klar, warum du so gut Deutsch sprichst«, sagte Mimi.

Corinne lächelte stolz. Zu ihrem eigenen Erstaunen

war es gar nicht so schmerzhaft, über ihre Mutter zu reden, wie sie befürchtet hatte, im Gegenteil – es war wohltuend und schön. »Mutter bestand darauf, mit mir in ihrer Sprache zu reden. Sie ist der Liebe wegen meinem Vater in den Süden gefolgt, aber ihr Heimweh nach dem Elsass hat nie nachgelassen.«

»Heimweh... Das kenne ich kaum, mich plagt eher die Rastlosigkeit!« Die Fotografin lachte auf. »Verzeih, ich wollte dich nicht unterbrechen.«

Corinne blinzelte verwirrt, und irgendwie fand sie plötzlich keinen Anschluss mehr. »Viel gibt es nicht mehr zu erzählen. Mutter starb im Frühjahr. Danach war nichts mehr wie zuvor«, sagte sie rau. »Vater verkaufte die Schafherde von einem Tag auf den andern, und ich ging beim größten Schafzüchter der Camargue in Stellung. Als es hieß, dass ein Deutscher eine größere Anzahl Merino d'Arles bestellt hat, bat ich darum, die Herde nach Deutschland begleiten zu dürfen. Aber nun haben wir genug geplaudert. Lass uns schlafen, morgen steht uns allen ein aufregender Tag bevor.« Unvermittelt verschloss sie sich wie eine Auster – mehr würde sie nie zu dem Thema sagen.

25. Kapitel

Am nächsten Morgen war der Himmel von einem so strahlenden Blau, dass er fast künstlich wirkte. Lediglich ein paar kleine Wölkchen wanderten darüber, wollig weiß wie die Schafe, die die Hirten nun aus der Scheune ließen. Wie in den Tagen zuvor schien schon morgens um acht die Sonne, doch die Hitze der letzten Tage war nach der Gewitternacht verschwunden.

Einen tiefen Seufzer ausstoßend, trat Mimi nach draußen und streckte ihre Arme in die Höhe. Nach der Nacht auf dem harten Scheunenboden tat ihr jeder Knochen weh. Noch während sie sich dehnte, schnüffelte sie an ihrem Kleid. Täuschte sie sich oder roch sie nach Schafsurin?

»Was für ein Erlebnis«, sagte Anton, der schon frisch gewaschen und putzmunter vom Bach kam. »Von mir aus können wir uns die Pensionskosten ruhig öfter sparen!«

Vielen Dank, aber nicht mit mir, dachte Mimi. Aus dem Augenwinkel sah sie einen Mann auf die Scheune zukommen. Das war wahrscheinlich der Besitzer, von dem Corinne erzählt hatte, der sich die Schafe anschauen wollte. Mimi schlug den kurzen Weg zum Bach ein. Allem Anschein nach machten die französischen Schafe schon vor ihrer Ankunft Furore.

Das Wasser war glasklar und erfrischend. Mühsam in der Hocke balancierend wusch Mimi sich das Gesicht – solange die Männer bei den Schafen waren, blieb ihr wenigstens ein bisschen Privatsphäre. Sie hatte gerade ihre Bluse geöffnet, um sich unter den Achseln zu waschen, als einer der Hunde zu ihr kam und ihr mit seiner rauen Zunge übers Gesicht schleckte. Mimi erschrak so sehr, dass sie fast ins Wasser gefallen wäre.

»Achille mag dich!«, rief Corinne, die die Szene von der Scheune aus beobachtet hatte, lachend.

Mimi knöpfte eilig die Bluse zu und beschloss, dass angesichts der Umstände eine Katzenwäsche reichen musste. Sie holte ihre Bürste aus der Rocktasche, dann löste sie ihren Zopf. Staub und Stroh fielen heraus, auch etwas Kleines, Schwarzes, von dem Mimi hoffte, dass es kein Mäusedreck war. Von der Nacht waren ihre Haare so verstrubbelt, dass sie mit der Bürste nicht hindurchkam. Hoffentlich ergab sich heute noch die Möglichkeit, die Haare zu waschen, dachte sie schaudernd, während sie die Mähne notdürftig mit ein paar Nadeln hochsteckte. Mit Verwunderung und einer Spur Neid schaute sie hinüber zu Corinne, deren rote Lockenpracht seidig in der Sonne glänzte. Ihr roter Wollrock war blitzblank, ihre weiße Bluse sah aus, als hätte sie gerade noch auf dem Bügelbrett gelegen. Wie schaffte die Schäferin es nur, derart adrett auszusehen? Wahrscheinlich brauchte man dafür jahrelange Übung. Mimi zupfte sich ein Ästchen vom Rock.

Eine halbe Stunde später waren sie abmarschbereit. Die beiden Hirten hatten den Schafen Glocken um den Hals gebunden, die bei jeder Bewegung melodisch bimmelten. Es hörte sich an wie ein ungewöhnliches Lied.

Schon am Abend, kurz bevor sie die Öllampen gelöscht hatten, hatten sie beschlossen, das letzte Stück des Weges gemeinsam zu wandern. Die Esel konnten Mimis und Antons Gepäck mittragen, hatte Corinne ihnen angeboten. Während Mimi dankbar zustimmte, wollte Anton seine Sachen selbst tragen. Laut dem Kartenwerk der Hirten hatten sie weniger als zehn Kilometer zu gehen – wenn sie die Schafe ab und an grasen ließen, würden sie am Mittag in Münsingen eintreffen.

Das Tempo war angenehm gemächlich. Mimi nutzte die Zeit, ihren Blick über die spätsommerlich ausgetrockneten Albhochflächen schweifen zu lassen, während Corinne immer wieder in die Hocke ging und ein paar Gräser abrupfte.

»Was machst du da eigentlich?«, sagte Mimi. Was für eine schöne, ungewöhnliche Erscheinung die Schäferin doch war!, dachte sie erneut bewundernd. Die hochgewachsene Statur, die mandelförmigen Augen, die Selbstsicherheit, die Corinne ausstrahlte… Das Leben war schon verrückt, dachte Mimi schmunzelnd. Wären Anton und sie gestern nicht so jämmerlich gestrandet, wären sie sich nie begegnet!

»Heute ist *Assomption*, Mariä Himmelfahrt sagt ihr dazu. An diesem Tag lassen wir Kräuterbüschel in der Kirche weihen. Die hängen wir dann in den Ställen auf, sie sollen unsere Tiere vor Krankheit und anderem Unbill schützen.« Lächelnd reichte Corinne Mimi ein paar Zweige mit winzig kleinen Blättern.

»Danke!« Erfreut nestelte Mimi das kleine Sträußchen durch ein Knopfloch ihrer Strickjacke – der Duft war würzig und belebend zugleich. »Wenn ich mich nicht täusche, dann sind hier in der Gegend alle evangelisch, ich weiß nicht, ob dieser Brauch bekannt ist.«

Corinne zuckte mit den Schultern. »Egal, das Kräutersammeln ist mir so in Fleisch und Blut übergegangen, dass ich gar nicht anders kann. Hier auf der Schwäbischen Alb wachsen übrigens ähnliche Kräuter wie bei uns in der Garrigue-Landschaft – Thymian, Salbei, Wacholder…«

Mimi, die kaum einen Apfel- von einem Birnbaum unterscheiden konnte, nickte beeindruckt. »Was habt ihr eigentlich vor, wenn ihr die Schafe abgeliefert habt?«, fragte sie.

»Ich mag noch gar nicht an den Abschied von den Tieren denken!«, sagte Corinne seufzend. »Der Marquis hat uns Geld für die Zugfahrt nach Hause mitgegeben. Spätestens Anfang nächster Woche werden wir uns auf den Heimweg machen.«

Schade, Mimi hätte die Französin gern näher kennengelernt. Es passierte selten, dass sie mit einer Fremden eine derartige Vertrautheit verspürte.

»Ich würde dich und die Schafe sehr gern fotografieren!«, sagte sie spontan. »Die berühmte Schäferidylle…« Sie machte eine weit ausholende Handbewegung, mit der sie die Schwäbische Alb, die Schafe und Corinne einschloss. »Dann hättest du eine schöne Erinnerung. Und ich auch«, fügte sie hinzu.

»Ich bin noch nie fotografiert worden, was muss ich denn dabei tun?«, fragte Corinne unsicher.

»Gar nichts«, erwiderte Mimi fröhlich. »Sei einfach du! Ich mag keine aufgesetzten Mienen.«

Corinne und die Schafe auf einer Anhöhe. Corinne und die Schafe vor ein paar Wacholderbüschen – Mimis Kamera machte mehrmals klick. Hoffentlich würde sich in Münsingen irgendwo die Möglichkeit ergeben, die Fotografien zu entwickeln, dachte Mimi im Stillen.

Als der Ort in Sichtweite kam, sagte sie: »Was würdest du davon halten, wenn Anton und ich vorlaufen, um den neuen Besitzer der Schafe von eurer Ankunft zu informieren? Während er euch entgegenkommt, kann ich den Moment, in dem ihr die Schafe an ihn übergebt, perfekt festhalten. Das wird bestimmt sehr feierlich!«

Während die Herde ein letztes Mal zum Grasen anhielt, machten Mimi und Anton sich auf den Weg. Noch vor dem Ort trafen sie auf einer riesigen Wiese einen Mann, der gerade hölzerne Gatter aufstellte.

Mit lauter Stimme, um das Blöken der nahenden Schafe und das melodische Glockengeläut zu übertönen, begann Mimi: »Guten Tag, mein Name ist…« Weiter kam sie nicht.

»Sie sind da! Endlich, ich habe es vor Ungeduld kaum mehr ausgehalten!«, rief der Mann. Ohne sich weiter um Mimi zu kümmern, warf er sein Werkzeug zur Seite und stellte sich breitbeinig in die Mitte des Weges, seinen Blick freudig nach vorn gerichtet.

Das war dann wohl der neue Besitzer der Schafe. Was für ein glücklicher Zufall! Mimi packte eilig ihre Kamera wieder aus und platzierte sich am Rand der Wiese. Das Licht war perfekt, kein unnötiger Schattenwurf würde die Aufnahme stören. »Ich schau mich schon mal ein bisschen im Ort um«, raunte Anton Mimi zu, während sie unter ihrem schwarzen Tuch verschwand.

Im nächsten Moment kamen die Schafe in Sichtweite. Assistiert von ihren zwei Hunden trieben Corinne, Raffa und der andere Hirte, dessen Namen Mimi vergessen hatte, die Tiere so eng zusammen, dass keines vom Weg abkam. »Wege hüten« nenne man dies, hatte Corinne Mimi zuvor erklärt und lachend ergänzt, dass dies ziemlich anstrengend sei.

Was für ein prächtiger Anblick!, dachte Mimi bewundernd, während es sie in den Händen kribbelte, auf den Auslöser zu drücken. Doch sie wartete. Noch ein paar Meter sollten die Schafe und Corinne näher kommen, gleich, gleich...

Und dann war er da, der große Moment – die französische Herde und ihr neuer Besitzer standen sich gegenüber.

Durch den Sucher ihrer Kamera sah Mimi, wie der Schäfer blinzelte, als wollte er sich vergewissern, dass das, was er sah, real war und kein Traum. Er streckte beide Hände leicht nach vorn... Diese Sehnsucht in seinem Blick! Staunen und Ehrfurcht, auch Liebe, und mehr noch – Verwunderung ob dessen, was ihm da gerade zuteilwurde. Als ob das Leben des Schäfers – das, was war, und das, was noch kommen würde – auf diesen einen Moment reduziert wurde.

Mimis Kamera machte klick.

Solche Herzsprünge wegen ein paar Schafen! Mimi verstaute ein wenig amüsiert die Glasplatte lichtsicher unter ihrem Schwarztuch. Dann tauchte sie unter dem Tuch auf, packte die Kamera weg und wollte Corinne ein paar fröhliche Worte zurufen, so etwas wie: »Hier kommen deine Schafe und die Esel in die besten Hände!«, als sie sah, dass sowohl der Mann als auch Corinne noch immer reglos dastanden.

Und mit einem Schlag wurde Mimi klar: Es waren nicht die Schafe, die das Gefühlschaos in der Miene des Mannes verursacht hatten! Sein Blick ruhte auf Corinne, hatte die ganze Zeit auf ihr geruht.

Mit den Worten: »Ich bringe Ihnen Ihre Schafe«, trat Corinne jetzt auf ihn zu, reichte dem Münsinger Schäfer die Hand. Sie waren gleich groß, erkannte Mimi.

Mit klopfendem Herzen sah sie, wie der Mann in dem tiefen Blau von Corinnes Augen versank. »Ja«, sagte er. »Ja!« Und es hörte sich an wie ein Jubelruf.

Wie aus dem Nichts erschien vor Mimis innerem Auge das Bild von dem Moment, als sie selbst Johann das erste Mal gegenübergestanden hatte – damals, in Ulm auf dem Markplatz. Du lieber Himmel, so sah Liebe auf den ersten Blick aus!, dachte Mimi bewegt und erschüttert zugleich.

»Das sind also die berühmten Merino d'Arles... Ich muss sagen, sie sind in Wahrheit noch tausend Mal schöner als jede Zeichnung, die ich von ihnen je gesehen habe«, sagte der Mann nach einem langen Moment. Mimi bemerkte, wie viel Mühe es ihn kostete, den Bann zu brechen. Er trat vorsichtig in die Herde, tastete hier einem Tier den Rücken ab, hob da einen Huf an, schaute dort einem Widder ins Maul.

»Wie haben die Muttertiere die lange Reise überstanden? Wann, denken Sie, kommen die Lämmer? Lammen die Tiere im Freien oder im Stall? Ach ja – welche Weiden sind die Tiere gewöhnt, kennen sie Waldheide überhaupt?« Die Fragen sprudelten nur so aus ihm heraus, und er lachte auf. »Verzeihung, aber ich will einfach alles wissen!«

Corinnes Augen funkelten amüsiert. »Dann seien Sie darauf gefasst, dass ich Ihnen endlos über die Schafe erzählen werde«, erwiderte sie.

»Das hoffe ich sehr...«, sagte der Schäfer atemlos, und Mimi sah förmlich die Funken zwischen beiden sprühen. »Mein Name ist übrigens Wolf, sollen wir nicht du sagen?«

»Mimi!«, ertönte im nächsten Moment eine Frauenstimme, und Bernadette Furtwängler kam mit perfekt frisierter Haarkrone und wehenden Röcken angerannt.

Corinne und Wolfram stoben auseinander, als wären sie bei einem Diebstahl ertappt worden.

Bevor Mimi wusste, wie ihr geschah, fand sie sich in den Armen ihrer alten Bekannten wieder. »Du glaubst gar nicht, wie ich mich freue, dich zu sehen!« Bernadette drückte und herzte sie.

»Woher weißt du, dass ich hier bin?«, fragte Mimi verdutzt, als Bernadette sie endlich wieder losließ. »Ich wollte dich doch überraschen!«

Bernadette grinste. »Das hast du dir so gedacht! Dabei weiß ich längst, dass du unserer Druckerei einen Besuch abstatten willst.«

Auf einmal fühlte Mimi sich noch schmuddeliger und unwohler als zuvor. Sie fuhr sich verlegen durch ihre notdürftig gesteckte Frisur. »Wie du siehst, habe ich mich für den Besuch auch extra feingemacht«, sagte sie selbstironisch und verzog ihr Gesicht zu einer Grimasse. »Bestimmt sehe ich aus wie ein gerupftes Huhn... Bitte verzeihe meinen Aufzug, wir mussten heute Nacht in einem Schafstall übernachten.«

»Oje, du Arme! Meine Magd Heidi lässt dir nachher ein Bad mit heißem Wasser ein. Ich wohne gleich da drüben...« Sie zeigte hinter sich. »Du wohnst natürlich bei mir – ich hoffe, du musst nicht so bald wieder fort. Ich habe dir so viel zu erzählen...«

»Wir werden sehen«, sagte Mimi unverbindlich. Hoffentlich kam Anton bald mit der Nachricht zurück, er habe in einem Gasthof zwei Zimmer gemietet! Sie und Bernadette kannten sich ja nicht näher, auch wenn sie sich sehr freute zu sehen, wie glücklich die alte Bekannte wirkte. Nichts mehr erinnerte an die verbitterte Frau, die sie vor zwei Jahren im Zug wiedergesehen hatte. Sogar Bernadettes Gesichtszüge wirkten weicher, was sich jedoch schlagartig änderte, als sie nun endlich auch der Herde einen flüchtigen Blick zuwarf.

»Wie ich sehe, sind die Schafe auch gekommen«, sagte sie säuerlich. »Wer von euch ist nun dieser Monsieur Clement, der die Tiere eigenmächtig geschoren hat?«, fragte sie barsch die beiden Hirten, die ein wenig abseits auf ihren Hirtenstäben lehnten. Doch ohne eine Antwort abzuwarten, fuhr sie fort: »Egal, ich kann das Hühnchen auch noch später mit ihm rupfen. Hier und jetzt gibt es so viel Wichtigeres!« Stolz ergriff Bernadette den Arm von Wolfram. »Wolfram, das ist die Fotografin, von der ich dir so viel erzählt habe. Mimi, darf ich dir meinen zukünftigen Mann vorstellen?«

Mimi hatte das Gefühl, gerade einen Schritt aus der Wirklichkeit zu treten. Das konnte doch nicht sein, dachte sie. *Das* war Wolfram Weiß? Der Mann, den Bernadette heiraten wollte? Aus dem Augenwinkel bemerkte sie, wie auch Corinne erschrocken zurückwich.

Bevor der Schwindel des Unrealen sie jedoch weiter im Griff halten konnte, wurde Mimis Aufmerksamkeit von drei Männern in Anspruch genommen, die auf sie zueilten.

»Wir haben gehört, dass die berühmte Fotografin Mimi Reventlow angekommen ist!«, rief der Mann, der ein bisschen schneller war als die anderen. Er hatte einen buschigen Schnauzer und Augenbrauen, die auf und ab hüpften wie zwei kleine Tierchen. Er trat vor Corinne, zog schwungvoll seinen Hut und sagte: »Gestatten, mein Name ist Bela Tibor, ich bin der technische Leiter der Lithografischen Anstalt Münsingen. Und Sie, gnädige Frau, sind genauso beeindruckend wie der Ruf, der Ihnen vorauseilt.« Galant nahm er Corinnes Hand und deutete einen Handkuss an.

Corinne blinzelte verdutzt, dann zeigte sie lächelnd auf Mimi. »Das hier ist die Fotografin!«

26. Kapitel

Bela Tibor entschuldigte sich tausend Mal für die Verwechslung, danach wollte er Mimi am liebsten gleich in die Druckerei mitnehmen. Fast eifersüchtig drängte sich Bernadette dazwischen – Mimi war schließlich wegen ihr gekommen! Und ein Gästezimmer hatte sie auch schon für die Fotografin hergerichtet.

Mimi, die es noch nie geschätzt hatte, wenn alle möglichen Leute an ihr zogen und zerrten, war erleichtert, als Anton endlich zurückkam und verkündete, zwei Zimmer im örtlichen Gasthof für sie gemietet zu haben. Morgen sei auch noch ein Tag, sagte Mimi zu der enttäuschten Bernadette und verabschiedete sich freundlich von der Gruppe. Vielleicht war es sowieso besser, sich die Druckerei am Samstag anzuschauen, wenn die Maschinen ruhten, dachte sie.

Anton schulterte ihr Gepäck, gemeinsam gingen sie durch die Sommerhitze in den Ort. In Münsingen gab es ungewöhnlich viele Geschäfte, die in malerischen Fachwerkhäusern untergebracht waren, dazu einen schönen Bahnhof und ein stattliches Rathaus. Mimi warf der Kirche einen sehnsüchtigen Blick zu – im Innern war es sicher angenehm kühl, und eigentlich ging sie in jedem neuen Ort immer zuerst in die Kirche. Doch beten konnte sie auch noch morgen, jetzt wollte sie nur ihr Zimmer beziehen, ihre Haare waschen und dann nach der unbequemen Nacht ein wenig Schlaf nachholen.

Nach einigen Diskussionen und durch die Zahlung eines stattlichen Aufpreises gelang es Mimi, die Zimmerwirtin zu überreden, ihr eine Badewanne mit heißem Wasser aufs Zimmer zu bringen. Noch nie hatte sie ein Bad so sehr genossen wie nach der Nacht in der Scheune.

*

Am Samstagmorgen war Anton vor Mimi beim Frühstück. Er hatte schon zwei Brote vertilgt und die halbe Tageszeitung durchgeblättert, als Mimi endlich erschien. Sie war perfekt frisiert und trug ihr neues dunkelblaues Ausgehkostüm, das sie sich in Berlin hatte schneidern lassen.

»Sieht man dich auch mal wieder?«, sagte Anton scherzhaft.

»Hattest du etwa Sehnsucht nach mir?«, erwiderte sie im selben Ton. »Ich habe mich einmal richtig ausgeschlafen – nach der Nacht in der Scheune hatte ich das nötig.« Im Setzen warf sie einen anerkennenden Blick auf das reichhaltige Frühstück – dunkles Brot, sattgelbe Butter, Wurst, Käse, ein Topf Honig, Marmelade. Auch alle andern Zimmer des Gasthofs waren belegt – Geschäftsleute und Militärs auf der Durchreise –, und so herrschte reges Treiben im Gastraum.

»Wo wohl die Hirten übernachtet haben?«

»Na, im Stall, wo sonst?«, sagte Anton und schenkte ihr Kaffee ein. »Und wie lauten deine Pläne für heute?«

Die Fotografin schaute auf. »Bela Tibor will gegen Mittag in der Druckerei sein, um mich herumzuführen. Das heißt, ich werde zuerst bei Bernadette vorbeigehen und ihr mein Hochzeitsgeschenk bringen…« Noch während sie sprach, runzelte sie sorgenvoll die Stirn.

»Mimi«, sagte Anton mahnend. »Du machst dir doch keine Gedanken, weil dieser Schäfer Wolfram Corinne gestern so… so freundlich empfangen hat, oder?« Atemlos hatte Mimi ihm auf dem Weg zur Pension von ihren Beobachtungen erzählt. Am Ende hatte sie sogar die abstruse Frage gestellt, was wohl wäre, wenn der Mann sich für Corinne und gegen Bernadette entscheiden würde. Anton hatte spontan beschlossen, gut aufzupassen, dass Mimi sich nicht wieder mal in Dinge einmischte, die sie nichts angingen.

Mimi lächelte verlegen. »Du kennst mich gut. Aber gestern – da ging es nicht um einen besonders freundlichen Empfang! Dieser Blick, mit dem die beiden sich angesehen haben… Anton, das war Ausdruck der reinsten und schönsten Liebe, die man sich vorstellen kann.« Sie seufzte sehnsuchtsvoll. »Dennoch – bei dem Gedanken, dass Bernadette womöglich ein zweites Mal kurz vor der Hochzeit versetzt wird, läuft es mir eiskalt den Rücken runter!«

»Mimi, jetzt mach aber mal einen Punkt. Meine Mutter würde jetzt sagen: ›Liebe vergeht, Hektar bleibt.‹ Corinne ist eine sehr attraktive Frau, zugegeben, da schaut man als Mann schon gern einmal hin. Aber alles andere reimst du dir zusammen! Die Hochzeit zwischen deiner Freundin und dem Schäfer ist lange geplant. Da kommen nicht nur zwei Menschen zusammen, sondern zwei große Betriebe! Du glaubst doch nicht im Ernst, dass dieser Wolfram das alles aufs Spiel setzen würde, oder?«

Mimi hing fast sehnsüchtig an seinen Lippen, als hoffte sie, dass jedes seiner Worte der Wahrheit entsprach. »Wahrscheinlich hast du recht«, sagte sie leise, klang aber immer noch nicht ganz überzeugt.

Er nahm ihre Hand und drückte sie. Als wären sie ein altes Ehepaar, dachte er im selben Moment. »Du bist einfach zu mitfühlend und lässt dich dadurch vor zu viele Karren spannen«, sagte er. »Ob Herr Frenzen in Ulm oder deine Bekannte hier – kaum witterst du eine schräge Gefühlslage, stehst du parat! Dabei ist doch wirklich jeder seines Glückes eigner Schmied. Der eine hat mehr Möglichkeiten dazu, der andere weniger – so ist es nun mal.«

»Vielen Dank für diese Lektion am Morgen! Du hörst dich schon an wie Onkel Josef«, sagte Mimi lächelnd. »Ich verspreche dir, dass ich Bernadette einfach nur die Laichinger Tischwäsche vorbeibringe, die ich für sie in Ulm gekauft habe. Auf irgendwelche Problemgespräche lasse ich mich nicht ein.«

*

O weh, allmählich musste Anton sie wirklich für eine gefühlsduselige ältliche Frau halten, dachte Mimi, als sie sich auf den Weg zu Bernadette machte. So weit war es gekommen, dass ein junger Bursche wie er ihr die Welt erklärte, und auch noch recht dabei hatte! Mimi schüttelte über sich selbst den Kopf.

Als sie bei Bernadettes Elternhaus ankam, stand diese schon mit ausgebreiteten Armen auf der obersten Stufe der Treppe, die zur Haustür führte.

»Mimi! Ich freue mich so, auch wenn ich es immer noch schade finde, dass du nicht bei mir wohnst. Komm rein, der Kaffee ist fertig.« Wie immer trug sie ihre kunstvoll geflochtene Haarkrone. Die Schafbaronin, wie Mimi Bernadette heimlich nannte, war einfach eine imposante Erscheinung. Sie folgte der alten Bekannten ins Haus.

Drinnen war es kühl und es roch leicht nach Schaf. Mimi kam es so vor, als habe sich ihre Nase schon an diesen Geruch gewöhnt.

»So schlank wie du bist, nimmst du bestimmt keine Sahne in den Kaffee, nicht wahr? Und ich verzichte auch darauf – schließlich will ich mir so kurz vor der Hochzeit nicht noch die Figur ruinieren.« Bernadette schenkte Mimi in einen dickwandigen Becher Kaffee ein.

»In der kommenden Nacht werde ich wahrscheinlich kaum schlafen können, ich habe in der Pension auch schon Kaffee getrunken«, sagte Mimi fröhlich und spürte, dass sie sich ein wenig entspannte. »So kurz vor der Hochzeit« – das hörte sich gut an. Wahrscheinlich hatte sie sich gestern wirklich nur etwas Dummes zusammengereimt.

»Ich habe irgendwo auch noch eine Flasche Wein. Zur Feier des Tages…?« Bernadette schaute Mimi fragend an, doch sie winkte eilig ab.

»Bloß nicht, heute Mittag erwarten die Leute in eurer Druckerei noch ein paar kluge Bemerkungen von mir. Als ob ausgerechnet ich eine Expertin für das Druckereiwesen wäre...« Sie verdrehte die Augen. »Da habe ich mich wieder in was reinquatschen lassen!«

Bernadette seufzte. »Ich glaube, diesen Besuch kannst du dir wirklich sparen. Ich war gestern im Rathaus und dort habe ich zufällig Ottos Sohn getroffen. Er war beim Bürgermeister, um ihn über die drohende Schließung zu informieren. Ich war wie vom Schlag getroffen!«

Mimi runzelte die Stirn. »Dann ist das alles schon eine beschlossene Sache?«

Bernadette nickte mit betretener Miene. »Sowohl der Bürgermeister als auch ich haben auf Simon eingeredet, aber vergeblich. Er könnte doch wenigstens versuchen, einen Nachfolger zu finden, oder einen Investor! Aber daran hat er keinerlei Interesse. Dabei hängen so viele Existenzen an der Druckerei! Ich habe langsam den Eindruck, es macht ihm Spaß, das Lebenswerk seines Vaters zu zerstören«, sagte sie bitter. »Simon war schon als Kind irgendwie... unangenehm. Entweder hatten wir andern Kinder nach seiner Pfeife zu tanzen, oder er wollte nichts mit uns zu tun haben. Ich mochte ihn nicht.«

Das würde mal wieder Wasser auf Antons Mühlen sein... Mimi setzte sich aufrechter hin und sagte mit leicht erzwungenem Frohsinn: »Ach, lass uns über schönere Dinge sprechen! Vielen Dank für deine Hochzeitseinladung, aber leider bin ich im November längst zurück in Berlin. Doch ich freue mich so sehr für dich, dass ich mein Hochzeitsgeschenk unbedingt vorab persönlich vorbeibringen wollte!« Lächelnd nahm Mimi die Laichinger Tischwäsche aus ihrer Tasche und überreichte sie Bernadette.

»Und ich hatte mich so darauf gefreut, dass du meine Hochzeit fotografierst!« Bernadettes Schultern sackten enttäuscht nach unten. Im nächsten Moment bedankte sie sich jedoch für die Tischwäsche, dann ergriff sie Mimis Hand. »Dann machen wir das Beste aus dem Hier und Jetzt! Ein gemeinsamer Stadtbummel, das wäre schön. Ich will mein Haus hübscher gestalten, schließlich wohnt ja bald mein Mann bei mir. Wir könnten nach Ulm fahren oder nach Reutlingen oder nach Stuttgart...« Ihre Augen glänzten erwartungsfroh.

Mimi dachte kurz nach. Heute war Samstag, so ein Stadtbummel wäre frühestens ab Montag möglich – eigentlich wollten sie da bereits Richtung Berlin unterwegs sein. Aber was machte ein Tag mehr oder weniger schon aus? »Dir ist das sehr wichtig, nicht wahr?«, fragte sie leise.

Statt zu antworten, erhob sich Bernadette und umarmte Mimi. »Danke. Ich wusste, dass du mich verstehst«, flüsterte sie, und ihre Stimme zitterte leicht. »Ich habe so wenige Menschen, die sich mit mir freuen.«

»Und ich habe noch nicht ja gesagt!« Mit einem gequälten Lachen löste sich Mimi aus der Umarmung. Als sie Bernadettes enttäuschten Blick sah, fügte sie eilig hinzu: »Dieser Wolfram scheint jedenfalls ein netter Kerl zu sein.«

Bernadette, die jetzt frischen Kaffee nachschenkte, nickte. »Das ist er! Ehrlich, geradeheraus, verlässlich. Ich könnte mir keinen besseren Mann wünschen.«

... der gern mal andern Mädchen nachschaute, dachte Mimi. »Ich finde es bewundernswert, dass du dich ein zweites Mal traust. Ich selbst werde wahrscheinlich für immer allein bleiben«, sagte sie, bemüht um einen leicht ironischen Ton.

Statt auf Mimis Bemerkung einzugehen, schaute Bernadette gedankenverloren aus dem Fenster, wo in der Ferne ein paar Männer ein paar besonders große Schafe zusammentrieben.

»Wolfram und ich kennen uns schon ewig. Wir sind gute Freunde und Geschäftspartner – man könnte bei unserer Heirat fast von einem geschäftlichen Abkommen sprechen.« Sie lächelte verlegen. »Und dennoch kostet mich diese Hochzeit tatsächlich viel Mut. Damals, als Karl mich sozusagen mit dem Brautschleier auf dem Kopf sitzen ließ, brach für mich eine Welt zusammen – schlimmer noch, *ich* bin innerlich zerbrochen! Nie mehr wollte ich mich so verletzbar machen, schwor ich mir und ich legte mir einen harten Panzer zu, um den mich jeder Ritter beneidet hätte.« Sie lachte harsch, dann schaute sie Mimi mit fast schüchternem Blick an. »Ob du es glaubst oder nicht – es war unsere Begegnung vor zwei Jahren im Zug, die mich zum Umdenken gebracht hat. Deine Offenheit dem Leben gegenüber...« Sie schüttelte den Kopf. »Damals ist mir klar geworden, dass wir auf dieser Welt sind, um unser Herz zu öffnen, auch wenn wir dabei Gefahr laufen, verletzt, betrogen oder gar verlassen zu werden. Aber dies nicht zu wagen, wäre, als würde man an einem Apfelbaum mit saftig reifen Äpfeln vorbeigehen, ohne auch nur einen zu pflücken und von seiner Süße zu kosten.«

Unter der harten Schale von Bernadette verbarg sich wirklich ein weicher Kern... Auf einmal hatte Mimi einen Kloß im Hals. Gestern die Begegnung mit Corinne, heute die mit Bernadette – es gab so viele wunderbare, starke Frauen, dachte sie gerührt.

»Aber jetzt zu dir!«, wechselte Bernadette verschmitzt grinsend das Thema. »Was hat es mit dir und diesem Anton auf sich? Seid ihr ein Paar oder nicht? Er wirkt sehr bemüht um dich...«

»Anton und ich ein Paar? Um Himmels willen, nein...« Lachend erzählte Mimi, wie sie sich kennengelernt hatten. »Seitdem reisen wir zusammen. Er geht seinen Geschäften nach, ich meine...« Ihr Blick war auf ein Gemälde an der Wand gerichtet, das leicht schräg hing. »Wenn er nicht gerade große Reden schwingt, ist er ein sehr angenehmer Bursche. Ich mag ihn sehr, auf freundschaftliche Weise, versteht sich.«

27. Kapitel

»Dieses Münsingen ist völlig anders als die meisten Dörfer, durch die wir bisher auf der Schwäbischen Alb gekommen sind. Dass es so einen Ort hier oben überhaupt gibt, hätte ich nicht für möglich gehalten«, sagte Anton auf dem Weg zur Druckerei. »Mit den vielen Gasthöfen, einem Café und den Geschäften wirkt es fast schon städtisch. Stell dir vor, hier gibt es sogar eine Limonadenfabrik! Ein Fotoatelier übrigens auch, aber das hatte geschlossen, als ich vorbeikam.«

Mimi merkte auf. »Ein Fotoatelier? Vielleicht habe ich ja Zeit, auf einen Sprung vorbeizuschauen und meinem Kollegen Guten Tag zu sagen. Du hörst dich ja richtig begeistert an, was dieses Münsingen angeht«, fügte sie verwundert hinzu.

Anton nickte. »Interessant ist auch der große Truppenübungsplatz außerhalb vom Ort! Ich wusste natürlich, dass es dieses Lager gibt – das weiß jeder Mann auf der Schwäbischen Alb –, aber ich war noch nie dort. Also bin ich heute früh mal hingelaufen. Du, das ist fast wie eine eigene Stadt, riesengroß! Und überall siehst du Soldaten in voller Montur, sogar ein paar Kanonen habe ich gesehen! Die Soldaten sind immer nur ein paar Wochen hier, werden für den Krieg ausgebildet und fahren danach wieder heim in die eigene Kaserne.«

»Für welchen Krieg, bitte?«, fragte Mimi spöttisch.

Anton hob die Brauen. War ja klar, dass Mimi kein Verständnis dafür haben würde. »Ich mag das Militärische, es liegt uns Männern im Blut«, behauptete er. »Von dem Soldatenlager profitiert der ganze Ort, sagen die Leute, nur deshalb haben sich hier überhaupt so viele Geschäfte und Unternehmen angesiedelt. Bestimmt benötigen die Soldaten auch Unmengen von Druckwaren, Vorschriften, Gesetze und so ... Insofern hattest du mit deinem Wachstumsmarkt gar nicht so unrecht.«

Mimi lachte. »Anton! Du scheinst ja richtige Studien betrieben zu haben! Aber leider ...«

»Wir sind da!«, unterbrach er sie und öffnete schwungvoll ein großes Eingangstor, hinter dem sich ein Hof erstreckte. Gleich zwei Gebäude waren zu sehen, erkannte Mimi. Ein großes, langgestrecktes – wahrscheinlich die Druckerei. Und ein Wohnhaus. Das ganze Ensemble erinnerte sie sehr an die Weberei von Herrmann Gehringer.

Statt den Hof zu betreten, blieb sie stehen und legte kurz eine Hand auf Antons rechten Arm. »Wir halten uns nicht lange auf, versprochen. Aller Voraussicht nach ist dieser Besuch hier eh zwecklos. Die Schließung scheint so gut wie festzustehen, hat Bernadette vorhin erzählt. Ich mache das nur, weil ich bei Herrn Frenzen in Ulm so laut gegackert habe. Sonst heißt es am Ende, ich würde mein Wort nicht halten.«

Anton nickte. »Kein Problem!«

Sie hatten noch keine fünf Schritte getan, als Bela Tibor, der technische Leiter der Druckerei, über den Hof hinweg auf sie zukam. Seine Krawatte hing schief, sein Scheitel war nicht korrekt gezogen, und seine Brille war so voller Fingerabdrücke, dass Anton sich fragte, wie viel der Mann überhaupt noch sah.

»Gnädige Frau Reventlow! Herzlich willkommen in einer der besten lithografischen Anstalten Süddeutschlands! Es ist mir eine Ehre, Ihnen unseren Betrieb zeigen zu dürfen. Ich bin mir sicher, dass Sie als Künstlerin erkennen werden, welche Perle Sie hier vor sich haben...« Seine himmelblauen Augen strahlten die Fotografin an.

Noch blumiger konnte der Mann sich nicht ausdrücken, dachte Anton amüsiert.

»Ich habe mir einige Notizen gemacht, damit ich Ihnen bei jeder Frage Rede und Antwort stehen kann.« Bela Tibor griff in seine Hosentasche und zog ein Notizbuch heraus. Zeitgleich fiel ein ganzes Sammelsurium an Zetteln und Bleistiftstummeln auf den Boden. »Verzeihung, gnädige Frau. Es ist die Aufregung...« Eilig wischte er mit einer Hand alles wieder zusammen.

Anton und Mimi tauschten einen belustigten Blick. Ein netter Kerl, aber auf einem der Jahrmärkte würde er keinen Tag überleben, stellte Anton stumm fest. Wahrscheinlich würde man ihn schon in der ersten Stunde beklauen.

Der Druckereileiter öffnete das große Tor des langgestreckten Druckereigebäudes, und zu Antons Verblüffung stand dort, aufgereiht wie ein Schulbubenchor, die gesamte Belegschaft der Druckerei.

»Darf ich vorstellen – unsere altgediente Mannschaft! So niedergeschlagen alle auch sind, wollte es doch keiner versäumen, die berühmte Fotografin Mimi Reventlow persönlich kennenzulernen.«

Anton hob die Brauen. Jetzt trug der Mann aber sehr dick auf! Mit solchen Schmeicheleien kam er bei Mimi nicht an, dachte er – und musste zu seinem Erstaunen erkennen, dass Mimi übers ganze Gesicht strahlte, während sie einem nach dem andern die Hand schüttelte und nach seiner Aufgabe im Betrieb fragte. Der eine arbeitete schon seit zwanzig Jahren hier, der nächste erst seit kurzem. Der eine hatte drei Kinder und zwei Enkel, wieder ein anderer baute gerade ein Haus für seine Frau und sein Neugeborenes. Der übernächste hatte ein chronisch krankes Kind, das teurer Behandlungen bedurfte. Die Männer würde die Schließung tatsächlich hart treffen, dachte Anton. Dieser verdammte Erbe hatte offenbar keine Spur von Verantwortungsgefühl im Leib!

»So, und nun sagen Sie mir bitte, wie ich Ihnen behilflich sein könnte«, sagte Mimi nach dem letzten Handschlag. »Ich gestehe, dass ich selbst nicht die geringste Idee habe. Es heißt, die Druckerei stünde vor dem Ende…«

»Das darf nicht passieren!«, sagte Bela Tibor händeringend. »Uns wäre wirklich sehr geholfen, wenn Sie bei Ottos Sohn ein gutes Wort für uns einlegten. Manchmal hat die Meinung eines Fremden ja mehr Gewicht als die von bekannten Gesichtern. Und als Fotografin sind Sie inzwischen weit über die Grenzen Württembergs hinaus bekannt, Sie haben sich einen Namen gemacht! Aber vielleicht wollen Sie sich zuerst einen Eindruck von unseren Angeboten verschaffen?« Bela Tibor zeigte auf einen langen Tisch neben den Arbeitern, auf dem zahllose Druckdokumente lagen. »Ich habe Ihnen einen kleinen Querschnitt unserer Druckwaren der letzten Jahre herausgesucht.«

Mimi trat an den Tisch, Anton folgte ihr. Speisekarten, Visitenkarten, Postkarten, ein Nachdruck von Alfred Dürers berühmten »Betenden Händen«, sowie weitere Kunstdrucke – die Firma hatte eine ziemlich große Bandbreite, dachte Anton anerkennend. Er kannte sich zwar nicht aus – die einzigen Druckwaren, mit denen er regelmäßig in Berührung kam, waren die Postkarten für seine Märkte. Aber selbst er konnte sehen, wie hochwertig die Sachen gedruckt waren. Wie schade, wenn der Laden wirklich zumachte.

*

Was für eine Schande, solch einen hochqualifizierten Betrieb einfach zu schließen!, dachte Mimi.

»Mir ist bewusst, dass Dürers ›Betende Hände‹ nicht gerade dem heutigen Zeitgeist entsprechen«, sagte Bela Tibor. »Aber schauen Sie sich nur mal diese Qualität an!« Wie ein Schneider, der feinstes Seidentuch vorführte, ließ der Mann seine Hand über die Postkarten und Visitenkarten gleiten.

Mimi nickte beindruckt, während sie den Dürer-Druck in das einfallende Sonnenlicht hielt. Wie bei einer Bleistiftzeichnung war auch hier jede Schattierung von hellstem Grau über Grafit, Anthrazit bis hin zu tiefem Schwarz enthalten. Das Papier wog schwer in ihrer Hand und roch so gut...

»Der Dürer-Nachdruck war Ottos Idee. Zwischendurch hat er immer wieder mal ein solches Herzensprojekt umgesetzt. Kunsthandlungen, Schreibwarengeschäfte, Andenkenläden – wir hatten einige Kunden für unsere eigenen Druckprodukte. Aber vorrangig hat Otto sich um die künstlerische Umsetzung der Kundenwünsche gekümmert. Seit seinem Tod liegt jedoch der ganze künstlerische Bereich brach«, fuhr Bela Tibor neben ihr fort. »Wir bräuchten allerdings nicht einfach nur einen Ersatz für Otto – was uns fehlt, ist jemand, der neue künstlerische Ideen mitbringt. Alte Wege öffnen keine neuen Türen.«

»Was für eine kluge Bemerkung«, sagte Mimi beeindruckt. »Und wie recht Sie haben! In Berlin werden manche Druckprodukte inzwischen schon wie Kunst gehandelt – stellen Sie sich vor, ich war sogar bei einer Kunstausstellung für Reklameplakate!« Sie strich sich ein paar Haare aus der Stirn und wiederholte gedankenverloren: »Alte Wege öffnen keine neuen Türen...« Dachte sie selbst zu klein, zu engstirnig? Ständig lamentierte sie darüber, dass kaum mehr jemand sie als Gastfotografin einstellte – den vielen Chancen, die sich heutzutage überall anderweitig anboten, hatte sie bisher dagegen wenig Aufmerksamkeit geschenkt, geschweige denn eine davon ergriffen. Dabei hätte sie so große Lust, als Fotografin die Welt von morgen mitzugestalten! Ihr Blick schweifte durch die Halle mit den imposanten Druckmaschinen, und sie spürte, wie es tief in ihrem Inneren zu kribbeln begann...

»Verrostete Türen öffnen aber ebenfalls keine neuen Wege!«, sagte Anton und zeigte auf eine Kiste am Boden, in der verrostetes Werkzeug lag.

Mimi grinste. Das war wieder mal typisch Anton!

Bela Tibor warf ihm einen missfälligen Blick zu, dann wandte er sich eilig an Mimi. »Gnädige Frau, lassen Sie sich von solchen Lappalien nicht irritieren. Hier geht es um etwas viel Größeres...«

Mimi nickte. »Wir können uns vor Aufträgen nicht retten!«, hörte sie plötzlich den Berliner Druckereichef sagen, seinerzeit, als sie mit Josefine Neumann die Vordrucke des Fahrradkatalogs betrachtet hatte. Die ganze Welt verlangte nach Druckwaren – und da sollte ausgerechnet diese Druckerei mit ihrer hervorragenden Qualität kein Stück vom großen Kuchen abbekommen?

»Heutzutage wird doch für jeden Bereich des Lebens etwas gedruckt«, ergriff Anton das Wort und sagte damit genau das, was Mimi durch den Kopf ging. »Allein die vielen neuen Produkte für die Hausfrau – sie alle benötigen Erklärungen! Jedes Restaurant will Reklame machen, jeder Gasthof, jedes Hotel. Und sogar jeder noch so kleine Zirkus oder Jahrmarkt lässt Wurfzettel drucken! Da müssten Sie doch eigentlich den großen Umsatz machen, oder etwa nicht?«

Bela Tibor nickte bekümmert. »Das ist ja das Drama! Die Kunden wären sicher da, aber seit Otto Brauneisens Tod kümmert sich niemand mehr um den Vertrieb und...« Er brach ab, als die große Eingangstür aufging. Ein schwarz gekleideter Mann mit exakt gezogenem Scheitel trat mit großen Schritten näher. Die Versammelten wurden unruhig, von einem Moment auf den andern war die Stimmung aufgeladen wie vor einem schwülen Gewitter. »Das ist Simon Brauneisen, der Erbe. Ich dachte, wir hätten noch ein bisschen mehr Zeit, uns auf das Gespräch mit ihm vorzubereiten«, raunte Bela Tibor Mimi zu. Dann atmete er tief durch, als wollte er sich so für die Begegnung wappnen.

Mimi sah zu dem Mann hin und erstarrte. Das war doch… Sie blinzelte, als wollte sie sich vergewissern, dass sie keiner Sinnestäuschung unterlag. Gab es solche Zufälle wirklich, oder spielte ihr Kopf ihr gerade einen Streich?

»Sie?«

»Kennen wir uns?« Der Mann warf ihr einen abschätzigen Blick zu. Dann herrschte er Bela Tibor an: »Was hat das hier bitteschön zu bedeuten?«

»Herr Brauneisen – darf ich Ihnen Mimi Reventlow vorstellen? Sie ist eine berühmte Fotografin und sie zeigt Interesse an der Druckerei!«

»Ich – äh, was?«, rief Mimi und lachte leicht hysterisch auf. Simon Brauneisen war Simon, der Steueranwalt der Neumanns in Berlin! Und derselbe Mann, der im Restaurant neben der Berliner Börse am Nachbartisch so despektierlich über Frauen gesprochen hatte, dass Mimi vor Ärger fast geplatzt war.

»Mimi Reventlow…« Simon Brauneisen runzelte die Stirn. Seinen rechten Zeigefinger auf Mimi gerichtet, sagte er: »Ich kenne Sie! Aus Berlin… diesen Sommer… Sie sind doch die Fotografin, die Neumanns Fahrradkatalog fotografiert hat!«

»Genau richtig, meine Arbeit ist eben im ganzen Kaiserreich gefragt«, sagte Mimi hochmütig. Dieser Mann sprach das Wort »Fotografin« aus, als wäre es ein Schimpfwort! »Und aufgrund meiner vielfältigen Erfahrung kann ich Ihnen sagen, dass Sie hier eine wahre Goldgrube vor sich haben. Eine Schließung wäre der absolut falsche Schritt, Sie sollten vielmehr in die Zukunft investieren! Und an die Leute hier denken«, fügte sie sanfter mit einem Seitenblick auf die Belegschaft hinzu.

Simon Brauneisen schnaubte. »Wie kommen Sie darauf, dass mich Ihre ›vielfältigen Erfahrungen‹ auch nur einen Deut interessieren? Genauso wenig interessiert mich das Druckerhandwerk, sonst wäre ich schließlich Drucker geworden und nicht Steueranwalt. Sobald ich hier alles abgewickelt habe, gehe ich zurück nach Berlin. Zu meinen Kunden gehören Firmen wie Siemens oder AEG, sie investieren Millionen und wachsen täglich weiter – Sie glauben doch nicht im Ernst, dass ich mich da mit einem kleinen Betrieb auf der Schwäbischen Alb abgebe!«

»Sie könnten die Druckerei so aufstellen, dass sie auch ohne Ihre Anwesenheit läuft. Der Standortnachteil allein muss doch noch lange nicht das Ende des Betriebs bedeuten!«, sagte Mimi. »Zugegeben, es wird sich kaum Kundschaft hierher verirren. Aber Sie könnten einen Handlungsreisenden einstellen! Und was die Ulmer Niederlassung angeht – Herr Frenzen allein ist auf verlorenem Posten, aber wenn Sie einen kreativen Illustrator beschäftigen, werden sich sicher auch dort bald wieder die Kunden die Klinke in die Hand geben.«

Simon Brauneisen schaute sie spöttisch an. »Sie

scheinen sämtliche Lösungen schon parat zu haben! Frau Reventlow, wenn Ihnen die Druckerei so sehr am Herzen liegt, dann kaufen Sie mir den Laden doch ab – Sie als Frau sind doch bestimmt perfekt dafür geeignet.«

»Und... und was, wenn ich das täte?«, hörte Mimi sich sagen. »Geld dürfte keine Rolle spielen.« O Gott, was tat sie hier gerade?, fragte sie sich fassungslos und dachte an den Betrag, den der Verkauf von Onkel Josefs Haus ihr eingebracht hatte. Das Geld, das sie für ihr Alter zurückgelegt hatte.

Anton, der sich bisher erstaunlich zurückgehalten hatte, drückte ihre Hand in einer Art, die Mimi nicht deuten konnte.

Simon Brauneisen lachte laut heraus. »Entschuldigen Sie, aber Sie haben ja nicht die geringste Ahnung, über welche Dimensionen wir hier reden. Die Fabrikgebäude, das ganze Gelände, mein Elternhaus... Dazu der Maschinenpark. Das sind Werte, verstehen Sie, Werte!« Er schaute sie an wie ein Kind, das trotz größter Anstrengung sein Gedicht nicht fehlerfrei vortragen konnte. »Es ehrt Sie, gnädige Frau, dass Sie sich in einem Anfall von romantischer Armenfürsorge für die Männer hier einsetzen, aber...«

»Wie wäre es, wenn Sie, anstatt hier lange herumzureden, einfach nur Ihren Preis nennen?«, unterbrach Anton den Mann barsch.

Alle Köpfe fuhren zu ihm herum.

Simon Brauneisen nannte eine Zahl.

Mimi wurde schwindlig.

Anton taxierte den Mann. »Wenn Sie die Summe um

fünfzehn Prozent reduzieren, haben wir das Geld in vier Wochen aufgetrieben.«

Simon Brauneisen legte ein süffisantes Grinsen auf. »Zehn Prozent, und wir treffen uns in drei Wochen wieder!«

Ohne langes Zögern schlug Anton in Simon Brauneisens dargereichte Hand ein.

Als der Steueranwalt davonging, lachte er schallend.

28. Kapitel

Das Fabriktor war noch nicht ganz hinter ihnen zugefallen, als Mimi Anton am Ärmel packte und schüttelte. »Kannst du mir mal sagen, welcher Teufel dich geritten hat? Anton, ich fühle mich völlig überrumpelt! Und bei den Druckern hast du riesengroße Erwartungen geweckt!«

»Wer hat denn gemeint, Geld spiele keine Rolle? Das warst doch wohl du«, erwiderte er unbekümmert.

»Ich gebe es zu – das war völlig unüberlegt, aus einer Laune heraus! Ich hätte doch nie gedacht, dass Simon Brauneisen darauf einsteigen würde...« Hilflos ließ Mimi Antons Arm wieder los. In ihrem Kopf herrschte solch ein Durcheinander, dass es ihr nicht einmal gelang, vernünftige Fragen zu formulieren. Sie träumte das alles doch nur, oder?

Nach Antons Eröffnung war in der Druckerei das Chaos losgebrochen. Die Männer stürmten mit tausendundeiner Frage auf Anton und Mimi ein. War Antons Angebot ernst gemeint? Durften sie wieder hoffen? Wie war es denn möglich, dass...

Mühsam die Contenance bewahrend, hatte Mimi auf

einen raschen Aufbruch gedrängt und lediglich gesagt, dass es viel zu klären gäbe und dass sie sich so schnell wie möglich wieder bei Bela Tibor melden würden.

»Da vorn, der Gasthof Adler hat schon offen, komm, ich lade dich auf ein Bier ein«, sagte Anton nun.

»Wenn schon, dann brauche ich einen Schnaps«, murmelte Mimi, ehe sie fortfuhr: »So, und jetzt sag mir bitte, wie du gedenkst, diese unmögliche Situation zu lösen! Für mich war die Sache spätestens in dem Moment erledigt, als Simon Brauneisen seinen Preis genannt hat. Ich dachte, ich werde ohnmächtig, als du losgelegt hast. Wie stehen wir denn vor diesem blöden Herrn Brauneisen da, wenn wir in drei Wochen verschämt absagen«, schimpfte sie, kaum dass sie an einem der Biertische vor dem Gasthof Platz genommen hatten. Wind war aufgekommen und ließ Blätter und kleine Ästchen aus den riesigen Kastanienbäumen rieseln. Unwirsch wischte sich Mimi ein Blatt aus dem Haar.

Anton zuckte gelassen mit den Schultern. »Es war ein spontaner Entschluss, das gebe ich zu. Aber Mimi – das ist eine Goldgrube! Wenn du dich um das Künstlerische kümmerst und ich mich um den Vertrieb – dann sind wir bald reiche Leute!«

Mimi glaubte, nicht richtig zu hören. »Was hast du mit einer Druckerei am Hut? Hast du mir in Ulm nicht gerade noch verkündet, du würdest deinen Postkartenhandel wieder aufnehmen wollen? Außerdem – ich dachte, dir ist die Schwäbische Alb zuwider? Hatten wir nicht ausgemacht, dass wir uns in Berlin niederlassen? Ich will dort ein Fotoatelier eröffnen. Und deine Märkte – was ist mit denen? Und vor allem, wo bitte schön willst du das Geld herholen?« Ihre Stimme schnappte noch immer fast über. »Mir ist auf einmal ganz schlecht…«

»Manchmal kommt eben alles anders, als man denkt«, sagte Anton seelenruhig. Die Bedienung erschien, stellte zwei Bier und zwei kleine Gläser mit Schnaps vor sie hin. Anton hob seinen Humpen an und prostete Mimi zu. »Auf unser neues Abenteuer!«

»Abenteuer!« Mimi, deren Mund so trocken war, dass sie kaum noch sprechen konnte, schnaubte nur. Dann hob sie ihr Glas und trank einen Riesenschluck. Während das Bier kühl und erfrischend ihre Kehle hinabrann, kam ihr ein Gedanke. »Sag bloß, dir geht es um die Arbeiter?«, fragte sie stirnrunzelnd. Anton war ein guter Kerl, aber als Samariter war er ihr bisher noch nicht gerade aufgefallen.

»Natürlich auch, an der Druckerei hängen schließlich viele Existenzen«, sagte Anton und wischte sich mit dem Handrücken den Bierschaum vom Mund. »Vorrangig geht's mir jedoch um ein gutes Geschäft, deshalb lass uns in Ruhe darüber reden. Du hast das Geld von Josefs Haus und ein paar Ersparnisse, ich das Geld, das ich eigentlich für ein Automobil gedacht hatte«, zählte er an drei Fingern seiner Hand auf. »Das heißt, zusammen bringen wir schon mehr als ein Drittel der Kaufsumme auf. Wir müssen lediglich ein Darlehen aufnehmen, das uns einundfünfzig Prozent der Druckerei sichern würde. Für die restlichen neunundvierzig Prozent suchen wir uns dann noch einen oder zwei weitere Geldgeber. Das bedeutet, wir können den Kauf durchaus stemmen!«

Mimi, die sprachlos zugehört hatte, nickte langsam. So organisiert und sachlich planend kannte sie Anton gar nicht! Dennoch – sie konnte ihm folgen. Nur, wer sollten diese Geldgeber sein, um Himmels willen?

Als hätte sie die Frage laut gestellt, fuhr Anton fort: »Im Pigalle habe ich viele Leute kennengelernt – Geschäftsmänner, Bankdirektoren, die schwimmen alle in Geld! Es muss mir gelingen, einen oder zwei davon zu überzeugen, bei uns zu investieren. Vielleicht fällt dir ja auch jemand ein. Und dann...« Er grinste Mimi an. »Dann sind wir Druckereibesitzer! Ich werde den kompletten Vertrieb übernehmen und mich um die Kundschaft kümmern. Sicherlich werde ich viel lernen müssen über die Produkte und so weiter. Aber das Verkaufen und den Umgang mit Kunden habe ich auf den Märkten auf die harte Tour gelernt, das kommt mir zukünftig sicherlich zugute!«

War es das erfrischende Bier? War es der kühlende Schatten nach dem Marsch durch die Augusthitze? Oder war es Antons Souveränität, mit der er über alles sprach? Keiner der Drucker würde arbeitslos werden, gemeinsam würden sie die Druckerei retten... Mimi spürte, wie das Gefühl, in einem abstrusen Traum zu stecken, allmählich von ihr abfiel und sie leise Hoffnung schöpfte. »Wir müssen es auf alle Fälle probieren, allein schon, weil ich zu gern Simon Brauneisens dummes Gesicht sehen würde! Bei der Ulmer Bank, bei der ich mein Konto habe, genieße ich einen guten Ruf, dort könnten wir wegen eines Kredits anfragen.

Und was die stillen Teilhaber angeht – ich könnte Josefine Neumann fragen, sie und ihr Mann sind Unternehmer im besten Sinne! Was genauso wichtig ist: Den beiden vertraue ich – und umgekehrt trifft das wahrscheinlich auch zu.« Der Gedanke, mit irgendeinem Gast aus dem Pigalle geschäftlich verbunden zu sein, behagte ihr nicht. »Vielleicht hast du recht, und es könnte klappen...«

Anton warf ihr selbstbewusst einen Blick zu, als stünde das für ihn längst fest. »Die Idee mit den Neumanns finde ich gut. Aber bevor wir unsere Kontakte nutzen, möchte ich mir hier am Montag nochmal alles genau anschauen, auch dieses Herrenhaus, von dem dieser Simon Brauneisen sprach. Wir kaufen schließlich nicht die Katze im Sack! Und eine Inventur lassen wir auch machen, nicht dass bei der Übernahme ein paar Maschinen fehlen...«

»Anton!« Mimi lachte. »Du überraschst mich immer wieder.«

Der Gastwirtsohn grinste. »Fürs Geschäft hatte ich schon immer einen guten Riecher, nur war mein Talent bisher kaum gefragt. Nun, das wird sich jetzt ändern! Und was die Schwäbische Alb angeht...« Er zeigte vage auf ihre Umgebung. »Als Handelsreisender in Sachen Druckerei werde ich die meiste Zeit unterwegs sein, mir wird die Decke also nicht so schnell auf den Kopf fallen. Wenn ich so darüber nachdenke – wahrscheinlich werden wir doch ein Automobil brauchen. Damit bin ich flexibler. Wie schwierig es sein kann, mit dem Zug von einem Ort zum anderen zu kommen, haben wir ja erst selbst am eigenen Leib erfahren. Am besten lernen wir beide gemeinsam das Fahren, wer weiß, ob dir das nicht auch zugutekommt!« Seine Augen leuchteten abenteuerlustig.

Mimi lachte erneut auf. »Vor ein paar Wochen habe ich erst Fahrrad fahren gelernt – nun soll ich schon hinters Steuer eines Automobils?« Und das, wo Simon Brauneisen und seine Freunde sich derart über autofahrende Frauen echauffiert hatten, dachte sie schmunzelnd.

»Der Mensch wächst mit seinen Aufgaben«, tönte Anton. Mimi, angesteckt von seinem Elan, sah ihn fröhlich an, wurde jedoch gleich wieder ernst. »Aber geht das nicht alles viel zu schnell? Vielleicht sollten wir erst ein paar Nächte darüber schlafen, bevor wir weiterführende Pläne schmieden?«

»Und uns damit diese einmalige Chance entgehen lassen? Du hast doch gehört, Simon Brauneisen will die Druckerei *jetzt* loswerden und nicht irgendwann.«

Mimi nickte nachdenklich. Der Zeitfaktor war wirklich entscheidend. Sie gab sich einen Ruck und sagte: »Dass du ein guter Vertriebschef wärst, das glaube ich sogar. Jetzt musst du mir nur noch eins verraten – welchen Platz hast du *mir* in deinem großen Plan zugedacht?« So sehr es sie reizte, durch eine neue Tür zu gehen – wie es dahinter aussehen sollte, konnte sie sich nicht vorstellen.

»Du könntest dich in den künstlerischen Bereich einarbeiten. Du hast doch gehört – seit Herrn Brauneisens Tod gibt es niemanden mehr, der die Kundenaufträge künstlerisch umsetzen kann. Daneben könntest du weiterhin als Fotografin tätig sein, du hast doch in Berlin selbst erlebt, dass in Druckwaren immer öfter aufwendige Zeichnungen durch Fotografien ersetzt werden«, sagte Anton so überzeugend, als wäre das für ihn alles längst glasklar.

»In Bezug auf die Fotografien gebe ich dir recht«, sagte Mimi. »Aber was den anderen Bereich angeht – das stellst du dir zu einfach vor!« Sie schüttelte bedauernd den Kopf. »Ich glaube zwar, dass ich ein gutes Auge habe und vielleicht auch guten Geschmack. Aber wie man eine Seite so setzt, dass Text und Bilder in harmonischem Einklang zueinander stehen, muss man in jahrelanger Ausbildung lernen. Es gibt doch nicht umsonst den Beruf des Plakatmalers und Schriftsetzers. Mit ein bisschen ›einarbeiten‹ ist es da nicht getan.« Noch während sie sprach, sackten ihre Schultern nach unten. Und nun?

»Dann stellen wir eben einen Illustrator oder Gebrauchsgrafiker ein, das ist doch kein Problem! Er soll sich um die Gestaltung von Speisekarten, Reklamezettel und Bedienungsanleitungen kümmern – ob nun mit Fotografien oder mit Zeichnungen ausgestattet.« Anton trank von seinem Bier, überlegte kurz, dann sagte er: »Aber bei diesen Kundenaufträgen müssen wir es ja nicht belassen…«

Mimi runzelte die Stirn. Sie wollte gerade nachfragen, was er damit meinte, als ihr ein Gedanke kam. Aufgeregt schaute sie ihn an. »Du meinst so etwas wie… Dürers Hände in aktuell?«

Er grinste. »Ganz genau! Die Druckerei sollte unbedingt eigene Produkte herstellen. Kleine hübsche Notizbücher oder Kalender für jedermann. Von mir aus auch Postkarten – ein richtig gutes Angebot, mit dem ich als Handlungsreisender losziehen kann! Nur mit guter Ware kannst du auch gut verkaufen, das habe ich auf den Märkten gelernt.«

»Solche Produkte zu entwickeln würde ich mir zutrauen«, sagte Mimi und klang für ihre eigenen Ohren fast ein wenig großspurig. »Zum einen habe ich viele wunderschöne Fotografien in meinem Fundus bei meinen Eltern, aus denen lässt sich gewiss etwas machen. Zum andern kann ich auch alles fotografieren, was wir benötigen. Vielleicht hat auch Bela Tibor ein paar gute Ideen parat?« Sie strich gedankenverloren über ihr Kinn. »Zwei Standbeine – damit können wir vielleicht auch unseren potenziellen Geldgeber überzeugen.« Ob sie selbst auch auf diese Idee gekommen wäre?, fragte sie sich. Anton schaffte es wirklich immer wieder, sie zu verblüffen.

Anton, der aussah, als würde er täglich Diskussionen dieser Art führen, sagte: »Der entscheidende Vorteil ist: Wenn es in einem Bereich mal eine Flaute gibt, können wir die durch den anderen Bereich auffangen.« Noch während er sprach, winkte er die Bedienung zu sich und fragte, was heute auf der Speisekarte stand.

Mimi wartete geduldig, bis er zwei Mal das Tagesgericht bestellt hatte, dann schaute sie ihn ernst an. »Hier zu sitzen und zu fabulieren ist das eine. Aber dann von einem Tag auf den andern eine so große Verantwortung zu übernehmen – das steht auf einem anderen Blatt! Weder du noch ich haben die geringste Ahnung, wie man eine Firma führt. Wir hätten plötzlich zwanzig Angestellte, das heißt, zwanzig Familien wären von uns abhängig. So sehr mich die Aufgabe an sich reizt, so ängstigt mich dieser Aspekt doch sehr. Noch könnten wir sagen, wir hätten uns geirrt...«

Anton schnipste eine Wespe fort, die sich auf dem Rand seines Bierglases niederlassen wollte. Sein Blick war so ernst wie ihrer, als er entgegnete: »Allein würde ich das nie wagen. Und so hopplahopp, wie es jetzt kommt, schon gleich gar nicht. Aber gemeinsam mit dir? Nach der ganzen Zeit, die wir nun schon zusammen reisen, würde ich sagen, wir ergänzen uns gut. Mimi, ich glaube, das schaffen wir!«

*

Abwesend breitete Corinne neben dem Schafgatter ihre Decke aus. Wie die letzte Nacht würde auch diese mild und warm werden, und so hatten Raffa, Ebru und sie beschlossen, erneut bei den Tieren zu bleiben, auch wenn Wolfram Weiß ihnen zwei Kammern auf seinem Hof angeboten hatte.

Zu Corinnes Erstaunen waren die Schafe seit ihrer Ankunft hier äußerst ruhig. Kein nervöses Nachtwandeln, kaum ein Blöken, selbst der widerspenstige Widder, der so gern Ärger machte, war heute zahm. Dicht an dicht lagen die weißen Leiber, die Augen geschlossen, entspannt dem Nachtschlaf hingegeben. Lag es daran, dass es hier oben weniger Mücken gab, die die Schafe piesackten? Oder hatte die über drei Monate lange Reise ihnen doch mehr zugesetzt als gedacht?

Wahrscheinlich spürten die Tiere einfach nur, dass sie angekommen waren, dass dies ihre neue Heimat war, dachte Corinne und seufzte tief auf. Wie gern würde sie dies auch von sich behaupten können...

Wolfram Weiß. Wolfram. Wolf... Der Name echote in Corinnes Herz. Seit dem Moment, als sie dem Mann das erste Mal gegenübergestanden hatte, konnte sie an nichts anderes denken als an ihn. Sie hatte ihn nur kurz am Morgen gesehen – bei einer seiner Herden gab es Probleme, er war hingefahren, um sich zu kümmern. »Ihr seid noch da, wenn ich zurückkomme?«, hatte er mit einem solchen Flehen in der Stimme gesagt, dass Corinne ein Schauer über den Rücken gelaufen war. Ja. Natürlich würde sie da sein.

Wie konnte ein anderer Mensch – ein Fremder – derart anziehend auf sie wirken? Seit ihrer Ankunft hatte sie das Gefühl, sie wären zwei Magneten. Ihre Hände hatten gezittert vor Verlangen, seinen Bauernkittel aufzuknöpfen und ihre Wange an seine Brust zu legen. Mit dem Zeigefinger hatte sie über seine Schläfen streichen wollen, über die verletzliche Einbuchtung ein wenig oberhalb und seitlich der Augen. Jenen Augen, in denen sie versunken war wie die Sonne im Meer. Dass im Blick eines Mannes so viel Liebe und Wärme liegen konnte...

Eine Träne lief über Corinnes Wange, während die Sonne längst hinter den Hügeln der Alb verschwunden war.

»Warum weinst du?« Raffa hatte sich so leise zu ihr gesellt, dass Corinne ihn nicht bemerkt hatte.

»Das weißt du ganz genau«, sagte sie mit rauer Stimme. Warum stellte er ihr diese Frage? Sie kannten sich seit Kindertagen, jeder erahnte die Gedanken des andern – wenn also jemand wusste, was in ihr vorging, dann war es Raffa.

»Du weinst, weil du jetzt endlich weißt, wo auf der Welt dein Platz ist?« Er klang verständnislos. Spielerisch nahm er ihre Hand, wollte seine Finger mit ihren verschränken, so, wie sie es schon tausend Mal getan hatten.

Doch Corinne hatte keine Lust dazu. »Wie kommst du darauf, dass ich hierbleiben möchte? Hast du nicht zugehört? Der Mann heiratet bald, du hast diese Bernadette gestern doch gesehen, für mich ist hier weiß Gott kein Platz!«, sagte sie wütend. Nicht genug, dass sie so traurig war wie noch nie in ihrem Leben, warum musste Raffa sie zusätzlich quälen?

Doch seine tiefschwarzen Augen funkelten wie Glühwürmchen in der Johannisnacht. Vergnügt sagte er: »Vergiss sie einfach. Die heiratet er nie im Leben!« Er strich ihr über den Kopf, dann ging er davon.

Wie gern hätte sie Raffa geglaubt, dachte Corinne.

Wie immer hatten die beiden Männer ihr Lager auf der anderen Seite der Herde aufgeschlagen, nah genug, um ihr Schutz zu bieten, und doch so fern, damit Corinne ein wenig Privatsphäre hatte. Ihren Kopf an den warmen Leib von Achille, ihrem Hund, gelehnt, schaute Corinne hinauf in den sternenklaren Himmel. Hier, auf der Schwäbischen Alb, könnte sie sich wohlfühlen, das spürte sie. Das Deutsch, das hier gesprochen wurde, klang zwar anders als das ihrer Mutter – dennoch hörte es sich heimisch an.

Das Gefühl, nach Hause zu kommen, hatte sie schon bei ihrer gestrigen Anreise verspürt. Mit jedem Schritt und derweil die Fotografin fröhlich plaudernd neben ihr hergelaufen war, war es stärker geworden. Immer wieder hatte sie, Corinne, in die Hocke gehen und eine Hand auf den von der Sommerglut festgebackenen Boden legen müssen, auf diese schönen, nach Kräutern duftenden Magerweiden. So, als wollte sie eins werden mit der Erde. Während sie hier ein paar Wacholderbeeren von den Sträuchern gezupft und da ein Büschel wilden Thymian gepflückt hatte, waren vor ihrem inneren Auge die entsetzlichen Bilder, die sie so lange mit sich getragen hatte, nach und nach verblasst. Fast war es, als habe eine höhere Macht ihr zugerufen: »Lass die Vergangenheit ruhen und lebe!«

Eine Sternschnuppe ergoss sich wie ein silberner Reigen über den nun tiefschwarzen Himmel. Statt dass sie stumm einen Wunsch formulierte, liefen Corinne noch mehr Tränen über die Wangen. Wolfram war einer anderen versprochen – mit jedem Wunsch, den sie gen Himmel senden würde, versündigte sie sich demnach. Seinen Blick, mit dem er sie angeschaut hatte, würde sie für immer in ihrem Herzen einschließen. Erinnerungen, wunderschön und schmerzhaft zugleich – sie würden ihr Souvenir sein.

Die Umrisse der Tannen, neben denen Wolfram das Schafgatter aufgestellt hatte, schimmerten gespenstisch im matten Mondlicht, als Corinne ihren Rosenkranz aus der Rocktasche zog. Er fühlte sich warm und geschmeidig an. Wenn Gott ihr gnädig war, half er ihr, ihre Gefühle für Wolfram Weiß so schnell wie möglich abzutöten, dachte sie, während ihre Finger die Rosenholzkugel über dem Kreuz berührten.

29. Kapitel

Obwohl Wolframs Schafherden über ein großes Gebiet verteilt waren und die Hirten täglich mit ihnen wandern mussten, damit die Tiere am Ende des heißen Sommers noch genügend Futter fanden, rief Wolfram Weiß am Sonntag alle Oberhirten zusammen, um ihnen die neue Herde zu zeigen.

Interessiert, aber auch eine Spur skeptisch, umkreisten die Männer die Herde, während Wolfram seine Zuchtpläne darlegte, soweit diese die Arbeit der Hirten betrafen.

»Dank der löblichen Tatsache, dass unsere französischen Kollegen die achtzehn Widder während der Reise haben fleißig bocken lassen, sind die Mutterschafe wahrscheinlich fast alle tragend.« Er nickte Raffa, Ebru und Corinne zu, die am Rand der Versammlung standen. Nur mit Mühe gelang es ihm, seinen Blick wieder von Corinne zu lösen. Konzentrier dich, Wolf!, mahnte er sich stumm. »Es wäre das Einfachste, die Widder wechselnd in die verschiedenen Stammherden zu stellen und der Natur ihren Lauf zu lassen – damit würde sich das neue Blut rasch verteilen und die Zahl der Kreuzungslämmer ebenso rasch ansteigen.«

Die Hirten nickten. So und nicht anders kannten sie es.

Wolfram jedoch schüttelte den Kopf. »Genau das werden wir nicht tun! Wir werden die Widder nur gezielt aus der Hand springen lassen.«

Unruhe kam unter den Hirten auf – diese Methode würde nicht nur für unleidige Widder, sondern auch für wesentlich mehr Arbeit für sie sorgen. Das Separieren der Schafe, der Umgang mit dem brünstigen Bock, der Akt selbst... All das kostete Zeit.

Wolf tat so, als hörte er das Gemurmel nicht. »Ich habe das Zuchtregister vorwärts und rückwärts studiert, habe sämtliche Eintragungen über die Leistungen unserer Schafe miteinander verglichen. Dabei habe ich mit großer Freude und Stolz festgestellt, dass wir schon eine gute Anzahl Tiere mit vorzüglichem Wollkleid besitzen. Sie werden die Basis bilden für unsere neue Zucht. Mithilfe des frischen französischen Blutes möchte ich die feinste und weichste Wolle erzeugen, die es jemals auf der Schwäbischen Alb gegeben hat!«

Sein Blick wanderte über die Versammelten und blieb erneut an Corinne hängen. Wie sie an seinen Lippen hing – sie schien für seine Pläne Feuer und Flamme zu sein. Mit klopfendem Herzen fuhr Wolfram fort: »Um dieses Zuchtziel zu erreichen, werde ich in den nächsten Tagen zu jedem von euch kommen und die brünstigen Mutterschafe in Augenschein nehmen, die laut Zuchtregister geeignet sind. Diese Schafe markieren wir mit Nummern, und dann werden nur diese Schafe von den französischen Böcken besprungen. Die daraus entstehenden weiblichen Kreuzungslämmer lassen wir später ihrerseits von einem der französischen Widder bespringen – selbstverständlich unter Vermeidung der Inzucht. Im Zuchtregister werde ich jedes Ergebnis festhalten. Mit dieser Methode werden wir unsere Herden auf die feinste Art veredeln, auch wenn es vielleicht etwas länger dauert als beim wilden Springen.« Er zückte seinen Geldbeutel, zog einen Geldschein heraus und reichte ihn einem der Oberhirten. »Genug geredet – das ist für euren Frühschoppen im Fuchsen, und nehmt eure französischen Kollegen mit!« Er nickte in Richtung Dorf. »Eure Standorte kenne ich, wir sehen uns in den nächsten Tagen.« So souverän er sich gab, so sehr klopfte sein Herz immer noch. Würde Corinne mit den andern gehen?

Seine Sorge war umsonst. Anstatt den Hirten ins Wirtshaus zu folgen, zog sie eine Bürste aus der Rocktasche und begann, eins der Mutterschafe zu bürsten.

»Ich mag es, wie Sie über die Schafe sprechen.«

»Wolfram. Ich heiße Wolf«, sagte er sanft. Warum ging sie wieder zum förmlichen Sie über?, fragte er sich.

»Möchtest du nicht mit den anderen in den Gasthof gehen, Corinne?«

Sie schüttelte den Kopf. »Ich verbringe die restliche Zeit, die mir hier noch bleibt, lieber mit den Tieren.«

Wolfram zückte sein Klauenmesser. Während Corinne das tragende Schaf bürstete, schnitt er dessen ausgefranste Hufränder, so dass sie wieder glatt und schön waren.

»Ich bin erst seit diesem Frühjahr beim Marquis angestellt. Aber von dem, was ich bisher mitbekommen habe, glaube ich, dass du in der Zucht ähnlich vorgehst wie er«, sagte sie, und das freundschaftliche Du klang wie Musik in Wolframs Ohren.

»Der Marquis ist ein kluger Mann«, sagte er. »Bestimmt macht es viel Freude, eine seiner Herden zu führen.« Er hielt den Atem an, ihre Antwort ängstlich erwartend. Was, wenn sie es vor Heimweh keinen Tag länger hier aushielt? Was, wenn sie es kaum erwarten konnte, sich wieder auf den Heimweg zu machen? Schließlich hatte sie schon von der »restlichen Zeit« gesprochen...

Doch Corinne zuckte mit den Schultern. »Ich liebe Schafe – wem sie gehören, ist mir egal. Ich liebe ihre Sanftmut, ihre Geduld und ihre stille Akzeptanz dessen, was ist. Welche Art ist derart erdverbunden? Welches Tier ist derart fruchtbar und schenkt dem Menschen ständig Nachwuchs? Du, mein Schatz, wirst bestimmt Zwillinge bekommen!« Zu Wolframs Amüsement und Erstaunen drückte sie dem Schaf einen Kuss auf den Kopf, dann entließ sie es gestriegelt und manikürt wieder in die Herde. »In den Augen der meisten sind Schafe lediglich willenlose Knechte, und dementsprechend schändlich werden sie behandelt. Dabei sollten wir jedem Tier mit Respekt begegnen, nicht wahr?«, fuhr sie fort, während sie sich mit ihrer Bürste das nächste Tier vornahm.

Wie viel Anmut und Zuneigung in jedem Bürstenstrich lag, dachte Wolfram und hätte Corinne am liebsten kurz berührt, um sicherzugehen, dass sie keine Traumgestalt war. Fast abergläubisch, als habe er Angst, sie würde sich in Luft auflösen, wandte er den Blick ab und nahm erneut das Klauenmesser in die Hand.

»Ich denke, wir Menschen können viel von den Schafen lernen. Allerdings befürchte ich, dass ich es in Bezug auf Geduld und stille Akzeptanz nie so weit bringen werde, wie unsere *bébés* hier.« Sie lachte ironisch auf.

Wolfram spürte, dass sich in seinem Hals ein Kloß bildete. Noch nie hatte er einen Hirten so über Schafe reden hören. Die meisten ärgerten sich über ihr geringes Ansehen in der Gesellschaft, die die Arbeit eines Schäfers als stumpfsinnig betrachtete – dass viel Sachverstand und Passion für jedes einzelne Tier nötig waren, um eine Herde gut zu führen, erkannten Außenstehende nicht.

»Schafe halten können viele. Doch Schafe hüten – sie unter die eigene Obhut nehmen, so dass sie sich wohlfühlen und gedeihen –, das ist eine ganz andere Sache! Ich könnte dir über jedes meiner Schafe etwas erzählen, ein jedes hat seine Eigenarten, seinen eigenen Charakter«, sagte er, während in seinem Kopf die Gedanken rasten wie eine fliehende Herde. Wenn Bernadette nur einmal – ein einziges Mal – so respektvoll über Schafe geredet hätte, dachte er verzweifelt.

Mit zitternder Hand steckte er das Messer in das lederne Futteral zurück. Was war richtig, was war falsch? Er wusste es nicht. Aber eins wusste er: Er durfte diese Frau nie mehr gehen lassen! Denn niemand anders als der liebe Gott hatte sie ihm geschickt, diese Gefährtin. Ein solches Glück. Ein Wunder! Mit dem er nie im Leben gerechnet hätte, sonst hätte er doch nie…

Abrupt ergriff er Corinnes rechte Hand. Sein Blick suchte den ihren, als er sagte: »Corinne, ich weiß nicht, wie ich es anders oder schöner sagen soll – aber du darfst nicht gehen. Bitte bleib hier!«

*

Seit über zehn Minuten schon telefonierte die Fotografin mit ihrer Berliner Bekannten in Bernadettes Büro. Dabei hieß es doch immer, man solle sich am Fernsprecher kurz fassen, dachte Bernadette, die sich mit ihrer Korrespondenz dezent in die Küche verzogen hatte. Und wenn schon! Die zehn Reichsmark oder mehr, die Mimis Telefonat kosten würde, waren die Sache allemal wert.

Es war später Sonntagvormittag, durch das geöffnete Küchenfenster wehte immer wieder schwach der Geruch von gebratenem Fleisch herein. Während in den Häusern der Dorfbewohner der Sonntagsbraten serviert wurde, hatte sie, Bernadette, noch nicht einmal gefrühstückt. Vielleicht hatte Mimi ja Lust, sie zum Mittagessen zu begleiten?, dachte sie und hörte erfreut, wie im Nebenzimmer das Telefonat seinem Ende entgegenging.

»Sehr gut, ich danke dir, Josefine. Ja, unter dieser Nummer bin ich zu erreichen, der Anschluss in Otto Brauneisens Büro ist leider derzeit stillgelegt. Danke, ja, auch liebe Grüße an Adrian! Ja, es ist schon ein bisschen verrückt, das gebe ich zu. Aber wenn du einer ›gewissen Druckerei‹ in Berlin gerade die Freundschaft gekündigt hast, hätte die Sache doch zusätzlich Charme, oder?«

Bernadette hörte die Fotografin nervös kichern.

Einen Moment später erschien Mimi in der Küche und strich sich hektisch mit den Händen über ihren Rock, als wollte sie sich von Angstschweiß befreien. »So, das wäre geschafft. Jetzt weiß Josefine wenigstens schon mal Bescheid.«

»Und? Wie war ihre Reaktion?«, fragte Bernadette bang.

Die Fotografin verzog das Gesicht. »Bestimmt hält sie mich jetzt für schrecklich sprunghaft. Ich wollte ja eigentlich nach Berlin zurückkehren und dort ein Atelier eröffnen. Und jetzt komme ich mit so einem Vorschlag daher!« Sie schüttelte den Kopf, als könne sie es selbst immer noch nicht glauben. »Dass ich ihr den Kauf einer Druckerei anbiete, fand sie amüsant, vor allem vor dem Hintergrund, dass sie mit ihrer bisherigen Druckerei nicht mehr zusammenarbeiten will, nachdem deren Chef mir gegenüber auf unverschämte Art zudringlich geworden war. Aber ob sie deswegen auf meinen Vorschlag eingeht, kann ich nicht einschätzen. Immerhin hat sie versprochen, mit Adrian zu reden.« Mimi gluckste leise. »Ich glaube, sie ist fast vom Stuhl gefallen, als sie dann auch noch hörte, *wem* die Druckerei gehört!«

Bernadette lachte ebenfalls. »Dass du Simon Brauneisen schon in Berlin begegnet bist und er ein Bekannter dieses Ehepaars ist, ist aber auch ein besonderer Zufall!« Sie legte ihre Schreibfeder fort, sprang auf und umarmte Mimi spontan. »Ich kann das alles immer noch nicht glauben! Du hier in Münsingen – das ist… wie ein Traum!«

»Jetzt mal langsam mit den jungen Pferden. Im Augenblick hoffe ich nur, dass es kein Alptraum wird«, sagte Mimi mit schrägem Grinsen. »Ich darf gar nicht zu viel über alles nachdenken, sonst wird mir angst und bange.«

Bernadette winkte ab. »Ich glaube, das Risiko, das ihr eingehen würdet, ist überschaubar. Das Schiff hat erst nach Ottos Tod Schlagseite bekommen, ich bin mir sicher, dass ihr die Druckerei schnell wieder auf Kurs bringen werdet. Wie sieht es aus – darf ich dich zur Feier des Tages zum Mittagessen einladen? Im Gasthof Fuchsen gibt's einen manierlichen Braten!« So etwas war, wenn alles gut lief, in Zukunft regelmäßig möglich, dachte sie glücklich.

Untergehakt gingen die beiden Frauen aus dem Haus. Ihr ganzes Leben lang hatte sich Bernadette eine Freundin wie Mimi gewünscht, und nun wurde ihr Traum vielleicht wahr. Hoffentlich würde Mimi vor lauter Arbeit noch Zeit finden, sich mit ihr einen schönen Tag in der Stadt zu machen! Sie wollte neue Vorhänge kaufen, neue Gläser und vielleicht auch zwei bequeme Sessel für die Abende, die Wolfram und sie gemeinsam verbringen würden – falls er nicht gerade bei den Schafen war. Sie wollte alles so schön wie möglich machen, und dabei würde ihr der Rat der eleganten und erfahrenen Fotografin sehr wertvoll sein.

»Gleich morgen früh wollen Anton und ich uns nochmal in Ruhe alles anschauen. Ich bin vor allem auch sehr neugierig auf das Haus, in dem ich eventuell zukünftig wohnen werde. Hoffentlich ist es nicht so eine alte düstere Hütte...«

»Von wegen düster und alt!« Bernadette warf Mimi einen triumphierenden Blick zu. »Du wirst staunen.

Otto hat das Haus erst vor ein paar Jahren neu bauen lassen, in der vergeblichen Hoffnung, Simon damit aus Berlin zurücklocken zu können. Es liegt hinter der Druckerei, ist modern, hell, hat einen schön angelegten Garten und…« Sie brach ab. »Oh, schau, da vorn kommt Wolfram! Ich weiß gar nicht, ob er die ganze Aufregung um die Druckerei mitbekommen hat, er war gestern den ganzen Tag unterwegs«, sagte sie. »Beim Mittagessen können wir ihm alles erzählen!« Doch noch während sie sprach, erkannte sie, dass Wolfram nicht allein war. Er hatte diese französische Schäferin bei sich und nicht nur sie, sondern auch diesen Hund, zwei Esel und die fünf Ziegen. Zu Bernadettes Missfallen trug Wolfram ihr Gepäck. Sie runzelte die Stirn. War die Heimreise der Hirten nicht erst für morgen geplant? Allem Anschein nach konnte es der Frau nicht schnell genug gehen, wieder in ihr geliebtes Frankreich heimzukehren.

»Corinne!«, rief die Fotografin freudig und ließ Bernadette los.

Die beiden Frauen umarmten sich und deuteten auf französische Art drei Wangenküsse an. Die Haare der Hirtin leuchteten wie blank poliertes Kupfer in der Spätsommersonne. »Rote Haare, schlechtes Blut«, hatte ihre Mutter immer gesagt, ging es Bernadette durch den Sinn. Sie schaute die Frau mit unverhohlener Abneigung an. Warum Mimi so vertraut mit der Fremden tat, war ihr ein Rätsel.

»Du hast schon gepackt? Ach wie schade!« Die Fotografin wies auf Corinnes Gepäck. »Vor allem, weil *ich* nämlich wahrscheinlich länger in Münsingen bleibe als gedacht…«

Die Hirtin warf Wolfram einen verstohlenen Blick zu, der daraufhin vortrat und lächelnd sagte: »Corinne bleibt auch noch hier! Ich habe sie zum Glück dazu überreden können. Das erleichtert den Schafen die Eingewöhnung. Und ich bin froh, jemanden an meiner Seite zu haben, der mich bei meinen Zuchtbemühungen in den nächsten Monaten unterstützt. Mademoiselle Clement hat beim Marquis de Forretière große Erfahrungen sammeln können.«

Bernadette spürte, wie es in ihrem Kopf zu surren begann. An seiner Seite? Er hatte *sie* an seiner Seite, reichte das nicht? Sie legte besitzergreifend eine Hand auf Wolframs Arm und sagte betont: »Mein Lieber, hättest du so etwas nicht zuerst mit mir absprechen sollen?« Zuchtbemühungen, dass sie nicht lachte!

»Seit wann interessiert dich die Auswahl der Hirten? Du bist doch immer froh, wenn du so wenig wie möglich mit dieser Seite des Geschäfts zu tun hast«, erwiderte Wolfram ungewöhnlich kühl und nahm ihre Hand von seinem Arm. »Corinne wird derweil auf unserem Hof wohnen. Im Seitengebäude ist ein Zimmer frei, das, in dem früher die alte Else, eine unserer Hirtinnen, gewohnt hat. Mutter hat bestimmt nichts dagegen. Wir sehen uns morgen früh!« Mit einem freundlichen Nicken ließ er Bernadette und Mimi stehen. Die Hirtin warf der Fotografin noch einen hilflosen Blick zu, dann folgte sie Wolfram.

Bernadette taumelte einen Schritt nach hinten, als habe er ihr einen Schlag verpasst. Er nahm die Fremde mit zu sich auf den Hof?

»Ist alles in Ordnung?«, hörte sie wie durch einen

Nebel Mimis dumpfe Stimme, während düstere Visionen vor ihrem inneren Auge aufstiegen, schlimmer als jedes Weltuntergangsszenario. Das konnte nicht sein. Das *durfte* nicht sein. Bitte, lieber Gott, mach, dass es nicht wahr ist...

»Alles in Ordnung«, sagte sie und hakte sich erneut bei Mimi unter. Sie war es gewohnt, ihre Gefühle für sich zu behalten, Selbstbeherrschung war ihr zur zweiten Natur geworden. »Ich mag diese Französin nur nicht, sie ist ziemlich eigensinnig.« Im Plauderton, ohne etwas von ihrer inneren Erregung zu verraten, erzählte sie Mimi, dass Corinne die Schafe auf der Reise einfach hatte scheren lassen. »Den Schafen war es ›zu heiß‹ – wen kümmerte es da, dass sie hier wie gerupfte Hühner ankamen?«, endete sie in ironischem Ton.

Mimi lachte auf. »Ich habe es geahnt – Corinne ist verrückt! Verrückt nach Schafen, anders kann man es wohl nicht bezeichnen. Sei doch froh, dass dein Wolfram eine so engagierte Hilfskraft hat. Und mehr ist sie ja nicht«, fügte sie sanft hinzu.

»Wahrscheinlich hast du recht«, sagte Bernadette leichthin, während rabenschwarze Angst sie aufzufressen drohte. Hätte sie bloß nicht eingewilligt, als Wolfram mit diesen französischen Schafen anfing! Aber woher hätte sie wissen sollen, dass sich unter den Hirten dieses Weibsstück befand, das es nur darauf anlegte, Wolfram zu bezirzen?

Den Rest ihres Weges plauderten sie über dies und das. *Mach dich nicht verrückt,* sagte Bernadette sich dabei immer wieder. *Da ist nichts. Corinne ist lediglich eine Hirtin, wie Mimi gerade richtig gesagt hat.* Und

Wolfram war ein Ehrenmann, ergänzte sie innerlich und stieß die Tür des Gasthofs so heftig auf, dass die Fenster vom Windstoß leicht schepperten.

Im Gasthof sah sie zu ihrem Erstaunen am Stammtisch ihre Hirten sitzen. Auch die beiden Franzosen saßen dabei. Schlagartig war all ihre Beherrschung dahin.

»Na, schmeckt euch das Bier? Wenn ich euch hier sehe, wundert es mich nicht, dass Wolfram diese dahergelaufene Hirtin für eine *wahre* Expertin hält! Du, Michel, schaffst es ja bis heute nicht, die vorgegebenen Routen einzuhalten. Bei jedem zweiten Anruf, den ich bekomme, handelt es sich um eine Beschwerde, weil du vom Weg abgekommen bist. Wenn das noch einmal passiert, werfe ich dich raus!« Sie zeigte auf den nächsten der Runde. »Du, Hans, hast in zwanzig Jahren das ordentliche Pferchen nicht gelernt! Und du, Axel, hast einen Verschleiß an Holzhorden, dass es einen graust! Wenn dir in diesem Jahr nochmal was kaputtgeht, ziehe ich es dir doppelt vom Lohn ab. Und dir, Bernhard, kann man ja nicht mal einen guten Hund anvertrauen, das hat man vorgestern Nacht beim Gewitter gesehen, als er wegen seiner Eisenkette tödlich vom Blitz getroffen wurde!«

Die Männer sanken immer tiefer in sich zusammen. Manch einer von den jüngeren Hirten sah aus, als wäre er am liebsten in einem Loch im Boden verschwunden.

»Bernadette, komm, lass uns wieder gehen«, mahnte Mimi leise, doch Bernadette war gerade erst in Fahrt geraten. Sie schaute mit eisigem Blick in die Runde. »Wenn ihr euch nicht anstrengt, wimmelt es hier bald nur so vor lauter fleißigen Franzosen, die euch den Rang ablaufen. Dann könnt ihr daheim eure verschissenen Hasenställe ausmisten und wieder von der Hand in den Mund leben – mich kümmert es nicht. Und falls ihr es vergessen habt – Rote Haare, Sommersprossen, sind des Teufels Tischgenossen! Mahlzeit!«

30. Kapitel

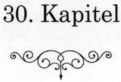

»Entschuldigung, wer hat denn bitte in diesem Lager das Sagen?« Anton musste den Mann im Wächterhäuschen des Truppenübungsplatzes regelrecht anschreien, um sich verständlich zu machen.

»Das ist Generalmajor Lutz Staigerwald!«, schrie der uniformierte Wächter zurück, während Böllersalven die Luft erfüllten. Die Schäferhunde der zwei Wachmänner, die links und rechts vom Schlagbaum aufgestellt waren, grummelten nervös.

Anton runzelte die Stirn. Dass der Militärbetrieb auch sonntags weiterlief, hätte er nicht gedacht. Er nannte seinen Namen und den Grund des Besuchs, der Wächter griff zum Telefon.

»Der Generalmajor ist beim Mittagessen. Er fragt an, ob Sie ihm dabei Gesellschaft leisten möchten«, sagte er, nachdem er das Telefonat beendet hatte.

Anton hob erfreut die Brauen. Ein Mittagessen mit dem Kommandanten? Das fing ja gut an! Er wollte sich schon unter dem Schlagbaum hindurchschlängeln, als der Wächter gebieterisch die Hand erhob.

»Stopp! Sie benötigen erst einen Tagespassierschein, und dann wird Schütze Bauer Sie zum Offizierskasino führen.« Er winkte einen jungen Soldaten mit pickliger Haut und geschultertem Gewehr herbei.

Anton grinste in sich hinein. Formalitäten – ohne die ging es beim Militär wohl nicht.

Der Truppenübungsplatz war sauber, großzügig und – Anton fiel es schwer, das Wort im Zusammenhang mit einem militärischen Lager zu verwenden – sehr hübsch! Die Soldatenunterkünfte aus Backstein, die links und rechts der Hauptstraße angeordnet waren, wirkten fast schon pittoresk und hatten mit der Ulmer Kaserne, wo er gemustert – und aufgrund einer unglaublichen Fehlentscheidung ausgemustert! – worden war und die ein hässlicher grauer Kasten gewesen war, so gar nichts gemein.

»Und, wie ist es hier so?«, fragte er den jungen Schützen sehnsüchtig, doch statt zu antworten, zuckte der nur mit den Schultern.

Auch egal, dachte Anton, während ein größeres Gebäude in Sichtweite kam. Es war wie die Soldatenunterkünfte aus rotem Backstein gebaut, hatte einen Turm mit Uhr wie eine Kirche und über ein Dutzend schmale, hohe Sprossenfenster. »Königliche Post«, las Anton auf einem Emailleschild. Vor dem Haus entdeckte er einen hölzernen Ständer mit Postkarten. »Darf ich mal einen kurzen Blick darauf werfen?«, sagte er zu dem Schützen und erntete erneut ein Schulterzucken.

Die Postkarten zeigten Aufnahmen des Lagers, das Postgebäude war mehrmals abgebildet, dazu Kanonen und Soldaten beim Appell. »Gruß vom Truppenübungsplatz Münsingen« stand auf jeder Karte. Sehr künstlerisch erschienen die Karten Anton nicht, eher wirkten sie ziemlich eintönig. Wenn er daran dachte, wie Mimi letztes Jahr die Soldaten in der Mergentheimer Kaserne in Szene gesetzt hatte – wie Kriegshelden hatten sie ausgesehen!

Der Generalmajor, ein sympathischer Mann mit markantem Kinn und stahlblauen Augen, war schon beim Hauptgang angekommen, als Anton an seinen Tisch trat. Anton, von der imposanten Erscheinung und der goldenen Eichenlaubstickerei auf den Schultern unwillkürlich ein wenig eingeschüchtert, reichte dem Kommandanten die Hand. »Vielen Dank für Ihre Einladung, es ist mir eine große Ehre!«, sagte er.

»Und mir ist es eine Ehre, den Mann kennenzulernen, von dem gemunkelt wird, dass er unsere hiesige Druckerei retten will. Ich bin gespannt, was Sie zu diesem Thema zu sagen haben.« Lutz Staigerwald wies lächelnd auf den freien Stuhl ihm gegenüber. »Setzen Sie sich doch!«

Er und ein Retter – bei diesem Gedanken entspannten sich Antons Schultern wieder. Keine Minute später stand ein Teller dampfender Pilzcremesuppe vor ihm.

»Die ersten Pilze aus heimischen Wäldern. Als Hauptgericht gibt es übrigens Wildgulasch – die von vielen so verpönte Abgeschiedenheit der Schwäbischen Alb hat durchaus auch ihre Vorteile«, kommentierte der Generalmajor.

»Die Schwäbische Alb wird von vielen sowieso völlig unterschätzt«, sagte Anton vollmundig, und vergessen waren die Zeiten, in denen er von »Schwäbisch Sibirien« gesprochen hatte.

»Und nun erzählen Sie mal – was genau haben Sie mit der Lithografischen Anstalt Münsingen zu tun?«

»Meine Geschäftspartnerin, die Fotografin Mimi Reventlow, und ich haben tatsächlich vor, die Druckerei zu übernehmen.« Wenn sich ein Geldgeber findet, fügte er im Stillen hinzu.

Lutz Staigerwald, der gerade sein Gulasch löffelte, hielt mitten in der Bewegung inne. »Das sind ja äußerst gute Nachrichten! Uns hier im Alten Lager Münsingen ist an einem guten Kontakt zur Dorfbevölkerung sehr gelegen, das Schicksal der Druckerei liegt uns von daher sehr am Herzen.«

Warum nicht gleich den Stier bei den Hörnern packen?, dachte Anton und ließ seinen Suppenlöffel ebenfalls sinken. »Ich würde mich freuen, wenn wir demnächst auch Aufträge von Ihnen entgegennehmen dürfen«, sagte er. »Verzeihen Sie meine Offenheit, aber die Postkarten in Ihrer Poststelle werden Ihrem attraktiven Lager meiner Ansicht nach nicht ganz gerecht. Frau Reventlow würde Ihre Kaserne ganz anders in Szene setzen!« Als lade er gerade sein Marktpublikum zu sich an den Stand ein, machte er eine weit ausholende Handbewegung. »Ansichten Ihres Offizierskasinos und der Offiziersunterkünfte, die Ansicht eines Luftschiffs, eine Übung der Artillerie mit viel Kanonenrauch, und dazu das größte Juwel von allem – die Soldaten selbst. Mir schwebt eine ganze Serie Postkarten vor, die den soldatischen Stolz widerspiegelt, den ich hier im Lager verspüre!«

Lutz Staigerwald nickte. »Von mir aus sehr gern – ich bin immer für neue, frische Ideen zu haben. Die bisherigen Postkarten hat der ansässige Fotograf gemacht, aber es ist Jahre her, dass er ein neues Motiv geliefert hat. Die Karten werden von den Soldaten nicht nur verschickt, sondern auch gern als Andenken mit nach Hause genommen. Ein paar neue Motive kämen da sicherlich gelegen, und da Sie und Frau Reventlow ja nun auch bald ansässig sind, ist es nur gerecht, wenn dieses Mal *Sie* die Möglichkeit bekommen, das Alte Lager zu fotografieren.«

Wenn jeder der vierzigtausend Soldaten, die hier Jahr für Jahr ausgebildet wurden, während seines wochenlangen Aufenthalts auch nur *eine* Postkarte nach Hause schickte und eine als Andenken mitnahm... Anton wurde schwindlig. Der ansässige Fotograf würde sicher nicht sehr begeistert sein, wenn Mimi ihm diesen lukrativen Auftrag wegnahm, ging es ihm durch den Kopf. Eilig sammelte er sich und sagte so sachlich wie möglich: »Vielen Dank, das ist wirklich sehr fair von Ihnen! Doch ich könnte mir vorstellen, dass Ihr Bedarf an Druckwaren über Postkarten noch weit hinausgeht. Merkblätter, Informationsschriften, Regelwerke...«

»Papierkram gibt's bei uns mehr als genug«, pflichtete der Generalmajor ihm bei. »Bisher lassen wir fast alles in Stuttgart drucken. Ich kann mich jedoch gern einmal erkundigen, welchen Grund das hat – vielleicht Fragen der Geheimhaltung – und ob dieser Umstand bindend ist. Zu meiner Schande muss ich gestehen, dass ich mich dafür bisher nicht interessiert habe. Und Herr Brauneisen hat mich auch nie darauf angesprochen.«

»Wie Sie sehen, bin ich in dieser Hinsicht unerschrockener. Ich frage einfach frei heraus!«, sagte Anton grinsend. »Ihnen ist bestimmt genauso wie uns daran gelegen, die Zukunft der Drucker zu sichern – wenn man bedenkt, wie viele Familien von der Druckerei abhängig sind. Münsingen wäre sicher sehr dankbar, wenn das Truppenübungslager sich solidarisch verhält.« Er hob das Glas Weißwein, das ein livrierter Kellner vor ihn gestellt hatte. »Auf eine gute Zusammenarbeit!«

Das Geschäftliche war geklärt, also genoss Anton sein Essen und den leckeren Wein. Er war erstaunt zu erfahren, dass auf dem Truppenübungsplatz regelmäßig Tanzabende, Konzerte, Schützenwettbewerbe und mehr stattfanden, zu denen auch die Dorfbevölkerung eingeladen wurde. Einen Schachclub gab es ebenfalls. Dieses Münsingen war wirklich für eine Überraschung gut!, ging es Anton durch den Sinn und er beschloss, sich bei nächster Gelegenheit im Schachclub anzumelden. »Und ich dachte, nur in Berlin steppt der Bär!«, sagte er lächelnd, dann trank er sein Glas Wein in einem Zug leer.

*

Als Mimi am nächsten Morgen aus der Pension trat, stand Bela Tibor mit einem Blumenstrauß in der Hand da.

»Verehrte Frau Reventlow, darf ich Ihnen diesen kleinen Blumengruß überreichen? Die ganze Belegschaft bedankt sich aus tiefstem Herzen bei Ihnen für alles, was Sie tun. Herr Brauneisen ist schon wieder in

Berlin – dringende Geschäfte –, und so ist es mir eine Ehre, Sie in die Druckerei zu begleiten.«

»Noch steht ja nicht fest, ob wir überhaupt etwas für Sie alle tun können. Dennoch – vielen Dank für die Blumen, ich stelle sie nur noch kurz ins Wasser«, sagte Mimi gerührt.

»Du hast einen Kavalier?« Anton, der sich gerade seine Jacke überwarf, hob fragend die Brauen.

»Bela Tibor«, flüsterte Mimi kichernd. »Ist das nicht nett?«

Die Lithografische Anstalt Münsingen war technisch ein wenig veraltet, erkannten Mimi und Anton bei ihrem zweiten Besuch. Hier fehlte ein Bolzen, dort gab es Blankstellen oder Flugrost, und das Holz der Setzkästen war so spröde, dass Mimi sich sogleich einen Spreißel in den Finger trieb, als sie gedankenverloren mit der Hand über einen der Kästen strich. Aber alles in allem waren die riesigen Druckmaschinen gut gepflegt. Bela Tibor und die andern Drucker versicherten, dass sie aufgrund ihres technischen Feingefühls auch mit den etwas älteren Druckmaschinen noch gute Ergebnisse erzielen konnten.

»Wir haben sogar eine Buchdruckmaschine!«, sagte Bela Tibor und zeigte auf ein besonders großes Monstrum. »Allerdings hat bisher kaum jemand ein Buch drucken lassen wollen. Ich glaube, Herr Brauneisen hatte sich beim Kauf der Maschine mehr davon versprochen.«

Mimi und Anton tauschten einen interessierten Blick. Buchdruck? Womöglich brachten sie irgendwann sogar ein Buch heraus, dachte Mimi erregt. Keine Ahnung vom Druckerhandwerk, aber gleich ans Bücherdrucken denken? Oje, jetzt gingen mal wieder die Pferde mit ihr durch, brachte sie sich sogleich zur Räson. Sie zeigte auf eine Tür am Ende der großen Halle. »Und was verbirgt sich dahinter?«

»Das ist nur mein kleines Büro. Viel Zeit verbringe ich darin nicht, ich schreibe lediglich die Lieferzettel, alles andere erledigt zum Glück Herr Frenzen«, winkte der technische Leiter bescheiden ab. »Wollen Sie es dennoch sehen?«

Mimi und Anton schauten sich an. »Ich glaube, das ist nicht nötig«, sagte Mimi freundlich.

»Und wo war Otto Brauneisens Büro?«, wollte jedoch Anton wissen.

Der technische Leiter zeigte hinter sich. »Otto erledigte den Schreibkram und die Buchhaltung in seinem Haus.«

Erneut wechselten Mimi und Anton einen Blick, dann zuckte Mimi mit den Schultern. Das Büro lag in »ihrem« zukünftigen Haus? Nun, das würden sie auch weiterhin so halten können.

»Ich habe noch etwas Besonderes für Sie, gnädige Frau! Kommen Sie, kommen Sie…« Eilig lief Bela Tibor ans andere Ende der Werkshalle, Mimi und Anton folgten ihm. Schwungvoll riss Bela Tibor dort eine Tür auf und bat Mimi einzutreten.

»Eine Dunkelkammer?« Mimi schaute ihn verwirrt an.

»Ganz genau! Herr Brauneisen hatte sich kurz vor seinem Tod eine Kamera gekauft. Ein paar Aufnahmen hat er damit gemacht, aber dann kam er nicht einmal mehr dazu, die Dunkelkammer zu nutzen«, sagte der Werksleiter betrübt.

»Schrecklich, wenn ein agiler Mensch so jäh aus dem Leben gerissen wird«, sagte Mimi mitfühlend. »Dennoch, für mich ist die Dunkelkammer natürlich sehr praktisch, so kann ich meine Fotografien zukünftig gleich hier entwickeln.« Sie gab Anton verstohlen einen kleinen Schubs und flüsterte ihm ins Ohr: »Das wird ja immer besser!«

Bela Tibor trat unruhig von einem Bein aufs andere. »Gnädige Frau Reventlow, seit Sie hier sind, sprudelt meine Fantasie nur so... Ich habe das Gefühl, der frische Wind, auf den wir so sehnlichst warteten, ist mit Ihnen gekommen!« Noch während er sprach, zückte er sein Notizbuch. »Ich habe mal etwas skizziert... Dass wir mehr brauchen als Dürers ›Betende Hände‹ – darin sind wir uns ja einig. Wenn wir Ihre fotografischen Künste und unsere Druckereikunst zusammenführen – ich denke an Collagen, Überlagerungen, ganz verwegene Druckwerke sozusagen –, wäre das eine echte künstlerische Neuausrichtung! Nur wo...« Hektisch blätterte er in seinem Büchlein von vorn nach hinten und von hinten nach vorn.

Mimi runzelte leicht die Stirn. Hoffentlich war Bela Tibors Organisation der Druckerei nicht auch so chaotisch! Wie sein Büro aussah, wollte sie sich lieber nicht vorstellen.

»Hier – schauen Sie!« Triumphierend hielt er Mimi sein aufgeschlagenes Notizbuch hin.

»Sehr interessant«, sagte Mimi höflich, die außer wilden Bleistiftschattierungen nicht viel erkannte.

»Wenn ich Ihnen meine Idee kurz erklären dürfte…«
»Verzeihung, aber wir sollten uns jetzt nicht in Details verlieren«, unterbrach Anton den Mann. »Ich würde gern noch das Wareneingangs- und Warenausgangslager sehen. Und du wolltest dir doch noch die Villa anschauen, nicht wahr, Mimi?« Leise sagte er zu ihr: »Lass uns voranmachen! Ich will heute noch ein paar Anrufe nach Berlin tätigen.«
Mimi lächelte Bela Tibor, der enttäuscht und mit hängenden Schultern dastand, entschuldigend an.

Otto Brauneisens Wohnhaus, neben der Druckerei gelegen, war hell und viel moderner, als Mimi es zu hoffen gewagt hatte. Es bestand aus einem Haupt- und einem Seitentrakt. Alles machte einen guten, wenn auch etwas leblosen Eindruck. Häuser sollten bewohnt werden, Leerstand tat ihnen einfach nicht gut. Deshalb war Mimi ja auch so froh, dass in Josefs Haus in Laichingen nun wieder jemand wohnte.
Falls alles so lief, wie sie es sich vorstellten, würde Mimi in die Hauptwohnung ziehen und Anton in die kleine Dienstbotenwohnung im Seitentrakt. An das Gerede, welches dieses Arrangement wahrscheinlich nach sich ziehen würde, wollte Mimi lieber noch nicht denken. Ein Mann und eine Frau, beide unverheiratet, unter einem Dach – wahrscheinlich würden die Leute sich wer weiß was ausmalen!
Die Möblierung war spärlich und nüchtern, was Mimi nicht unrecht war – so konnte sie alles nach Herzenslust einrichten und dekorieren. Die Fenster waren hoch, und zur Terrasse hinaus, die an der Südseite des

Gartens lag, gab es eine zweiflügelige Tür. Das Licht fiel auf dieselbe Art in den Raum wie in Onkel Josefs Atelier, dachte Mimi begeistert und ein wenig melancholisch zugleich.

Gedankenverloren fuhr sie mit der Hand über eine im derzeit aktuellen Jugendstil gehaltene Kommode. Hier eine schöne Vase mit frischen Blumen und darüber eine gerahmte Fotografie der Schwäbischen Alb...

Ein eigenes Haus! Was ihre Eltern wohl dazu sagen würden? Konnte es wirklich sein, dass sie nach all den bewegten Jahren doch noch Wurzeln schlug? Und dann ausgerechnet hier? In Berlin – ja, da hätte sie sich das eventuell vorstellen können, aber doch nicht auf der Schwäbischen Alb! Doch nun schien es genau dazu zu kommen. Irgendwie war das alles ziemlich verrückt. Sie hatte zwar schon immer schnell und oftmals auch spontan Entscheidungen getroffen, aber im Augenblick hatte sie ständig das Gefühl, dass sie sich selbst überholte...

Überwältigt von diesem Gedanken setzte sie sich auf einen Stuhl. Vielleicht sollte sie sich daran gewöhnen, dass in ihrem Leben nichts voraussehbar war, dafür aber auch nichts unmöglich zu sein schien?

Wenn es nach ihr gegangen wäre, wäre sie noch eine Weile lang hier sitzen geblieben, allein mit sich und ihren vielschichtigen Gefühlen. Doch schon im nächsten Moment hörte sie draußen vor dem Haus Anton aufgeregt nach ihr rufen. Seufzend stand sie auf – es war einfach nicht die Zeit für innere Einkehr.

»Du glaubst nicht, was jetzt kommt!«, rief Anton ihr entgegen, kaum dass sie aus der Tür getreten war. Er zeigte auf ein zweiflügeliges Tor. »Das hier gehört gar nicht zur Dienstbotenwohnung, wie ich gedacht habe. Es ist eine Garage. Und jetzt halte dich fest!« Wie zuvor Bela Tibor die Dunkelkammer riss Anton nun das Tor der Garage auf.

Mimi, die nach Antons Ankündigung ein oder zwei Fahrräder erwartet hatte, starrte ungläubig auf ein weinrotes Automobil. Es war riesengroß, hatte Platz für vier Personen und ein Verdeck, so dass man auch bei Regen fahren konnte. »Ein Automobil?«

»Das war Ottos Wagen, er war sehr stolz darauf. Er hat ihn mehr geschont als gefahren«, sagte Bela Tibor wehmütig. »Ich nehme mal an, somit gehört er zum Betriebsvermögen. Wenn Sie erst unser neuer Vertriebsleiter sind, wird Ihnen der Wagen sicher gute Dienste leisten.«

»Davon können Sie ausgehen, Mann!« Kumpelhaft klopfte Anton Bela Tibor auf die Schulter. Dann packte er Mimi so fest an der Hand, dass sie vor Schmerz leise aufschrie. »Mimi, das ist ein Mercedes Phaeton – von diesem Modell wurden nur tausendfünfhundert Stück gebaut. Ich glaube, der Kaiser hat auch ein solches Gefährt. Und da du die Königin der Fotografie bist, darfst du dich als Erste ans Steuer setzen!« Schwungvoll öffnete er die Autotür.

Angesichts seiner Begeisterung tat Mimi ihm den Gefallen. Das Automobil roch nach feinem Leder und Abenteuer. Das Lenkrad war aus poliertem Ebenholz und lag so gut in ihrer Hand, dass Mimi am liebsten sofort losgefahren wäre. Ein Glücksgefühl überflutete sie warm und wohlig.

Sie zeigte auf den in einen goldenen Ring eingelassenen Dreizack, der die Kühlerhaube des Wagens zierte und aussah wie ein Stern. »Du, Anton, ich glaube, dieses ganze Unternehmen steht unter einem richtig guten Stern!«

In den darauffolgenden Tagen stand Bernadettes Telefon nicht mehr still. Telegramme wurden geschickt, Postkarten und Briefe gingen hin und her. Adrian und Josefine Neumann wollten Zahlen, Daten, Fakten. Und so fuhren Anton und Mimi nach Ulm, wühlten sich mithilfe von Karlheinz Frenzen durch die Geschäftsbücher und kopierten Auszüge, bis ihre Finger von der Blaupause ganz schwarz waren. Die Zahlen waren bis zu Otto Brauneisens Tod gut gewesen, danach war es von Monat zu Monat weiter bergab gegangen. Doch das Ruder würde sich wieder herumreißen lassen, lautete Mimis und Antons Fazit, das sie zusammen mit den Zahlen nach Berlin übermittelten. Des Weiteren konnten sie die gute Nachricht überbringen, dass die Ulmer Bank Mimi den nötigen Kredit gewähren würde – und das, obwohl sie eine unverheiratete Frau war, fügte Mimi in ihrem Brief ironisch hinzu.

Nachdem all dies getan war, hieß es warten...

*

Dass die Druckerei seinem Steueranwalt und Radsportkollegen Simon Brauneisen gehörte, erzeugte bei Adrian Neumann keine besondere Aufmerksamkeit. Er selbst stammte ebenfalls aus einer Familie von Großindustriellen und hatte als junger Mann ebenfalls kein Interesse gehabt, in die väterlichen Fußstapfen zu treten.

In den Zahlen, die die Fotografin vorlegte, sah er Potenzial. Josefine und Adrian, die schon immer einen Sinn für Abenteuer gehabt hatten, fragten sich dennoch: Was hatten sie mit einer Druckerei im Schwäbischen zu tun? Wollten sie wirklich ausgerechnet dieses Abenteuer eingehen?

31. Kapitel

»Der Käs isch gar net so schlecht...« Verwundert, als glaubte er, sein Gaumen würde ihm einen Streich spielen, schaute Wilhelm Weiß erst die französische Hirtin an, dann das dick mit Käse belegte Schwarzbrot in seiner Hand.

»Ziegenkäse ist eine Spezialität, meine Mutter hat mir beigebracht, wie man ihn macht«, erwiderte Corinne lächelnd. Auffordernd hielt sie Wolframs Vater einen Teller mit weiteren Käsebroten hin. »Möchten Sie auch diese Sorte probieren? Es ist ganz junger Ziegenkäse, etwas milder im Geschmack. Ich habe Thymian dazugegeben, er wächst gleich dort hinten auf Ihren Wiesen.«

Wolfram, der in der Stalltür stand und die Szene beobachtete, traute seinen Augen kaum. Nicht nur hatte sein Vater, der sonst nur nach dem Motto »Was der Bauer nicht kennt, das frisst er nicht« lebte, den ersten Käse probiert – nun nahm er auch noch ein Brot mit der zweiten Sorte!

Corinne hatte wirklich eine wunderbare Art, nicht mal seine spröden Eltern konnten sich ihr entziehen, dachte er und sein Herz klopfte wie verrückt.

»Hast du dir das wirklich gut überlegt?«, hatte seine Mutter ihn skeptisch gefragt, als er vor zehn Tagen mit Corinne und ihrem Gepäck auf dem Hof angekommen war und verkündet hatte, dass die französische Schäferin fortan im Zimmer der alten Else wohnen würde. Seit die Magd vor mehr als zehn Jahren gestorben war, stand der Raum leer. »Du bist mit der Bernadette verlobt, das wird bestimmt Gerede geben«, hatte sie nachgeschoben, als er nicht antwortete.

»Dann ist es halt so«, war seine lapidare Antwort gewesen. Die Leute konnten ihm allesamt gestohlen bleiben. Natürlich wusste er, dass er damit den Kopf in den Sand steckte. Aber verflixt, ein klein wenig Schonzeit hatte er noch, oder?

Tief ausatmend trat Wolfram in den Stall und ging auf seinen Vater und Corinne zu. Ihre Augen leuchteten auf, als sie ihn sah. »Wolfram! Ich packe nur rasch unsere Brotzeit ein, dann bin ich fertig.« Sie tauschten einen vertrauten Blick, dann ging sie davon.

»So gut, wie die Corinne dich versorgt, braucht deine Mutter dir kein Vesper mehr herrichten«, sagte sein Vater kauend.

»Nur kein Neid!«, erwiderte Wolfram schmunzelnd. »Corinne hat auch immer einen Krug Wasser dabei. Und getrocknete Trauben, kleine Äpfel und Mandeln, die sie von daheim mitgebracht hat. Der Esel trägt ja alles. Ich frage mich, warum wir uns nicht schon vor Jahren auch einen Esel zugelegt haben«, sagte er und versuchte, praktisch und souverän zu klingen. Wie ihre Haare leuchteten, dachte er bewundernd, als Corinne im nächsten Moment vor der Stalltür erschien. Wie flüssiges Kupfer, in das Gold geflossen war... Im nächsten Moment bekam er einen Stoß in die Rippen.

»Glotz nicht wie ein Dackel!«, zischte sein Vater. »Und erzähl mir nichts vom Esel! Bub, du hast ein riesengroßes Problem. Und wenn du nicht bald eine Lösung dafür findest, bist du am Ende selbst der Esel!«

Wie schon in der letzten Woche zogen sie los, um mit den französischen Widdern eine Herde nach der anderen zu besuchen.

Alle drei Wochen wurden weibliche Schafe brünstig, in dieser Zeit konnten sie gedeckt werden. Die Brunst hielt höchstens eineinhalb Tage an, es war also wichtig, diesen Zeitpunkt nicht zu verpassen. Fünf Monate später würden die Lämmer zur Welt kommen. Normalerweise war der Januar mit seinem durchdringenden Wind und Temperaturen wie im Eiskeller kein guter Zeitpunkt für so viele Geburten auf einmal – sie würden die Mutterschafe und Lämmer im Stall halten und mit teurem Heu füttern müssen, wenn sie keine Lungenentzündungen riskieren wollten. Aber da Wolfram das frische Blut so schnell wie möglich in seine Herden einkreuzen wollte, konnte er nicht auf Osterlämmer warten. Bis zum Ende des nächsten Jahres wollte er bereits mehrere Hundert Merino-d'Arles-Kreuzungen in seiner Herde haben! Bei dem Gedanken daran, wie er das erste Mal über das weiche Fell der Lämmer streichen würde, klopfte sein Herz erneut schneller. Dafür lohnte sich jeder Weg, jeder Aufwand und auch die Kosten.

Heute hatten sie ausnahmsweise nicht weit zu gehen, die Herde, in der laut den Hirten mindestens zwei Dutzend Schafe brünstig waren, weidete auf dem Münsinger Truppenübungsplatz nur wenige Kilometer vom Hof der Familie Weiß entfernt.

»Derzeit herrscht reger Übungsbetrieb auf dem ganzen Gelände, erschrick bitte nicht, wenn du Gewehrsalven und Kanonendonner hörst«, sagte Wolfram, als sie sich dem Gelände näherten. »Und halte den Esel gut fest, nicht dass er durchgeht!« Hoffentlich würde er auch die Widder in Schach halten können, wenn es knallte. Einige von ihnen waren ziemlich widerspenstig. Nach den letzten Tagen wussten die Böcke inzwischen, dass Deckarbeit sie erwartete – entsprechend erregt waren sie. Immer wieder blieb einer von ihnen stehen, reckte die Brust nach vorn und hielt seinen riesigen Schädel in die Luft, um Witterung von den brünstigen weiblichen Tieren in der Nähe aufzunehmen. Immerhin standen die französischen Widder nach der anstrengenden Deckarbeit noch bestens da, dachte Wolfram, immer um eine positive Sicht der Dinge bemüht. So mancher Widder brach nach solchen Strapazen lebensbedrohlich erschöpft zusammen, aber nicht so die Merino d'Arles.

Corinne lachte nur. »Achille passt schon auf uns auf. Und deine Hunde scheinen ihr Geschäft auch zu verstehen.«

Er nickte. »Trotzdem – ganz ungefährlich ist das Weiden hier nicht. Wir dürfen uns nur in bestimmten Bereichen bewegen, und wann immer irgendwo eine rotweiße Fahne aufgehängt ist, dürfen wir das Gelände nicht betreten, weil scharf geschossen wird.«

Corinne schaute ihn erschrocken an. »Und was, wenn man solch eine Fahne einmal versehentlich übersieht?« Wolfram lächelte beruhigend. »Wir passen auf. Das Weidegebiet ist außerdem sehr gut, dafür lohnt sich das Achtgeben, das wirst du gleich sehen!« Er zeigte nach vorn, wo sich ein kleines, sonniges Wiesental erstreckte. Zwischen den für die Landschaft so typischen Wacholderbüschen sah man hier einen Panzerwagen fahren, da einen Trupp Soldaten auf Knien und Ellenbogen über den Boden robben, dort einen weiteren Trupp Schießübungen machen. Einen Zeppelin erblickte Wolfram zu seiner Enttäuschung nicht – da hätte Corinne sicher gestaunt!

»Das Soldatenlager ist unser bester Kunde. Unsere Schaffelle verwenden die Soldaten als Satteldecken. Das Schaffleisch kommt in Eintöpfe oder auf den Grill, und bei den Abertausenden von Soldaten, die sie zu verköstigen haben, dürfen auch die älteren Hammel dabei sein, die die Metzger in der Gegend nicht wollen. Fürs Offizierskasino werden natürlich nur die jungen, zarten Lämmer bestellt. Hin und wieder schenken wir den Offizieren auch mal ein Lamm – Geschenke erhalten schließlich die Freundschaft, nicht wahr?« Er lächelte.

»Ich glaube, so einen Soldatenplatz gibt es bei uns in Südfrankreich nicht. Die vielen Waffen, der Lärm – mir macht das Angst«, sagte Corinne, während irgendwo in der Nähe eine Kanonensalve losging.

Am liebsten hätte er sie in den Arm genommen, damit sie sich sicher fühlte. Stattdessen berührte er nur kurz ihre Hand. »Du brauchst keine Angst haben, dies ist alles nur zur Übung. Irgendwie müssen sie die Soldaten ja beschäftigen. Und ein Krieg ist zum Glück weit und breit nicht in Sicht.« Er schaute sich demonstrativ um und erntete wie erhofft ein Lachen von ihr.

»Du hast gesagt, das Lager ist euer bester Kunde – heißt das, sie kaufen auch eure Wollvliese?«

»Ganz genau! Dem Generalmajor ist sehr daran gelegen, dass das Umland des Truppenübungsplatzes von den Soldaten profitiert. Deshalb kauft das Militär die Wollvliese direkt bei uns und reicht sie dann an den Lodenmacher weiter, der die Stoffe für ihre Uniformen herstellt«, erwiderte er. »Allerdings gab es in den letzten Jahren immer mehr Beschwerden über mangelnde Wollqualität. Heutzutage wünscht sich das Militär dünne, leichte Wollstoffe, die den Soldaten beim Marschieren nicht behindern und seine Beweglichkeit garantieren. Der bisherige Loden ist eher störrisch.« Wie sie jedes seiner Worte aufsaugte, dachte er. Dabei hatte er doch weiß Gott nichts Besonderes zu sagen – zumindest hatte er das bisher immer geglaubt. »Aber das wird sich jetzt ja bald ändern, nachdem eure Merino-d'Arles-Böcke ihre Arbeit getan haben«, sagte er fröhlich.

»Vergiss nicht die Mutterschafe, die ich mitgebracht habe und die bald lammen!« Corinne lächelte. »Dann habe ich also dem deutschen Militär zu verdanken, dass ich hierher reisen durfte?«

»Vielleicht... Aber ich glaube eher, das war Schicksal«, erwiderte er aus vollstem Herzen.

Sie liefen so dicht nebeneinander, dass sich ihre Hände immer wieder wie zufällig berührten. Jedes Mal fuhr ein leises Beben durch Wolfram, und es gelang ihm nur mit Mühe, Corinnes Hand nicht für immer festzuhalten.

»Meine Mutter hat aus unserer Wolle sehr feine Teppiche gewebt, ich muss dir unbedingt einmal einen zeigen. Um die Vliese noch weicher zu bekommen, legte sie die Wolle für zwei Tage in eine spezielle Lauge. Ich kenne das Rezept, wenn du magst, können wir gern ausprobieren, ob das bei eurer Wolle nicht auch schon weiterhilft, bis du deine Zuchtziele in Bezug auf die Wollqualität erreicht hast.« Sie schaute ihn fragend an.

Wie sie mitdachte! Wie besorgt sie um sein Wohlergehen war! Wolfram hatte plötzlich einen so großen Kloß im Hals, dass er nur mit viel Mühe ein »Sehr gern« herausbrachte. Eine Frau wie Corinne hatte er sich immer gewünscht. Eine Seelengefährtin. Eine Geliebte. Und nicht nur eine, der es ausschließlich um Geld und Zahlen ging. Nie hatte er zu träumen gewagt, dass es so jemanden gab. Warum nur hatte er Corinne nicht früher begegnen können?

Wolframs Hirten hatten gute Vorarbeit geleistet und alle brünstigen Schafe mit einem Kreuz aus roter Farbe markiert. Ihnen war der Schwanz geschoren worden, damit die Böcke sie besser bespringen konnten. Seit Tagen bekamen die zukünftigen Mütter außerdem ein Pulver mit vielen Mineralstoffen, das ihr Wohlbefinden weiter stärken sollte. Welcher Bock für welches Schaf? Diese Frage stellten sie sich vor jedem Sprung, wobei Corinne Wolfram immer wieder mit ihren klugen Beobachtungen verblüffte und entzückte. Einer der Widder hatte zwar kräftige Beine und ein angenehmes Wesen, war jedoch ein wenig klein geraten. Für ihn suchten sie besonders große und kräftige Mutterschafe heraus.

Nach dem Liebesakt wurden die Schafe mit einem weiteren Farbkreuz markiert, einem schwarzen. Danach hieß es hoffen, dass alle gut aufgenommen hatten.

Die Böcke taten ihre Arbeit gut, dennoch war der Tag für alle Beteiligten anstrengend, Zeit für eine Brotzeit blieb ihnen nicht.

Es war schließlich schon später Nachmittag, als sie fertig waren. Die Spätsommerhitze, der andauernde Einsatz – normalerweise wäre Wolfram froh gewesen, schnell heimzukommen. Heute jedoch nicht.

»Möchtest du direkt in dein Zimmer gehen oder hast du noch Zeit?«, wollte er wissen, als sie das Militärgelände verlassen hatten. Als Corinne fragend die Brauen hob, zeigte er nach links. »Dort hinten gibt es eine Stelle, von der man einen schönen Blick in das Tal hat, in dem wir vorhin waren – sollen wir uns auf eine Brotzeit dort niederlassen?«

»Ich dachte schon, du fragst gar nicht mehr, mir ist schon ganz schwindlig vor Hunger!«, sagte Corinne lächelnd. »Und den Hunden sicher auch.«

*

Wie konnte sich etwas, was falsch war, so richtig anfühlen? Den ganzen Tag hatte Corinne über nichts anderes nachgegrübelt als über diese Frage. Sie war ihr durch den Kopf gegangen, während sie einen der Widder beim Sprung am Strick hielt. Sie hatte ihr Herz schwer gemacht, als sie die brünstigen Schafe wieder zur Herde ließ. Und nun, während sie ihren Proviant auf dem warmen, steinigen Boden der Schwäbischen Alb ausbreitete, schoss ihr die Frage erneut durch den Kopf. Diese Zweisamkeit, dieses Gefühl des Zusammengehörens... Liebe auf den ersten Blick – auch ihrer Mutter war es einst so ergangen. Es war schrecklich und schön zugleich. Ihre Mutter hatte dem Ruf ihres Herzens folgen dürfen. Sie aber durfte sich nicht in diesen Mann verlieben!, sagte sie sich tausend Mal und wusste doch, dass es längst um sie geschehen war. Sie wollte ihn berühren, sich an ihn schmiegen, sie wollte ihn in sich aufnehmen, mit ihm verschmelzen. Gefährliche, noch nie gefühlte Wogen der Leidenschaft flammten in ihr auf wie einer der Garrigue-Brände in ihrer Heimat, die so viel zerstörten. Zerstören – wollte sie das?

Als sie ihren beiden Kollegen verkündet hatte, dass sie vorerst hierbleiben wollte, um der Herde die weitere Eingewöhnung zu erleichtern, hatte Raffa nur gelacht und gemeint, das sei ihm schon längst klar gewesen.

»Dann wird unsere kleine Corinne also bald Großherdenbesitzerin! Warte nur ab – das nächste Mal, wenn ich eine Herde Merino d'Arles hierher begleite, wird der Marquis mit *dir* verhandeln müssen.« Stolz und voller Zuneigung hatte er sie angeschaut.

»Bist du verrückt?«, hatte sie zurückgezischt. »Wolfram hat mich als Hirtin eingestellt, mehr ist da nicht, und mehr steht mir auch nicht zu. Er hat Bernadette die Ehe versprochen.«

Doch Raffa hatte nur abgewinkt, als wolle er sagen: Ein Eheversprechen – was war das schon?

Doch sie, Corinne, sah das anders. Eine Liebe, so groß sie auch war, auf dem Unglück eines anderen Menschen aufzubauen – mit dieser schweren Bürde würde sie nicht gut leben können.

Der liebe Gott hatte zwar nicht ihre Gebete erhört und ihre Gefühle für Wolfram einschlafen lassen. Aber er würde ihr hoffentlich die Kraft geben für das, was nun vor ihr lag. Deshalb atmete sie einmal tief durch.

»Nun, da die meisten Schafe gedeckt sind, brauchst du mich nicht mehr. Ich werde also nach Hause fahren, in ein paar Tagen schon«, sagte sie. »Es ist besser so.«

Wolfram, der während ihrer Brotzeit immer schweigsamer geworden war, schaute sie entsetzt an. »Aber warum? Corinne!«

Weil du einer anderen die Ehe versprochen hast!, lag es ihr auf der Zunge zu sagen. *Weil ich es nicht ertragen würde, euer Glück zu sehen. Und weil ich Angst habe, dass wir uns eines Tages nicht mehr zurückhalten können und du meinetwegen zum Ehebrecher wirst.* Worte, so viele Worte. Sie entsprachen der Wahrheit – und doch konnten sie nicht annähernd das ausdrücken, was sie fühlte. Liebe, so groß wie der Himmel über ihnen...

»Du weißt genau, warum«, sagte sie mit einem traurigen Lächeln. »Meine Mutter hat immer so von ihrer deutschen Heimat geschwärmt, dass ich mit hohen Erwartungen hierhergekommen bin.« Sie seufzte auf, und selbst das Luftholen tat ihr vor lauter Kummer weh.

»Und nun bist du enttäuscht«, sagte Wolfram dumpf.

»Ich weiß, die Schwäbische Alb ist eine arme Gegend, hier ist nichts los, und...«

»Nein, das ist es nicht!«, unterbrach sie ihn entsetzt. »Eher trifft das Gegenteil zu. Alles ist so schön hier, dass ich es fast nicht aushalte.«

Wolfram schaute derart ratlos drein, dass Corinne unwillkürlich lächeln musste.

»Wenn ich Mutters Erzählungen und das alles hier zusammennehme« – sie machte eine Handbewegung, mit der sie die Schafe, die Wacholderheide, die sanft geschwungenen Hügel und den warmen Sommerwind einschloss – »dann kommt es mir vor wie ein wunderschönes Bild aus tausend Mosaiksteinen. Ein Bild, das anzuschauen fast wehtut, weil es so wunderbar ist. Ein Bild, das sich für immer in mein Innerstes brennen wird. Für dieses Geschenk allein bin ich sehr dankbar, gerade weil ich nicht bleiben kann. Nie werde ich das hier vergessen«, fügte sie flüsternd und mit tränenerstickter Stimme hinzu. *Und dich,* mon amour, *auch nicht*, ergänzte sie stumm.

»Aber wenn es dir so gut gefällt, warum willst du dann gehen? Du... Ich...« Er schaute sie an, und sie spürte seinen Schmerz wie ihren eigenen. »Hast du Heimweh? Nach deinem Vater und deinen Freunden? Ist es Raffa, dem du hinterhertrauerst?«

»Raffa fehlt mir, das stimmt«, sagte sie wehmütig. »Aber ansonsten? Mein Vater...« Sie winkte ab. »Für ihn sind nach dem Tod meiner Mutter nur noch der Rotwein und der Schnaps wichtig. Ich werde nicht zu ihm zurückgehen. Vielleicht hat Marquis de Forretière auf seinem Anwesen eine kleine Kate für mich.«

»Aber wenn das so ist... Corinne, ich flehe dich an, bleib!«

Achille, der Corinnes inneren Aufruhr spürte, verließ seinen Schattenplatz, wo er bisher gedöst hatte, und setzte sich so dicht zu ihr, dass kein Zeitungsblatt zwischen sie gepasst hätte. Immerhin würde ihr der Hund bleiben, dachte sie traurig und sagte: »Wolfram, bitte... Mach es mir nicht noch schwerer. Es ist besser so, und das weißt du ganz genau.« Bloß nicht über Liebe reden!, dachte sie. Wenn er damit anfing, war sie verloren.

Doch genau das tat Wolfram Weiß. »Besser so? Nichts weiß ich, im Gegenteil! Dass wir uns getroffen haben, ist kein Zufall, keine Laune des Schicksals. Das ist Gottes Wille!«, sagte er heftig. »Ich weiß, dass du genauso fühlst, auch wenn du es vor mir verbergen möchtest. Der Gedanke, dass du gehst, bricht mir das Herz.«

Er sprach genau das aus, was sie fühlte.

»Fast kommt es mir so vor, als würde der liebe Gott mich damit auf die Probe stellen. Er will wissen, ob ich das Richtige tue. Dabei habe ich das doch schon mein Leben lang versucht. Ich war ein guter Sohn, ich bin ein guter Hirte, und nun hatte ich vor, Bernadette ein guter Ehemann zu sein.« Wütend und aufgewühlt zugleich grub Wolfram seine rechte Hand in den Boden und warf eine Handvoll Erde so heftig von sich, dass der Staub auf Corinnes Rock landete.

Corinne spürte, wie sie zu zittern begann, und versteckte ihr Gesicht in Achilles dickem Pelz. Nicht weinen, bloß nicht weinen. Tränen würden nicht helfen, würden alles nur noch schlimmer machen.

Die blanke Verzweiflung lag in Wolframs Blick, als

er sie anschaute. »Als ich in Bernadettes Vorschlag, zu heiraten, eingewilligt habe, konnte ich doch nicht wissen, dass der Himmel mir eine Frau wie dich schicken würde!«

Bernadettes Vorschlag?, dachte Corinne verwirrt, wagte aber nicht, nachzufragen. Sowieso hatte sie das Gefühl, dass er mehr zu sich als zu ihr sprach.

»Die Eheschließung sei nichts anderes als eine vertiefte Geschäftsverbindung, hat sie gemeint, praktisch, alltagstauglich. Es ist hier auf der Alb nicht unüblich, solch eine Verbindung einzugehen, weißt du? Das Leben ist hart, da muss man ›miteinander scherren können‹, wie wir sagen. Irgendwelche Flausen oder gar die große Liebe haben hier oben nur die wenigsten im Kopf. Vernunft und gegenseitiger Respekt – das wiegt oft mehr als die Liebe.«

Corinne schwirrte der Kopf. Bei Wolframs Eheversprechen handelte es sich um eine Vernunftehe? Nicht um Liebe? Himmel, was hatte das zu bedeuten? Allein das Wort »Vernunftehe« fühlte sich falsch an – war es wirklich vernünftig, jemanden zu heiraten, wenn man ihn nicht liebte? Richtig, falsch – auf einmal wusste Corinne nicht mehr, was sie denken oder empfinden sollte.

»Corinne, allerliebste Corinne...« Wolfram nahm ihre Hand, warm und rau und vertraut. »Ich weiß, die Situation ist im Augenblick ganz schrecklich. Aber das wird sich ändern. Versprichst du mir zu bleiben, wenn ich dir verspreche, das Richtige zu tun?«

32. Kapitel

»Statt aus Spitzenstoff könnte ich Ihnen auch Vorhänge aus diesem Nesselstoff hier nähen. Dann würden wir sie bogenförmig zuschneiden und nur unten eine Spitzenbordüre ansetzen. Schauen Sie – diese Bordüren gibt es in mehreren Breiten und Ausführungen. Was meinen Sie, gnädige Frau?« Eilfertig hielt die Schneiderin Bernadette mehrere Rollen mit Spitzenbordüren hin.

Bernadette schaute verzweifelt von der Schneiderin zu Mimi. »Ich habe keine Ahnung! Dass es so viele Möglichkeiten gibt, Vorhänge zu schneidern, hätte ich nicht gedacht. Mimi, jetzt sag doch mal was!«

Mimi, die in Gedanken versunken seit über einer Stunde auf einem unbequemen Sofa ausharrte, zuckte zusammen. »Für ein Landhaus wie deines passt vielleicht der Nesselstoff mit einer schönen Spitzenbordüre besser als ein reiner Spitzenstoff«, sagte sie und hoffte, dass sich Bernadettes Frage darauf bezogen hatte.

Bernadette schaute sie kritisch an, schien aber mit ihrer Antwort zufrieden zu sein.

Eigentlich hatte Mimi gehofft, die Fahrt nach Reutlingen würde sie von ihren Grübeleien ein wenig ablenken, doch während die Schneiderin und Bernadette über die passende Spitzenbordüre berieten, kam Mimis Gedankenmühle sogleich wieder in Fahrt.

Nun war es schon über zehn Tage her, dass sie Josefine und Adrian die Unterlagen geschickt hatten. Warum meldeten die beiden sich nicht? Morgen in einer Woche, also am sechsten September, lief Simon Brauneisens Frist aus – wenn sie ihm bis dahin keine verbindliche Zusage gaben, wollte er in der Woche darauf die Druckerei schließen und den Maschinenpark verkaufen. Mimi konnte sich nicht daran erinnern, jemals so in der Schwebe gehangen zu haben, es machte sie einfach verrückt! Sie wollte doch einfach nur wissen, woran sie war – auch wenn sie eine Absage bekamen.

Im Gegensatz zu ihr war Anton bester Dinge. Seit sie von der Ulmer Bank die Zusicherung eines Kredits bekommen hatten, wuchs seine Zuversicht, dass alles andere auch klappen würde, täglich an. Inzwischen organisierte er schon mit einem der Offiziere aus dem Militärlager Fahrstunden für den Mercedes.

Mimi stieß einen tiefen Seufzer aus, der ihr sogleich einen ärgerlichen Blick sowohl von der Schneiderin als auch von Bernadette eintrug. »Der Karostoff für die Küchenvorhänge ist sehr hübsch«, beeilte sie sich zu sagen.

Bernadette hob die Brauen, als wollte sie etwas antworten, doch dann wandte sie sich wieder der Schneiderin zu. Mimi war das nur recht. Irgendwie konnte sie Anton verstehen, sie selbst hätte auch am liebsten losgelegt, dachte sie. Abends, wenn sie im unbequemen Bett ihrer Pension lag und wieder einmal nicht schlafen konnte, richtete sie im Geist schon das Haus ein. Sehnsüchtig schaute sie sich um – der eine oder andere Vorhangstoff hätte ihr auch gefallen...

»Mimi, was meinst du – soll ich in der Küche überhaupt seitliche Schals anbringen oder eher nicht?«

Mimi runzelte die Stirn. »Ich... äh...«

In gespielter Verzweiflung stemmte Bernadette beide Hände in die Hüfte. »Du bist wirklich eine große Hilfe! Da will ich eine gute Ehefrau sein und uns mit deiner Unterstützung ein schönes Haus herrichten, und du bist mit deinen Gedanken ganz woanders!«

Zwei Stunden später saßen sie in einem kleinen Café am Reutlinger Marktplatz und aßen heiße Waffeln.

»Ich weiß nicht – hätten wir nicht doch besser gleich nach Münsingen zurückfahren sollen? Was, wenn Josefine ausgerechnet heute anruft und niemanden erreicht?« Mimi konnte ihre Nervosität kaum mehr im Zaum halten.

»Dann wird sie sicher ein zweites Mal anrufen, meinst du nicht?«, sagte Bernadette bestimmt. »Mimi, jetzt grüble nicht so viel! Ich habe mich sehr auf diesen Tag mit dir gefreut, lass ihn uns bis zum Schluss in vollen Zügen genießen. Das Gras wächst auch nicht schneller, nur weil man daran zieht!« Bernadette winkte die Bedienung herbei. »Zwei Gläser Sekt, bitte! Zur Feier des Tages!«

Und was, wenn es für sie gar nichts zu feiern gab?, dachte Mimi verzagt, schwieg aber – schließlich wollte sie Bernadette nicht weiter den Tag verderben. »Es ist verrückt – einerseits wünsche ich mir nichts mehr, als von den Neumanns eine Zusage zu bekommen. Aber gleichzeitig habe ich Angst davor. Wer sagt, dass Anton und ich ihren Ansprüchen gerecht werden? Ich will ihr Vertrauen keinesfalls missbrauchen!« Je länger Mimi darüber nachdachte, desto größer wurde der Klumpen Angst in ihrem Bauch.

Bernadette lachte. »Dem Mutigen gehört die Welt! Und jetzt iss!« Herzhaft stach sie mit ihrer Gabel ein Stück Waffel ab.

Mimi, die Bernadette gern glauben wollte, tat es ihr nach. Reutlingen war ein hübsches Städtchen, es erinnerte sie sogar ein bisschen an ihre Heimatstadt Esslingen. Der Gedanke ließ sie sich ein wenig entspannen. Wenn alles klappte, würde sie zukünftig sicher öfter hierherfahren...

Der Sekt kam, sie stießen an, und Mimi lobte nochmals ausgiebig Bernadettes Wahl des Brautkleides. »Du wirst wunderschön aussehen«, endete sie lächelnd. »Deine klassischen Gesichtszüge, deine strahlenden Augen – ich werde die schönste Brautfotografie aller Zeiten von dir machen!«

Bernadette sah einen Moment lang so gerührt aus, dass Mimi Angst hatte, die sonst so beherrschte Schafbaronin würde in Tränen ausbrechen. Doch diese stieß nur einen tiefen Seufzer aus. »Wenn ich ehrlich bin, macht mich die ganze Warterei langsam auch wahnsinnig. Was für eine dumme Idee von Wolfram, erst im November zu heiraten – wie viel schöner wäre es im August oder September gewesen! Alles ist längst organisiert, mein Brautkleid habe ich mir schon im Frühjahr schneidern lassen, ich bin bereit! Aber nein, die Schafe gehen vor – nicht einmal das Hochzeitsfest darf den Jahresrhythmus der Schäferei stören.« Sie verdrehte halb ironisch, halb genervt die Augen. »Ach Mimi, wie sehne ich den Tag herbei, an dem ich endlich vor den Traualtar trete!«

Mimi grinste sie an. »Was hast du vorhin gesagt? Das Gras wächst auch nicht schneller, nur weil man daran zieht!«

Es war schon nach sieben am Abend, als sie gut gelaunt nach Münsingen zurückkamen. Statt in ihre Pension zu gehen und sich die Haare zu raufen, weil aus Berlin nichts zu hören war, hatte Mimi beschlossen, Bernadettes Angebot, den Abend mit einem Glas Wein bei ihr ausklingen zu lassen, anzunehmen.

Schon von weitem sahen sie den Schatten eines Mannes, der von einem Bein aufs andere tretend vor Bernadettes Tür stand. Unwillkürlich rückten die beiden Frauen enger zusammen. Beim Näherkommen erkannten sie, dass es sich um Wolfram handelte.

Bernadette öffnete den Mund zu einer freudigen Begrüßung, doch ihr Lächeln erstarb, als sie seine Grabesmiene wahrnahm.

Mimi hätte später nicht mehr sagen können, woher sie gewusst hatte, was nun kommen würde – aber sie wusste es. Aus dem Augenwinkel sah sie, wie Bernadette neben ihr erstarrte.

»Ich geh dann lieber«, sagte sie unsicher.

Doch Bernadette ergriff so fest ihre Hand, dass es wehtat. Ihre Stimme war rau wie Schmirgelpapier. »Nein, bitte bleib!«

Wolfram löste sich aus dem Schatten des Türrahmens. »Bernadette? Wir müssen miteinander reden.« Kein »Verzeih, dass ich so einfach bei dir hereinplatze«, kein »Hast du kurz Zeit für mich?«

O Gott, das durfte doch nicht wahr sein. Mimi löste sanft, aber bestimmt Bernadettes Hand von ihrer. Bevor Bernadette etwas sagen konnte, ging Mimi davon und setzte sich auf der anderen Seite des Hofes auf eine Bank. Wenn alles vorbei war, würde sie in wenigen Sekunden wieder bei Bernadette sein.

*

Sie gingen wortlos ins Haus. *Das kann nicht sein, das kann nicht sein, das kann nicht sein!* Bernadettes Herz pochte so heftig in ihrem Hals, dass sie Angst hatte, ihr würde eine Ader platzen. Im Büro angekommen zeigte sie auf einen der Stühle, die an der Wand standen.

Wolfram winkte ab, müde und fahrig. »Danke, ich stehe lieber.«

Eilig hatte er es also auch noch, dachte sie und fragte sich, warum sie ihn nicht in die gute Stube geführt hatte.

»Bernadette, das hier ist der schwerste Gang meines Lebens, das musst du mir glauben.« Er schaute sie an, und sie sah die kalte Entschlossenheit in seinem Blick, wusste sofort, dass sie ihr nichts entgegenzusetzen haben würde. Kein Flehen und kein Betteln würden helfen, kein Wimmern und kein Klagen.

»Ich weiß nicht, ob du es bemerkt hast, aber in letzter Zeit haben sich die Dinge anders entwickelt, als ich, als wir alle dachten. Corinne Clement...«

»Was ist mit ihr?«, fragte sie kühl und wusste nicht, woher sie diese Selbstbeherrschung nahm. Jahrelange Übung zahlte sich aus, dachte sie bitter. »Bleibt diese Corinne nun doch länger auf eurem Hof wohnen?« Leicht würde sie es ihm nicht machen.

Er schüttelte den Kopf, und sie erkannte, dass es ihm wirklich schwerfiel, ihr wehzutun. Ein Trost war ihr das nicht.

»Bernadette, ich weiß nicht, wie ich es sagen soll, ohne dich zu verletzen. Ich… ich habe mich in Corinne verliebt. Sie und ich…« Er schüttelte unwirsch den Kopf, als ärgere er sich über sich selbst. »Es tut mir so leid! Aber ich bitte dich aus tiefstem Herzen um die Auflösung unserer Verlobung.«

Obwohl ihr klar gewesen war, was kommen würde, hatte sie nun, da er die Worte aussprach, das Gefühl, als habe sie mit einem Holzprügel einen Schlag auf den Kopf bekommen. Zuerst wurde ihr schwarz vor Augen, dann begann sie zu taumeln. Unter Aufbietung all ihrer Kräfte hielt sie sich an ihrem Schreibtisch fest. »Das ist nicht dein Ernst«, flüsterte sie. »Wolfram, das kannst du nicht machen! Die Hochzeit… alles ist geplant…«

»Ich weiß! Es ist schrecklich, und es tut mir so leid! Aber wenn wir ehrlich sind – es wäre doch nicht mehr als eine Art Erweiterung unserer Geschäftsbeziehung gewesen, das hast du selbst gesagt!« Er ging jetzt in ihrem Büro hin und her wie ein Löwe in einem zu engen Käfig.

»Ja, das stimmt«, sagte sie rau. »Aber dann hast du dich vor mich hingekniet und hast feierlich um meine Hand angehalten, erinnerst du dich? Und seitdem…

Ich dachte, dir liegt etwas an mir!« Ihre Brust war wie gefangen in einem eisernen Ring, ihr war so schlecht, dass ihr Blick verschwamm. Sie blinzelte hektisch. Sie und Tränen? Niemals.

Abrupt ergriff sie seine rechte Hand und zwang ihn so zum Stehenbleiben. »Wolfram, wir zwei zusammen sind unschlagbar, wir schätzen und achten uns – das kannst du doch nicht alles wegen dieser rothaarigen Hexe wegwerfen wollen! Diese Corinne hat dir den Kopf verdreht! Darauf hat sie es vom ersten Moment an angelegt, sag ich dir, die will nur an dein Geld. Du wirst doch nicht so dumm sein, darauf hereinzufallen!« Sie war laut geworden, verschwunden war die Selbstbeherrschung, mit jedem Satz, den sie vergeblich aussprach, machte sie sich verletzlicher.

»Bernadette…« Gequält machte er sich los. »Wäre ich hier, wenn mir jemand lediglich ›den Kopf verdreht‹ hätte? Es ist Liebe, Bernadette, Liebe!«, rief er verzweifelt.

»Liebe?«, schrie Bernadette. »Du redest hier über eine bettelarme Hirtin! Willst du, dass sich die Leute auf der ganzen Alb über dich lustig machen? Mach dich nicht lächerlich! Mach *uns* nicht lächerlich!« Sie packte erneut seinen Arm und flehte: »Du weißt genau, was Karl mir einst angetan hat. Du kannst doch nicht allen Ernstes wollen, dass ich ein zweites Mal diese Schmach über mich ergehen lassen muss?« Ihre Stimme kippte fast, Tränen steckten in ihrer Kehle fest, sie musste schlucken, ausatmen, Luft holen, alles zugleich. Die hämischen Blicke, die spöttischen Bemerkungen hinter ihrem Rücken – nochmal würde sie das nicht überleben.

Mit Gewalt löste Wolfram ihre Hand von seinem Arm und sagte unwirsch: »Bernadette, bitte... Ich weiß um die verzwickte Situation! Glaubst du, mir ist die Tragweite meiner Entscheidung nicht bewusst?«

»Verzwickte Situation, so nennt man das also, wenn ein Mann einer Frau die Ehe versprochen hat und dann einen Rückzieher macht«, sagte sie tonlos.

»Wenn es dir hilft, werde ich zu allen im Dorf gehen und mich erklären. Ich werde die Schuld auf mich nehmen, ich allein. ›Die Liebe ist eine Himmelsmacht!‹, werde ich sagen«, tönte er übertrieben dramatisch, als wollte er sich über sich selbst lustig machen. Ruhiger fügte er hinzu: »Das werden die Leute verstehen. Und was uns zwei angeht – wenn man es genauer betrachtet, ändert sich zwischen uns im Grunde genommen doch nichts. Wir sind weiterhin geschäftlich miteinander verbunden, wir sehen uns jeden Tag, arbeiten gut zusammen. Wie du schon sagtest, unsere Beziehung basiert auf gegenseitigem Respekt und Vertrauen, und das wird auch so bleiben.«

Bernadette schaute ihn an. Wie konnte er es wagen, von gegenseitigem Respekt und Vertrauen zu reden, wenn er im selben Atemzug ankündigte, seine »Liebe« zu dieser Schlampe in die Welt hinausposaunen zu wollen? Wie konnte er es wagen!

Bernadette schloss kurz die Augen, als suchte sie in der Schwärze ihres Inneren nach der Kraft, die sie nun benötigte. Als sie sie wieder öffnete, hatte sie einen Entschluss gefasst.

»Es ist, wie es ist – das muss ich wohl akzeptieren«, sagte sie, während sie begann, die Papiere auf ihrem

Schreibtisch zu ordnen, als sprächen sie über einen Schafschurtermin. »Um eines bitte ich dich jedoch.« Sie schaute ihn scharf an und spürte, wie mit dem Wimpernschlag von gerade eben ihre Liebe für ihn gestorben war. »Behalte deine *große Liebe* wenigstens noch eine Zeitlang für dich! Dass du mich wegen einer dahergelaufenen Hirtin im Stich lässt, geht die Leute nichts an. Es reicht, wenn sie es irgendwann mitbekommen...« Sie zuckte resigniert mit den Schultern. »Mir wird schon einfallen, was ich den Leuten sagen kann, darin habe ich ja Übung«, sagte sie bitter und wusste in diesem Moment, dass sie ihn hasste.

Nicht noch einmal, dachte Bernadette, kaum dass sie allein war.
Wolfram war gegangen, dankbar und erleichtert darüber, dass sie seinem Glück »keine Steine in den Weg legte«, wie er es ausgedrückt hatte. Regungslos saß sie auf ihrem Schreibtischstuhl, die Arme fest um den Leib gelegt, als könne sie so die Wellen des Schmerzes abwehren. Was war nur mit ihr los, dass kein Mann sie haben wollte? *Ich sterbe. Hier und jetzt*, dachte sie, als im selben Moment ein leises Klopfen ertönte.
»Bernadette?«
Die Fotografin. Sie hatte sie ganz vergessen. O Gott, was für eine Schmach. Wie sollte sie ihrer Freundin alles erklären, ausgerechnet nach dem heutigen Tag? Sie würde dastehen wie die dümmste Kuh der Welt.
»Ich habe gesehen, dass Wolfram gegangen ist«, hob Mimi zögerlich an. »Bernadette, es tut mir so unendlich leid. Wenn ich irgendetwas für dich tun kann...«

Mimi wusste also Bescheid. Bernadette schossen nun doch die Tränen in die Augen, heiß und unkontrolliert. »Es ist aus! Wolfram hat sein Eheversprechen aufgelöst, und schuld ist diese französische Schlampe. Keine Ehe. Kein Brautkleid, kein Altar!«, schluchzte sie. Ihr Blick irrte durch den Raum, suchte hilflos etwas, woran er sich festhalten konnte, und fand doch nichts. »Bin ich so schrecklich? Bin ich so hässlich? Warum hält es keiner bei mir aus? Ich will doch auch nur geliebt werden…« Ihr Schluchzen endete in einem Wehlaut, während ihr Herz zerbrach.

»Bernadette! Jetzt rede dir bloß nicht ein, dass es an dir liegt!«, rief die Fotografin. »Du bist wunderbar! Schön, klug, liebenswert…«

Bernadette spürte Mimis Arme um sich, sie hörte ihre Worte, trotzdem fühlte sie sich so allein wie noch nie in ihrem Leben. »Alles hätte ich für Wolfram getan, alles«, sagte sie bitter. »Und das Schlimmste ist – ich habe mir alles selbst eingebrockt! Warum nur habe ich eingewilligt, dass Wolf diese blöden französischen Schafe kommen lässt? Warum habe ich ihn nicht zu einem Lehrgang für Schafzucht geschickt? Oder Schafe von woanders kommen lassen?«

»Dass sich alles so entwickeln würde, konnte doch keiner wissen«, murmelte Mimi, während sie Bernadette sanft hin und her wiegte. »Ich mag mir gar nicht vorstellen, wie du dich fühlst. Aber Schuld hat niemand – das ist Schicksal. Die Liebe ist eine Himmelsmacht«, sagte sie und wiederholte damit unwissentlich Wolframs Worte.

Bernadette entwand sich Mimis Umarmung. Ihr Blick

war irre, als sie Mimi anschrie: »Das Weib hat der Teufel geschickt, nicht der liebe Gott!« Doch ihre Wut hielt nicht lange an. Erschöpft von den Ereignissen, zutiefst enttäuscht von dem einzigen Menschen, dem sie vertraut hatte, brach sie auf ihrem Stuhl zusammen. Den Kopf in beide Hände gestützt, weinte sie vor sich hin. Jetzt war alles aus, alles vorbei. Wenn sie gewusst hätte, wie man sich am schnellsten umbrachte – sie hätte es auf der Stelle getan. Das Leben hatte keinen Sinn mehr. Die Aussichtslosigkeit ließ sie erneut laut aufschluchzen.

»Bernadette, ich weiß, für dich bricht gerade eine Welt zusammen, aber so traurig das Ganze ist – es sollte wohl einfach nicht sein«, sagte die Fotografin und strich ihr sanft über den Rücken. »Du bist eine starke Frau, so tapfer! Du hast vor ein paar Tagen selbst gesagt, dass man sich nicht unterkriegen lassen darf, dass man nach Schicksalsschlägen mutig weitermachen sollte. Ich bin mir sicher, dass eine andere große Liebe für dich bestimmt ist, ganz gewiss!«

»Liebe?« Bernadette blinzelte Mimi aus vom Weinen geschwollenen Augen an. »Komm mir bloß nicht mehr mit Liebe! Dieses Wort hat Wolfram aus meinem Wörterbuch des Lebens für immer und ewig ausradiert.« Im Geiste erschien dafür ein anderes Wort.

Das Wort hieß Hass.

33. Kapitel

Was, wenn Wolfram sie fragen würde, ob sie seine Geliebte werden wollte?, dachte Corinne, während sie die roten Wolldecken auf ihrem Schlaflager glattstrich. Die Hitze des Tages hatte sich in die Dämmerung hinübergerettet. Doch der Weiß'sche Hof verfügte über dicke Steinmauern, und so war es in der Kammer, in der sie wohnen durfte, angenehm kühl. Sogar Achille, der es normalerweise hasste, sich in geschlossenen Räumen aufzuhalten, hatte seinen üblichen Platz vor der Tür aufgegeben und lag nun im Schlaf seufzend auf dem kalten Steinboden in einer Ecke.

»Vertrau mir«, hatte Wolfram vorhin zu ihr gesagt. Und dass er »das Richtige tun« wolle, wenn sie ihm verspräche zu bleiben. Was meinte er nur damit?

Während in dem abgeernteten Kirschbaum vor ihrem Fenster die Spatzen stritten, zog sich Corinne aus. Wollte Wolfram seine Zukünftige um die Erlaubnis bitten, ein gewisses »Arrangement« einzugehen?, fragte sie sich und streifte ihr Nachthemd über. Männer, die neben ihrer Ehefrau noch eine Geliebte hatten, gab es in Frankreich genug. Aber war Wolfram dafür der Typ? Und wie sollte das funktionieren? Würde er sie auf einem einsam liegenden Hof einquartieren, ihr eine Herde überlassen und sie ab und zu besuchen? Falls ja – würde ihr das reichen? Konnte sie sich mit solch einem Leben zufriedengeben? *Ach Mutter, was würdest du mir raten?*, fragte sie stumm, während sie fein säuberlich ihre Unterwäsche zusammenlegte. Dann nahm sie ein Säckchen Lavendel aus ihrer Reisetasche und schob es zwischen zwei Stofffalten, so, wie die Mutter es ihr gezeigt hatte, als sie noch ein kleines Mädchen gewesen war. Ihre restlichen Anziehsachen hängte sie ans Fenster. So sehr sie den Duft der Schafe auch mochte – in ihrer Kleidung musste er sich nicht unbedingt festsetzen.

Kaum hatte sie sich auf ihrer Schlafstatt niedergelassen, setzte sie ihre Grübeleien fort. Diese Bernadette... Wenn Corinne ehrlich war, musste sie zugeben, dass die Frau ihr Angst machte. Dieser kühle Blick! Die herrische, herablassende Art! Bernadette war es gewohnt, zu bestimmen, das hatte sie schon bei ihrer ersten Begegnung gespürt. Und wehe, wenn einmal nicht alles nach ihrem Kopf ging, dann war gewiss nicht gut Kirschen essen mit ihr. Eine solch hochfahrende, stolze Frau wie Bernadette würde niemals ihr Einverständnis dazu geben, dass ihr zukünftiger Ehemann eine Geliebte hatte.

Stirnrunzelnd löste Corinne das Band, das ihren geflochtenen Zopf zusammenhielt. Nachdem sie ihre Haare mit den Fingern entwirrt hatte, begann sie ihre abendlichen hundert Bürstenstriche. Normalerweise genoss sie es, dass ihre Haare mit jedem Bürstenstrich glatter und glänzender wurden, doch heute waren ihre Gedanken zu düster, als dass sie in solch kleinen Verrichtungen Freude gefunden hätte.

Je länger Corinne nachdachte, desto aussichtsloser erschien ihr alles. Warum nur hatte sie wie ein dummes, willenloses Wesen genickt, als Wolfram sie bat zu bleiben? Warum nur war sie nicht hart geblieben und hatte resolut gesagt, dass ihr Entschluss feststand und sie den nächsten Zug nehmen würde, fragte sie sich und war schon wieder fast den Tränen nahe. Da begann Achille leise zu knurren. Einen Augenblick später verstummte er wieder, und seine kräftige Rute schlug auf den Boden.

Wolfram?, dachte Corinne atemlos.

»Corinne, ich bin's.«

Noch nie in ihrem Leben war Corinne so schnell auf den Beinen gewesen, um jemandem die Tür zu öffnen.

Hochgewachsen stand er im Türrahmen. Der Blick, mit dem er sie bedachte, strahlte ein solches Glück aus, dass Corinne unwillkürlich lächeln musste. Sie schaute über seine Schulter, der Hof war menschenleer, von Wolframs Eltern war keine Spur zu sehen. Mit einer kleinen Geste forderte sie ihn auf einzutreten.

Sie waren fast gleich groß, ging es Corinne durch den Sinn, als sie sich gegenüberstanden, und sie musste sich zusammenreißen, um ihn nicht zu berühren.

»Ich komme gerade von Bernadette. Ich habe mein Eheversprechen aufgelöst!« Er klang triumphierend und erleichtert zugleich.

»Du hast – was?« Sie schaute ihn ungläubig an. Sie kannten sich noch nicht einmal drei Wochen!

»Corinne, ich bin frei! Frei für dich.«

»Aber Bernadette... Was ist mit ihr?«, sagte Corinne und konnte nichts gegen den leicht hysterischen Ton in ihrer Stimme tun. Keine Hochzeit? Wolfram war frei? Wirklich frei für sie?

»Das Gespräch war schrecklich! Ich kam mir vor wie der letzte Schuft.« Wolfram verzog das Gesicht. »Natürlich ist Bernadette tief gekränkt. Aber... Nun, rein geschäftlich ändert sich ja nichts, und so war sie am Ende alles in allem sehr verständig und hat eingewilligt. Sie hat mich lediglich gebeten, dass wir unsere Liebe erst einmal für uns behalten sollen.« Er verzog kurz das Gesicht, doch gleich darauf strahlte er sie wieder an. »Corinne – jetzt steht unserem Glück nichts mehr im Weg!«

Bernadette und verständig? Da war sie sich nicht so sicher, dachte Corinne. »Und deine Eltern? Was werden die sagen? Wir kennen uns doch noch gar nicht...« In Corinnes Kopf drehte sich plötzlich alles. Wolfram hatte sein Heiratsversprechen mit der reichen Schäfereibesitzerin ihretwegen aufgelöst... Sie lachte und schluchzte gleichzeitig auf. Nie im Leben hätte sie dies für möglich gehalten.

»Corinne, Liebste... Weine nicht. Nun wird alles gut! Seit du in mein Leben getreten bist, weiß ich, dass wir füreinander bestimmt sind. Nie hätte ich eine andere heiraten können.« Er nahm ihre Hände, küsste jeden einzelnen Finger. »Ich bin so froh, dass ich das Gespräch mit Bernadette hinter mir habe – keinen Tag länger hätte ich mit dieser Lüge leben wollen! Dazu ist mir Bernadette auch zu wertvoll und wichtig – ich mochte auch sie nicht länger belügen.«

Corinne warf sich in seine Arme, drückte sich an ihn.

Ihre Leiber passten perfekt zueinander, genauso, wie sie es sich immer vorgestellt hatte. Er erwiderte ihre Umarmung, sein Mund näherte sich dem ihren. Und als würde in einem Theater der Vorhang fallen, hörte Corinnes Gedankenkarussell schlagartig auf. Ihre Lippen, über die gerade noch so angstvolle Worte gekommen waren, drängten sich Wolframs entgegen, ihre Hände schlangen sich um seinen Hals. Seine Küsse waren warm und besitzergreifend, landeten auf ihrem Mund, ihrer Stirn, ihren Augen, in der kleinen Kuhle unterhalb ihres Kehlkopfes, als wollte er jeden Zentimeter von ihr erobern. Sie küsste ihn mit derselben Besessenheit. Er schmeckte salzig wie die kleinen Oliven, die es in ihrer Heimat gab. Sie spürte sein hartes Glied an ihrem Schenkel und stöhnte. Noch nie hatte sie einen Mann auf diese Art gespürt, doch statt fremd und beängstigend fühlte sich Wolframs Körper an ihrem so an, als wären sie seit Ewigkeiten ein Paar. Ihre Küsse wurden drängender, sie nahm seine Hand, wollte sie zwischen ihren Beinen spüren, dort. Doch statt ihrem Wunsch zu folgen, hielt Wolfram ihre Hand fest. Seine Lippen lösten sich von ihren, und er schaute sie an, liebend, begehrend.

»Corinne, wenn ich dir verspreche, dass wir ein wunderbares Leben haben werden, bleibst du dann hier?«

»Ja«, flüsterte sie, »ja.«

*

»Liebe Josefine, im Gegensatz zu euch schließ ich nicht täglich derart große Geschäfte ab, für mich ist das alles neu!«, sagte Mimi lachend. »Deshalb bitte nochmal ganz langsam und der Reihe nach...« Den großen Hörer von Bernadettes Fernsprechapparat mit einer Hand an ihr Ohr gepresst, begann Mimi mit der zitternden anderen zu schreiben. »Der erste Notartermin, bei dem ihr und Simon Brauneisen in Berlin einen Vorvertrag unterzeichnet, findet am achten September statt, also heute in einer Woche, habe ich das richtig verstanden?« Mit klopfendem Herzen wartete sie auf Josefines Bestätigung. Ausgerechnet heute war die Fernsprechleitung wacklig, einmal – mitten in Josefines Ankündigung, dass sie mit Anton und Mimi ins Geschäft einsteigen wollten – war sie sogar abgebrochen. Doch dieses Mal war Josefines Ja klar und deutlich zu verstehen.

»Gut. Parallel zu diesem Vertrag wird ein zweiter Vertrag zwischen Adrian, dir, Anton und mir aufgesetzt, in dem die Eigentumsverhältnisse der Druckerei geregelt werden, sprich, wie viele Anteile wem gehören. Laut diesem Vertrag bekommen Anton und ich 49 Prozent und ihr 51 Prozent, stimmt's?« Mimi wartete erneut Josefines Bestätigung ab, dann sprach sie weiter: »In der Woche darauf am 15. September müssen Anton und ich dann zu einem Notar hier in der Gegend und dieselben Verträge ebenfalls unterzeichnen. Ich werde nach Urach gehen, zu dem Notar, der auch schon Onkel Josefs Hausverkauf geregelt hat. Zeitgleich überweisen wir alle unsere Gelder auf ein vereinbartes Konto. Und nachdem diese Gelder geflossen sind, findet nochmals ein Notartermin statt, bei dem der eigentliche Vertrag unterschrieben wird – du schätzt, dass dies Anfang Oktober sein wird. Und danach sind wir dann stolze Druckereibesitzer?«

Josefine bejahte erneut.

»Ich fass es nicht...« Mimi, die ständig die Luft angehalten hatte, war auf einmal so atemlos, als hätte sie einen Hundertmeterlauf hinter sich. »Und wann können Anton und ich loslegen?«

»Gleich nach dem ersten Notartermin eurerseits. Die Druckerei, das Haus, alles was eben dazugehört, könnt ihr in Beschlag nehmen, das haben wir so mit Simon abgesprochen«, hörte sie Josefine sagen. »Nun, da feststeht, dass es mit der Druckerei weitergeht, wäre ein wochenlanger Schwebezustand äußerst schädlich fürs Geschäft. Wir zählen darauf, dass ihr zügig mit der Arbeit beginnt. Und nochmal, meine Liebe – auch wenn wir einen großen Anteil an der Firma besitzen, so werden wir lediglich stille Teilhaber sein. Am Steuer seid ihr zwei und sonst niemand.«

»Nichts lieber als das!«, sagte Mimi, fast taumelig vor Glück. »Und wann kommt ihr, um euch alles mal anzuschauen?« Schon zückte sie wieder ihren Stift, um sich den nächsten Termin zu notieren. Im Geist sah sie Anton und sich am Bahnhof in Ulm, um Josefine und Adrian abzuholen. Sie konnte es kaum erwarten, ihren beiden »Geschäftspartnern« – wie fremd sich das noch anhörte – endlich alles zu zeigen. Umso enttäuschender waren Josefines nächste Worte.

»Ich befürchte, ein Besuch bei euch muss noch warten. Unser neuer Versand-Fahrradkatalog schlägt – auch dank deiner tollen Fotografien – so hohe Wellen, dass wir uns vor Aufträgen nicht mehr retten können.

Das muss alles erst abgearbeitet werden. Der Kunde geht immer vor, das werdet ihr bald auch merken.«

»Aber... wollt ihr denn nicht sehen, wohin euer Geld fließt? Das ist ja fast so, als würdet ihr die Katze im Sack kaufen«, sagte Mimi entsetzt. So viel Vertrauen setzten die beiden Berliner in sie, dachte sie und spürte im selben Moment, wie sich eine große Bürde auf ihre Schultern senkte.

Doch Josefine antwortete leichtherzig: »Die Katze im Sack? Davon kann nun wirklich nicht die Rede sein! Zum einen sprechen die Zahlen eine deutliche Sprache, zum andern würde Simon Brauneisen es nie wagen, uns übers Ohr zu hauen und damit seinen guten Ruf als Steueranwalt zu ruinieren. Mein Plan ist es, euch Anfang nächsten Jahres kurz zu besuchen. Ich würde bei dieser Gelegenheit auch gern Clara wiedersehen – der Bodensee ist ja nicht so weit von euch entfernt.«

»Anfang nächsten Jahres...«, wiederholte Mimi nachdenklich, während sich hinter ihrer Stirn schon eine Idee formte. Nun, da sie hierblieben, war es dringend nötig, dass Anton und sie die Leute in der Druckerei, aber auch die anderen Münsinger besser kennenlernten. Ein Fest mit Speis und Trank wäre dafür ideal, und das so bald wie möglich. Auf der anderen Seite würden sie gerade jetzt, wo sie den Laden wieder zum Laufen bringen mussten, kaum die Zeit für Einladungen finden...

»Also freuen wir uns, euch Anfang nächsten Jahres hier zu sehen!«, sagte sie resolut, dann verabschiedeten sie sich.

Einen Moment noch verharrte Mimi mit dem Telefonhörer in der Hand. Es war so weit.

Mit schwingendem Rock drehte sie sich zu Bernadette um, die mit Bergen von Papier an ihrem Schreibtisch saß und alles mitgehört hatte.

»Die Neumanns machen mit! O Gott, jetzt wird es ernst. Das muss ich gleich Anton sagen, ich kann es kaum erwarten, sein Gesicht zu sehen, wenn er die frohe Nachricht hört«, rief sie.

»Gratulation«, sagte Bernadette und starrte mit leerem Blick vor sich hin.

Beim Anblick der gramgebeugten Frau wurde Mimi sogleich von einem schlechten Gewissen überfallen. Da teilte sie mit Josefine am Telefon so überschwänglich ihre Freude, während Bernadette im Begriff war, ihre Hochzeit abzusagen – noch taktloser ging es nun wirklich nicht. »Ach Bernadette, es tut mir so leid...«, sagte sie zerknirscht, während sie sich einen Stuhl heranzog und sich neben die Freundin setzte. »Wie geht es dir?« Sie ergriff ihre Hand und drückte sie mitfühlend. Täuschte sie sich, oder war über Nacht eine weitere silberne Haarsträhne in Bernadettes Haarkrone dazugekommen? Grau vor Gram...

Angewidert schob Bernadette den Brief, den sie gerade schrieb, von sich. »Frag lieber nicht, ich werde hier noch verrückt!«

Mimis Blick fiel unwillkürlich auf das Blatt mit den unsteten Zeilen aus Bernadettes Feder. »... muss ich Ihnen leider mitteilen... Hochzeit nicht stattfinden wird... wohlüberlegte Entscheidung...«, las sie und konnte sich beim besten Willen nicht vorstellen, wie und mit welcher Begründung Bernadette die Absagen formulierte.

»Kann ich etwas für dich tun?«, fragte sie sanft.

Bernadette nickte. »Ja, mir ein neues Leben schenken.« Sie tippte auf einen dicken Briefstapel. »Seit gestern bin ich dabei, die Absagen zu schreiben. Dreißig Briefe habe ich schon fertig, hundertzwanzig noch vor mir – und bei jedem ist mir, als bekäme ich einen Messerstich ins Herz. Und als wäre das noch nicht genug...« Sie griff hinter sich ins Regal und holte einen Aktenordner hervor. »Hier – die Blumenbestellung –, die musste ich natürlich auch stornieren. Da – das Offizierskasino, in dem wir hätten feiern wollen, abgesagt! Und hier – das Hochzeitsmenü, das der Koch vom Fuchsen hätte kochen sollen.« Sie biss sich auf die Unterlippe. »Erstaunlicherweise sind die Leute ziemlich entgegenkommend. Meine Begründung, dass Wolfram und ich unsere Beziehung doch lieber nur auf Geschäftsebene fortführen wollen, scheinen sie nachvollziehen zu können. Jedenfalls hat mir bisher niemand Probleme gemacht, weil ich vom Vertrag zurücktrete. Die Wirtin vom Fuchsen hat mich sogar auf ein Glas Wein eingeladen, als ich ihr gestern begegnet bin. Natürlich habe ich abgelehnt, Mitleid ist das Letzte, was ich gebrauchen kann! Wenn das so weitergeht, bekomme ich von den Leuten Blumen geschenkt, wenn ich das dritte Mal vorm Traualtar versetzt werde!«, sagte sie in einem Anfall von schwarzem Humor. Doch gleich darauf brach sie in Tränen aus.

Weggeflogen war Mimis Euphorie über Josefines Anruf, voller Mitgefühl streichelte sie Bernadettes Arm. »Und Wolfram?«

Mit verweinten Augen schaute die Schafbaronin auf.

»Was soll mit ihm sein? Den habe ich seit dem Gespräch nicht mehr gesehen, wahrscheinlich geht er mir aus dem Weg. Lediglich einen Zettel hat er mir hingelegt, auf dem stand, dass er diverse Herden besuchen wolle. Von wegen Herdenkontrolle – wahrscheinlich kommt er aus dem Bett dieser rothaarigen Hexe nicht mehr heraus! Und ich kann schauen, wie ich den ganzen Schlamassel bewältige!«

Mimi verzog den Mund. Die Situation war einfach unmöglich.

»Einerseits bin ich froh, dass er mir gerade nicht unter die Augen kommt«, sagte Bernadette dumpf. »Aber natürlich weiß ich, dass dies nicht dauerhaft so bleiben kann. Der Betrieb muss weitergeführt werden, Wolfram und ich haben ständig etwas miteinander zu besprechen. Ich weiß zwar nicht wie, aber irgendwie *muss* es uns gelingen, normal miteinander umzugehen.«

»So gefällst du mir schon besser«, lobte Mimi. »Immer nach vorn schauen.« Sie hatte gut reden!, dachte sie im selben Moment. Die Vorstellung, dass sie Johann und Eveline ständig hätte begegnen müssen, nachdem Johann sie, Mimi, abserviert hatte, war schrecklich.

»Nach vorn? Wenn ich noch einen Schritt nach vorn mache, trete ich in einen Abgrund«, sagte Bernadette harsch. »Was gäbe ich dafür, all das hier einfach liegen lassen und weggehen zu können! Irgendwohin, wo mich niemand kennt. Wo vielleicht ein Neuanfang möglich wäre…«

Mimi runzelte die Stirn. »Warum tust du es nicht?«

Bernadette schüttelte den Kopf. »Wir haben erst vor

kurzem unsere beiden Betriebe zusammengelegt – das wieder auseinanderzubringen ist unmöglich, dafür habe ich mit einem Vertrag extra noch gesorgt. Ich muss der Wahrheit ins Auge schauen, Mimi, ich bin hier lebendig begraben.« Schon brach sie wieder in Tränen aus.

Mimi hob die Brauen. War das nicht sehr melodramatisch? Sie zeigte auf die Briefe. »Wenn du das hier erst einmal hinter dir hast, wirst du dich besser fühlen. Und außerdem hast du ja jetzt mich, ich stärke dir den Rücken, bis du wieder Lebensfreude verspürst. Wir genießen das Leben, versprochen! Wir gehen einkaufen, spazieren, zusammen essen...« Unwillkürlich fiel ihr Blick auf die große Standuhr in Bernadettes Büro. Gleich sechs. Wenn sie sich jetzt nicht auf den Weg machte, würde sie Anton vielleicht gar nicht mehr antreffen. Er hatte sich mit dem Kommandanten des Soldatenlagers angefreundet und ließ sich von ihm das Schachspiel beibringen. Seitdem verbrachte er öfter einen Abend im Offizierskasino. Sie solle auch mal mitkommen, hatte er erst gestern gemeint.

Bernadette nickte, schaute aber nicht auf.

Sehr überzeugend war sie anscheinend nicht, dachte Mimi beklommen. In einer Geste, die aufmunternd wirken sollte, drückte sie Bernadettes Arm. »So schlimm es ist – aber manchmal muss es dunkel werden, damit man sieht, wer mit einem am Feuer sitzen bleibt. Du hast vorhin selbst gesagt, dass die Leute alle sehr verständig sind. Warte nur ab, es werden dir bestimmt noch viel mehr Menschen zur Seite stehen! Und den lieben Gott gibt's ja auch noch...«

Als sie bemerkte, dass Bernadette den Kopf hob,

glaubte sie schon, ihr Aufmunterungsversuch sei erfolgreich gewesen. Doch dann sah sie die Eiseskälte in Bernadettes tränenverhangenen Augen und fröstelte.

»Du bist mir eine große Stütze, und dafür bin ich dir sehr dankbar. Aber sonst, Mimi...«, sagte die Schafbaronin. »Der einzige Mensch in meinem Leben, dem ich vertraut habe, wurde mir genommen. Ich habe niemanden mehr, gar niemanden.«

34. Kapitel

Am Mittwoch, den 15. September, fuhren Mimi und Anton nach Urach zum Notar. Anton trug einen Anzug, Mimi ihr bestes Ausgehkostüm. Beide waren angespannt, beide hatten keine große Lust, sich zu unterhalten. Während der Regionalzug von Ort zu Ort zuckelte, hing jeder seinen Gedanken nach – immerhin war heute der Tag, an dem sie ihrem Leben eine völlig neue Wendung geben würden.

Drei Stunden später war es so weit. Der Notar las nuschelnd den seitenlangen Kaufvertrag vor, den sein Kollege in Berlin für sämtliche beteiligten Parteien aufgesetzt hatte.

Mimi und Anton hörten zu und stellten hin und wieder eine Verständnisfrage. Am Ende reichte der Notar ihnen mit großer Geste eine Schreibfeder und tippte auf die Stelle im Vertrag, wo sie beide zu unterschreiben hatten.

Die Feder war weich und bog sich beim ersten Kontakt mit dem Papier. Für einen kurzen Moment zögerte Mimi, erfüllt von Angst, Freude, Aufregung. Doch dann schrieb sie schwungvoll, als wäre sie eine Schriftstellerin, die ihren ersten Roman signiert, ihren Namen auf den dafür vorgesehenen Platz. Mit einem auffordernden Lächeln gab sie die Schreibfeder an Anton weiter, der sie ungerührt nahm und ebenso ungerührt unterschrieb, als wären Notarbesuche für ihn ein Alltagsgeschäft.

Der Notar erklärte noch einmal die weiteren nötigen Schritte bis zur vollständigen Erfüllung und zum Inkrafttreten des Kaufvertrags, und nach einer kurzen Verabschiedung fanden sich Mimi und Anton auf der Straße wieder.

Mimi atmete tief durch. »Jetzt gibt's kein Zurück mehr«, sagte sie und hakte sich bei Anton unter.

»Zum zweiten Notartermin fahren wir mit dem eigenen Automobil!«, sagte er, während sie sich, wie so oft in ihrem Leben, wieder einmal auf den Weg zum Bahnhof machten.

So einsilbig sie auf der Hinfahrt gewesen waren, so sprudelten nun die Worte aus ihnen heraus. Gleich morgen wollten sie die Mitarbeiter versammeln und verkünden, dass die Arbeit fortgesetzt werden konnte. Mimi, die vom Notar den Schlüssel zu Otto Brauneisens Haus bekommen hatte, überlegte, ob sie noch am selben Tag einziehen sollte oder erst am Tag darauf. Anton, der es in der Pension äußerst komfortabel fand, hatte es mit dem Umzug in den Seitentrakt des Hauses nicht so eilig. Ihm war es wichtiger, so schnell wie möglich Autofahren zu lernen.

Zuversichtlich und voller Zukunftspläne kamen sie am späten Nachmittag wieder in Münsingen an. Obwohl die Temperaturen noch angenehm warm waren, konnte Mimi den Herbst schon erahnen. Irgendwo auf den Feldern rund ums Dorf brannte ein Kartoffelfeuer, dessen rauchiger und torfiger Geruch durch die Straßen wehte. Und bald würden zur Freude der Dorfkinder die ersten Kastanien auf das Kopfsteinpflaster prasseln.

Der Herbst. In den letzten Jahren war er – von der Zeit bei Onkel Josef in Laichingen einmal abgesehen – für Mimi immer das Signal zum Aufbruch in wärmere Gefilde gewesen. Und dieses Jahr wurde sie ausgerechnet im Herbst sesshaft, dachte sie. Im nächsten Moment vertrieb sie den Anflug von Melancholie, indem sie zu Anton sagte: »Was meinst du – sollen wir den Tag vielleicht im engsten Kreis ein wenig feiern? Also Bernadette, du, ich, Bela Tibor und vielleicht noch dein Bekannter, dieser Generalmajor. Corinne hätte ich auch gern dabei, aber das ist ein Problem – Bernadette und sie bekomme ich nicht an einen Tisch.« Mit beiden Frauen befreundet zu sein, würde zukünftig sicher nicht ganz einfach werden, ging Mimi durch den Kopf, während die Pension in Sichtweite kam.

Anton bedachte sie mit einem Seitenblick, der wohl besagen sollte: Lass mich bloß mit irgendwelchen Eifersuchtsdramen in Ruhe! Dass Mimi mit ihrer Vermutung, Wolfram und Corinne seien gleich bei ihrer Ankunft in Münsingen vom Blitz der Liebe getroffen worden, recht gehabt hatte, hatte er nur mit ungläubigem Kopfschütteln quittiert.

»Weißt du, was mir am liebsten wäre?«, sagte er nun

stirnrunzelnd. »Dass wir beide allein zu Abend essen. Ich lade dich ein, und zur Feier des Tages bestelle ich die beste Flasche Wein, einverstanden?«

Mimi überlegte kurz, dann legte sie eine Hand auf Antons Arm. »Einverstanden! Du und ich – wir sind einfach das beste Gespann, oder?«

Anton beugte sich zu Mimi herab und gab ihr einen Kuss auf die Wange. »Da hast du allerdings recht!«

Am nächsten Morgen trafen Mimi und Anton um Punkt acht Uhr in der Druckerei ein. Die Druckmaschinen standen noch still, als sie auf ein improvisiertes kleines Podest stiegen und in die Runde der Druckereimitarbeiter schauten. Außer den zwanzig Münsinger Druckern war auch Herr Frenzen aus Ulm da, Mimi hatte ihn zuvor per Eildepesche um sein Kommen gebeten. Wie am Vorabend besprochen war es Anton, der die frohe Nachricht verkündete.

»Liebe Männer, es ist ein guter Tag für die Lithografische Anstalt Münsingen. Denn ab heute gibt es keine Angst mehr und keine Sorge, es wird auch kein Zaudern und kein Hadern mehr geben. Stattdessen heißt es ab jetzt nur noch: Volle Kraft voraus!«

Die Männer applaudierten, und Mimi fiel es schwer, es ihnen nicht gleichzutun, so beeindruckt war sie von Antons Worten. Stattdessen erfreute sie sich an den sichtbar erleichterten Mienen der Mitarbeiter – manch einer sah aus, als wäre ihm ein ganzer Berg an Steinen vom Herzen gefallen. Herrn Frenzens Augen waren sogar verdächtig glasig, dachte Mimi gerührt.

»Ich, Anton Schaufler, und Frau Mimi Reventlow

möchten uns als Ihre neuen Chefs vorstellen. Ganz offiziell geht die Druckerei zwar erst nach dem zweiten Notartermin Anfang Oktober in unseren Besitz über, aber das ist nur noch eine Formsache, deshalb ist hier und heute Schluss mit der Ungewissheit.« Anton nickte betont, als wolle er seine Aussage dadurch noch bestärken. »Ab heute legen wir gemeinsam los! Für Sie wird sich nicht viel ändern, und wenn, dann hoffentlich nur zum Guten. Bela Tibor bleibt der technische Leiter der Druckerei und ist somit Ihr erster Ansprechpartner bei Problemen aller Art. Ich persönlich werde mich um den Vertrieb kümmern, und Frau Reventlow nimmt sich des kreativen Bereichs an – außer Kundenaufträgen werden wir zukünftig verstärkt auch eigene Druckwaren herstellen und vertreiben«, fügte er erklärend hinzu, dann wies er in Richtung von Karlheinz Frenzen. »Die Ulmer Niederlassung wird ebenfalls weiter betrieben, ich hoffe, dass ich sehr bald einen guten Illustrator finde, der Herrn Frenzen künftig zur Seite steht und die Kundenwünsche genauso gut umsetzt, wie es Ihr alter Chef Otto Brauneisen getan hat.«

Die Männer murmelten ihre Zustimmung. Dass Anton den früheren Firmeninhaber in seine Rede mit einbezog, brachte ihm weiteren Respekt ein.

Wieder einmal fand Anton instinktiv die richtigen Worte. Mimi war beeindruckt. Warum nur hatte sie ihre Eltern nicht eingeladen, ärgerte sie sich im selben Moment. Wie schön wäre es gewesen, wenn sie diesen denkwürdigen Moment mit ihr erlebt hätten! Aber was, wenn es am Ende doch nicht geklappt hätte? Dann wäre die Enttäuschung groß gewesen. Aus diesem

Grund hatte sie sich in ihren letzten Briefen bezüglich ihrer Zukunftspläne zurückhaltend geäußert und so getan, als gönne sie sich in Münsingen nur eine kleine Verschnaufpause. Aber gleich heute Abend würde sie sich hinsetzen und einen langen Brief mit allen frohen Nachrichten nach Hause schreiben!

»Auf Frau Reventlow und mich kommt hingegen viel Neues zu«, sagte Anton gerade und riss sie damit aus ihren Überlegungen. »Wir wollen und *müssen* viel lernen, und bestimmt werden wir Ihnen die eine oder andere dumme Frage nicht ersparen können.« Er schaute mit schrägem Grinsen in die Runde.

Die Männer lachten aufgeräumt.

»Wir sind jedoch zuversichtlich, dass wir uns mit Ihrer Hilfe schnell in alles hineinfinden.« Er warf Mimi einen Blick zu und fuhr fort: »Wir wollen moderne Vorgesetzte sein! Wir wünschen uns eine gute Zusammenarbeit mit Ihnen, die auf gegenseitigem Vertrauen basiert.«

Und nicht Angst und Unterwerfung beinhaltet, so wie bei Herrmann Gehringer und anderen, dachte Mimi.

»Deshalb unsere dringende Bitte: Wenn es ein Problem gibt, scheuen Sie sich nicht, uns anzusprechen. Wir lassen Sie nicht im Stich, es gibt für alles eine Lösung.« Er nickte in die Runde. »Vielen Dank, meine Herren, und nun an die Arbeit!«

Die Männer klatschten erneut, ein oder zwei pfiffen sogar anerkennend.

Bela Tibor trat ans Podest und überreichte Mimi einen Blumenstrauß, den er zuvor gut versteckt haben musste. »Gnädige Frau, lieber Herr Schaufler – Sie können sich gar nicht vorstellen, wie dankbar wir Ihnen sind. Wir sind Drucker mit Leib und Seele, wir lieben unsere Arbeit und wir lieben die Lithografische Anstalt Münsingen. Dass diese nun weiterbesteht, ist allein Ihr Verdienst. Im Namen der versammelten Mannschaft verspreche ich Ihnen, dass wir dem Vertrauen, das Sie in uns setzen, gerecht werden!«

Gerührt nahm Mimi den Strauß aus bunten Astern entgegen. Schon jetzt hatte sie das Gefühl, sie würden alle zu einer großen Familie zusammenwachsen.

»Gut hast du das gemacht«, flüsterte Mimi Anton im Hinausgehen zu. »Ich bin stolz auf dich!«

Er zuckte lächelnd mit den Schultern. »Man tut, was man kann... Aber nun musst du mich bitte entschuldigen.« Er wollte auf dem Absatz kehrtmachen, doch Mimi hielt ihn zurück. »Was hast du vor?«

»Ich muss das Automobil aus der Garage holen, gleich kommt nämlich einer der Offiziere vom Truppenübungsplatz und beginnt, mir das Fahren beizubringen. Ich will es so schnell wie möglich lernen – schließlich werde ich jetzt mehrmals die Woche zwischen Ulm und hier hin- und herpendeln«, sagte er, während auch Bela Tibor aus der Fabrik trat, in der gerade die Maschinen angeworfen wurden.

»Ach so«, sagte Mimi enttäuscht. Die Vorstellung, dass sie gleich allein in der Druckerei zurückbleiben würde, bereitete ihr ein gewisses Unbehagen. »Aber haben wir nicht noch einiges zu besprechen? Was genau soll ich denn nun tun? Und dann diese künstlerischen Druckwaren, von denen wir sprachen – was genau soll ich denn als Erstes in Angriff nehmen?« Wie kläglich sie sich anhörte, ärgerte sie sich und sah aus dem Augenwinkel, wie Bela Tibor auf sie zukam. Unter dem Arm trug er einen Stapel loser Unterlagen, der bei jedem Schritt wegzurutschen drohte. Gleich fällt alles auf den Boden, dachte Mimi.

»Da kommt ja schon Herr Tibor! Er wird dir sicher bei all diesen Fragen gern zur Seite stehen«, sagte Anton und schien nur mit Mühe ein Grinsen zu unterdrücken.

Mimi warf ihm einen wütenden Blick zu. »Vor lauter Automobil kannst du mich wohl nicht schnell genug abschieben, was?«

»Verehrte Frau Reventlow, ich werde mich mit Freuden mit Ihnen in einen kreativen Prozess stürzen! Schauen Sie, ich habe schon alles Mögliche zusammengesucht!«, rief Bela Tibor da schon und schob den Papierstapel mühevoll vom rechten unter den linken Arm. »Bevor Sie gehen, Herr Schaufler, erlauben Sie mir bitte noch eine Bemerkung. Herr Simon Brauneisen meinte immer, hier oben auf der Alb gäbe es keine Kunden. Aber das stimmt nicht! Ringsum gibt es etliche große Steinbrüche, die ihre Waren ins ganze Kaiserreich liefern. Vielleicht wollen Sie diese einmal besuchen? Lieferscheine, Rechnungsformulare werden doch überall benötigt, auch in einem Steinbruch.«

»Eine sehr gute Idee«, lobte Anton den Druckereileiter. »Aber nach meiner Fahrstunde will ich heute noch in Ulm eine Stellenanzeige für unseren zukünftigen Illustrator aufgeben. Je früher wir einen geeigneten

Mann finden, desto eher können wir wieder Kundenanfragen bearbeiten. Solange wir noch keine eigenen Produkte vertreiben, ist das schließlich unsere wichtigste Einnahmequelle!« Sein Blick wanderte sehnsüchtig in Richtung Garage. Er schien sich regelrecht dazu zwingen zu müssen, sich nochmal an Mimi zu wenden. »Zu deiner Frage, was du ganz konkret tun kannst – was ist mit den Soldatenfotografien? Generalmajor Lutz Staigerwald hat gesagt, dass du jederzeit kommen darfst, um Aufnahmen zu machen. Ein paar gut aussehende Soldaten würden sich immer auftreiben lassen, meinte er. Und Postkarten bekommen wir auch ohne Illustrator hin, nicht wahr, Herr Tibor?«

Der Ungar nickte eilfertig.

Mimi schaute mit gespielter Verzweiflung von einem Mann zum andern. »Steinbrüche und Soldatenfotos?« Vielleicht sollte sie doch zuerst den Brief an ihre Mutter schreiben...

Lachend ging Anton davon.

»Tja, dann werde ich wohl meine Kamera holen und mich auf den Weg zu den Soldaten machen«, sagte Mimi seufzend zu Bela Tibor. Er nickte, machte jedoch keine Anstalten, sich von ihr zu verabschieden.

»Gibt es noch was?«, fragte Mimi freundlich.

»Nun ja, ich dachte... Wenn Sie vielleicht kurz Zeit hätten, sich diese Grafiken hier anzuschauen?« Er wies mit dem Kinn auf den Stapel Papiere, der immer noch unter seiner Achsel klemmte. »Vielleicht können Sie mit meiner Auswahl etwas anfangen.«

Mimi dachte kurz nach. Vielleicht war es sowieso besser, erst am späteren Vormittag beim Truppenübungs-

platz zu erscheinen. »Kommen Sie mit!«, sagte sie deshalb und lief in Richtung ihres neuen Hauses.
Der Druckereileiter folgte ihr mit eiligen Schritten.

Wie jedes Mal, wenn sie das Haus aufschloss, kam Mimi sich wie ein Eindringling vor. Sie war erst gestern mit ihren Siebensachen eingezogen – alles fühlte sich noch fremd und ungewohnt an. Sie hatte sich noch nicht einmal bei allen Zimmern eingeprägt, wo sie lagen! Außerdem roch es ein wenig muffig, dachte sie. Sollte sie Bela Tibor ins Esszimmer oder ins Büro führen? Eine gute Hausfrau würde Schalen mit getrockneten Blüten verteilen, die Vorhänge waschen und täglich mehrmals lüften. Eine gute Hausfrau würde außerdem nach Ulm oder Reutlingen fahren, um ein paar hübsche, dekorative Stücke zu kaufen – bestickte Kissen, ein wollener Überwurf fürs Sofa, vielleicht ein oder zwei Teppiche. Aber so sehr Mimi sich auch wünschte, »ihrem« Haus eine persönliche Note zu verleihen, so musste sie diesen Wunsch erst einmal hintanstellen – das Geschäft ging vor. Sie hatten einen Kredit abzuzahlen, sie hatten stille Geldgeber im Rücken, und sie hatten für eine Belegschaft zu sorgen – da konnte sie nicht mit der Auswahl neuer Vorhänge ihre Zeit vertun. Für Josefine und Adrian sollte sich die Investition lohnen! Sie wollte so schnell wie möglich steigende Umsätze und im Idealfall auch gute Gewinne nach Berlin übermitteln, von denen die beiden dann ihren vereinbarten Anteil erhalten sollten. Ob ihre Vorhänge rosa oder weiß waren, interessierte niemanden.
»Am besten gehen wir ins Büro«, sagte sie und zeigte

auf die zweite Tür von rechts, die von der Diele abging. Das Büro war der einzige Raum, in dem sie sich schon ein wenig heimisch fühlte.

Während Mimi eins der Fenster öffnete, breitete Bela Tibor die Papiere auf Otto Brauneisens riesigem Schreibtisch aus, kramte eine gefühlte Ewigkeit darin herum, zog dann ein Blatt heraus und hielt es Mimi hin.

Ein Totenkopf? Unwillkürlich schreckte sie zurück.

Bela Tibor lächelte. »Das ist nicht, was Sie glauben zu sehen. Dieses optische Täuschungsbild stammt von einem amerikanischen Illustrator namens Charles Allan Gilbert, er hat es vor mehr als zwanzig Jahren gezeichnet, und noch immer verkauft es sich in Amerika und Europa bestens! Das Bild heißt ›All is Vanity‹, was auf Deutsch ungefähr so viel heißt wie ›Alles ist Eitelkeit‹.« Bela Tibor gab Mimi das Blatt in die Hand. »Bitte, schauen Sie es sich näher an. Wenn es Ihnen gefällt, könnte man die Druckrechte eventuell recht günstig erwerben.«

Unwillig nahm Mimi das Papier entgegen. Der vermeintliche Totenschädel war gar keiner, sondern ein Spiegel, in dem sich eine hübsche Frau betrachtete. Ihre Abbildung und die ihres Spiegelbildes waren so angeordnet, dass sie auf den ersten Blick wie die Höhlen eines Totenschädels wirkten. Die Zeichnung war äußerst clever gemacht, aber ansprechend fand Mimi sie nicht. Sie reichte Tibor das Blatt zurück. »Ehrlich gesagt finde ich das ein wenig düster.«

Bela Tibor strahlte. »Das soll es ja auch sein! Wahrscheinlich wissen Sie auch längst, dass man Kunst, auf der ein Totenschädel zu sehen ist, in der Branche ›Memento Mori‹ nennt«, fuhr er fort. »Solche Bilder sollen die Menschen an ihre eigene Sterblichkeit erinnern.«

Das wurde ja immer schlimmer. Mimi runzelte die Stirn. »Wer um alles in der Welt hat an so einer Grafik Freude? Und warum hat der Zeichner ausgerechnet eine Frau abgebildet, um das Thema Eitelkeit darzustellen?« Was für eine Frechheit!, ärgerte sie sich. Sie kannte mindestens so viele eitle Männer wie Frauen!

Unwillkürlich erschien das Bild »Der breite und der schmale Weg« vor ihrem inneren Auge. Auf ihren Reisen war ihr die unter Pietisten weit verbreitete Grafik immer wieder einmal begegnet. In Laichingen hatte sie in so manchem Haus an der Wand gehangen, auch bei Eveline. Mimi erinnerte sich noch genau daran, wie Eve das freudlos strenge Bild gehasst hatte! Nach dem Selbstmord von Eves Mann war es dann plötzlich verschwunden.

Sie schob die ausgebreiteten Papierblätter resolut wieder zu einem Stapel zusammen und überreichte ihn dem Druckereileiter. »Tut mir leid, Herr Tibor, aber so etwas kommt für unsere Druckerei nicht in Frage.«

Der Mann wirkte sichtlich enttäuscht.

Egal, dachte Mimi. »Ich möchte den Menschen Schönheit schenken«, fuhr sie fort. »Druckprodukte, an denen sie sich erfreuen können – das sollte unser Ziel sein. Das Leben vieler Leute ist unglaublich hart und entbehrungsreich. Ob hier auf der Alb, in den kleinen Schwarzwalddörfern, aber auch in den Armenvierteln der Großstädte – die Menschen brauchen etwas zum Träumen! Jedes Mal, wenn jemand eins unserer Produkte in die Hand nimmt, sei es ein Notizbuch, ein Kalender oder sonst etwas, soll er Freude verspüren! Und wie schön wäre es, wenn sich jemand beim Anblick einer unserer Grafiken sogar für einen Moment aus seinem Alltag wegträumen kann...«

Bela Tibors Miene war ein einziges großes Fragezeichen.

Mimi warf lachend die Hände in die Höhe. »Ich weiß, das ist ein hoher Anspruch. Und ich gebe gern zu, dass ich noch nicht die geringste Ahnung habe, wie er sich konkret umsetzen lässt! Kreativität auf Knopfdruck ist gar nicht so leicht... Und ich bin ja auch keine Illustratorin, sondern Fotografin.« Noch während sie sprach, spürte sie, wie ihre Euphorie Satz für Satz verflog. »Vielleicht kann ich das auch gar nicht?«, murmelte sie stirnrunzelnd. Ihr Blick wanderte durch das Büro mit seinen Aktenschränken und dem großen Schreibtisch. Sie war weder eine Geschäftsfrau im klassischen Sinn noch eine Illustratorin – war es da nicht geradezu anmaßend von ihr, sich einzubilden, dass sie ihre neue Rolle erfüllen konnte?

»Natürlich können Sie das! Wer, wenn nicht Sie, verehrte Frau Reventlow?«, rief jedoch Bela Tibor, und seine Augenbrauen hüpften wild auf und ab. Er nahm seine Unterlagen an sich. »Sie dürfen sich bloß nicht unnötig selbst unter Druck setzen – Kreativität auf Knopfdruck funktioniert nämlich tatsächlich nicht. Nehmen Sie sich die Zeit, die Sie brauchen. Herr Schaufler ist ein guter Verkäufer, ich kümmere mich um die Belange der Druckerei – Sie können sich also beruhigt der Kunst widmen. Ich habe volles Vertrauen in Ihr Können, und das sollten Sie auch haben.« Mit einer Geste, als würde er einen Hut vor ihr ziehen, verabschiedete er sich.

Vom Fenster aus schaute Mimi zu, wie Bela Tibor zielstrebig in Richtung Druckerei marschierte. Der Mann hatte recht, dachte sie. Dass sie von heute auf morgen ein schönes und gleichermaßen praktisches Kunstwerk aus dem Ärmel schüttelte, war wirklich zu viel verlangt. Kommt Zeit, kommt Rat, hieß es doch.

Gedankenverloren setzte sie sich an den Schreibtisch und zog ein paar Schubladen auf. In einer davon lag noch Otto Brauneisens Briefpapier, es war im Briefkopf mit der Abbildung einer Druckerpresse verziert. Vielleicht sollte sie als Erstes Briefpapier für sich gestalten, dachte sie mit einem Anflug von Galgenhumor, sehr attraktiv fand sie Ottos Briefbögen nämlich nicht. Doch vorher war wirklich der Brief an ihre Mutter dran. Nicht nur mussten ihre Eltern endlich von den großen Veränderungen erfahren – sie hatte außerdem eine dringende Bitte an ihre Mutter!

Schon vor langer Zeit hatte sie es sich angewöhnt, die Originale aller Fotografien, die sie machte, nach Esslingen zu schicken, damit ihre Mutter sie für sie in extra dafür angeschafften Kisten aufbewahrte. Alle Originale auf ihre Reisen mitzunehmen wäre angesichts der Menge schlicht unmöglich gewesen.

Doch nun, da sie stolze Hausbesitzerin und sesshaft war, war nicht nur der Zeitpunkt gekommen, die Kisten zu sich zu holen, sondern auch, sich ihren Fundus einmal anzuschauen, dachte sie. Vielleicht kamen ihr dann ein paar Inspirationen?

Am liebsten hätte sie sich sofort hingesetzt und ihrer

Mutter geschrieben. Doch noch wichtiger war es, das schöne Wetter zu nutzen und mit den Soldatenfotos zu beginnen. Denn hieß es nicht auch: Schuster bleib bei deinen Leisten? Wenn es ums Fotografieren ging, konnte ihr jedenfalls niemand so schnell etwas vormachen.

Mimi schloss das Haus ab. Im nächsten Moment kam ihr ein Gedanke: Vielleicht hatte Bernadette ja Lust, sie zu begleiten? Sie kenne den Lagerkommandanten gut, hatte sie einmal erwähnt. Zu zweit machte der lange Spaziergang noch mehr Spaß, und vielleicht brachte dieser Ausflug Bernadette ein wenig auf andere Gedanken.

35. Kapitel

Bernadette war nicht allein, als Mimi bei ihr ankam. Wolfram war da. Beide standen im Hof, und als Mimi sich näherte, sah sie, wie Wolfram Bernadette etwas Wollenes hinhielt, was diese zögerlich und mit spitzen Fingern entgegennahm. Die Miene der Schafbaronin war verschlossen und hellte sich auch nur unwesentlich auf, als sie Mimi bemerkte. »Wir sind hier gleich fertig«, sagte sie gepresst.

Mimi nickte, blieb ein paar Meter entfernt von den beiden stehen und verschob den Riemen ihrer Kamera um einen Zentimeter auf ihrer rechten Schulter. Hätte sie doch besser allein gehen sollen?

»Dieses Vlies, das von einem unserer Schafe stammt, ist in einer speziellen Weise bearbeitet worden. Wie du erkennen kannst, sind die Fasern schon allein durch die Vorbehandlung wesentlich weicher und flexibler, als unsere Wolle bisher war«, sagte Wolfram und klang irgendwie gestelzt. »Wenn du Lutz das nächste Mal siehst, übergib ihm dieses Muster mit der Bitte, dass er es an seinen Tuchmacher weiterreicht.«

»Ich persönlich kann zwar nichts Besonderes an diesem Vlies erkennen, aber wenn du meinst …« Ohne auch nur einen Blick auf das Teil zu werfen, hielt Bernadette es mit spitzen Fingern an den äußeren Fasern fest, als wäre es mit Fäkalien beschmutzt. Dabei sah es wirklich sehr weich und flauschig aus.

Wolfram atmete erleichtert aus und lupfte seinen Hut zum Abschied.

Bernadette schaute ihm abfällig hinterher. Wie er eilig davonging!

»Hast du ihn gehört? In seinen Augen kommt diese Corinne gleich nach dem lieben Gott – sie kann zwar nicht aus Wasser Wein machen, dafür aber weiche Wolle aus hartem Vlies«, sagte sie, und Ironie triefte nur so aus jedem Wort. »Gleichzeitig windet er sich wie ein Aal. Von wegen ›Es wurde behandelt‹! Warum sagt er nicht, dass die rothaarige Hexe es behandelt hat, wahrscheinlich mit einem ihrer Zaubersprüche?«

Mimi verzog den Mund. Sie hatte eigentlich keine Lust, sich den ganzen Tag Schimpfereien über Wolfram oder Corinne anzuhören. »Genug von den beiden!«, sagte sie deshalb resolut. »Ich will ins Soldatenlager, und da brauche ich dich und deine Unterstützung als Geschäftsfrau.« So ganz stimmte das nicht – schließlich hatte Anton mit dem Kommandanten schon alles vereinbart –, aber irgendwie musste sie Bernadette ja aus ihrem tiefen Loch holen. Mit knappen Worten erzählte sie von ihrem Auftrag, neue Fotos für Postkarten anzufertigen.

»Mimi! Ein solcher Auftrag? Das ist ja fantastisch!«, rief Bernadette. »Wann immer ich durchs Lager reite, steht eine kleine Traube von Soldaten rund um den Kartenständer. Ich glaube, diese Postkarten gehen weg wie warme Semmeln!«

Mimi strahlte. »Umso wichtiger ist es, dass ich alles richtig mache – kommst du also mit?«

Bernadette zögerte nur kurz. »Einverstanden. Dann kann ich Lutz gleich das Zaubervlies von diesem französischen Flittchen überreichen«, sagte sie hart. »Am besten ruf ich ihn kurz an, dann ist er auf unseren Besuch vorbereitet. Ich brauche nicht lange, setz dich einfach hier auf die Bank.«

Als Bernadette wieder aus dem Haus kam, trug sie ein elegantes Kleid und hatte sich sogar ein kleines Hütchen mit Schleier schräg über ihre geflochtene Haarkrone gesetzt. So viel Aufwand, obwohl sie nur ein Soldatenlager besuchten?, wunderte Mimi sich, sagte aber nichts. Arm in Arm spazierten sie los.

Als Anton Mimi von dem Soldatenlager und den Postkarten erzählt hatte, hatte sie an graue, düstere Barracken gedacht, an niedergetrampelte Exerzierplätze, vielleicht auch noch an ein paar Pferdeställe samt dazugehöriger Misthaufen. Große Lust auf die Fotografien hatte sie deshalb keine verspürt. Umso erstaunter war sie, als der Schlagbaum hochging und sie – versehen mit einer extra für sie ausgestellten Erlaubniskarte – an Bernadettes Seite ins Lager spazierte. Der Weg, auf dem sie gingen, bestand aus sauberem Kies, auf dem kein einziger Pferdeapfel zu sehen war, und wurde teilweise links und rechts von Blumenrabatten gesäumt. Als gingen sie durch einen Park! Die Unterkünfte der Soldaten – hübsch anzusehende Ziegelsteingebäude – lagen harmonisch zwischen altehrwürdigen

Baumalleen. Überhaupt war es im gesamten Lager sehr grün – neben vielen Bäumen sah Mimi auch gepflegte Rasenflächen und Hecken, akkurat in Form geschnitten. Auch die Stallungen, das Proviantamt und die Offiziersunterkünfte waren ausgesprochen schöne Gebäude. Besonders angetan hatte es Mimi jedoch die Post mit ihren oben abgerundeten Fenstern und den vielen Dachgauben.

Sie blieb mitten auf dem Weg stehen und zeigte staunend um sich. »Es ist unfassbar – hier gibt es so viele schöne Motive, dass ich die Qual der Wahl haben werde!«

Bernadette, der Mimis erfreute Blicke nicht entgingen, lächelte. »Warte ab, bis du...« Der Rest ihrer Worte ging in einem ohrenbetäubenden Lärm unter.

Instinktiv sprang Mimi zur Seite und suchte Schutz im Schatten des hohen Postgebäudes.

Bernadette jedoch verharrte seelenruhig auf dem Weg. »Wahrscheinlich findet gerade ein Gefechtsschießen statt, oder es werden neue Kanonen getestet. Irgendwo wird hier immer geschossen – an den Lärm gewöhnst du dich bald«, sagte sie, als es wieder ruhig war.

Mimi nickte beklommen. Dass es sich hier um ein Ausbildungslager für Soldaten handelte, hatte sie angesichts der ansprechenden Umgebung fast vergessen.

Eine halbe Stunde später standen sie in der großzügig bemessenen Kommandantur, und Mimi erlebte eine zweite Überraschung.

»Tut mir leid, aber ausgerechnet heute finden ausgedehnte Großmanöver verschiedener Bataillone und Divisionen statt«, sagte Generalmajor Lutz Staigerwald und führte sie zu einem runden Tisch am Fenster seines Büros, auf dem Kaffee bereitstand. »So gern ich die Damen persönlich über das Gelände geführt hätte, um Ihnen, verehrte Frau Reventlow, auch die etwas abseits gelegenen Beobachtungstürme, unsere Windmühle oder andere Sehenswürdigkeiten zu zeigen, so ist das angesichts der Manöver heute leider nicht möglich.« Lutz Staigerwald hob entschuldigend die Hände, dann schenkte er Kaffee für sie drei ein. »Ich befürchte, Sie müssen sich heute mit Ihren Fotografien auf das Herzstück des Alten Lagers rund um die Post und das Offizierskasino beschränken.« Er schaute über den runden Kaffeetisch hinweg von Mimi zu Bernadette.

Was für ein Mann!, dachte Mimi atemlos und stellte mit leicht zittriger Hand ihre Kaffeetasse ab. Dass Bernadette sich so hübsch hergerichtet hatte, wunderte sie nun nicht mehr. Wenn man einem solchen Mann begegnete, wollte man einfach gut aussehen. Verlegen strich sie eine lose Haarsträhne aus ihrer Stirn und war froh, selbst auch in ihr Ausgehkostüm gekleidet zu sein.

Die großgewachsene Statur, die blauen Augen, die breiten Schultern, die von den Abzeichen aus goldenem Eichenlaub noch betont wurden – der Major selbst gab wahrscheinlich das beste Motiv von allen ab! Doch als Postkartenmodell würde sich der oberste Chef des Lagers vermutlich nicht zur Verfügung stellen, bedauerte Mimi stumm. »Mein Geschäftspartner und ich sind Ihnen sehr dankbar für diese Chance, da will ich Ihnen keinesfalls Umstände bereiten.« Mimi lächelte ihn an.

»Ihr Postgebäude, das Kasino... Sie haben recht, das sind schöne Motive. Die Frage ist nur – wenn Ihre Soldaten allesamt so beschäftigt sind, wer steht mir dann Modell?«, fuhr sie fort und fand im selben Moment, dass sie ungewöhnlich kokett klang. Du lieber Himmel, konnte es sein, dass sie mit dem Mann flirtete?

Zu ihrer Erleichterung schien Lutz Staigerwald es nicht zu bemerken, denn er antwortete eilig: »Nach Bernadettes Anruf habe ich einen meiner Majore angewiesen, ein Dutzend Soldaten für Sie zu versammeln. Sie warten im Kasino auf Sie. Wenn Sie dramatische Rauchschwaden auf Ihren Fotografien mögen, kann einer der Kanoniere auch extra eine Kanone abfeuern«, fügte er schmunzelnd hinzu, schaute dann aber auf sein Telefon.

»Ist alles in Ordnung, Lutz? Wir wollen nicht länger stören, falls du einen wichtigen Anruf erwartest. Du wirkst ein wenig nervös, wenn ich das sagen darf«, sagte Bernadette, stellte ihre Kaffeetasse ab und stand auf.

Er öffnete den Mund, als wollte er etwas sagen. Doch dann winkte er ab und erhob sich ebenfalls. »Wir leben in nervösen Zeiten, Bernadette. Vielleicht habe ich einfach einmal zu oft das Wort ›Weltenbrand‹ in der Morgenzeitung gelesen. Davon abgesehen ist alles in bester Ordnung.« Leise fügte er hinzu: »Erzähl lieber du – wie geht es dir?«

»Frag nicht«, antwortete Bernadette, und erzählte dann doch ein wenig.

Wie vertraut die beiden miteinander waren, eher Freunde als Geschäftspartner, dachte Mimi, während sie ihre Kamera samt Dunkeltuch auspackte, um schon einmal die erste Glasplatte einzulegen. So würde sie später keine Zeit verlieren. Rauchschwaden aus einer Kanone – sie konnte es kaum erwarten!

»Wer weiß? Vielleicht ist es so tatsächlich zum Besten«, sagte Lutz Staigerwald, als Bernadette zum Ende gekommen war.

Sehr traurig schien er nicht darüber zu sein, dass Bernadettes Hochzeit ausfiel, er klang sogar fast vergnügt, ging es Mimi durch den Kopf, während Lutz Staigerwald Bernadette galant seinen Arm anbot und sie nach draußen geleitete. Die beiden würden ein schönes Paar abgeben, dachte sie unwillkürlich, als sie ihnen folgte.

Vor der Tür zog Bernadette das Wollvlies aus ihrer Tasche. »Ach ja, ich habe noch etwas für dich. Gib das bitte eurem Tuchmacher, ich bin gespannt, was er dazu sagt.«

Lutz Staigerwald nahm das Vlies entgegen. »Täusche ich mich, oder sind die Fasern sehr viel länger als sonst? Ist das schon das erste Ergebnis eurer Einkreuzungen?« Er klang erstaunt und erfreut zugleich.

Bernadette lachte. »So schnell geht es mit Mutter Natur nun auch wieder nicht. Wir arbeiten zweigleisig, um eure Wünsche befriedigen zu können, mein Lieber. Parallel zu unseren züchterischen Anstrengungen haben wir eine neue, äußerst vielversprechende Technik entwickelt. Mit dieser könnten wir unsere Wolle zukünftig behandeln, falls euer Tuchmacher der Meinung ist, dass dies hilfreich ist.« Sie legte besitzergreifend eine Hand auf das Vlies, als wollte sie es Lutz wieder wegnehmen. »Doch eins muss klar sein, falls euer Tuchmacher fragt – diese Technik wird unser Geheimnis bleiben!«

Was für eine ausgebuffte Geschäftsfrau Bernadette doch war, stellte Mimi bewundernd fest. Von ihr konnte sie einiges lernen.

Auf Lutz Staigerwalds Miene erschien ein leises Lächeln. »Ich habe nichts anderes erwartet.« Er reichte Mimi zum Abschied die Hand und sagte: »Viel Erfolg bei Ihren Fotografien, ich freue mich schon auf die neuen Postkarten. Aber davon abgesehen hoffe ich, Sie und Bernadette auch einmal bei einer unserer Veranstaltungen zu sehen. Herrn Schaufler natürlich auch!« Nach einer kurzen Pause fuhr er fort: »Falls Sie Blasmusik lieben, könnte Ihnen unser Posaunenkonzert gefallen. Dann gibt es noch das Erntedankfest und...«

Warum schaute Lutz eigentlich ständig Bernadette an, wenn er doch mit ihr sprach?, fragte sich Mimi und war fast ein wenig eingeschnappt. Und dann die Art, *wie* er die Freundin anschaute...

War der Mann etwa in Bernadette verliebt, und sie merkte es nicht?

36. Kapitel

Die von Otto Brauneisen eingerichtete, aber noch nie genutzte Dunkelkammer bestand ihre Bewährungsprobe. Nachdem Mimi einen Tag mit der Entwicklung verbracht hatte, war sie mit ihren Fotografien vom Truppenübungsplatz sehr zufrieden. Und nicht nur sie – als sie gemeinsam mit Anton die verschiedenen Motive betrachtete, fiel es ihnen schwer, die sechs schönsten herauszusuchen. Dass es ein halbes Dutzend Postkarten werden sollte, war eine Vorgabe der Kommandantur. Mimi frohlockte – und was ihr mindestens ebenso gefiel, war die Tatsache, dass sie nun wieder vom Anfang bis zum Ende den Entstehungsprozess eines Druckproduktes begleitete. Wann immer sie in Berlin hatte wissen wollen, für welchen Zweck man ihre Reklamefotografien verwenden würde, hatte sie von irgendeinem Herrn mit wichtiger Stimme zu hören bekommen, sie solle sich darüber mal nicht »ihren hübschen Kopf« zerbrechen. *Du als Fotografin bist das unwichtigste Glied in der ganzen Kette* – diese Botschaft war bei Mimi nicht gut angekommen.

Als der zweite Notartermin Anfang Oktober stattfand, waren die Postkarten für den Truppenübungsplatz schon im Druck. Pro Motiv sollten unglaubliche eintausend Stück gedruckt werden! Anton hatte außerdem einige neue Kunden aufgetrieben, mehr noch, die Druckerei hatte auch von diesen neuen Aufträgen schon die ersten abgearbeitet. Es war Anton des Weiteren gelungen, einen jungen, fleißigen und allem Anschein nach auch kreativen Mann einzustellen, der sich in der Ulmer Niederlassung um die künstlerische Ausarbeitung der Kundenwünsche kümmerte. Er war gelernter Schriftsetzer, und obwohl es für ihn die erste Stelle nach seiner Ausbildung war, schlug er sich laut Herrn Frenzen wacker.

Mimi und Anton atmeten erleichtert auf. Der Anfang war gemacht, und die Nachrichten, die sie an ihre Geschäftspartner in Berlin weiterreichen konnten, waren allesamt gut.

In Münsingen hatten sich Mimi und Anton auch schon eingelebt – jeder auf seine Art. Während Anton mehrmals die Woche in einem der Gasthäuser einkehrte, um am Stammtisch zu palavern oder mit einem Geschäftspartner zu Abend zu essen, besuchte Mimi die ansässigen Geschäfte oder den Wochenmarkt, kaufte ein paar Kleinigkeiten für ihr Haus und Lebensmittel ein. Lediglich beim Fotografen war sie noch nicht gewesen – er war sicher nicht erfreut darüber, dass seine Postkartenmotive für das Soldatenlager durch ihre neuen ersetzt wurden… Doch insgesamt machte es auf Mimi den Anschein, dass die allermeisten Leute im Ort wegen des

Fortbestands der Druckerei erleichtert waren. Und so begegnete man ihr überall freundlich, wenn auch vorsichtig zurückhaltend – immerhin war sie nun die Chefin von so manchem Münsinger Sohn, Ehemann oder Schwager. Eine Frau, die gemeinsam mit ihrem Geschäftspartner – war er wirklich nur das?, fragten sich die Leute hinter vorgehaltener Hand – die Druckerei führte? Darüber runzelte manch einer die Stirn. Die Tatsache, dass Mimi eine gelernte Fotografin war, machte sie in den Augen der Leute noch unheimlicher. Mimi spürte die Berührungsängste, doch sie hoffte, dass es ihr gelingen würde, diese im Laufe der Zeit zu überwinden. In Laichingen hatte ihr dabei ihre Arbeit in Onkel Josefs Fotoatelier geholfen – bei den fotografischen Sitzungen entstand stets wie von selbst eine Art Intimität, man gab etwas von sich preis, lernte sich kennen und in den meisten Fällen auch schätzen. Ob es ihr hier in Münsingen auch ohne Fotoatelier gelingen würde, die Barriere zwischen ihr und den Leuten niederzureißen, wusste sie nicht.

»Schau dir mal an, wie gut die Postkarten geworden sind!« Wie ein Kartenspieler fächerte Anton einen frisch aus der Druckpresse gekommenen Satz vor Mimis Augen auf. Soldaten, die mit einem Lächeln auf den Lippen ihre Gewehre putzten. Soldaten, die sich neben einer Kanone aufgestellt hatten. Zwei Ansichten des Alten Lagers... Alles kam auf Papier genauso gestochen scharf heraus wie auf Mimis Originalen.

»Wenn ich solche Motive auf meinen Märkten im Frühjahr und Sommer gehabt hätte! Die Leute hätten sie mir aus der Hand gerissen, so verrückt wie sie derzeit nach allem Militärischen sind«, sagte Anton.

Mimi lachte. »Höre ich etwa leises Bedauern in deiner Stimme? Fehlt dir etwa der Duft von Fisch und das Geschrei der Marktleute?«, rief sie über den Lärm der Druckmaschinen hinweg. Gott sei Dank waren die Postkarten gelungen, dachte sie erleichtert. Nicht auszudenken, wenn ausgerechnet bei ihrem ersten Projekt in Münsingen etwas schiefgegangen wäre! Hoffentlich würde auf diesen fotografischen Auftrag bald ein neuer folgen.

Es war Donnerstag, der neunte Oktober. Wie jeden Morgen statteten Mimi und Anton der Druckerei einen kurzen Besuch ab, um nach dem Rechten zu schauen. Mehr gab es für sie nicht zu tun, versicherte ihnen Bela Tibor jeden Tag – er habe alles bestens im Griff!

Anton grinste. »Um ehrlich zu sein, nein, ich vermisse nichts. Ich finde die Arbeit hier viel interessanter.« Noch während sie sprachen, verließen sie die Druckerei und steuerten Mimis Haus an. Denn nach ihrem morgendlichen Rundgang durch die Fabrik setzten sie sich jeden Tag mit ihrem Druckereileiter kurz in Otto Brauneisens altem Büro zu einer Lagebesprechung zusammen. Bela Tibor zeigte ihnen dabei stets den Druckplan für den jeweiligen Tag, Anton verkündete, wo er welche Kundenbesuche abzustatten gedachte – einzig Mimi hatte bisher nicht viel zu diesen Gesprächen beizutragen.

Während sie fast schutzsuchend hinter dem Schreibtisch Platz nahm, setzten sich die beiden Männer auf die Stühle davor.

»Siebzig Prozent Auslastung, das ist nicht schlecht«, sagte Anton zufrieden, nachdem er einen Blick auf Tibors Tagesplan geworfen hatte. »Genau wie letzte Woche. So, wie es aussieht, können wir problemlos all unseren finanziellen Verpflichtungen nachkommen und haben sogar noch etwas übrig. Den Oktober werden wir schon mit einem dicken Plus auf unserem Konto beenden.« Es hätte nicht viel gefehlt, und er hätte sich die Hände gerieben, stellte Mimi schmunzelnd fest.

Bela Tibor verzog den Mund. »So schnell schießen die Preußen leider nicht. Es kann dauern, bis Sie irgendwelche Gelder auf Ihrem Konto sehen. Herr Frenzen muss erst einmal die Rechnungen schreiben und...«

»Wie bitte? Hat er das etwa noch nicht getan?«, unterbrach Anton seinen Druckereichef.

Auch Mimi stutzte.

»Rechnungen werden bei uns nur einmal im Monat geschrieben und zwar am Monatsende«, erklärte Bela Tibor. »Otto Brauneisen wollte die Rechnungen nicht sofort nach der Lieferung versenden, das sei nicht die feine Art, hat er immer gesagt.«

Anton und Mimi sahen sich fassungslos an.

So gründlich sie sich auch in alle Abläufe der Druckerei einarbeiteten, so mussten sie immer mal wieder feststellen, dass sie im Tagesgeschäft doch noch nicht alles durchschauten.

»Feine Art hin oder her«, sagte Anton. »Fortan werden die Rechnungen immer sofort nach Auslieferung geschrieben, wir müssen schließlich Löhne zahlen!« Er beugte sich über den Schreibtisch und sagte zu Mimi: »Am besten schreibst du Herrn Frenzen gleich einen entsprechenden Brief, der heute noch auf die Post geht.«

Mimi wollte gerade fragen, ob es nicht besser wäre, dies dem Buchhalter persönlich zu sagen, als Bela Tibor erneut das Wort ergriff.

»Und noch etwas zum Thema Geld...«, sagte er gedehnt. »Wir brauchen auch neues Material – Papier, Druckerschwärze, alles Mögliche.«

»Wie bitte?«, sagte Anton erneut. »Das Lager war doch ganz voll, als wir es Ende September geprüft haben.«

Bela Tibor lachte auf. »Lieber Herr Schaufler, seitdem sind fast zwei Wochen vergangen. Und wie Sie selbst sagten, standen die Druckerpressen kaum still. Der Materialverbrauch, sprich die Herstellungskosten beim Drucken sind hoch. Leider kommt es manchmal auch zu Fehldrucken, die müssen wir in die Kosten mit einkalkulieren. Aber keine Sorge, wir haben gute Lieferanten, und wenn ich als Druckereileiter mit ihnen verhandle, werden wir auch weiterhin gute Preise bekommen.«

»*Sie* verhandeln mit den Lieferanten?«, mischte sich Mimi zum ersten Mal ins Gespräch ein. War so etwas nicht Sache des Firmenbesitzers?

Der Druckereileiter nickte eifrig. »Herr Frenzen kennt sich nicht mit Papierqualitäten, Druckerschwärze oder anderen Druckfarben aus, und bei Otto Brauneisen war es genauso. Wenn man da nicht aufpasst, bekommt man schnell giftige Farben untergejubelt und braucht sich dann nicht zu wundern, wenn die halbe Mannschaft wegen entzündeter Hautausschläge an den Händen ausfällt. Das sollte man schon einem Fachmann überlassen!«

Mimi und Anton schauten sich erschrocken an.

»Das leuchtet mir ein«, sagte Mimi. »Wir sind froh, dass Sie diese Aufgabe übernehmen. Wie viel Geld benötigen Sie denn?«

Bela Tibor nannte einen Betrag, der sich für Mimi erschreckend hoch anhörte.

»Und die Lieferung erfolgt nur gegen Vorkasse«, fügte er streng hinzu.

Anton schnaubte. »Das wird ja immer besser! Unsere Kunden genießen den Luxus aufgeschobener Rechnungen, wir aber müssen schon im Voraus zahlen? Verzeihung, das kommt mir sehr seltsam vor.«

Bela Tibor sah mit verletztem Gesichtsausdruck von einem zum andern. »Wenn Sie damit sagen wollen, dass ich meine Aufgaben nicht gut genug erledige… Bitte, Sie können natürlich gern selbst mit unsren Lieferanten verhandeln. Allerdings werden Sie an den branchenüblichen Bedingungen nicht vorbeikommen. Und wenn dann auch noch schlechte Qualität geliefert wird…«, sagte er, und seine Unterlippe zitterte so sehr, dass Mimi befürchtete, der Mann würde in Tränen ausbrechen.

»So war es nicht gemeint. Natürlich machen Sie das weiterhin! Wir sind Ihnen sehr dankbar für alles«, sagte sie beschwichtigend und warf gleichzeitig Anton einen mahnenden Blick zu. Es tat nicht not, dass sie es sich mit ihrem Druckereichef verscherzten. Ohne Tibor waren sie aufgeschmissen.

»Dann werden wir zur Überbrückung wohl an das

Geld gehen müssen, das wir für Notfälle zur Seite gelegt haben«, sagte Anton stirnrunzelnd. »Hoffen wir nur, dass nicht ausgerechnet jetzt noch eine der Druckerpressen kaputtgeht – eine teure Reparatur können wir nämlich nicht mehr bezahlen!«

»Oh, das wird schon nicht passieren«, sagte Bela Tibor eilig und nun schon wieder eine Spur munterer.

Mimi atmete auf. Doch lange währte ihre Erleichterung nicht.

»Du siehst, wir dürfen uns keinen Tag auf den Lorbeeren unseres guten Starts ausruhen«, sagte Anton zu ihr. »Es wird höchste Zeit, dass wir über ein paar eigene Druckartikel verfügen, die ich vertreiben kann! Ist dir in der Zwischenzeit schon eine gute Idee gekommen? Hundert Prozent Auslastung der Druckpressen wäre mir lieber als siebzig Prozent. Und außerdem würde ich gern noch vom Weihnachtsgeschäft profitieren.«

Mimi verzog den Mund. »Um ehrlich zu sein – nein. Ich weiß auch nicht, woran es liegt, mein Gehirn ist wie blockiert! Ich sitze täglich stundenlang am Schreibtisch, aber es kommt nichts dabei heraus. Vielleicht bin ich doch nur Fotografin und mehr nicht?« Sie seufzte auf.

»Wenn du dir das lange genug einredest, ist es am Ende auch so«, sagte Anton und klang verärgert. »Du hast einfach viel zu viel Angst davor. Für mich ist auch vieles neu, und ich scheue mich dennoch nicht, täglich ins kalte Wasser zu springen. Das solltest du auch tun.«

»Als ob ich nur zaudern würde, etwas zu liefern!«, sagte Mimi gepresst. Dass Anton sie kritisierte, war das Letzte, was sie gebrauchen konnte.

»Vielleicht... Wenn Sie sich einmal mit unserem jungen Grafiker in Ulm zusammensetzen? Der Mann ist schließlich sehr kreativ«, sagte Bela Tibor.

Ach, und sie war es nicht?, dachte Mimi bitter. Sie schnappte ihre Jacke und die Kamera, dann stand sie auf. »Vielen Dank, meine Herren, für Ihre guten Ratschläge! Ich weiß wirklich nicht, was ich ohne Sie tun sollte«, sagte sie sarkastisch, dann verließ sie den Raum.

*

Mimi lief davon wie ein Schulmädchen, das man wegen einer schlechten Note gescholten hatte!, dachte Anton genervt, während er mit Bela Tibor nach draußen ging. *Er* traute Mimi alles zu – das hatte er ihr mit seinen Worten ermutigend sagen wollen. Doch allem Anschein nach hatte sie sie in den falschen Hals bekommen. Aber dass sie deshalb gleich so mimosenhaft reagierte...

Sie hatten gerade den Hof der Druckerei erreicht, als ein Automobil vorfuhr und Anton aus seinen Gedanken riss.

»Oh, das ist Herr Maustobel!«, rief Bela Tibor und ging freudestrahlend auf den Herrn mittleren Alters zu, der aus dem Wagen stieg.

»Darf ich vorstellen – Anton Schaufler, der neue Besitzer der Druckerei. Herr Alois Maustobel, Inhaber der Malerwerkstatt Maustobel und Söhne in Urach!«

Anton reichte dem Mann die Hand. »Sehr erfreut, Ihre Bekanntschaft zu machen. Was kann ich für Sie tun, Herr Maustobel?«

Der Kunde warf Bela Tibor einen fragenden Blick zu.

»Wenn Sie gestatten, verehrter Herr Schaufler, werde ich mich um Herrn Maustobel kümmern. Er holt lediglich seine vor ein paar Wochen bestellten Lieferscheine ab«, sagte Bela Tibor eilig. Er trat unauffällig einen Schritt näher an Anton heran und flüsterte ihm ins Ohr: »Ein unbedeutender Auftrag. Sie haben bestimmt Wichtigeres zu tun.«

Und ob!, dachte Anton zufrieden, während er zusah, wie die beiden Männer in ein leises Gespräch vertieft davongingen. Auf Bela Tibor war Verlass. Wenn jetzt noch Mimi etwas zustande brachte, mussten sie sich keine Sorgen machen.

Gedankenverloren starrte Anton ins Leere. Eigentlich hatte er vorgehabt, heute wie von Bela Tibor schon vor ein paar Wochen vorgeschlagen einige Steinbrüche in der Gegend abzuklappern. Er konnte sich zwar nicht vorstellen, dass von denen große Aufträge zu erwarten waren, aber Kleinvieh machte immerhin auch Mist. Und noch waren die Straßen trocken und gut befahrbar – im Herbst und Winter war das Autofahren sicher kein Spaß.

Doch plötzlich kam ihm eine andere Idee. Eine, bei der er mehrere Fliegen mit einer Klappe schlagen konnte...

Er überlegte noch kurz, dann ging er erneut in Mimis Haus, wo er ihr im Büro eilig eine Notiz schrieb.

Bin Alexander besuchen und gleichzeitig auf Kundenfang, werde wohl zwei Tage weg sein. Liebe Grüße, Anton!

37. Kapitel

Wie konnte Anton es wagen, sie derart abzukanzeln? Als ob sie sich einen faulen Lenz machte, während er sich ach so sehr für die Druckerei abrackerte!, dachte Mimi wütend, während sie über den Hof stürmte.

Am Tor angekommen, hielt sie inne. Und nun?

Eigentlich hatte sie vorgehabt, sich nach dem Treffen mit Anton und Tibor um ihren vernachlässigten Haushalt zu kümmern. Sollte sie hier auf dem Hof irgendwo warten, bis die beiden Männer in ihrem Büro fertig und ihrer Wege gegangen waren? Sie hatte nicht die geringste Lust, den beiden nochmal zu begegnen. Und wenn sie darüber nachdachte... Eigentlich hatte sie auch keine Lust auf Erledigungen im Haushalt. Wenn sie jetzt zu Putzlappen und Staubwedel griff, würde sie das nur noch weiter daran erinnern, dass sie als Geschäftsfrau gerade ein Reinfall war, dachte sie grimmig. Ein bisschen frische Luft, auf andere Gedanken kommen und ihre schlechte Laune loswerden – das war es, was sie benötigte!

Mimi setzte die Kamera auf ihrer Schulter ein wenig um und spazierte über die Hauptstraße. Ein Pferdefuhrwerk, beladen mit Körben voller Mostobst, fuhr an ihr vorbei in Richtung der Mosterei, aus der schon seit einer Weile der säuerliche Geruch von vergorenen Birnen drang. Zwei Männer kalkten die Wände der Großschlachterei weiß, in einem Vorgarten sah Mimi eine Frau die Hecke schneiden. Ein paar Meter weiter drang aus einem Kellerfenster der Duft von Sauerkraut auf den Gehsteig – in vielen Häusern wurde nun Sauerkraut gemacht. Alle hatten zu tun, nur sie nicht.

Sie hatte den Ortsausgang gerade erreicht, als aus Richtung des Truppenübungsplatzes Kanonendonner zu hören war. Sie blieb stehen. Nicht auch noch das! Ein Donnerwetter hatte sie heute schon von Anton erhalten. Wohl oder übel hielt sie an der nächsten Wegkreuzung inne. Welchen Weg sollte sie einschlagen? Zögernd schaute sie in die Richtung, in der Bernadettes Hof lag. Ihr wollte Mimi heute auch nicht unbedingt begegnen – um die Schafbaronin aufzuheitern, war ihre eigene Laune zu schlecht. Aber Corinne konnte sie einen Besuch abstatten! Sie waren sich seit Ewigkeiten nicht mehr über den Weg gelaufen, es gab viel zu erzählen. Vielleicht hatte sie ja Glück, und die Französin war auf den Wiesen rund ums Dorf unterwegs? Oder in der Nähe von Wolframs Hof?

Während sie noch darüber nachdachte, fiel Mimi auf, dass die Situation geradezu bildhaft für ihr Leben war: Wieder einmal stand sie an einer Wegkreuzung. Doch im Gegensatz zu früher, als sie stets zwischen mindestens zwei Wegen hatte wählen können, hatte sie jetzt das Gefühl, dass nur noch *ein* Weg vor ihr lag, der zudem noch äußerst unübersichtlich war. Den zweiten

Weg zu gehen – den altvertrauten der Wanderfotografin –, war ihr durch mangelnde Nachfrage nicht mehr möglich. In den kommenden Jahren hätte sie als Wanderfotografin wahrscheinlich nur noch überleben können, wenn sie Antons Ratschlag gefolgt und mit ihm von Markt zu Markt gezogen wäre – Anton mit seinen Postkarten und sie mit ihrer Kamera, Stand an Stand. »Kommen Sie näher, junge Frau! Ich schieß ein schönes Foto von Ihnen! Oder wollen Sie lieber ein Geisterbild von Ihrer verstorbenen Tante? Kein Problem, krieg ich hin!« Vielen Dank, dachte Mimi, und ihr lief ein kleiner Schauer über den Rücken.

Schnee von gestern. Ein Weg wurde nicht dadurch klarer, indem man ratlos stehen blieb, sondern indem man ihn wachen Blickes beschritt! Sie hatten sich für die Druckerei entschieden, nun würde sie das Beste daraus machen, auch wenn sie größere Anfangsschwierigkeiten hatte als Anton. Resolut setzte sich Mimi wieder in Bewegung und spazierte am Rathaus vorbei in Richtung von Wolframs Hof.

Mimi hatte Glück – Corinne stand mit einer kleinen Herde auf einer eingepferchten Wiese direkt hinter Wolframs Hof. Die hellen Schafe, die hochgewachsene Figur der Hirtin mit ihrem Hund, die Wacholderbüsche, dazu die ungewöhnlich helle Oktobersonne – wie ein feiner Scherenschnitt! Mimi holte unwillkürlich ihre Kamera und ihr Schwarztuch aus der Tasche.

»Die Schafe scheinen es dir wohl angetan zu haben, ich habe noch nie erlebt, dass jemand Schafe fotografiert!« Corinne lächelte bei Mimis Anblick. Ihr riesiger

Hund jedoch beäugte ihr Näherkommen mehr als argwöhnisch.

Ängstlich blieb Mimi stehen. »Achille scheint wohl vergessen zu haben, dass er mich auf der Herreise sympathisch fand«, sagte sie und zeigte auf den Hund, der sie keine Sekunde aus den Augen ließ.

Corinne lachte nur. »Alles ist gut, komm ruhig näher.« Noch während sie sprach, legte sie eine Hand auf Achilles großen Schädel, und Mimi sah, wie die Körperspannung des Hundes sichtlich nachließ und er sogar ein wenig mit dem Schwanz wedelte.

»Er spürt, dass die Herde unruhig ist. Das hier sind fast alles Mutterschafe kurz vor der Geburt, Wolfram und ich haben sie von den andern separiert, damit sie ihre Lämmer nicht irgendwo weit draußen auf dem Feld bekommen«, erklärte Corinne, nachdem sie sich zur Begrüßung in den Arm genommen hatten. »Hier auf der abgesteckten kleinen Weide kann ich dafür sorgen, dass die Lämmchen bei ihren Müttern bleiben, das ist nämlich nicht so einfach.« Sie lachte, dann zeigte sie auf eine luftige Holzscheune hinter sich. »Und heute Abend kann ich sie alle in den Stall bringen. Nur deshalb triffst du mich hier an.«

Mimi nickte. Jetzt fielen ihr auch die ungewöhnlich dicken Bäuche der Tiere auf.

»Siehst du die *maman* da vor dem alten Apfelbaum? Ich glaube, bei ihr geht's als Erstes los«, sagte Corinne, während sie ihren Blick über die Herde schweifen ließ.

Mimi hob fragend die Brauen. Auf sie machte das Schaf wie auch die ganze Herde einen äußerst ruhigen Eindruck. »Und woran erkennst du das?« Sie hatte noch nie eine Lämmergeburt erlebt. Ging es dabei blutig zu? Wollte sie das überhaupt sehen? Wurde sie auf ihre alten Tage etwa zimperlich?, dachte sie ironisch.

Corinne zuckte mit den Schultern. »Es ist so ein Gefühl.«

»Darf ich dich und die Herde nochmal fotografieren?«, fragte Mimi spontan. »Das Licht ist heute so schön…«

»Von mir aus«, sagte Corinne freundlich. »Aber was ist denn eigentlich aus den Fotografien geworden, die du bei unserer Ankunft gemacht hast?«

Mimi fuhr es heiß und kalt über den Rücken. »Oje – mein Kopf ist so voll mit der Druckerei, dass ich die völlig vergessen habe! Spätestens am Wochenende werde ich sie entwickeln und vorbeibringen, versprochen.«

»Nicht so schlimm. Deine Fotografien waren als eine Erinnerung für mich gedacht, und die brauche ich ja jetzt nicht mehr…«, winkte Corinne ab.

Wie froh sich die Hirtin anhörte, dachte Mimi, die schon unter ihrem Schwarztuch verschwunden war. Sie tauchte nochmal auf. »Du bist glücklich, nicht wahr?«, fragte sie leise.

Corinnes Gesichtsausdruck gab ihr die Antwort.

»Klick« machte Mimis Kamera.

»Ist es nicht verrückt? Da sind wir beide mit der Absicht hierhergekommen, nur kurz zu verweilen, und nun schlagen wir hier Wurzeln«, sagte Corinne nachdenklich. »Hast *du* dich denn schon ein wenig eingelebt?«

»Die Leute sind sehr nett. Aber außer mit Bernadette und dir habe ich noch keine Freundschaften geschlossen. Ich glaube, es ist nie einfach, in eine bestehende

Dorfgemeinschaft aufgenommen zu werden.« Mimi zuckte mit den Schultern. »Wie ist es dir bisher ergangen?«

Corinne strich sich eine lose Haarsträhne aus der Stirn. »Ich war die meiste Zeit mit den Schafen unterwegs und hatte somit keine Zeit, jemanden aus dem Dorf kennenzulernen. Die Hirten sind ein wenig speziell... Es gibt sehr nette, mit denen ich gut auskomme. Aber es gibt auch welche, mit denen ich eher nichts zu tun haben möchte – sie gehen schrecklich grob mit den Tieren um. Wenn Wolfram das alles wüsste...« Ein leiser Schauer schien durch Corinnes Körper zu laufen. Ihr Blick wurde hart, als sie sagte: »Bernadette hetzt sie gegen mich auf, sie behauptet, ich wäre nicht geeignet, eine Herde zu führen!«

Mimi runzelte die Stirn. So ungern sie es sich eingestand, aber nach dem Auftritt am Schäferstammtisch vor ein paar Wochen traute sie Bernadette etwas Derartiges durchaus zu. Tief verletzt schlug sie wie wild um sich...

Corinne seufzte. »Die meisten der Männer ahnen außerdem, dass ich der Grund dafür bin, dass Bernadettes und Wolframs Trauung nicht vollzogen wird, obwohl Wolf und ich äußerst diskret sind. Viele scheinen Bernadette wegen ihrer Strenge nicht zu mögen – dementsprechend sind sie schadenfroh!« Sie hob die Handflächen nach oben als wollte sie sagen: Du kennst ja die Menschen.

Mimi nickte betrübt. »Und Wolframs Eltern?«

Corinne strahlte. »Die zwei sind wunderbar, obwohl das alles nicht einfach für sie ist. Ich darf weiterhin auf dem Hof wohnen, darüber bin ich sehr froh. Erst vor ein paar Tagen hat Wolfram ihnen wohl verkündet, dass wir heiraten wollen, allerdings erst im nächsten Jahr. Er will Bernadette nicht noch mehr verletzen.« Corinne biss sich auf die Unterlippe. »So traurig das alles für sie ist, so danke ich dennoch dem lieben Gott jeden Tag für mein großes Glück! Ich kann es kaum erwarten, dass Wolf und ich Ende November zur Winterweide losziehen. Wir zwei monatelang im Schäferkarren, das wird sicher die schönste Zeit meines Lebens.«

»Und die kälteste – du hast noch keinen Winter in unseren Gefilden erlebt«, sagte Mimi schmunzelnd und dachte im nächsten Moment: Arme Bernadette ...

Mimi war gerade dabei, unter ihrem Schwarztuch die nächste Glasplatte einzulegen, als Bewegung in die Herde kam. Ein paar Schafe drängten sich so dicht aneinander, dass es fast schien, als würden sie die Balance verlieren. Lautes Mähen ertönte, im nächsten Moment sah Mimi, wie sich aus einem der Tiere ein Schwall Fruchtwasser ergoss. Zwei Vorderbeine erschienen, zwischen denen der Kopf des Lammes verborgen war. Der Leib des Schafes war bewegungslos, und mit einem Stöhnen und einer mächtigen Presswehe drückte es im nächsten Augenblick bereits das ganze Lamm heraus. Noch während das Schäfchen auf den Boden fiel, flutschte die Nachgeburt hinterher. Das Lämmchen hustete und prustete so heftig, dass Mimi erschrak. Doch dann schien seine Atmung einzusetzen, sein Brustkorb hob und senkte sich. Corinne, deren

Blick die ganze Zeit aufmerksam auf dem Mutterschaf und seinem Lamm geruht hatte, nickte zufrieden. Alles war also in Ordnung!, stellte Mimi erleichtert fest. Gleich darauf sah sie, wie das Schaf sich umdrehte und begann, das Neugeborene mit kräftigen Zungenstrichen abzuschlecken. Kurze Zeit später stand das Lamm auf seinen staksig dünnen Beinen und suchte ungeschickt nach einer Zitze, an der es saugen konnte.

Mimi spürte, wie sich in ihrem Hals ein Kloß bildete. Das Wunder der Geburt. Ihre Hände zitterten, sie ließ die Kamera sinken und genoss einfach nur den innigen Anblick, den das Mutterschaf und sein Lamm boten.

»Wunderschön, nicht wahr?«, flüsterte auch Corinne.

Mimi hatte sich gerade wieder so weit im Griff, dass sie das frisch geborene, flaumig weiße Lämmchen und seine Mutter fotografieren konnte, als erneut Unruhe in die Herde kam. Danach ging alles so schnell, dass Mimi sich fragte, ob sie das wirklich gerade erlebte: Links von ihr wurde ein Lamm geboren, rechts von ihr erblickten Zwillingslämmer das Licht der Welt, weiter hinten in der kleinen Herde ertönte erst ein Blöken, dann ein Stöhnen, und Mimi sah, wie bei noch einem Schaf die Fruchtblase platzte. »Haben die sich alle abgesprochen?«, rief sie fassungslos, während Corinne hierhin rannte, da nach dem Rechten schaute, dort für genügend Platz sorgte. Schon rappelten sich beide Zwillingslämmer auf ihren dünnen Beinen auf. Während eins bei seiner Mutter saugte, stakste das andere davon, als habe es noch etwas vor. Mimi wollte gerade Corinne fragen, ob es in Ordnung war, dass das Kleine sich so weit von der Mutter entfernte, als die Hirtin schon loslief und das Lamm unter den rechten Arm geklemmt zurück zum Muttertier trug. Sie hatte es noch nicht abgelegt, als schon das nächste auf zittrigen Beinen davonwankte.

»*O non!*«, rief die Hirtin halb lachend, halb verzweifelt. »Die *bébés* müssen bei ihren Müttern bleiben, bis sie trockengeschleckt sind und einmal getrunken haben. Ist das nicht der Fall, kann es sein, dass die Mütter sie später nicht mehr annehmen.« Schon klemmte sie sich das zweite Lamm unter den linken Arm, um es zur laut blökenden Mutter zurückzutragen.

Resolut legte Mimi ihre Kamera in die Tasche zurück und krempelte die Ärmel hoch. Sie hatte schon einmal bei einer Geburt assistiert, damals, als bei Sonja Merkle in Onkel Josefs Atelier die Fruchtblase geplatzt war – da würde sie bei den Schafen wohl auch helfen können. Mit diesem Gedanken stieg sie über das Gatter zu der Herde in den Pferch.

»Was muss ich tun?«

Jetzt hatte sie wieder nichts außer Schafen fotografiert!, dachte Mimi, über sich selbst lächelnd, als sie zwei Stunden später müde und verschwitzt nach Hause ging. Schafe und Soldaten, was gab es auch sonst? Langsam hatte sie das Gefühl, dass sie dringend einmal fortmusste! Nach Esslingen zum Beispiel, ihre Eltern besuchen – der Antwortbrief ihrer Mutter war sehr kurz gewesen, hatte lediglich Glückwünsche zu Mimis neuem Unterfangen enthalten und das Versprechen, Mimis Glasplatten zu schicken. Ein längerer Brief würde folgen, hatte Amelie Reventlow ans Ende ihrer kurzen Nachricht geschrieben. Wahrscheinlich gingen wieder einmal zig andere Dinge vor.

Ein kurzer Abstecher an den Bodensee wäre jetzt im Herbst sicher auch schön. In Stuttgart war sie auch schon ewig nicht mehr gewesen! Und mit ein wenig Abstand von allem hier würde sie sicher auch irgendwelche Inspirationen für Druckprodukte bekommen.

Schon von weitem sah Mimi die Kutsche, die vor ihrem Haus stand. Ein Mann und eine Frau waren dabei, mehrere Kisten auszuladen.

Ungläubig kniff Mimi die Augen zusammen, um besser sehen zu können. Das... Das war doch...

»Mutter?« Einen spitzen Schrei ausstoßend, rannte sie los. Sie wollte sich schon in die Arme ihrer Mutter werfen, als diese erschrocken zurückwich.

»Mimi, um Himmels willen! Wie siehst du denn aus? Und dann dieser Geruch – als wärst du in ein Güllefass gefallen!«

»Ich habe lediglich bei ein paar Schafen Geburtshelferin gespielt«, sagte Mimi und lachte auf.

»Gütiger Gott!« Amelie Reventlow warf in gespielter Verzweiflung die Hände in die Luft. »Ich merke, es ist höchste Zeit, dass ich bei dir mal nach dem Rechten sehe. Die Kisten mit deinen Fotografien und Glasplatten habe ich gleich mitgebracht, so, wie du es dir in deinem Brief gewünscht hast. Ein eigenes Druckprodukt willst du herausgeben? Ganz ehrlich, Kind, darunter kann ich mir gar nichts vorstellen.«

Mimi strahlte über das ganze Gesicht. »Ich freue mich so, dass du da bist. Und ich kann es kaum erwarten, dir alles zu zeigen.« Sie schaute sich suchend um. »Ist Vater auch mitgekommen?«

»Leider nicht. Einer muss ja daheim die Stellung halten. Dafür habe ich dir Brezeln aus der Bäckerei unten am Schelztor mitgebracht, die mochtest du doch früher so gern.« Mit leicht gekräuselter Nase nahm Amelie Reventlow Mimi nun doch in den Arm. »Ach Kind, ich bin so froh, dich wohlbehalten zu sehen. Ich bleibe eineinhalb Wochen hier, wenn du magst, und wir machen es uns richtig schön!«

Arm in Arm gingen sie ins Haus, und Mimi hatte jeden Gedanken ans Verreisen vergessen.

38. Kapitel

Stuttgart

Wie immer war Paons Arbeitsplatz makellos aufgeräumt. Die Dose mit dem Terpentin und der Korb mit den alten Lumpen standen links von seiner Staffelei auf dem Boden. Rechts davon stand das Tischchen, auf dem er seine Malutensilien ausgebreitet hatte: die Tuben mit den Ölfarben fein säuberlich nebeneinander aufgereiht. Der alte Blechbecher mit den Pinseln ein wenig oberhalb links, der Becher mit den Spateln, Spachteln und anderem nützlichen Werkzeug eine Handbreit rechts davon. Eine andere Ordnung hätte Paon nur irritiert. Wenn er malte, wollte er blindlings nach diesem oder jenem greifen können, ohne erst mühsam suchen zu müssen.

So ordentlich sein Arbeitsplatz war, so wild und vermeintlich ungeordnet ging es dafür auf seiner Farbpalette zu! Wenn ihn jemand gefragt hätte, was für ihn beim Malen das Allerschönste war, hätte er ohne mit der Wimper zu zucken geantwortet: die Suche nach dem perfekten Farbton! Das Mischen der Farben. Wenn sich

Rot und Blau zu einem tiefen Lila verwandelten. Wenn aus Gelb und Blau Grün wurde, und wenn dieses Grün durch die Zugabe von etwas Ocker moosgrün, durch die Zugabe von etwas Weiß jedoch Lindgrün wurde. Für Paon kam jeder dieser Vorgänge Magie gleich.

Und dann all die Zwischentöne! Die vielen Abstufungen allein bei den roten Farbtönen, die bei einem babyzarten Rosa anfingen und bei einem tiefroten Karmesin endeten. Mylos Ansicht nach verplemperte er viel zu viel Zeit auf der Suche nach dem »perfekten« Ton, doch Paon konnte einfach nicht anders. Die richtige Farbe war für ihn mindestens so wichtig wie die richtige Perspektive, Proportionen oder andere formale Aspekte. Die Farbe war es, die einem Gemälde Seele verlieh! Die Farbe war es auch, die einen Betrachter dazu brachte, seinen Blick überhaupt erst auf einem Bild ruhen zu lassen. Die meisten Leute glaubten, bei einem Gemälde sei das jeweilige Motiv ausschlaggebend – gefiel es dem Betrachter, gefiel ihm auch das Bild. Doch Paon war sich sicher, dass das Motiv eher nachrangig war, und dass es einzig die verwendeten Farben waren, die dafür sorgten, ob man ein Bild mochte oder nicht. Aber das hätte er nie laut geäußert.

Es war Freitag, der einzige Tag in der Woche, an dem sie nachmittags in der Kunstschule unterrichtsfrei hatten. Jeden Freitagmorgen hielt ihn Mylo streng an, nach der Schule sofort nach Hause zu kommen und den Nachmittag nur ja vor der Staffelei zu verbringen. Wie überflüssig, dachte Paon jedes Mal. Kein Spaziergang, kein Ausflug, kein Konzertbesuch konnten ein so schöner Einstieg ins Wochenende sein wie die Stunden vor der Staffelei. Auch jetzt tauchte er mit fast wollüstiger Freude seinen Pinsel in ein sattes Königsblau. Immer wenn ein Pfau in einem seiner Bilder zu sehen war – und das war meistens der Fall, denn die Leute liebten seine Pfauenbilder –, begann er mit diesem Blau, dem noch viele weitere Blaunuancen folgten. Kein Wort kam über Paons Lippen, kein Singen und kein Pfeifen, während er mit feinen Pinselstrichen das Gefieder skizzierte. Er arbeitete mit unmerklich angehaltenem Atem. Manchmal wurde ihm ganz schwindlig davon, aber das war nicht zu ändern.

Sein heutiges Motiv war ein Pfau, der über die Neckarbrücke bei Bad Cannstatt spazierte – Mylos Idee, wieder einmal. Es wäre übertrieben gewesen zu sagen, dass das Pfauenmotiv Paon inzwischen langweilte. Er mochte den Pfau, und er mochte die kleinen Geschichten, die Mylo sich rund um sein Markenzeichen ausdachte und den Kunstliebhabern erzählte. Aber diese Art von Gemälden forderte ihn nicht mehr so sehr heraus wie einst, und so konnte er während des Malens seine Gedanken schweifen lassen, wohin sie auch wollten.

Über zwei Jahre war es nun her, dass er erste Erfahrungen mit Ölfarbe gesammelt hatte, fiel ihm auf, während er noch einen Tropfen mehr Blau auf die Farbpalette gab. Was für ein Grünschnabel er damals, im Herbst 1911, gewesen war – außer ein paar Bleistiftstummeln hatte er vor seiner Ankunft in Stuttgart nichts gekannt. Wenn Josef Stöckle, der Onkel der Fotografin, ihm hin und wieder einen ordentlichen

Bogen Papier und einen Bleistift geschenkt hatte, war das für ihn schon das Größte. Pastell-, Kreide- oder Ölfarben – alles war für ihn fremd gewesen. Seine Stuttgarter Schulkameraden, von zu Hause mit den größten und schönsten Farbkästen überhaupt ausgestattet, hatten sich lustig gemacht über den fast gierigen Gesichtsausdruck, mit dem er den Lektionen der Farblehre gefolgt war – kein einziges Wort hatte er verpassen wollen. Primär- und Sekundärfarben und die Mischung aus beiden – die Tertiärfarben! Immer wieder hatte Paon, der damals noch Alexander hieß, sich während des Unterrichts in den Arm gekniffen. Erlebte er das wirklich?, hatte er sich gefragt, als sie mit Kreidefarben die ersten Versuche starten durften. Oder träumte er den schönsten Traum, den man sich vorstellen konnte?

Und dann der Tag, an dem sie zum ersten Mal selbst mit Ölfarben arbeiteten... Dieser Tag würde für immer zu den schönsten in seinem ganzen Leben gehören!

Paon erinnerte sich noch gut daran, wie trunken er vom einzigartigen Geruch der Ölfarben gewesen war und wie ein Süchtiger seine Nase immer tiefer über die Farbpalette gehalten hatte. Bis hinein in den dunkelsten Kern, der sein Innerstes ausmachte, wollte er den leicht scharfen Geruch des Leinöls und den beißenden Terpentingeruch in sich aufsaugen!

Sehr früh hatte er erkannt, dass die einzelnen Farben ganz eigene, besondere Gerüche absonderten. Ein Ägyptisches Blau roch anders – mineralischer – als Ultramarinblau. Ein Kobaltblau mit seinen Kobalt- und Aluminiumoxiden verströmte einen leicht chemischen

Duft, wohingegen Preußischblau durch den Inhaltsstoff Pottasche leicht erdig roch.

Vieles hatte sich seitdem geändert, dachte Paon, während er ein lilastichiges Blaugrün mischte. Heute machte sich keiner mehr über ihn lustig, heute gehörte er zu den gefragtesten jungen Künstlern Stuttgarts. Er sei eine kleine Berühmtheit, sagte Mylo manchmal, wenn er besonders gut aufgelegt war – meist dann, wenn er eins oder zwei von Paons Bildern hatte verkaufen können. Für eine Berühmtheit hielt sich Paon zwar nicht, aber dass er Talent hatte, glaubte er inzwischen.

Dennoch – in all dem Wandel war eins gleich geblieben: Kein Wein, kein Schnaps, kein Menthe konnte für Paon so berauschend sein wie der Geruch von Ölfarbe.

Und noch etwas hatte sich nicht geändert, sondern wurde höchstens noch stärker, noch intensiver: seine Sehnsucht, das zu malen, was sein inneres Auge sah…

»Was machst du da?«

Vier Worte, scharf wie Peitschenhiebe. Paon zuckte zusammen. Er war so in seine Gedanken vertieft gewesen, dass er Mylo nicht hatte kommen hören.

»Der Neckar!« Hektisch fuchtelte Mylo mit seiner rechten Hand in Richtung der Leinwand. »Bist du von allen guten Geistern verlassen? Was ist denn das für ein grelles Blau?«

Erschrocken ließ Paon seinen Pinsel sinken. Verflixt, er hatte gar nicht gemerkt, dass der Neckar auf seinem Bild immer breiter und blauer geworden war. »Vor ein paar Tagen, nach dem heftigen Gewitter, war der Fluss so aufgewühlt, mit Wellen und sogar Schaumkronen!

Fast gespenstisch war das – ich wollte es einfangen...«
Paon schluckte. Er hatte gemalt, was er fühlte.

Bevor er wusste, wie ihm geschah, bekam er von Mylo eine leichte Kopfnuss versetzt. »Ach, und diese ›gespenstische Stimmung‹ soll sich die Gattin von Stadtrat Eininger über den Esstisch hängen? Die Leute wollen gefällige, hübsche Gemälde, wie oft soll ich dir das noch sagen? Dieses Bild ist eine Auftragsarbeit, die Gattin von Stadtrat Eininger erwartet es bis zum 19. Oktober, also am Sonntag in einer Woche. Sie hat sich ausdrücklich eine hübsche Neckaransicht mit Brücke gewünscht – von gespenstisch war keine Rede! Ich habe ihr versprochen, dass du es persönlich vorbeibringst, sie will dich ihren Freundinnen vorstellen.« Noch während er sprach, ging Mylo zu dem Schrank, in dem er Leinwände verschiedener Größen aufbewahrte, und holte eine neue heraus. Er riss Paons Gemälde von der Staffelei und stellte die leere Leinwand darauf. »Wenn du dich ranhältst, kannst du bis übernächsten Sonntag fertig werden!« Seine Augen verengten sich zu zwei schmalen Schlitzen, sein ganzer Leib bebte, als er fortfuhr: »Da opfere ich mich für dich auf, da ist mir kein Aufwand zu groß, um dich zu fördern und dich auf deinem Weg zu begleiten. Sogar meine eigene Arbeit als Architekt stelle ich hintenan, um genügend Zeit für deine Ausbildung zu haben. Aber kaum hast du die Chance, mir ein wenig von meiner Großzügigkeit zurückzuzahlen, fällst du mir in den Rücken, mehr noch – du boykottierst die sorgfältig durchdachten Karrierepläne, die ich für dich habe! Wie kann man nur so undankbar sein?«

»Tut mir leid, wenn ich Sie enttäusche. Aber was, wenn ich einfach keine Lust habe, Bilder farblich passend zur Salon-Einrichtung zu malen? Und was, wenn ich auch keine Lust habe, wie ein Schoßhündchen in den Salons der Damen vorgeführt zu werden? Ich will keine ›Karriere‹ machen, ich will einfach nur malen, was ich fühle«, brach es aus Paon hervor, und er ignorierte heftig das schlechte Gewissen, das gleichzeitig in ihm aufkam. Mylo meinte es besser mit ihm als jeder andere Mensch zuvor. Und hätte er gewusst, dass dieses Neckar-Gemälde schon verkauft war, hätte er sich vielleicht nicht so sehr von seiner Inspiration leiten lassen. Dennoch – womöglich war es ganz gut, dass sie dieses Gespräch hier und jetzt führten!

»Viele Künstler lösen sich von den klassischen Porträts, Stadt- und Naturansichten. Schauen Sie doch nur nach München, von dort hört man so viel Neues und Aufregendes! Da gibt es einen Maler, er heißt Franz Marc, der malt blaue Pferde! Und ein anderer, Wassily Kandinsky heißt er, hat sich scheinbar völlig der abstrakten Malerei hingegeben. Und August Macke...«

»Komm mir nicht mit diesen Spinnern vom Blauen Reiter! Blaue Pferde und gelbe Kühe, wenn ich so was schon höre«, unterbrach Mylo ihn barsch. »Die Mitglieder dieser so genannten ›Künstlervereinigung‹ – ich bezeichne sie eher als kranke Egomanen – sind in seriösen Künstlerkreisen völlig unten durch! Der Direktor der Berliner Kunstakademie Anton von Werner hat den Nagel auf den Kopf getroffen, als er den Blauen Reiter als ein interessantes Beispiel für eine psychiatrische

Störung betitelte. Und die Neue Züricher Zeitung beschrieb die letzte Ausstellung dieser Schmierfinken als gelindes Grauen.«

Paon zuckte zusammen. Die wenigen Fotografien, die er von Franz Marcs Gemälden in einer Kunstzeitschrift gesehen hatte, hatten ihn tief berührt. Wie gern hätte er die Gemälde einmal in natura gesehen!

»Muss Kunst denn immer ein Abbild der Wirklichkeit sein? Wo bleibt da die künstlerische Freiheit, über die alle immer so viel reden?«, fragte er heftig. Er wusste nicht, warum er es ausgerechnet heute wagte, Mylo zu widersprechen. Vielleicht brodelte es einfach schon viel zu lange in ihm. Ja, Mylo war sein Förderer, sein Mentor, sein Lehrer. Aber manchmal kam er ihm auch wie ein Gefängniswächter vor. »Schließlich werden auch in der Schule stets die vielfältigen Möglichkeiten, sich künstlerisch auszudrücken, immer wieder propagiert.«

»Kunst kann vieles sein, da gebe ich dir recht. Es steht jedem Künstler frei, das zu malen, was ihm beliebt. Und wenn ein Künstler sich dazu entschließt, dank seiner Kunst verhungern zu wollen, steht ihm auch das frei«, sagte Mylo scharf. »Würde ich Villen entwerfen, in denen kein Mensch wohnen will, hätte ich mir gewiss nicht im ganzen Kaiserreich einen Namen gemacht!« Er schlug so heftig mit der flachen Hand auf den Tisch mit den Malutensilien, dass die Pinsel im Blechbecher wackelten. »Wenn du dich vielfältig künstlerisch ausdrücken willst, kannst du gern einmal einen Holzschnitt mit Pfauenmotiv versuchen. Auch ein paar hübsche Aquarelle wären mal wieder ganz nett. Aber denke immer dran – Kunst muss auch verkäuflich sein.« So sehr Mylo sich um einen versöhnlichen Ton bemühte, so war ihm dennoch anzuhören, dass er noch sehr aufgebracht war.

Im nächsten Moment klopfte es an der Tür, und Mylos Hausdiener erschien.

»Verzeihung, ein Herr Schaufler ist an der Tür. Er möchte zu Herrn Paon.«

Mylo runzelte die Stirn. »Ach, Besuch erwartest du auch noch?«

»Anton?« Ein warmer Freudenschauer durchfuhr Paon. Sein Blick wanderte in Richtung Tür.

»Paon! Wag es nicht, jetzt zu gehen!«

Doch ohne sich weiter um seinen Lehrer zu kümmern, schnappte sich Paon seinen Gehstock, zog das Jackett vom Garderobehaken und ging eilig die Treppe hinunter in Richtung Ausgang.

39. Kapitel

Die beiden Freunde lagen sich schon in den Armen, während von oben noch immer laut eine aufgebrachte Männerstimme ertönte: »Paon, komm sofort zurück und stell dich an die Leinwand!«

Anton löste sich aus Alexanders Umarmung. »Paon? Ist das dein Lehrer? Ich will nicht, dass du wegen mir Ärger bekommst.«

»Kann schon sein, dass ich deinetwegen Ärger bekomme«, sagte Alexander, und seine gerade noch unbeschwerte Miene wurde mürrisch. »Du hättest dich ruhig anmelden können, anstatt hier so einfach aufzutauchen.« Mit einem Ruck zog er die Haustür hinter sich zu – die Rufe verstummten.

»Ich höre wohl nicht recht!« Anton lachte gekränkt auf. »Wer antwortet denn nie auf meine Briefe? Ich kann schon nicht mehr zählen, wie oft ich dir geschrieben habe, ohne je eine Antwort zu bekommen. Irgendwann habe ich dann natürlich aufgehört zu schreiben. Und was meinen heutigen Besuch angeht – ich bin seit gestern zufällig in der Gegend. Kundenbesuche…« Er reckte das Kinn nach oben, dann zeigte er stolz auf sein Auto. »Lust auf eine kleine Spritztour?« Der Moment, bevor er den Motor anmachte und dieser mit lautem Gebrüll ansprang, erregte ihn jedes Mal aufs Neue. Dass er die Fahrt von der Schwäbischen Alb hierher so gut gemeistert hatte, erfüllte ihn außerdem mit Stolz.

Statt einzusteigen, schaute Alexander den Freund misstrauisch an. »Hast du das gestohlen?«

Anton lachte erneut auf. »Traust du mir eigentlich nur Schlechtes zu? Das Auto gehört mir. Das, und eine ganze Druckerei! Komm, steig schon ein.« Er öffnete mit großer Geste die Beifahrertür. »Oberhalb von Cannstatt gibt es eine gute Weinstube, hat mir heute Vormittag jemand gesagt. Ich lade dich zum Essen ein, und dann erzähl ich dir alles.«

Noch immer eine Spur argwöhnisch setzte sich Alexander in den Wagen.

Während der Fahrt sprachen sie nicht viel. Anton, den vielen Verkehr nicht gewohnt, musste sich konzentrieren. Aus dem Augenwinkel sah er, dass Alexanders Hände immer wieder über das Edelholz strichen, mit dem der Wagen innen ausgekleidet war. Tja, dass aus seinem alten Kumpel einmal etwas werden würde, hätte Alex wohl nicht geglaubt, dachte Anton schmunzelnd, während er seinen Wagen an Weinbergen vorbei in Richtung der Grabkapelle auf dem Württemberg steuerte. Sein Freund hatte sich jedoch auch gemausert! Aus dem mageren Webersohn mit den zu kurzen Hosen war ein attraktiver junger Mann geworden, mit großen, tiefgründig blickenden Augen. Und dann das elegante dunkelbaue Jackett, dessen Stoff aussah wie

Seide... Bestimmt war Alex der Schwarm aller Mädchen! Anton legte den nächsten Gang ein.

Die Fahrt nach Stuttgart hatte länger gedauert als angenommen, nicht zuletzt deshalb, weil er unterwegs bei mehreren kleinen Fabriken angehalten und im Namen der Druckerei vorgesprochen hatte. Am Ende hatte ihm dies sogar einen überschaubaren und einen mittelgroßen Auftrag eingebracht. Zwei Fliegen mit einer Klappe, so gefiel ihm das! Als er schließlich in Stuttgart angekommen war, war es später Abend gewesen. Zu spät, um Alex zu besuchen – also hatte er sich in einer Pension ein Zimmer genommen.

Eine halbe Stunde später saßen sie in der Weinstube an einem Fenstertisch mit bestem Panoramablick. Die Wirtin der Pension hatte das Gasthaus empfohlen.

Nachdem Anton für sie beide Essen und Wein bestellt hatte, beugte er sich näher zu seinem Freund. »Gut schaust du aus, wenn auch ein bisschen wie ein feiner Pinkel!«, sagte er grinsend und tippte auf das glänzende blaue Einstecktuch in Alexanders Jackett.

»Das sagt ja gerade der Richtige«, erwiderte Alexander und wies auf die Armbanduhr, die Anton »unauffällig« unter seinem Jackenärmel hervorblitzen ließ.

Die beiden Freunde lachten so vertraut miteinander, wie es nur zwei Menschen können, die eine gemeinsame Vergangenheit haben.

Die Bedienung – ein hübsches junges Mädchen, das jedes Mal, wenn es an den Tisch der beiden gutaussehenden Männer trat, heftig errötete – brachte den Trollinger Wein und eine Karaffe Wasser.

»Auf die Freundschaft«, sagte Anton und hob sein Glas.

»Auf die Freundschaft«, wiederholte Alexander.

»Und nun erzähl – warum bist du nicht nach Laichingen gekommen, als ich vor ein paar Wochen dort war? Ich hätte mich wirklich gefreut, dich wiederzusehen, und war ziemlich zornig, weil du nicht kamst«, sagte Anton. »Dann hätten wir uns wenigstens gemeinsam von den andern anhören können, welche ›Verräter‹ wir sind, nur weil wir weggegangen sind!« Er verzog spöttisch den Mund.

Alexanders Miene verschloss sich wie eine Auster, die man zu fest angetippt hatte. »Hattest du etwas anderes erwartet? In Laichingen wird sich nie etwas ändern. Ich kann schon den Namen nicht mehr hören!«

»Auch wenn wir beide nicht viel für Laichingen übrighaben, so ist es doch noch immer unser Heimatort«, sagte Anton pikiert.

»Ach, und nur weil wir das Pech hatten, in diesem Nest geboren zu werden, müssen wir es bis ans Ende unserer Tage lieben? Ich bin froh, dass ich damit abgeschlossen habe. Und das solltest du auch tun! Aber wie ich dich kenne, rennst du wahrscheinlich immer noch dieser Christel hinterher, oder?«

Was sollte denn dieser aggressive Ton, fragte sich Anton verärgert. Was ging es Alex an, wem er, Anton, hinterherrannte oder nicht? Doch er wollte keinen Streit, deshalb sagte er so gelassen wie möglich: »Ob du es glaubst oder nicht – Christel habe ich abgeschrieben. Sie ist weiterhin wie vom Erdboden verschwunden.« Sollte er zugeben, dass er manchmal von ihr träumte?

Mehr noch, dass es immer derselbe Traum war? Ein völlig abstruser Traum, in dem menschengroße Affen vorkamen und eine leicht bekleidete Frau... Er entschied sich dagegen. Auf eine weitere pampige Antwort, womöglich seinen Geisteszustand betreffend, konnte er verzichten. »Aber nun erzähl mal, wie ist es dir so ergangen in der letzten Zeit?«, sagte er stattdessen in betont leichtem Ton.

»Wie soll es mir schon ergangen sein?«, antwortete Alexander patzig. »Ich habe hart gearbeitet, viel gelernt und kann auf erste Erfolge zurückschauen. Ich hatte sogar schon eine Ausstellung! Meine Gemälde sind gefragt, und das, obwohl ich die Kunstschule noch nicht einmal beendet habe. Einen Künstlernamen habe ich übrigens auch – man nennt mich jetzt Paon, das ist Französisch und heißt Pfau.« Er zeigte auf ein silbernes Emblem auf seinem Spazierstock, das einen Pfau darstellte.

Ein Künstlername? War das nicht ein wenig albern?, fragte sich Anton. Aber was wusste er schon darüber, was in Künstlerkreisen üblich war.

»Das ist ja fantastisch!«, sagte er also und gab dem Freund einen freundschaftlichen Knuff. »Mensch, ich freue mich so für dich. Dann ist dein Traum also wahr geworden. Wenn ich daran denke, was wir dafür alles getan haben...« Den Tag, an dem Alexander sich freiwillig das Bein schwer verletzt hatte, um untauglich für die Arbeit am Webstuhl zu werden, würde er nie vergessen – schließlich war das Ganze seine Idee gewesen.

»Und wie dann nach dem Tod deines Vaters das ganze Dorf deiner Familie geholfen hat – das war wirklich großartig«, sagte er im leichten Plauderton, um das bedrückte Schweigen, das sich zwischen ihnen eingestellt hatte, zu verjagen.

Alexander schnaubte. »Großartig? Die hatten doch alle nur ein schlechtes Gewissen. Jahrelang haben die Leute zugesehen, wie meine Mutter sich zu Tode schuftete, wie mein Vater elendig zugrunde ging an seiner furchtbaren Stimmung. Ist da etwa auch nur einer gekommen und hat meinen Eltern Hilfe angeboten?«

Anton runzelte die Stirn. Als ob das so leicht gewesen wäre! Die Leute hatten doch alle genug mit sich selbst zu tun gehabt. »Die Fotografin hat euch ihre Hilfe angeboten, mehr als einmal«, sagte er heftig.

Die Bedienung kam, errötete und stellte das Essen vor ihnen ab. Anton hatte Sauerkraut und für jeden eine halbe Schweinshaxe bestellt. Am Abend zuvor hatte er in seiner Pension seine Wirtin noch mit Müh und Not überreden können, ihm ein Käsebrot zu machen. Das Frühstück war auch nicht üppig ausgefallen, entsprechend hungrig gabelte er nun das Sauerkraut auf.

»Kann sein, dass ich in der Schule aufhöre«, sagte Alexander unvermittelt, ohne auf Antons letzte Bemerkung einzugehen. Statt zu essen, stocherte er nur ein wenig in dem Kraut herum.

»Wie bitte? Nach allem, was du auf dich genommen hast, um da hinzukommen?« Anton sah den Freund fassungslos an.

»Na und? Die Zeiten ändern sich«, sagte Alexander kühl. »Mir geht das gängige Kunstverständnis, das sie uns in der Schule vermitteln, immer mehr auf die Nerven – alles ist erstarrt in traditionalistischen Zwängen. Natürlich gibt es auch welche, die auszubrechen versuchen. Die einen nennen sich Impressionisten, die andern Surrealisten, die nächsten Collagisten – mir haben in Laichingen schon die Pietisten gereicht, vielen Dank! Die Leute verstecken sich hinter diesen Begriffen, sie erschaffen sich eigene neue Gefängnisse, wenn du mich fragst. Keiner traut sich, er selbst zu sein!«

Anton verstand überhaupt nichts von dem, was Alexander da faselte. »Aber wenn deine Bilder gefragt sind und du damit gutes Geld verdienen kannst, ist doch alles in bester Ordnung, oder etwa nicht?«

»Geld, Geld! Das ist mal wieder typisch, dass dir sonst nichts anderes dazu einfällt«, sagte Alexander giftig. »Es gibt auch noch andere Themen außer Geld – Inspiration, Ästhetik, Poesie...« Angewidert schob er sein Essen von sich, als läge darin das ganze Übel verborgen.

»Was soll dieses arrogante Gerede?« Langsam wurde auch Anton ruppig. »Vor zwei Jahren noch waren wir froh, wenn wir abends satt ins Bett gehen konnten, und heute tust du so, als wären Essen« – er zeigte auf Alexanders vollen Teller – »und Geld unrühmliche Dinge!« In wenigen Sätzen erzählte er von der Druckerei, die er mit Mimi und ihren Unterstützern gekauft hatte. »Mimi und ich *müssen* Geld verdienen, Monat für Monat aufs Neue, denn an uns und unserem Erfolg hängen viele Existenzen!«

»Eine Druckerei auf der Schwäbischen Alb – herzlichen Glückwunsch!«, sagte Alexander mit ironischem Unterton. »Da hast du es mit Müh und Not geschafft, von Laichingen wegzukommen und nun lässt du dich ausgerechnet wieder in der ländlichen Einöde nieder? Anscheinend hat Mylo doch recht – so manchen Jungen kann man zwar aus dem Dorf nehmen, aber nicht das Dorf aus dem Jungen.«

»Ach, und du in deinem tollen Stuttgart bist was Besseres, ja?«, fuhr Anton so laut auf, dass die junge Bedienung erschrocken zu ihnen herüberschaute. Was war hier eigentlich los?, fragte sich Anton. Dieser arrogante Ton von Alex, dazu seine herablassenden Blicke – als ob er, Anton, irgendwie minderbemittelt wäre.

»Was wolltest du eigentlich von mir?«, fragte Alexander abrupt. »Dein unangekündigter Besuch ist doch gewiss nicht völlig ohne Hintergrund?«

»Ist es so schwer vorstellbar, dass ich dich einfach nur wiedersehen wollte?«, gab Anton zurück, gleichermaßen beleidigt und ertappt. So ganz unrecht hatte Alexander nicht.

Versöhnlich lächelte der Freund ihn an. »Jetzt schieß schon los!«

Einen Moment noch zögerte Anton. Er hatte keine Lust, sich erneut abwatschen zu lassen. Andererseits war ihm wirklich daran gelegen, Mimi zu helfen – mehr noch, allein deswegen war er nach Stuttgart gefahren. So knapp wie möglich erzählte er von ihrem Plan, eigene Druckprodukte herzustellen, die ihm ein zweites Standbein im Vertrieb liefern würden. »Das Problem ist nur...« – er breitete ratlos beide Arme aus – »Mimi fällt nichts ein. Du bist doch viel unterwegs in den gutbürgerlichen Kreisen – was mögen die Leute? Was verkauft sich so in Sachen Kunst, abgesehen von deinen Bildern?«, fügte er scherzhaft hinzu.

»Ach, dass es mal wieder um Mimi Reventlow geht, hätte ich mir ja denken können«, sagte Alexander. Mit seiner rechten Hand zwirbelte er den Rand des Tischtuchs zusammen, abrupt ließ er es dann los. »Wie kommst du darauf, dass die Fotografin überhaupt in der Lage ist, künstlerisch wertvolle Vorlagen für Druckprodukte zu entwerfen?« Noch bevor Anton etwas erwidern konnte, sprach er weiter. »Tut mir leid, wenn ich das so sage, aber meiner Ansicht nach hast du Mimi Reventlow schon immer ein bisschen überschätzt. In einem Atelier den Leuten einen Hut aufziehen und einen Spazierstock in die Hand geben und auf den Knopf einer Kamera zu drücken, hat nun wirklich nichts mit Kunst zu tun. Das ist simples Handwerk.«

Anton war so vor den Kopf geschlagen, dass ihm die Worte fehlten. Im nächsten Moment spürte er Alexanders Hand auf seinem Arm.

»Ich weiß, du magst Mimi«, sagte dieser beschwichtigend. »Und zugegeben, die Fotografin ist sehr nett. Aber findest du es nicht ein wenig übertrieben, wie du sie vergötterst? Anton, sie ist eine ältere Frau… Wenn du mich fragst, ist es fast schon peinlich, wie du sie anhimmelst. Gib's doch endlich zu – schon damals, als sie nach Laichingen kam, hast du dich auf den ersten Blick in sie verliebt! Christel kam von da an nur noch an zweiter Stelle für dich…«

Keiner von beiden wollte nach dem Essen noch einen Kaffee. Das Gespräch ging nur noch schleppend voran, und als Alexander sagte, er müsse nun zurück an seine

Staffelei, sprang Anton, den Autoschlüssel schon in der Hand, erleichtert auf.

An der Weinsteige angekommen, war es ihnen nicht gelungen, die entstandene Fremdheit zwischen ihnen zu überbrücken. Anton schaltete den Automotor ab und stieg aus dem Wagen.

»Dann mach's mal gut, alter Freund«, sagte er mit belegter Stimme.

»Viel Erfolg bei deinen Kundengesprächen!«, erwiderte Alexander.

Sie reichten sich förmlich die Hand. Die Geste hatte etwas Endgültiges. Keiner von beiden sagte: »Bis zum nächsten Mal!« oder etwas Ähnliches. Anton kam es vor, als würden sie sich für immer verabschieden.

*

Anton war schon lange fort, als Paon ihm noch immer nachschaute. Diese Frechheit! Da kam Anton nach ewiger Zeit mal wieder vorbei, und alles, was er wollte, waren ein paar hilfreiche Tipps für die Fotografin! Wie es ihm, Alexander, ging, schien den Freund nicht zu interessieren. Dabei hätte er gerade heute jemanden gebraucht, mit dem er seine inneren Nöte teilen konnte. Aber nein, Anton protzte lieber mit seinem blöden Auto und seiner Armbanduhr!

Alexander spürte, dass er vor innerer Erregung leicht zitterte. Er legte eine Hand auf sein rechtes Bein, das nach dem verkrampften Sitzen im Automobil zu schmerzen begonnen hatte.

Dem alten Freund hatte es ja schon immer gefallen,

ihm gegenüber den großen Max zu spielen, dachte er bitter, während er sich endlich einen Ruck gab und auf das Haus zuging. Von wegen »es hat Zeiten gegeben, in denen wir froh waren, nicht hungrig ins Bett gehen zu müssen«! Nicht *wir*! *Er* war gemeint gewesen, er ganz allein. Der Gastwirtsohn hatte noch nie in seinem Leben hungern müssen. Im Gegenteil – oft genug hatte er ihm, Alexander, einen Apfel oder einen Wurstwecken zugesteckt. Aber dass er ihm das jetzt noch aufs Brot schmieren musste?

Nach dem Streit am Mittag hatte Paon keine Lust, Mylo zu begegnen, deshalb schlug er den Gartenweg ein, der zu seinem Domizil führte. Doch schon nach den ersten Schritten spürte er, wie sein Groll auf Anton verrauchte und einem Gefühl von Trauer Platz machte.

Als Anton vorhin plötzlich auftauchte, hatte er sich so gefreut! Und anstatt die kostbare Zeit mit seinem alten Vertrauten zu genießen, war er ihn aggressiv angegangen. Du lieber Himmel, was hatte er nur getan... Anton besaß ein dickes Fell, aber wenn er nun nichts mehr von ihm wissen wollte, konnte er, Paon, es ihm nicht einmal verübeln. Eine tiefe Angst überfiel Alexander, er wollte allein sein, musste nachdenken...

Er war in der Mitte des Gartens angekommen, als ein Flüstern ertönte. »Paon? Bist du das?«

Erschrocken zuckte Paon zusammen. Er schaute sich um und sah seinen Lehrer mit einem Glas Wein und einem Bildband in der Rosenlaube sitzen.

»Es ist so ein schöner, lauer Herbsttag, komm, setz dich ein paar Minuten zu mir«, sagte Mylo und winkte ihn mit einem einladenden Lächeln zu sich auf die Eisenbank.

Zögernd tat Paon, wie geheißen. Eine erneute Gardinenpredigt von Mylo war das Letzte, was er jetzt gebrauchen konnte.

»Tut mir leid, dass ich vorhin so barsch war«, sagte Mylo jedoch zu Paons Erstaunen, kaum dass er auf der Bank Platz genommen hatte. »Ich bin einfach so erschrocken, als ich dein Gemälde sah! Die Vorstellung, dass Stadtrat Eininger und seine Gattin damit unzufrieden sein und dir und deinem guten Ruf durch üble Nachrede schaden könnten, war einfach zu viel für mich. Ich will doch nur dein Bestes!«

Paon senkte schuldbewusst den Kopf. »Ich weiß«, sagte er leise. »Mir tut es wirklich leid, dass ich mich beim Malen nicht diszipliniert habe. Gleich morgen beginne ich ein neues Bild. Und dieses Mal wird es genauso werden, wie die Einingers es sich wünschen, versprochen!« Der Geruch, der von Mylos Weinglas aufstieg, erinnerte ihn an den Trollinger, den Anton und er vorhin getrunken hatten. Und schon wieder wanderten seine Gedanken zurück zu dem alten Freund...

Wahrscheinlich hatte er Anton heute ein für alle Mal vergrault. Er biss sich so fest auf die Unterlippe, dass es wehtat. Oder hatte alles so kommen müssen? War es einfach an der Zeit, dass sie getrennte Wege gingen? Er, das vielversprechende Künstlertalent, und Anton mit seiner Druckerei auf der Schwäbischen Alb – was hatten sie überhaupt noch gemeinsam? Nichts mehr, wenn man von ihren familiären Wurzeln einmal absah... Und dennoch hatte er geglaubt, dass ihre

Freundschaft für immer währen würde. Paon schüttelte traurig den Kopf.

»Paon – was ist mit dir? Du wirkst so verloren«, sagte Mylo sanft und legte eine Hand auf seinen Schenkel.

Paon schaute seinen Lehrer nachdenklich an. Die Wärme, die von Mylos Hand ausging, war wie ein Pflaster auf seiner verletzten Seele. »Ich bin nicht verloren. Ich versuche lediglich, mich der Realität zu stellen. Kann ich auch ein Glas Wein haben?«

Mylo reichte ihm ein Glas und goss ein. Der Wein rann ölig schwer an der Innenfläche hinab. »Zum Wohl, mein Freund. Und bei allem, was dich bewegt, vergiss bitte nie, dass ich immer für dich da bin.«

Bisher hatte Paon gedacht, dass Anton derjenige war, der immer für ihn da sein würde. Aber die Menschen änderten sich, die Zeiten änderten sich, nichts blieb, wie es war. Vielleicht würde irgendwann in ihrem Leben die Zeit kommen, in der sie sich alle wiedersahen, dachte Paon. Ein Wiedersehen im großen Kreis, eine Annäherung. Er und Anton, die Fotografin Mimi Reventlow, seine Mutter, seine Geschwister, Christel. Irgendwann. Doch bis dahin musste er schauen, dass er allein zurechtkam. Wobei – er war ja gar nicht allein. Er hatte Mylo.

Über den Rand des Weinglases hinweg schaute Paon seinen Lehrer an. »Ich glaube, es ist an der Zeit, dass ich endgültig mit der Vergangenheit abschließe. Zumindest für eine Zeitlang. Sollte nochmal jemand aus meinem alten Leben nach mir fragen, sorgen Sie bitte dafür, dass er wieder geht...«

40. Kapitel

»Erst lässt sich mein Bruder Josef auf der Schwäbischen Alb nieder, nun du …« Amelie Reventlow schüttelte lächelnd den Kopf. »Kind, so ganz weiß ich noch nicht, was ich davon halten soll.«

»Wie meinst du das?«, fragte Mimi und spürte, dass sich sogleich Stacheln in ihr aufstellten.

Es war Freitag kurz nach zehn Uhr, und sie saßen bei einem späten Frühstück zusammen. Amelie, die ihr Leben lang Frühaufsteherin gewesen war, hatte bis kurz nach neun geschlafen, was Mimi auf die vielen Eindrücke schob, die auf ihre Mutter eingeprasselt waren. Das Haus, die Druckerei – stolz hatte Mimi ihr am Vortag alles gezeigt. Dann hatte sie ihr ein Gästezimmer hergerichtet und am Abend eine Suppe auf den Tisch gestellt, zu der sie die von Amelie mitgebrachten Brezeln aßen. Sie hatten sich so viel zu erzählen gehabt! Als sie zu Bett gingen, war es schon nach Mitternacht gewesen.

»Kind, versteh mich nicht falsch«, sagte sie und beschmierte sich ein Brötchen mit Butter. »Erst gestern auf der Fahrt hierher habe ich mir wieder gedacht, wie wunderschön die Schwäbische Alb ist … Und dass Anton und du die Druckerei übernommen habt, werden die Drucker euch ewig danken. Von daher... Solange du glücklich bist, sind Vater und ich es auch.«

»Aber?«, fuhr Mimi stirnrunzelnd für ihre Mutter fort und schaute sie herausfordernd an.

Einen Moment lang schien Amelie nachzudenken, dann nahm sie den Faden unerschrocken auf. »Aber Münsingen liegt ja nicht gerade am Nabel der Welt! Wenn ich daran denke, wie du in deinen Briefen von Berlin geschwärmt hast! Von Josefine Neumann und ihren Freundinnen. Von ihrer fortschrittlichen Art zu leben... Davon, dass ein jeder in der Stadt seinen Platz findet. Deine Briefe hörten sich so inspiriert an!«

»Was willst du damit sagen? Hast du Angst, dass ich hier auf dem Land versauere?« Mimi bemühte sich um ein spöttisches Lachen. Als ob ihr nicht manchmal, spätabends im Bett, wenn sie nicht schlafen konnte, auch solche Gedanken durch den Kopf gingen! »Ich weiß, Münsingen ist nicht Berlin. Bei uns weht nicht der Duft der großen und weiten Welt, hier riecht es eher nach Schaf.« Sie lachte erneut auf. »Hier laufen auch die Uhren noch langsamer, und das ist gut so. So schön Berlin auch ist – die Hektik und den riesengroßen Konkurrenzdruck, dem ich dort ausgesetzt war, vermisse ich gewiss nicht. Hier bin ich endlich wieder meine eigene Herrin!«, sagte sie kämpferisch. Abrupt stand sie auf und ging in die Speisekammer, um eine Flasche Johannisbeersaft zu holen. Wenn Anton hier wäre – der hätte der Mutter in Windeseile klargemacht, wie schön und gut hier alles war. Aber er war ja zu Alexander gefahren. Vielleicht hätte sie ja auch Lust auf eine Fahrt nach Stuttgart gehabt? Aber auf die Idee, sie zu fragen, war er nicht gekommen. Ein wenig unmutig kehrte sie zu ihrer Mutter zurück.

Amelie Reventlow hielt Mimi ihr Glas hin, damit diese ihr vom Saft einschenken konnte.

»Was macht denn eigentlich deine Münsinger Bekannte von früher? Sie hat einen Kuhhandel, nicht wahr?«

»Es sind Schafe. Davon abgesehen… Wie viele Stunden hast du für meinen Bericht Zeit?«, frotzelte Mimi, froh über den Themenwechsel. Sie ließ sich im Sessel ihrer Mutter gegenüber nieder, dann erzählte sie von Bernadettes geplatzter Hochzeit. »Sie ist so verbittert! Ihr Vertrauen in Männer – wenn nicht gar in alle Menschen – scheint für immer zerstört«, endete sie traurig.

»Verbittert? Deine Freundin sollte vielmehr froh sein, nochmals davongekommen zu sein! Es gibt so viele unglückliche Ehen, sag ihr das«, schnaubte Amelie.

Als ob das für Bernadette ein Trost wäre, dachte Mimi.

»Und sonst – hast du hier im Ort schon ein paar Bekanntschaften machen können?«

… nun, da du in Berlin so viele wertvolle Kontakte aufgegeben hast, hörte Mimi den unausgesprochenen Vorwurf. Einen Moment lang war sie versucht, ihrer Mutter etwas von Dorffesten, Tanzabenden und wer weiß was vorzuschwärmen. Aber sie war noch nie gut darin gewesen, Amelie zu belügen, also entschied sie sich für die Wahrheit. »Was die Dorfbewohner angeht – mit denen tue ich mich, ehrlich gesagt, ein wenig schwer.« Sie tauchte gedankenverloren ihren Löffel in den Honigtopf.

»Wieso das? Du hast doch so ein freundliches, aufgeschlossenes Wesen!«, rief ihre Mutter. »Bisher sind dir die Herzen der Menschen doch auch immer nur so zugeflogen.«

»Danke für das Kompliment«, sagte Mimi freundlich, während sie den Honig auf ihr Brötchen träufeln ließ. Amelie war zwar unverblümt offen, dabei aber immer auf ihrer Seite, das spürte Mimi, und so fuhr sie offen fort: »Ich habe das Gefühl, die Leute beäugen mich argwöhnisch. Das war zwar in Laichingen auch so, aber dort bin ich durchs Fotografieren relativ schnell mit anderen ins Gespräch gekommen. Und dann war da noch Anton – er hat auch dafür gesorgt, dass die Leute Vertrauen zu mir fassen. Hier jedoch... Irgendwie scheinen sie mir nicht über den Weg zu trauen. Was soll ich davon halten?«, fügte sie fast ein wenig verzweifelt an.

Amelie Reventlow nickte nachdenklich. Dann sagte sie zu Mimis Erstaunen: »Vielleicht wirst du dich daran gewöhnen müssen. Sobald du in einer leitenden Stellung bist – und das bist du natürlich als Inhaberin der Druckerei –, wird es schwierig, Freundschaften zu schließen. Schau dir Papa und mich an, wir haben viele Bekannte, haben Ansprechpartner und Vertraute. Aber Freunde? Menschen, bei denen man unbeschwert man selbst sein kann? Mit denen man reden kann, wie einem der Schnabel gewachsen ist, mit denen man auch mal albern lachen kann? Die sind in Vaters und meinem Leben rar gesät. Für die Leute sind wir der Herr und die Frau Pfarrer – Respektspersonen eben! Und zu denen halten die meisten unwillkürlich Abstand. Denk auch dran, wie es mit diesem Herrmann Gehringer in Laichingen war.«

»Das sind doch zwei völlig verschiedene Paar Schuhe!«, rief Mimi entsetzt. »Ja, wir sind hier die Vorgesetzten, aber...« Sie zuckte mit den Schultern. Gehringer und sie konnte man ja nun wirklich nicht vergleichen.

»Vielleicht hast du ja recht. Aber lass bloß den Kopf nicht hängen«, sagte ihre Mutter resolut. »Du mit deinem offenen Wesen... Dir wird schon was einfallen.«

Und wenn nicht?, dachte Mimi. »Hast du Lust – sollen wir einen Spaziergang machen? Dann kann ich dir Münsingen zeigen«, sagte sie so frohgemut wie nur möglich.

»Können wir das auf später verschieben?« Amelie lächelte verlegen. »Wenn ich ehrlich bin, würde ich den heutigen Tag gern ruhig angehen. Wir haben uns noch so viel zu erzählen! Wie geht es eigentlich Anton? Hoffentlich sehe ich ihn, bevor ich wieder abreise. Ich kann immer noch nicht glauben, dass ihr beide nun Geschäftspartner seid, wo er doch so viel jünger ist als du«, sagte Amelie.

»Anton fühlt sich sehr wohl hier. Ich glaube, er hat mit der Druckerei wirklich seine Passion gefunden«, sagte Mimi lächelnd. »Trotz seines jugendlichen Alters ist er einfach ein unternehmerisches Naturtalent. Und viel reifer als andere junge Männer in seinem Alter.«

»Apropos reif«, sagte Amelie und gähnte hinter vorgehaltener Hand. »Wärst du mir arg böse, wenn ich mich nochmal hinlege? Ich habe ein wenig Kopfweh, und wenn ich ehrlich bin, fühle ich mich etwas erschöpft. Wahrscheinlich bin ich das Reisen einfach nicht mehr gewöhnt!«

Vielleicht war es besser, den Spaziergang durch Münsingen auf morgen zu verschieben, dachte Mimi, während sie den Frühstückstisch abdeckte. Amelie wirkte wirklich müde – dass allein die Reise von Esslingen hierher daran schuld sein sollte, mochte Mimi nicht glauben. Wahrscheinlich hatte sich ihre Mutter in den letzten Wochen wieder bei ihrer wohltätigen Arbeit völlig verausgabt – allein das Erntedankfest, das sie alljährlich organisierte, war ein Kraftakt für den ganzen Pfarrhaushalt!

Wenn die Mutter aufwachte, würden sie ein gemütliches Kaffeestündchen abhalten und den Tag dann ruhig ausklingen lassen, beschloss Mimi und stapelte das schmutzige Geschirr ins Spülbecken.

Als sie mit dem Abwasch fertig war, ging sie in ihr Büro, wo sie die Kameratasche abgestellt hatte. Solange Amelie schlief, würde sie die Zeit sinnvoll nutzen! Resolut holte sie den Stapel Glasplatten heraus, den sie bei Corinne auf der Schafweide verwendet hatte. Die Platten, die sie bei deren Ankunft in Münsingen verwendet hatte, legte sie ebenfalls dazu. Dann zog sie sich eine Strickjacke über, schnappte den Schlüssel zur Druckerei vom Schlüsselbrett und zog leise die Haustür hinter sich zu.

In der Druckerei war die Arbeit schon voll im Gange. Mimi grüßte hier und wechselte da ein paar Worte. An der Tür zu Bela Tibors Büro hielt sie kurz inne. Bis zum heutigen Tag hatte sie noch keinen Blick hineingeworfen. Wahrscheinlich war es besser so, dachte sie. Erst vor ein paar Tagen hatte er ihr wieder eine seiner künstlerisch wertvollen Ideen unterbreitet – Mimi solle eine ihrer Fotografien in die mittelalterliche Radierung eines klösterlichen Säulengangs hineinblenden. Der Säulengang würde dann quasi als Rahmen für ihre Fotografie dienen, hatte er erklärt. Mimi hatte nur einen Blick auf die düstere Kopie einer Radierung, in die er lauter Rechtecke in der Größe einer Fotografie gekritzelt hatte, geworfen und dann freundlich, aber bestimmt abgelehnt. Wahrscheinlich war sein Büro voll mit abstrusen Entwürfen dieser Art.

Froh, ihrem fantasievollen Druckereileiter für heute entronnen zu sein, schloss Mimi die Dunkelkammer auf. Voller Vorfreude lief ihr ein kleiner Schauer über den Rücken. Was für ein Glück, dass Otto Brauneisen diesen Raum eingerichtet hatte, dachte sie nicht zum ersten Mal, während sie die Schalen mit den Entwicklungsflüssigkeiten herrichtete.

Als sie neulich hier die Soldatenfotografien entwickelt hatte, war ihr erst aufgefallen, wie sehr sie die Arbeit in der Dunkelkammer vermisst hatte. Das konzentrierte ruhige Arbeiten mit den verschiedenen Chemikalien. Die absolute Dunkelheit, lediglich unterbrochen von der kleinen Rotlichtlampe und ihrem warmen Licht. Der Moment, wenn sie eine Glasplatte in die erste Schale legte... Natürlich wusste Mimi, dass es sich hier um chemische Prozesse handelte. Doch für sie war immer auch ein bisschen Magie mit im Spiel.

*

Was war das denn gewesen?, fragte sich Anton immer noch, während er zu seiner Pension in der Stuttgarter Vorstadt fuhr. Schon wieder hatte ein Treffen mit Alexander mit einem Misston geendet. Aber was hieß hier »geendet«? Irgendwie hatte es die ganze Zeit eine Aneinanderreihung von spitzen Bemerkungen und einem blöden Unterton gegeben! Dass Alex und er sich einmal so streiten würden, hätte er nie für möglich gehalten. Wie ein böser Traum, dachte er und hatte fast das Bedürfnis, sich zu zwicken, in der Hoffnung, dass er aufwachte. Doch der Autofahrer hinter ihm, der hupend an ihm vorbeifuhr und ihm auch noch den Vogel zeigte, weil er, Anton, gedankenversunken und wie eine Schnecke dahinschlich, war mehr als real.

Hinter der Pension stellte Anton den Wagen, wie mit der Wirtin für eine Mark extra vereinbart, im sicher umfriedeten Hof ab. Am liebsten hätte er seinen Krempel gepackt und wäre noch nach Hause gefahren. Doch eine Nachtfahrt war riskant. Der Mercedes hatte zwar Lampen, aber diese funzelten nur trübe wie eine schmutzige Stalllaterne.

Gleich morgen früh würde er aufbrechen, so viel stand fest! Nun brauchte er erst einmal einen Schnaps, beschloss er, als er das Verdeck des Wagens schloss, um ihn vor etwaigen Regengüssen in der Nacht zu schützen. Nicht nur das Treffen mit Alex lag ihm schwer im Magen, sondern auch die Schweinshaxe...

Als er kurze Zeit später in einer düsteren Wirtschaft vor seinem ersten Schnaps saß, drehte sich das Gedankenkarussell sofort wieder. Was sollte dieses dumme Gerede über Mimi und ihn? Er und verliebt – so ein Quatsch! Wahrscheinlich war Alexander nur neidisch, weil er nicht mit jemandem wie Mimi zusammenarbeiten konnte. Dieser Lehrer, der Alex so herrisch hinterhergeschrien hatte, schien nicht gerade der sympathischste Mensch der Welt zu sein. Anton kippte den Schnaps in einem Zug herunter. Der raue und leicht bittere Birnenbrand rann warm seine Kehle hinab.

»Noch einen!«, bat er den Mann hinter der Theke. Ein weiterer Gast am Nachbartisch nickte verständnisvoll. Kannte nicht jeder solche Tage, an denen ein Schnaps nicht ausreiche, um den Schmerz, die Wut, den Ärger oder was auch immer sich tief drinnen festgesetzt hatte, zu betäuben?

Anton dachte kurz darüber nach, dem Mann ein Glas zu spendieren, doch dann entschied er sich dagegen. Er wollte seine Ruhe, musste nachdenken. Außer ihnen beiden saß nur noch eine einzelne Frau an einem der Tische. Sie hatte einen Koffer neben sich stehen und schien wie er auf der Reise zu sein. Sie fing seinen Blick auf, nickte ihm lächelnd zu. Anton schüttelte unwirsch den Kopf.

Wie Alexander sich verändert hatte… Diese Arroganz – das passte doch gar nicht zu ihm! Und dann die Art, wie er über Laichingen sprach – oder besser: nicht sprach. Kein Wort über seine Familie! Er hatte nicht einmal gefragt, wie es seiner Mutter und den Schwestern ging. Das Schnapsglas schon fast am Mund, hielt Anton inne. Hatte Alexander überhaupt noch Kontakt zu seiner Familie? Wusste er eigentlich, dass seine Mutter nun bei ihnen im Gasthaus arbeitete? *Er* hätte es ihm erzählen können! Das, und die Tatsache, dass er Eveline Schubert zehn Mark in die Hand gedrückt hatte, »für die Mädchen«, sonst hätte sie das Geld nicht genommen.

Mit einem unmutigen Schnauben leerte Anton das zweite Glas. Zu seinem Erstaunen schmeckte der Schnaps nicht mehr so bitter.

»Noch einen?« Fragend hielt der Wirt ihm die Flasche hin.

Anton zog eine Silbermünze aus der Tasche und sagte: »Gib den beiden dort« – er wies auf den Mann am Nachbartisch und auf die einsame Frau – »auch einen. Und dann stell mir die Flasche hin!«

41. Kapitel

Ihre Mutter hatte recht – die Gefahr, dass sie hier in Münsingen irgendwann versauerte, war unbestritten gegeben, dachte Mimi, während sie die letzten Fotografien aus der Entwicklerflüssigkeit nahm. Am besten sorgte sie dafür, dass es erst gar nicht so weit kam!, beschloss sie auf dem Weg zurück ins Haus. Bis zum Jahresende hatten Anton und sie noch unglaublich viel zu tun, aber gleich im neuen Jahr wollte sie ein Fest veranstalten und alle dazu einladen: Clara Berg vom Bodensee, Josefine und Adrian Neumann und weitere Bekannte aus Berlin. Alexander aus Stuttgart, Luise und ihren Mann Georg aus Laichingen, ihre Eltern aus Esslingen, den Kommandanten vom Soldatenlager, Bernadette, Corinne und Wolfram – für einen Tag würde Münsingen quasi der Nabel ihrer Welt sein!

»Ich bin wieder da!«, rief Mimi gut gelaunt, doch aus dem Gästezimmer ertönte kein Laut. Schlief Amelie etwa noch immer? Ein starker Kaffee war genau das, was ihre Mutter jetzt brauchte, beschloss Mimi, während sie Wasser aufstellte.

Voller Tatendrang ging sie dann ins Esszimmer und

begann, den Inhalt ihrer Fotografien-Kisten auf dem Tisch auszubreiten. Sie besaß so viele Fotografien, dass ihr Schreibtisch im Büro dafür nicht ausreichte, und der große Esstisch wahrscheinlich auch nicht. Zu jeder Glasplatte hatte sie einst einen papiernen Abzug dazugelegt, so dass sie auf den ersten Blick erkennen konnte, um welche Fotografie es sich handelte.

Landschaften legte sie in die obere linke Tischecke, Städteansichten kamen nach oben rechts, den restlichen Platz nahmen diverse Motive ein. An viele Fotografien konnte sie sich schon gar nicht mehr erinnern – wann zum Beispiel hatte sie die hübsche junge Frau mit dem Bollenhut fotografiert? –, und so war ihr daran gelegen, sich zuerst einen Überblick zu verschaffen.

Mimi hatte schon drei Kisten sortiert, als Amelie Reventlows Stimme ertönte: »Kind, hörst du denn nicht, dass der Wasserkessel schon seit Ewigkeiten pfeift?«

Mimi schaute verwirrt von ihrem Tisch auf. »Was? Entschuldige, ich war so in meine Arbeit vertieft...«

»Ich habe Kaffee aufgesetzt, er läuft gerade durch«, sagte Amelie lächelnd, dann trat sie zu Mimi an den Tisch. »Kein Wunder, dass du die Welt um dich herum vergessen hast – es ist ganz schön beeindruckend, zu sehen, wie viel du in den Jahren fotografiert hast! Du kannst stolz auf dich sein.« Liebevoll drückte sie Mimis Arm, dann zeigte sie auf eine der Landschaftsfotografien. »Dieser Anblick vom Bodensee – ist der nicht für deine Zwecke geeignet?«

»Hmm...« Mimi runzelte die Stirn. »Das Motiv ist schön, aber leider war es an dem Tag so diesig, dass die

Fotografie insgesamt zu dunkel wurde und ich sie nicht mal am Retuschiertisch aufhellen konnte.«

Amelie Reventlow nickte. »Und das Mädchen mit dem Bollenhut – wäre das nicht hübsch für ein Druckprodukt?«

Mimi zuckte ratlos mit den Schultern. »Im Schwarzwald ist eine junge Frau mit einem Bollenhut ein gern gesehener Anblick, aber könnten die Menschen woanders auch etwas damit anfangen?« Ein Notizblock mit einem Bollenhutmädchen? Sie verwarf die Idee, noch bevor sie zu Ende gedacht war.

»Du suchst also Motive, die sozusagen universell fürs ganze Kaiserreich geeignet sind?« Amelie Reventlow tippte auf die Fotografie eines Zeppelins, die Mimi im Frühjahr am Bodensee gemacht hatte. »Vielleicht so etwas?«

»Von diesem Zeppelin hat Anton schon mal Postkarten machen lassen«, sagte Mimi. »Sie waren bei der Kundschaft sehr beliebt. Aber Postkarten sind jetzt nicht gerade der große Clou, ich hoffe immer noch auf einen Geistesblitz.«

»Kind, ich sehe schon, so kritisch, wie du bist, wird das eine schwierige Angelegenheit. Lass uns am besten erst mal Kaffee trinken«, sagte ihre Mutter lachend.

Sie waren schon fast an der Esszimmertür angelangt, als Amelie auf die hochglanzpolierte Anrichte zeigte, auf der der Stapel Fotografien lag, die Mimi frisch entwickelt hatte. »Was sind denn das für Bilder?« Noch während sie sprach, nahm sie sie hoch und schaute sie an.

»Ach, das sind nur Schafe«, wiegelte Mimi ab.

»*Nur* Schafe?« Amelie Reventlow schaute entrüstet

auf. »Ich glaube, das Schaf ist das Tier, von dem in der Bibel am meisten die Rede ist! Denk doch nur ans Lukas-Evangelium und das Gleichnis vom verlorenen Schaf. Oder noch besser – denk an den Psalm 23, der mit den Worten ›Der Herr ist mein Hirte‹ beginnt.«

»Mir wird nichts mangeln. Er weidet mich auf grüner Aue und führt mich zu frischem Wasser«, sprach Mimi unwillkürlich weiter, während ihr Blick auf den Schafen vor dem kleinen Bach ruhte. Diese Fotografie hatte sie gemacht, als Corinne und sie gemeinsam die letzten Kilometer nach Münsingen gegangen waren.

»Mimi, diese Bilder sind wunderschön! Und sie wirken so unglaublich idyllisch... Hier, wie die hübsche Frau mit dem Lämmchen im Arm auf der Heide sitzt – das sieht so anmutig aus! Und da, das Mutterschaf, das sein Junges abschleckt – von solch einer Idylle träumen wir Städter, wenn uns in der Stadt mal wieder alles zu laut und zu eng ist.«

Mimi lachte auf. »Das hätte jetzt Bernadette hören müssen – sie hasst alles, was mit Schafen zu tun hat«, sagte sie, während es jedoch irgendwo hinter ihrer Stirn nervös pochte. Idylle, Schäferglück. Das Schaf in der Bibel. *Und ich will meiner Herde helfen, dass sie nicht mehr sollen zum Raub werden...*

»Wie traurig«, stellte ihre Mutter fest. »Aber oftmals sieht der Mensch das Schöne im Alltag nicht mehr. Du jedoch hast die Schafe und die Landschaft der Schwäbischen Alb so schön dargestellt, dass mich eine friedliche Stimmung allein bei deren Anblick überkommt. Mimi, das war schon immer deine Gabe! Den Menschen Schönheit schenken...« Sie tippte auf ein Bild. »Hier, die Hirtin und ihre Schafe vor den Wacholderbüschen – diese Fotografie hat fast etwas Biblisches. Kannst du mir davon einen Abzug machen? Den würde ich dann einrahmen und Vater auf den Schreibtisch stellen.«

»Gern!«, sagte Mimi erfreut. Das Pochen hinter ihrer Stirn wurde heftiger. Schäferidylle...

Wie viele Schaffotos hatte sie eigentlich? Ihrem Gefühl nach war mindestens ein Dutzend der Aufnahmen, die sie entwickelt hatte, qualitativ und vom Motiv her sehr gut. Das würde bedeuten... Auf einmal war sie so aufgeregt, dass sie das Gefühl hatte, gleich aus ihrer Haut zu fahren.

»Was ist denn nun mit dem Kaffee?«, fragte Amelie und zupfte an Mimis Ärmel.

»Gleich«, sagte sie abwesend und blätterte die Fotografien erneut durch. Würden sich ein paar Motive davon eignen, um sie in andere, frühere Fotografien hineinzublenden? Mit jahreszeitlich passenden Landschaftsbildern konnte sie dann von frühlingshaft bis winterlich jede Stimmung erzielen. Weidende Schafe auf einer blühenden Obstbaumwiese oder Schafe in einer verschneiten Winterlandschaft...

Sie schaute ihre Mutter perplex an. »Ich glaube, ich hatte gerade den Geistesblitz, auf den ich schon so lange warte!«

Nun, wo die Idee geboren war, gab es kein Halten mehr. Und so arbeitete Mimi den Rest des Nachmittags und den ganzen Abend hindurch – wenn auch mit schlechtem Gewissen. Da besuchte sie ihre Mutter einmal, und sie nahm sich keine Zeit für sie!

»Kind, mach dir keine Gedanken. Ich bin froh, einmal ein wenig Zeit für mich zu haben«, versicherte Amelie ihr und ging in die Küche, um etwas zu Abend zu kochen.

Am Samstag waren Mutter und Tochter beide früh wach und voller Tatendrang: Mimi wollte dringend zu Bernadette, um mit ihr über ihre Idee zu sprechen. Und Amelie wollte Münsingen kennenlernen!

Nachdem sie gestern so wenig Zeit für ihre Mutter gehabt hatte, musste die Arbeit heute hintanstehen, beschloss Mimi, und so brachen sie nach einem kurzen Frühstück zu einem Spaziergang auf.

Schnell stellte sich dabei heraus, dass Amelie Reventlows Vorstellung von »Ich will Münsingen kennenlernen« anders war, als ihre Tochter gedacht hatte. Denn statt die schönen Fachwerkhäuser und den Dorfbrunnen zu bewundern, wollte Amelie den meisten Geschäften einen Besuch abstatten. »Ihr Brot schmeckt wirklich ganz vorzüglich«, lobte sie den Bäcker und vertraute ihm im selben Atemzug an: »Wissen Sie, meine Tochter ist eine sehr gute Hausfrau, sie hat mir heute Morgen ein üppiges Frühstück bereitet und mir von ihrem Hefezopf vorgeschwärmt. Den hätte ich jetzt gern!« Strahlend zeigte sie auf einen Stapel duftender Hefezöpfe.

Beim Metzger lobte sie den Bauchspeck, den Mimi für die gestrige Suppe gekauft hatte, und erwähnte ganz nebenbei, dass Mimi sich das Kochen selbstständig beigebracht hatte. Ob das nicht lobenswert sei, fragte sie den etwas ratlos dreinschauenden Metzger freundlich.

Mimi stand verlegen daneben und fühlte sich wie ein Schulmädchen von zwölf Jahren.

Im Kolonialwarenladen, in dem sich zu Amelies Amüsement auch ein Friseur befand, ließ sich Amelie Kehrschaufeln zeigen und erwähnte dabei ganz beiläufig Mimis längeren Aufenthalt in Laichingen. »Sie hätten mal erleben müssen, wie aufopferungsvoll meine Tochter ihren Onkel gepflegt hat!«, sagte sie stolz zur Verkäuferin.

Mimi wurde knallrot vor Scham. Nun reichte es aber! Als Nächstes würde die Mutter noch in die Limonadenfabrik gehen und erzählen, dass Mimi schon als Kind am liebsten Orangenlimonade getrunken hatte!

Kaum hatten sie den Kolonialwarenladen mit einer Tischdecke verlassen, blieb sie auf dem Gehsteig stehen und drehte sich zu Amalie um. »Mutter, ich weiß, du meinst es gut. Aber ich habe weder vor, hier im Ort Kochkurse zu geben, noch mich bei der Pflege von Kranken einzubringen. Und ob die Leute glauben, dass ich eine gute Köchin bin oder auch nicht, ist mir völlig egal. Auch wenn ich mich hier häuslich niedergelassen habe, werde ich dennoch weiterhin ein eigenständiges Leben führen und zuvorderst das tun, was mir beliebt. Deshalb bitte ich dich wirklich, deine Bemühungen, mich als soliden Pfeiler der Münsinger Gesellschaft zu etablieren, einzustellen«, sagte sie halb lachend, halb verärgert.

Amelie Reventlow schien ihr ihre Rede nicht übelzunehmen. »Dann jammere auch nicht darüber, dass die Leute dir nicht über den Weg trauen«, sagte sie lediglich.

Mimi drückte ihrer Mutter einen Kuss auf die Wange und den Hausschlüssel in die Hand. »Ich weiß, dass du es gut meinst. Hör mal, wäre es in Ordnung, wenn du allein zur Kirche gehst? Ich hab dringend etwas zu erledigen!«

Die Mutter nahm den Hausschlüssel entgegen und sagte: »Der Herr Pfarrer muss warten. Wenn ich dir schon so nicht helfen kann« – sie zeigte vage auf die Häuser ringsum – »dann wasche ich dir wenigstens die Küchenschränke aus, sie haben es dringend nötig. Und du geh nur, es ist ja nicht mit anzusehen, wie hibbelig du bist!«

»Einen *Schafkalender* willst du drucken? Mit Fotografien von unseren Schafen und biblischen Sprüchen?« Bernadette schaute Mimi über ihren Schreibtisch hinweg entgeistert an.

Mimi nickte. »Die Schäferidylle ist sehr beliebt bei den Leuten, ob auf dem Land oder in der Stadt. Als eure Schafe gestern lammten, konnte ich sehr schöne Fotografien machen. Auf einigen ist übrigens auch Corinne zu sehen…«, fügte sie verhalten hinzu und zog unwillkürlich das Genick ein. Sie musste nicht lange auf Bernadettes Donnerwetter warten.

»Wie bitte? Das Flittchen soll arbeiten und dir nicht Modell stehen!«, plusterte sich die Schafbaronin sogleich auf. »Was glaubt diese Frau eigentlich, wofür ich sie bezahle?«

»Bernadette«, sagte Mimi leise. »Corinne *war* bei der Arbeit, als ich die Fotografien gemacht habe. Und magst du nicht auch mal fotografiert werden? Mit deiner wunderschönen Haarkrone bist du eine so imposante Erscheinung, ich könnte mir gut vorstellen, dass du auf einem Foto neben einem dieser großen Widder stehst, die die prächtigen Hörner haben.«

Bernadette stieß ein abfälliges Schnauben aus. »Tut mir leid, Mimi, aber für so etwas bin ich mir nun wirklich zu schade. Und ich habe auch kein Interesse daran, dass meine Schafe bei irgendwelchen Leuten als Kalenderbild an der Wand hängen!« Sie gab Mimi die Fotografien zurück, ohne auch nur einen weiteren Blick darauf geworfen zu haben, dann ging sie zum Fenster und schloss es ruckartig. »Draußen stinkt es heute ja widerlich!«

Mimi glaubte nicht richtig zu hören. Da echauffierte sich Bernadette lieber über ein bisschen Rauchgeruch anstatt ihr zu helfen? »Bernadette, bitte, das kann doch nicht dein letztes Wort sein«, flehte sie. »Der Schafkalender ist genau das, was unsere Druckerei jetzt benötigt. Ich bin mir sicher, dass er sich erfolgreich verkaufen wird. Und nicht nur hier auf dem Land, sondern gerade in den großen und lauten Städten, wo sich die Menschen nach der friedlichen Natur sehnen.«

»Nach Frieden sehne ich mich auch! Deshalb lass mich jetzt bitte in Ruhe mit dieser Schnapsidee«, antwortete Bernadette, und die Vehemenz, mit der sie sich wieder ihrem Kassenbuch widmete, bedeutet nichts anderes als: Gespräch beendet.

Einen Moment lang blieb Mimi noch wie belämmert in Bernadettes Büro stehen, dann drehte sie sich auf dem Absatz um und ging wortlos davon. Eine solche Abfuhr hatte sie schon lange nicht mehr kassiert. Wütend und enttäuscht stapfte sie durch den Ort. Und das ausgerechnet von Bernadette!

Sie war so in ihre Gedanken versunken, dass sie die Unruhe um sich herum nur wie durch einen Nebel wahrnahm. Mütter mit ihren Kindern an der Hand rannten an ihr vorbei, ein Mann stürzte so hektisch aus einer Haustür, dass er Mimi fast umriss. Weitere Männer rannten in Richtung Ortsausgang. Was war denn nur los?, fragte sich Mimi dann doch, während sie in die Hauptstraße einbog, die aus dem Ort hinaus in Richtung ihrer Druckerei führte. Und dieser Gestank – rußig roch es, verbrannt...

»Aus dem Weg! Alles aus dem Weg!«, hörte sie jemanden hinter sich schreien. Im nächsten Augenblick wurde sie von einem Trupp Feuerwehrmänner überholt, die, beladen mit Eimern, Leiter und Schläuchen, eine Handdruckspritze hinter sich herzogen.

Mimi griff sich erschrocken an den Hals. Es brannte? Wo? Doch nicht etwa... Unwillkürlich beschleunigte sie ihre Schritte, rannte schließlich.

Als die Druckerei in Sicht kam, wusste sie, dass Bernadettes Nein zu ihrem Schafkalender im Moment ihr kleinstes Problem war.

*

Als Anton am nächsten Morgen aufwachte, wusste er einen Moment lang nicht, wo er war. Sein Mund war trocken, und als er versuchte, sich zu räuspern, um ein wenig Speichel zu produzieren, gelang es ihm nicht. Neben ihm ertönte leises Schnarchen.

Er rappelte sich auf einen Ellenbogen auf, verwundert irrte sein Blick durch den Raum und blieb dann an der Frau in seinem Bett hängen. Es dauerte einen Moment, bis ihm alles dämmerte. Er war in seinem Pensionszimmer und neben ihm lag – wie hieß sie nochmal?

Sein Blick wanderte zu dem Haarkamm, der auf dem Nachttisch lag und mit dem sie ihre Frisur zusammengehalten hatte. Das Horn war abgewetzt und stumpf.

Anton runzelte die Stirn, hinter der ein pochender Schmerz ihm das Denken erschwerte. War der viele Schnaps schuld, oder lag es an seiner übervollen Blase, dass sein Kopf so durcheinander war? Mit Mühe stellte er seine Füße auf den abgewetzten Läufer vor dem Bett. In diesem Augenblick wachte die Frau neben ihm auf.

»Schatzerl, wo willst' denn hin?«, fragte sie in breitestem Bayerisch.

»Muss pinkeln gehen«, murmelte er, während er versuchte, die Balance zu halten. *Schatzerl?*

Auf dem Weg zum Abort kehrte die Erinnerung zurück. Die Frau und er – sie hatten sich in der Wirtschaft kennengelernt, die er nach dem Treffen mit Alexander aufgesucht hatte.

Zuerst hatte er allein getrunken, aber dann hatte er eine Runde ausgegeben, die angesichts der Tatsache, dass sich außer ihm nur der Mann am Nachbartisch und die Frau ein paar Tische weiter dort aufhielten, recht übersichtlich ausgefallen war. Während der Mann kurz darauf gegangen war, war die Frau zu ihm an den Tisch gekommen. Sie hieß Sybille und war eine Hausiererin, die Haarbänder, Gummilitzen, Knöpfe und anderen Kleinkram verkaufte.

Ein hübsches Ding, befand Anton nach einem kurzen Blick.

Sie habe einen schlechten Tag gehabt, hatte sie ihm erzählt, und dass sie sich den Besuch in der Wirtschaft eigentlich nicht leisten konnte, aber manchmal bräuchte der Mensch einfach etwas, was ihn wärmte. Bei diesen Worten hatte sie ihn bedeutungsvoll angeschaut, und Anton hatte sie eingeladen, sich zu ihm zu setzen. Im Gespräch hatten sie dann festgestellt, dass sie wohl schon des Öfteren zur selben Zeit im selben Ort gewesen waren, mehr noch – auf denselben Märkten sogar! Diese Gemeinsamkeit und der Alkohol hatten am Ende dazu geführt, dass Anton die Frau mit in seine Pension genommen hatte. Sie sei seine Cousine, hatte er der Zimmerwirtin mit schwerer Zunge erklärt und angeboten, für deren Übernachtung in seinem Zimmer einen extra Obolus zu zahlen.

Die Wirtin hatte wissend dreingeschaut, Antons Geld aber gern genommen.

Kaum dass sie Antons Zimmer betreten hatten, hatte Sybille sich wortlos ausgezogen, anschließend hatte sie Antons Hose aufgenestelt – daran erinnerte er sich noch, aber an sonst nichts mehr.

Es war nicht das erste Mal, dass er eine Liebelei hatte. Er sah gut aus, war unterhaltsam und charmant – die Frauen mochten ihn! Und wenn ihm nach einem langen Markttag das Geld locker saß, hatte dies seine Anziehungskraft nur noch weiter erhöht. Es war zwar nicht so, dass er in jeder Stadt ein Mädchen hatte, aber hin und wieder hatte Anton sich nicht zwei Mal bitten lassen. Liebe? Die hatte damit nichts zu tun, und nachdem er der Enge seines Heimatdorfes hatte entfliehen können, wollte er sich gewiss nicht binden und sich somit die nächsten Fesseln anlegen!

Unwillkürlich musste er an Alexanders dumme Sprüche denken, und hinter seiner Stirn begann es wieder heftiger zu pochen. Er und Mimi!

Als er ins Zimmer zurückkam, war Sybille gerade dabei, sich ihr Leibchen überzustreifen. Gott sei Dank, dachte Anton.

»Ich geh auch g'schwind brunzen«, sagte sie.

Anton zuckte zusammen. Brunzen – so einen Begriff würde Mimi nie im Leben verwenden.

Als Sybille zurückkam, wartete er mit gepacktem Koffer in der Tür. Der Hausiererin stand die Enttäuschung ins Gesicht geschrieben, doch als Anton ihr Geld für ein Bier und eine Brezel in die Hand drückte, lächelte sie schon wieder.

Frühstücken wollte er nicht, sein Zimmer hatte er schon im Voraus gezahlt, also saß er binnen fünf Minuten in seinem Auto.

Hatte das sein müssen? Trotz allem blieb im Anschluss an solch eine Nacht immer ein fader Nachgeschmack zurück, dachte er, während er gegen eine leichte Übelkeit ankämpfend, durch die von Tag zu Tag blasser werdende Herbstlandschaft fuhr.

Wenn er so darüber nachdachte, hatte ihn eigentlich an jeder Frau, mit der er zusammen gewesen war, etwas gestört. Ein Mangel an Bildung, ein zu lautes Lachen, irgendein optischer Makel. Und eigentlich hatte er – das wurde ihm jetzt erst bewusst – alle Frauen mit der Fotografin verglichen.

So neblig feucht es im Neckartal gewesen war, so klar war die Luft auf der Schwäbischen Alb. Und die Sonne schien ebenfalls! Ein paar Kilometer vor Münsingen blieb Anton stehen und klappte das Verdeck des Wagens nach unten. Die frische Luft tat ihm gut, die Weite der Landschaft ebenfalls.

Nun, da er den Weg kannte, war er ohne größere Anstrengung in einem Stück durchgefahren. Und einen Entschluss hatte er während der Stunden am Steuer auch gefasst: Er würde Mimi Reventlow nichts von seinem seltsamen Treffen mit Alexander erzählen. Wenn sie erfahren würde, wie abfällig und undankbar sich Alex über sie, Mimi, geäußert hatte, traf sie das gewiss tief. Wozu ihr Kummer bereiten, wenn er einfach nur schweigen musste?

Die Sonne schien ihm mitten ins Gesicht, als er beschloss, sich noch einer anderen, weitaus wichtigeren Frage zu stellen: Was, wenn Mimi wirklich sein Maßstab war, was Frauen anging? Und mehr noch – was, wenn Alexander doch recht hatte und er Mimi Reventlow liebte?

Verdammt, dann war es eben so!, dachte er und trat aufs Gaspedal.

ENDE

Wie es mit Mimi, Anton und allen anderen Figuren weitergeht, erfahren Sie in Band 4 der Saga – erhältlich ab September 2020.

Anmerkungen

Sämtliche Personen und Begebenheiten in meinem Roman sind frei erfunden, doch die Schafhaltung war und ist ein wichtiger Erwerbszweig auf der Schwäbischen Alb.

Wie zuvor beim Schauplatz Laichingen habe ich mir auch bei Münsingen, Gomadingen und anderen Orten die künstlerische Freiheit genommen, Häuser, Straßen und andere Örtlichkeiten so anzuordnen, dass sie meiner Geschichte dienlich sind. Die Lithografische Anstalt Münsingen, die ich im Ortsteil Auingen angesiedelt habe, gab es nicht.

Den Truppenübungsplatz in Münsingen hingegen gab es. Er ist heute entmilitarisiert und kann mit Führungen und bei diversen Veranstaltungen besichtigt werden. Wo es möglich war, habe ich mich weitgehend an die historisch überlieferten Beschreibungen gehalten, mir aber auch hier kleine künstlerische Freiheiten genommen. Generalmajor Lutz Staigerwald hat es nicht gegeben.

Weitere Informationen finden Sie unter:
https://www.albgut.de/
https://www.muensingen.com/Ehemaliger-Truppenuebungsplatz-Muensingen und
www.albgut.de

An einer Stelle erwähne ich die Kunstgrafik »All is vanity«. Wer sie sich anschauen mag, gibt im Internet den Namen Charles Allan Gilbert und sein Werk »All is vanity« ein.

Meine Geschichte – auch eine Hommage an die einzigartige Kulturlandschaft der Schwäbischen Alb

Wenn ich einen Roman schreibe, suche ich im Vorfeld niemals nach Vorlagen oder gar nach gängigen, erfolgsversprechenden Motiven. Im Gegenteil – je ungewöhnlicher ein Romanstoff ist, desto besser! Und das Schöne dabei ist: Die Romanstoffe kommen von selbst zu mir – durch Erzählungen, durch Bücher, durch eigenes Erleben.

Die Schwäbische Alb ist so unglaublich reich an spannenden, weitgehend unbekannten Geschichten und Themen, dass ich bei der Fotografin-Saga fast schon Mühe hatte, mir die allerschönsten herauszupicken. Mimi trifft als Wanderfotografin viele interessante Menschen – sollte ich also über den charismatischen Kugelmüller schreiben, der in seiner Mühle aus feinstem Schwäbischem Marmor unglaublich schöne Kugeln schleifte?

Oder sollte ich die Geschichte der Schneckenzüchter erzählen, die ihre Tiere – »Schwäbische Austern« genannt – bis an den französischen Hof nach Paris verkauften?

Hätte ich Mimi ins Märchenschloss Hohenzollern

schicken sollen? Hätte sie mit den steinzeitlichen Fossilienfunden auf der Schwäbischen Alb in Berührung kommen sollen? Das alles wäre spannend gewesen, finden Sie nicht?

Dass ich mich ausgerechnet dafür entschied, Mimi zu den Schäfern nach Münsingen zu schicken, hat einen guten Grund: Ohne die Schafe würde es die Kulturlandschaft Schwäbische Alb gar nicht geben. Weidende Schafe verhindern die Versteppung und Verbuschung einer Landschaft und sie sorgen außerdem dafür, dass die Wacholderheiden zu den artenreichsten Biotopen von Mitteleuropa gehören. In ihrem Fell und durch ihren Kot transportieren Schafe Samen und Insekten von einem Ort zum anderen. Bei einer Untersuchung fanden Experten im Kot eines einzigen Schafes bis zu 6000 Samen, die an einem Tag ausgeschieden wurden! Kein Wunder, dass sich auf den überlieferten Wanderrouten der Schäfer über Jahrhunderte hinweg eine einzigartige Flora und Fauna entwickeln konnte.

Es heißt, das Wort Alb kommt vom lateinischen *alpis*, was so viel wie »nährender Berg« oder »Weide« bedeutet. So karg die wasserarme Schwäbische Alb auch ist – den Schafen bietet sie ein schmackhaftes Revier. Doch die Schäferei ist in Gefahr! Immer mehr Schäfer geben ihren Betrieb auf. Weideten vor 150 Jahren über eine Million Schafe auf der Schwäbischen Alb, so sind es jetzt gerade noch 200 000. Allein in den letzten zehn Jahren schloss jeder zweite Schafhalter in Baden-Württemberg seinen Betrieb. Die Arbeit ist hart, und für keinerlei Gewinn will schließlich niemand arbeiten. Manch einer sieht schon eine Ära zu Ende gehen.

Wenn es mir gelingt, mit meiner Geschichte ein wenig Bewusstsein für die wertvolle Arbeit der Schäfer zu schaffen, würde es mich sehr freuen. Denn wir Verbraucherinnen und Verbraucher haben es in der Hand, ob es die Schäferei in der Welt von morgen noch gibt oder nicht! Ob Schaffleisch, Lammfelle oder die Albmerinowolle – wenn genügend Nachfrage nach diesen Produkten besteht, können die Schäfer weiterhin ihre Arbeit leisten, die keine Maschine dieser Welt zu ersetzen imstande ist.

Ein paar gute Adressen für Albmerino-Wolle und vieles mehr finden Sie auf meiner Homepage www.durst-benning.de unter dem Link zu dem Buch »Die Welt von morgen«.

Herzlichst

Ihre Petra Durst-Benning

Holzstiche

Sämtliche Grafiken in diesem Anhang stammen aus meinem Privatbesitz, statt historischer Fotografien sind es dieses Mal jedoch antike Holzstiche vom Ende des 19. Jahrhunderts, die zeigen, dass die Schäferei seit jeher sehr romantisiert dargestellt wurde. Von der harten Lebensrealität der Schäfer wollten die Menschen nur wenig wissen. Ob es Mimi Reventlow mit ihrem Schafskalender wohl gelingt, Mystik *und* Realität der Schäferei unter einen Hut zu bringen?

Frühlingsluft. Nach dem Gemälde von Christian Mali.

Zwei Holzschnitte aus dem Jahr 1896

Frühstückszeit.

Zwei Holzschnitte aus dem Jahr 1891

SCHAFRASSEN. II.

1. Frankenschaf.
2. Rhönschaf.
3. Merino (altes sächsisches Elektoralschaf).
4. Tzigagaschaf.
5. Negrettis.
6. Rambouillets.

Brockhaus' Konversations-Lexikon. 14. Aufl.